Christa ~~~~~~

Schottische Engel

Sehr verehrte Leserin,
sehr verehrter Leser,

unsere Welt wird immer schnelllebiger, unser Alltag immer hektischer. Gerade deshalb sind die schönen, unbeschwerten Momente, in denen wir innehalten und uns zurücklehnen, so kostbar.

Ich persönlich greife in solchen Momenten gerne zu einem guten Buch. Eine spannende und unterhaltsame Geschichte hilft mir, schnell abzuschalten. Beim Lesen vergesse ich die Sorgen des Alltags.

Doch manchmal ist es gar nicht so einfach, ein gutes Buch zu finden. Dabei gibt es so viele Autorinnen und Autoren, die mit ihren Geschichten die Leser in ihren Bann ziehen. Solche Highlights der Unterhaltungsliteratur bringt jetzt die vielseitige UNIVERSO-Taschenbuchreihe zusammen. Die von uns sorgfältig ausgewählten Bücher reichen von frechen Frauenromanen über spannende Krimis bis hin zu großen Liebesgeschichten und historischen Romanen.

Die kleine, aber feine UNIVERSO-Auswahl möchten wir gerne auch mit Ihnen teilen. Mir bleibt nur, Ihnen viel Spaß und Entspannung beim Lesen und Träumen zu wünschen.

Herzlichst
Ihr

S. Lapawa

Siegfried Lapawa
Verleger Karl Müller Verlag

Christa Canetta

Schottische Engel

Roman

Über die Autorin:
Christa Canetta ist das Pseudonym von Christa Kanitz. Sie studierte Psychologie und lebte zeitweilig in der Schweiz und Italien, arbeitete als Journalistin für den Südwestfunk und bei den Lübecker Nachrichten, bis sie sich schließlich in Hamburg niederließ. Seit 2001 schreibt sie historische und Liebesromane.

Genehmigte Lizenzausgabe
Universo ist ein Imprint des Karl Müller Verlages –
SILAG Media AG, Liebigstr. 1–9, 40764 Langenfeld

Copyright © 2013 by dotbooks GmbH, München
Umschlagfotomotiv: Thinkstockphoto/Hemera

Dieses Buch wurde auf Pamo Classic von Arctic Paper gedruckt.

ISBN-Nr. 978-3-95674-151-7
Printed in EU 2014

I

Vom scharfen Ostwind gejagt, fuhr Mary Ashton viel zu schnell das Moffat Water Valley entlang. Im Rückspiegel sah sie die schwarze Wolkenwand, die sich über dem Ettrick Forest drohend aufbaute. Hin und wieder zuckte ein Blitz durch die Wolken, aber ein Donner war nicht zu hören. Dieses erste Frühlingsgewitter über den Uplands war noch zu weit entfernt, und der Fahrtwind verschluckte sowieso jedes Geräusch.

›Hoffentlich erreiche ich Tibbie Shiels Inn, bevor das Unwetter mich einholt‹, dachte Mary und gab Gas. Aber die Landstraße war feucht und unübersichtlich. Und immer wieder gab es kleine Abzweigungen zu Gehöften, die vorsichtiges Fahren erforderten. ›Aber morgen Nachmittag muss ich in Dumfries sein, sonst beginnt die Auktion ohne mich. Dann bin ich nicht nur einen wichtigen Auftrag los, sondern gelte als unzuverlässig und leichtfertig.‹

Sie sah wieder in den Rückspiegel. Seit zehn Minuten folgte ihr ein schnittiger Maserati. Schon zweimal hatte der Fahrer versucht, sie zu überholen, aber die vielen kleinen Biegungen vereitelten das Manöver. »Ich würde dir ja Platz machen, wenn ich eine Lücke fände, aber mein Tempo und das Unwetter im Nacken verhindern so viel Höflichkeit«, sagte sie leise und gab wieder Gas.

Wie schön es hier war. Sie warf hin und wieder einen Blick auf die schroffen Felsen rechts neben der Straße, die dann wieder von hügeligen Wiesen abgelöst wurden, die mit gelb blühenden Frühlingsprimeln bedeckt waren. Im Hintergrund präsentierten sich die über 600 Meter hohen Berge, und links führte der

Yarrow River das Schmelzwasser der Berge dem Meer entgegen.

Der Maserati kam wieder einmal bedrohlich nahe. »Wenn ich plötzlich bremsen muss, sitzt du mir im Kofferraum, und ich lande im Fluss«, schimpfte sie jetzt laut und schaute in den Rückspiegel. ›Zum Glück ist er höflich genug, nicht zu hupen und zu blinken‹, überlegte sie und suchte noch einmal nach einer Möglichkeit auszuweichen. Aber die Straße war zu schmal, und dann setzte der Regen ein. Im gleichen Augenblick war Mary von einer grauen Wasserwand umhüllt. Sie nahm den Fuß vom Gaspedal und schaltete alle verfügbaren Scheinwerfer und Rücklichter ein. Auch der Maserati war im Regendunst verschwunden. »Jetzt könntest du gern vor mir fahren, damit ich mich an deinen Bremsleuchten orientieren kann«, flüsterte sie und versuchte, das graue Asphaltband der Straße nicht aus den Augen zu verlieren.

Draußen war es kalt geworden. Mary begann zu frieren und schaltete die Heizung ein. Sofort beschlugen die Fenster, und sie musste den Ventilator anstellen. Als das nichts half, drehte sie die Heizung wieder ab. »Verflixt«, schimpfte sie, »und von Tibbie Shiels Inn ist immer noch nichts zu sehen.«

Als sie für einen kurzen Augenblick den Fluss neben sich sah, stellte sie fest, dass sein gegenüberliegendes Ufer verschwunden war. ›Dann hab ich St. Mary's Loch erreicht, dann ist es nicht mehr weit‹, dachte sie zufrieden und konzentrierte sich wieder auf die Straße. Im gleichen Augenblick kreuzte ein Schatten ihren Weg. Mary bremste mit aller Kraft. Und dann stieß mit einem ohrenbetäubenden Krachen der Maserati hinten in ihren Landrover. Mary, vom Sicherheitsgurt gehalten und vom Airbag vorn aufgefangen, schlug mit dem Kopf gegen die Seitenscheibe und wurde ohnmächtig. Dass ihr Wagen seitlich die Böschung zum See hinabrutschte, spürte sie nicht mehr.

Die Hinterräder hatten bereits den schlammigen Uferrand erreicht und wurden vom Wasser umspült, als die Tür aufgerissen wurde und ein Mann versuchte, Marys Sicherheitsgurt zu lösen und die bewusstlose Frau aus ihrem Wagen zu zerren. Er selbst stand bereits bis zu den Hüften im Wasser, als er sie endlich freibekam und auf den schmalen Uferstreifen des Sees legen konnte. Sie blutete aus einer Wunde über der linken Schläfe, und er wagte nicht, sie durch das Tätscheln der Wangen aus der Ohnmacht zu wecken. So griff er zum Handy, wählte die Notrufnummer der Polizeistation von Tibbie Shiels Inn und schilderte die Situation, während der Landrover bis zum Dach im Uferschlamm versank. Dann lief er zurück zu seinem Wagen und holte eine Decke und seinen Regenmantel, um die durchnässte Frau vor dem prasselnden Regen zu schützen und den Kopf auf eine weiche Unterlage zu betten. Danach erst konzentrierte er sich auf den Anlass dieses halsbrecherischen Bremsmanövers und kontrollierte die Straße. Rechts im Graben lag ein Kinderfahrrad. Von einem Kind aber fand sich weit und breit keine Spur. Da das Rad keine Schäden aufwies, konnte die Frau mit ihrem Wagen das Kind auch nicht gestreift haben.

Nach unendlich erscheinenden Minuten des Wartens hörte McClay weit entfernt die Sirene des Polizeiwagens. Er wartete am Straßenrand, bis der Kombi neben ihm hielt. Zwei Sanitäter stiegen aus und eilten mit einer Trage zum See hinunter. Der Polizeimeister begrüßte den Mann am Straßenrand: »Sorry, Mister McClay, schneller ging es nicht. Ich musste erst die Sanitäter abholen. Wir sind ja nur eine kleine Station, wie Sie wissen. Was ist eigentlich passiert?«

»Ich habe den Wagen vor mir gerammt. Er bremste plötzlich, und die Sicht war gleich null. Da vorn im Graben liegt ein Fahrrad. Ich nehme an, ein Kind hat die Straße gekreuzt, und die Frau hat es im letzten Augenblick gesehen.«

»Man erkennt wirklich nichts bei dem Regen.« Der Polizist stieg zum See hinunter und sprach mit den Sanitätern. »Was ist mit ihr?«

»Eine Wunde am Kopf, eine Gehirnerschütterung vermutlich, sie ist noch bewusstlos, aber der Herzschlag ist stabil. Wir versorgen die Wunde provisorisch. Wenn sie zu sich kommt, wird sie höllische Kopfschmerzen haben. Aber was machen wir mit ihr? Sollen wir sie bis nach Moffat in die Klinik bringen oder nur zum Doc beim ›Rodono Hotel‹?«

»Erst mal zum Doc, dann sehen wir weiter.«

Die Sanitäter zeigten auf den Geländewagen. »Was ist mit dem? Wenn das Wasser bei dem Regen steigt, wird er fortgespült.«

»Ich rufe die Werkstatt an, die müssen ihn so schnell wie möglich rausholen.«

David McClay war wieder zum See heruntergekommen. »Wenn Sie alles notiert haben«, wandte er sich an den Polizisten, »sorge ich für den Abtransport. Und die Dame kann bei mir wohnen, bis sie sich erholt hat. Ich bitte den Doc, zum ›Lone House‹ zu kommen.«

»Gut, dann bestellen Sie ihn in Ihr Haus. Was ist mit Ihrem Wagen?«

»Ich habe eine exzellente Stoßstange, die hat kaum einen Kratzer abbekommen.«

»Dann fahren Sie schon einmal vor, ich muss mich noch um das Kind kümmern. Haben Sie eine Ahnung, um wen es sich handeln könnte? Viele Kinder leben in dieser Gegend doch gar nicht.«

»Bei meinen Angestellten gibt es ein Mädchen, könnte sein, dass sie auf dem Heimweg von der Schule war, bei dem Wolkenbruch die Autos nicht gesehen hat und dann vor Schrecken davongelaufen ist.«

Die Sanitäter trugen Mary Ashton hinauf zum Straßenrand und betteten sie vorsichtig auf den schmalen Rücksitz des Maserati. Einer blieb neben ihr sitzen, der andere ging zum Polizeiwagen.

»Wir suchen noch die Gegend ab, um sicher zu sein, dass hier kein Kind mehr ist«, rief Kommissar Paul Shipton und ging hinüber zur

Straßenseite, wo das Rad lag. Als sie oberhalb der Böschung einen Feldweg fanden, der zum Park von ›Lone House‹, dem Anwesen von Lord McClay führte, und gleich darauf einen Schulranzen entdeckten, wussten sie, dass hier ein Kind fortgelaufen war.

»Fahren wir rüber zum Schloss«, erklärte Shipton, »die Meilen zu Fuß können wir uns sparen.«

Als sie zur Straße zurückkamen, war McClay gestartet und im Regendunst verschwunden. Shipton legte das Kinderfahrrad und den Ranzen auf den Rücksitz und folgte ihm.

Bevor die ersten Häuser von Tibbie Shiels Inn auftauchten, ging es rechts ab zum ›Lone House‹. Das Schloss machte seinem Namen alle Ehre. Es lag einsam und versteckt in einem Seitental zwischen Dryhope und Cappercleuch und war für Fremde fast unauffindbar. Kein Hinweisschild, kein Zufahrtstor deuteten auf die Nähe des Schlosses. Die Generationen der McClays, die hier seit dem 16. Jahrhundert ihr Domizil hatten, liebten die Abgeschiedenheit, die Ruhe, die einzigartige Lage am Fuß der Berge, und David McClay, der Letzte der Familie, hatte nicht die Absicht, daran irgendetwas zu ändern. Im Gegensatz zu anderen Schlössern dieser Gegend war es nicht im wuchtigen Tudorstil gebaut, sondern besaß die Schlichtheit eines zweigeschossigen schottischen Landhauses. Es gab zwar Anbauten, je nachdem wie groß die Familie gerade war, aber Prunk und Masse waren nie ein Maßstab gewesen.

David McClay liebte sein Zuhause. Hier hatte er seine Wurzeln, hier war er aufgewachsen. ›Lone House‹ war sein ruhender Pol. Glasgow, London, Los Angeles, Paris und Tokio waren die Orte der Arbeit, der Hektik, der Rastlosigkeit.

Dass er heute nicht auf kürzestem Wege über die Autobahn gefahren war, lag an Produktionsgesprächen in Galashiels, die er persönlich leiten musste. Umso mehr hatte es ihn gedrängt, so schnell wie möglich nach Hause zu kommen. Aber dann hatte er den Landrover vor sich gehabt, dessen Fahrer, anscheinend fremd in dieser Gegend, mehr als vorsichtig unterwegs war. ›Ich bin zwar ein höflicher Mensch, aber ein bisschen schneller hätte sie schon fahren können‹, dachte er auf dem schmalen Schotterweg, der über die letzten Meilen nach ›Lone House‹ führte. Er warf einen Blick in den Rückspiegel. Der Sanitäter sprach leise mit der Fahrerin. ›Anscheinend ist sie wieder bei Bewusstsein. Trotz der blutverschmierten Gesichtshälfte und dem Kopfverband eine gut aussehende Frau‹, dachte er. ›Hoffentlich behält sie keine bleibende Narbe.‹ Der Sanitäter nickte ihm zu, als wollte er sagen: Ist nicht so schlimm, wird schon wieder!

Die Männer von Tibbie Shiels Inn kannten den Lord. Trotz seiner überragenden Persönlichkeit war er hier ein allseits beliebter Mann, weil er nie den Lord hervorkehrte, sondern immer nur den Nachbarn und Arbeitgeber, denn die meisten der wenigen Einwohner des kleinen Orts waren bei ihm beschäftigt – im Schloss, in der Landwirtschaft und vor allem im Wald. Manchmal kam er täglich nach ›Lone House‹, dann wieder dauerte es Wochen oder Monate, bis er sein Heim aufsuchte. Die Arbeit bestimmte sein Leben, und die Erfolge der von ihm produzierten Filme bestimmten seinen Aufenthaltsort.

McClay war mit seinen achtundvierzig Jahren weltweit einer der besten Produzenten historischer Filme. Eine Koryphäe mit großem Ansehen, meldeten die Medien, ein schwieriger, ehrgeiziger, unruhiger Mensch, flüsterten die Mitarbeiter am Set. Ein hinreißender, faszinierender Mann, tuschelten die Frauen, und enttäuschte Mädchen schimpften: ein hochmütiger, arroganter Angeber. Fachleute behaupteten: McClay ist der Beste, er ist genial und nicht zu übertreffen, und Neider erklärten ganz unbeeindruckt: Er ist ein rücksichtsloser Egoist. Nur was er wirklich war, wusste keiner: David McClay war ein einsamer Mensch, deshalb fühlte er sich in ›Lone House‹ so wohl.

Er sah wieder in den Rückspiegel, und als sich seine Augen mit denen des Sanitäters trafen, lächelte er ihm zu. Er wusste, was die Leute von ihm dachten – es war ihm gleichgültig. ›Ruhm‹, dachte er, ›ein großes Wort!‹ Hatte er seinen Höhepunkt schon erreicht?

Die Produktion in Galashiels war fast abgeschlossen, erste Kritiker sprachen in höchsten Tönen von dem neuen Film über die römischen Truppen auf den Britischen Inseln, obwohl die Cutter kaum mit der Arbeit begonnen hatten.

McClay liebte seine Arbeit, obwohl sie so aufreibend war. Sie hetzte ihn von Termin zu Termin, jagte ihn durch die ganze Welt, versuchte, seine Gesundheit zu rauben und die Persönlichkeit zu fressen; aber sie machte ihn reich – auch an Geld, und das brauchte er für ›Lone House‹, ›mein geliebtes Fass ohne Boden‹, dachte er lächelnd und zufrieden. Nein, die Arbeit machte ihn vor allem reich an Erfahrungen, an Wissen und an Menschen. An solchen, die ihn liebten, und an solchen, die ihn hassten – Ruhm? So war Ruhm!

McClay war müde. Es war wieder ein langer, ein aufreibender Tag gewesen und dann dieser vermaledeite, unnötige Unfall. ›Warum bin ich auch so schnell gefahren?‹, dachte er und sah endlich durch die Bäume hindurch die Lichter von ›Lone House‹. Er bog in die lange Allee ein, die vom Schotterweg zum Rondell vor dem Herrenhaus führte, und wischte sich mit der Hand über das Gesicht, als könne er die Erschöpfung fortstreichen. Er fuhr durch das Spalier grauer Bäume, die wie Kulissen im Scheinwerferlicht auftauchten und sogleich wieder im Regendunst versanken. Als er vor dem Portal hielt, wurde die Tür sofort geöffnet. Hanna und der Butler kamen gleichzeitig heraus. Hinter ihnen knickste ein Zimmermädchen. Man erwartete ihn schon seit einer Stunde, denn McClay hatte von Galashiels aus sein Kommen angekündigt, und normalerweise brauchte er nur die Hälfte der Zeit, die er heute unterwegs gewesen war. Ein Hausdiener öffnete die Wagentüren, um das Gepäck zu holen, und sah dann bestürzt zu, als McClay dem

Sanitäter und einer unbekannten Frau aus dem Wagen half.

»Es gab einen Verkehrsunfall hier in der Nähe, ich habe die Lady mitgebracht. Bitte führen Sie sie in das Gartenzimmer. Hanna, Sie kümmern sich um sie, ich muss den Arzt anrufen.«

»Ja, Sir, aber Sie brauchen auch trockene Kleidung. Sie sind ja ganz nass.«

»Ich habe mich für kurze Zeit im St. Mary's Loch aufgehalten, ich komme allein zurecht. Kümmern Sie sich um die Lady.«

Hanna führte die Verletzte und den Sanitäter in das Gartenzimmer und rückte Sessel und Sofa so zurecht, dass die fremde Frau bequem Platz nehmen konnte.

»Wo bin ich hier eigentlich, und was ist passiert?« Mary Ashton, noch immer benommen, befühlte ihren Kopf. »Ein Verband?« Fragend sah sie den Sanitäter an.

»Sie hatten einen Unfall, Madam, Sie sind mit dem Kopf an die Tür Ihres Wagens geknallt. Und dann ist der Wagen ins Wasser gerutscht, und der Lord hat Sie rausgeholt, im letzten Augenblick, sozusagen.«

»Welcher Lord? Und welches Wasser? Mein Gott, mein Kopf dröhnt, ich kann gar nicht klar denken.«

»Lord McClay hat Ihren Wagen gerammt, dabei sind Sie von der Straße abgekommen, und nun sind Sie in seinem Schloss.«

»War er der Drängler? Ich erinnere mich. Ein Auto wollte mich mehrmals überholen, aber ich konnte nicht ausweichen, die Straße war zu schmal.«

Hanna, der es nicht gefiel, dass ihr Herr mehr oder weniger beschuldigt wurde und man ihn als Drängler hinstellte, unterbrach das Gespräch. »Gnädige Frau, ich lasse jetzt einen Tee für Sie kommen, der wird Ihnen guttun. Oder möchten Sie sich lieber hinlegen?« Sie klingelte und befahl dem Mädchen: »Helen, bitte Tee für die Gäste.«

»Nein, danke, ich möchte nicht liegen, ich glaube, dann dreht sich alles. Wie ist es denn zu dem Unfall gekommen? Ich erinnere mich nur an Regen und beschlagene Scheiben.«

Der Sanitäter schüttelte den Kopf. »Genau weiß ich es auch nicht, wir sind ja erst später dazugekommen. Aber ich glaube, ein Kind ist vor Ihr Auto gefahren, und da mussten Sie scharf bremsen.«

»Ein Kind, um Gottes willen, ist ihm etwas passiert?«

»Nein, aber wir fanden das Fahrrad und einen Schulranzen, es ist weggelaufen. Ihm ist also nichts passiert.«

»Und mein Auto? Was ist mit meinem Auto? Und mit meinem Gepäck? Meine Tasche, meine Papiere, wo sind denn meine Sachen?«

»Bitte, Madam, regen Sie sich nicht auf. Der Lord lässt den Wagen aus dem Wasser ziehen. Die Männer sind bestimmt gerade dabei. Dann kriegen Sie alles wieder.«

»Ich fasse es nicht. Alles im Wasser?«

»Ja, und Sie waren auch mittendrin. Als der Lord Sie rausholte, stand er schon bis zur Hüfte im Wasser und bekam Ihre Autotür kaum noch auf.«

Mary Ashton schloss die Augen, alles drehte sich vor ihr, und sie klammerte sich an die Lehnen ihres Sessels. Hanna trat zu ihr. »Ist Ihnen nicht gut, Madam?« Draußen in der Halle hörte man Männerstimmen. »Der Doktor ist gekommen, Madam, gleich geht es Ihnen besser«, tröstete Hanna. Dann ging die Tür auf, und der Lord trat mit einem Fremden ein.

»Ich lasse Sie hier allein«, erklärte David McClay dem Arzt. »Hanna, richten Sie bitte eines der Gästezimmer Die Lady wird hier übernachten müssen.«

»Selbstverständlich, Sir.«

Der Doktor stellte sich vor. »Ich bin Doktor Grantino, wie geht es Ihnen?«

»Mir ist schwindelig, es kommt mir vor, als drehe sich der Sessel mit mir kopfüber.«

»Sie haben eine heftige Gehirnerschütterung mit einer Drehschwindelattacke. Das geht vorbei, kann aber ein paar

Stunden andauern. Außerdem haben Sie ein Schleudertrauma. Sie müssen sich jetzt hinlegen, aber den Kopf dabei erhöhen. Versuchen Sie, die Augen offenzuhalten und auf einen festen Punkt im Zimmer zu heften, dann haben Sie einen kleinen Halt.« Er untersuchte den Kopf und die Augen mit einer Speziallampe, klammerte die Wunde, erneuerte den Verband und legte ihr eine Nackenstütze um.

»Doktor, ich muss dringend nach Dumfries.«

»Daran ist gar nicht zu denken. Sie müssen sich in den nächsten Tagen ganz ruhig verhalten. Ihr Gehirn und Ihr Genick haben einen gewaltigen Schlag abbekommen, da muss erst einmal alles zur Ruhe kommen. Rechnen Sie mit mindestens acht Tagen, vorher übernehme ich keine Verantwortung für Ihre Genesung.«

Erschöpft lehnte sich Mary zurück. »Das kostet mich meine Stellung und damit auch meine Existenz«, stöhnte sie und war den Tränen nahe.

»Nicht aufregen, Madam. Das tut Ihnen nicht gut. Was nützt Ihnen Ihre Existenz, wenn Sie dann nicht mehr leben?«, versuchte er zu scherzen.

»Es war der erste richtig große Auftrag für mich.«

»Andere werden folgen.«

An der Tür klopfte es, dann kam Hanna herein. »Ich habe das Zimmer für die gnädige Frau fertig, Doktor Grantino.«

Der Arzt wandte sich an Mary. »Können Sie ein paar Schritte gehen, wenn wir Sie stützen?«

»Ist nicht nötig, Herr Doktor. Wir haben einen Stuhl mit Rollen und einen Lift. Den hat sich Lord McClay einbauen lassen, als er die Schusswunde am Bein hatte.«

»Na, wunderbar. Und wo ist der Stuhl?«

»Hier, ich habe ihn gleich mitgebracht. Er gehörte der gnädigen Frau, der Mutter von Lord McClay, bevor er ihn selbst brauchte.«

Grantino musste sich ein Lachen verbeißen, als Hanna den altmodischen Regencystuhl mit den vier kleinen Rollen an den kunstvoll gedrechselten Beinen sah. »Nun ja, er wird genügen. Kommen Sie, Madam, wir helfen Ihnen beim Umzug.« Er winkte den Sanitäter herbei, und gemeinsam halfen sie Mary Ashton in den Stuhl. Sie krampfte sich sofort an den Lehnen fest. »Alles dreht sich«, stöhnte sie und ließ sich vom Arzt, vom Sanitäter und von Hanna in den Lift und oben in ein Gästezimmer schieben.

Als die beiden Männer den Raum verlassen hatten, half ihr Hanna beim Auskleiden. Ein leichter Schüttelfrost ließ Mary zittern, und Hanna beeilte sich, die Verletzte ins Bett zu bringen. »Ich habe nicht einmal einen Pyjama dabei«, stöhnte Mary und ließ sich ein elegantes Nachthemd überstreifen.

»Machen Sie sich keine Sorgen, so etwas haben wir immer parat«, tröstete Hanna, »und alles andere auch: Seifen, Zahnbürsten – na, eben alles, was ein Gast so braucht.«

»Was wird denn bloß aus meinem Auto?«

»Die Werkstatt hat es schon aus dem Wasser geholt. Die Männer bringen Ihr Gepäck zum Trocknen her, und dann reparieren sie das Auto. Das hab' ich gehört, als der gnädige Herr telefonierte. Morgen ist alles wieder in Ordnung«, tröstete Hanna ihre Patientin.

»Danke, hoffentlich erkennen die Behörden auch meine aufgeweichten Papiere und die Bank meine nassen Kreditkarten an.«

»Da machen Sie sich keine Sorgen. Der Herr kümmert sich um alles. Wenn er die Schuld an dem Unfall hat, bringt er auch alles in Ordnung.«

»Nein, schuld war er nicht. Schuld war ein Kind. Hat man es gefunden?«

»Ja, es ist ihm nichts passiert, es gehört zum Gutshof, darum kümmert sich die Polizei.«

»Hauptsache, es ist gesund«, flüsterte Mary und war gleich darauf fest eingeschlafen, während draußen das Gewitter die ganze Nacht über tobte.

II

David McClay ging nach oben in seine Suite. Er war erschöpft. Die anstrengende Autofahrt bei dem schlechten Wetter, die Verhandlungen mit den beiden Regisseuren in Galashiels, die mit diversen Meinungsverschiedenheiten endeten, und dann zum Abschluss dieser Unfall – es reichte ihm für heute.

Langsam schlenderte er durch den eleganten Wohnraum mit den Teppichen und Vorhängen im Schottenmuster des McClay-Clans und sah aus dem Fenster. Draußen lärmte noch immer das Gewitter. ›Wenn es sich hier zwischen den Bergen einnistet, dauert es lange, bis es sich ausgetobt hat und weiterzieht‹, überlegte er. ›Das wird eine unruhige Nacht.‹ Er schenkte sich einen Whisky ein. Lächelnd erinnerte er sich an seine letzte Fahrt über den Whisky Trail, an die interessanten Diskussionen mit den Anbietern und an die Käufe, die er, wenn er schon einmal in der Gegend war, eigenhändig und in nicht gerade kleinem Umfang getätigt hatte.

Er nahm einen letzten Schluck, dann erst ging er ins Badezimmer, entledigte sich der nassen Kleidung, nahm ein Bad und zog die trockenen Sachen an, die der Butler im Schlafzimmer bereitgelegt hatte.

Der Lord hatte nach dem Tod seines Vaters, als er das Schloss und den Titel übernehmen musste, das Haus modernisiert. Während die Eltern sich ein Leben lang gesträubt hatten, irgendetwas in dem alten Gebäude zu verändern, hatte er einen kompetenten Innenarchitekten aus Edinburgh mit dem Umbau beauftragt. Neue Strom- und Wasserleitungen und eine moderne Heizungsanlage wurden neben den gemütlichen Kaminen eingebaut, ohne den traditionellen Stil und das gemütliche Ambiente des Schlosses zu beeinträchtigen. Später kamen der Lift, eine neue Küche mit einem Aufzug ins Esszimmer, damit die Speisen heiß serviert werden konnten, sowie neue Fenster und Türen hinzu.

McClay liebte das alte Haus, aber er liebte auch die fortschrittliche Lebensart, die so vieles erleichterte. Im Kamin brannte ein Feuer, und der Duft von Kiefernholz und Wacholderzweigen durchzog die Suite.

›Endlich Ruhe‹, dachte er, goss sich einen zweiten Whisky ein und ließ die letzten Tage noch einmal Revue passieren.

Glasgow, was war Glasgow diesmal gewesen? Ein Umsteigeplatz vom Flugzeug in den Wagen, ein Telefongespräch mit den Geschäftsführern und ein Kurzbesuch bei Joan. Wie immer eine fruchtlose Diskussion mit der Mutter seiner Tochter und die vergebliche Bitte, das Kind häufiger und länger sehen zu dürfen. Dann endlich ein Augenblick mit Tatjana – mein Gott, das Kind war schon fünf Jahre alt –, sie hatte ihn diesmal nicht erkannt und nur widerstrebend Daddy zu ihm gesagt.

Joan wurde zu einem Problem! Die elegante, rassige Schottin mit den roten Haaren und den unzähligen Sommersprossen, eine Schönheit damals, als er sie kennenlernte, wurde von Jahr zu Jahr eigensinniger, arroganter und anspruchsvoller. ›Habgierig wäre der richtige Ausdruck‹, dachte er und erinnerte sich an die immer maßloser werdenden Wünsche seiner einstigen Geliebten, die geheiratet werden wollte und ihm, einer Erpressung gleich, schließlich die Schwangerschaft und dann Tatjana präsentiert hatte.

›Aber ein McClay lässt sich nicht erpressen‹, dachte er. ›Ich habe sie schnell durchschaut: Eine Dame der besten Gesellschaft wollte sie werden, Weltreisen mit mir machen, in meinem Ruhm schwelgen und von meinem Ansehen profitieren‹, erinnerte er sich. ›Sie nutzte meine Sehnsucht nach innerer Geborgenheit schamlos aus, und als sie merkte, dass ihre Wünsche nicht akzeptiert wurden, als ich ihr klarmachte, dass eine Heirat mit ihr nicht infrage käme, begann sie Forderungen zu stellen, in denen ihre Gier nach Reichtum und Ansehen nur zu deutlich wurde. Und dann kam Tatjana, dieses zauberhafte Kind, dieser Sonnenschein, in den ich sofort verliebt war.‹

Dennoch hatte er auf Anraten seiner Anwälte einen Vaterschaftstest machen lassen, und als dieser positiv ausgefallen war, hatte er sich zu seinem Kind bekannt und hätte dem Drängen um eine Heirat beinahe noch nachgegeben.

Aber zum Glück war er standhaft geblieben. Die Liebe zu Joan war verraucht, was geblieben war, waren das kleine Mädchen und seine Sehnsucht, das Kind im Arm zu halten. Aber genau das verwehrte ihm die Frau. Er musste unendlich viele Wünsche erfüllen, wollte er das Kind sehen. Ein eigener Modesalon in Glasgow musste es sein, ein Bungalow am Stadtrand, ein elegantes Auto und die teuerste Garderobe wurden angeschafft. An den wertvollen Schmuck, der mit jedem Besuch verbunden war, durfte er gar nicht denken. Aber Joan war die Mutter, sie war eine unbescholtene Frau und hatte das alleinige Sorgerecht bekommen. Und damit hatte sie alle Rechte auf ihrer Seite.

So musste er sich die Treffen mit Tatjana jedes Mal erkaufen. Waren seine Geschenke großzügig, gestattete sie eine längere Besuchszeit, fielen sie bescheiden aus, so wie heute, weil er keine Zeit für den Kauf anspruchsvoller Geschenke gehabt hatte, blieben ihm nur Minuten mit dem Kind. Und diese Minuten fanden auch noch im Beisein der Nanny im Hinterzimmer des Modesalons statt.

»Lass uns doch nach drüben in den Park gehen, dort kann das Kind spielen und bekommt etwas von der Frühlingssonne mit«, hatte er vorgeschlagen, aber Joan hatte sofort protestiert.

»Nein, David, wo denkst du hin? Ich kann das Geschäft nicht verlassen. Hier herrscht Katastrophenstimmung. Die neue Kollektion muss am Fünfundzwanzigsten heraus, da entscheiden Minuten über Verkaufserfolg oder Misserfolg.«

Er hatte wenig Verständnis gezeigt, obwohl er im Geheimen zugeben musste, dass die Frau ihr Geschäft erfolgreich führte. Dann hatte er zehn Minuten mit Tatjana gespielt und versucht, ihr begreiflich zu machen, dass er ihr Vater sei, auch wenn sie ihn so selten sah. Es waren zehn peinliche Minuten im Beisein der Nanny gewesen, Minuten, in denen sich der weltberühmte, erfolgreiche Lord McClay in einen bittenden, beinahe hilflosen Mann verwandelt hatte.

Er schenkte sich noch einen Whisky ein. Seine Gedanken verweilten bei Joan und Tatjana. Er hatte die junge Frau bei einer Filmproduktion in Edinburgh kennengelernt. Ein paar Kostüme mussten geändert werden, und sie kam einige Male zum Set. Ihre Jugend, ihre Natürlichkeit hatten ihn verzaubert. In all dem Staub der Kulissen, unter der Hitze der Scheinwerfer, zwischen den bis zur Unkenntlichkeit geschminkten Schauspielern war ihr Erscheinen für ihn wie saubere, klare Luft, in der er wieder atmen konnte.

Aus einem kleinen Flirt wurde ein intimes Verhältnis. Joan war fünfzehn Jahre jünger als er; sie gab ihm von dem Glanz ihrer Jugend, er gab ihr vom Glanz seines Ruhms. Ihr glückliches Strahlen, wenn sie an seiner Seite bewundert wurde, war wie neu geschenktes Leben für ihn.

Erst allmählich spürte er die Veränderung der Geliebten, die sich von einem natürlichen Mädchen in eine berechnende Frau verwandelte. Während sie in den ersten Jahren die wenigen Ferientage gemeinsam verbrachten, wurden die Zeiten der Zweisamkeit immer kürzer, und seit zwei Jahren sahen sie sich kaum noch. McClay fühlte sich benutzt, wenn er zu einem der Feste ihrer sogenannten Freunde gebeten wurde und seine Teilnahme zusagte, nur, um vorher ein paar Minuten mit Tatjana verbringen zu können. Joan liebte die Festivitäten des Jets Sets, bei denen die Reporter vor den Türen Schlange standen und jeder ihrer neuen Freunde behaupten konnte: »Der berühmte Filmproduzent Lord McClay verkehrt in unserem Hause.«

McClay stand auf und stellte das leere Glas ab. Dann legte er zwei Holzscheite auf das Feuer und zog das Gitter vor den Kamin. ›Zeit zum Dinner‹, dachte er und freute sich auf die Speisen, die Sophie in der Küche zauberte. Viel zu selten kam er in den Genuss ihrer Kochkünste. Er vergaß den Ärger der letzten Stunden und dachte nur noch an die kurze Freizeit, die er hier genießen würde. Dass sie nicht ungestört werden würde, dafür sorgte sein Sekretär, der bereits Akten, Daten und Unterschriftenmappen vorausgeschickt hatte. Dennoch, das gemütliche ›Lone House‹, die Pirsch durch die Wälder, die Ritte in das wilde Vorgebirge des Black Law – alles wollte er unternehmen, alles auskosten, was seine Heimat ihm bot.

›Hoffentlich hört der Regen bald auf, sonst sind die Wege verschlammt und Lancelot findet keinen Tritt in den Bergen.‹ Er dachte kurz an den Hengst, den er heute noch nicht begrüßt hatte, und dann fiel ihm die junge Frau wieder ein, die er vor mehr als drei Stunden aus dem versinkenden Landrover gezerrt hatte. ›Ich muss mich bei ihr sehen lassen‹, dachte er und klingelte nach dem Butler, um zu erfahren, in welchem der Gästezimmer Hanna die Fremde untergebracht hatte.

Mary lag still in dem fremden Bett, in dem fremden Zimmer, in dem fremden Haus in dieser unbekannten Gegend. Sie lag ganz still, denn sobald sie den Kopf bewegte, drehte sich der Raum, und ihr wurde übel. Aber ihre Augen wanderten, und was sie sah, gefiel ihr. Das Zimmer war im Landhausstil eingerichtet, es verkörperte Gemütlichkeit und Wärme – ein Zimmer nach ihrem Geschmack. Aber sie erkannte auch, dass es kein Raum war, der nach neuester Mode eingerichtet worden war. ›Er ist mit den alten, gepflegten Möbeln gewachsen und zu dem geworden, was er jetzt darstellt: ein Ort der Ruhe und Geborgenheit, ein Zimmer zum Wohlfühlen. Wenn ich nur etwas mehr über dieses Haus und seine Leute wüsste‹, dachte sie und versuchte, sich an die vergangenen Stunden zu erinnern.

›Es hat einen Crash gegeben‹, überlegte sie. ›Der Drängler

ist hinten in mich hinein gefahren, so viel weiß ich noch. Dann hat mich jemand in ein Haus gebracht, ein Arzt hat mir den Kopf verbunden, und danach haben mich eine Frau und ein Sanitäter in einem Sessel zu einem Fahrstuhl gerollt und in dieses Zimmer gebracht. Und da liege ich nun. Wie lange schon? Vor dem Fenster ist es dunkel. Dann habe ich wohl zwischendurch geschlafen. Mein Gott, ich schlafe hier in einem fremden Haus, ohne zu wissen, wo ich bin und wie es weitergeht. Draußen donnert ein Gewitter, richtig, das hat mich kurz vor dem Crash eingeholt, und plötzlich konnte man vor Regen nichts mehr sehen. Ob es noch dasselbe Gewitter ist?«

Es klopfte. Bevor sie antworten konnte, wurde die Tür geöffnet.

Ein Mann stand im Schein der Flurbeleuchtung und fragte: »Darf ich Licht machen und eintreten?«

»Ja, natürlich.« Mary versuchte sich aufzurichten, aber es ging nicht.

»Bitte bleiben Sie ganz still liegen. Der Arzt hat strenge Ruhe verordnet. Ich bin David McClay, wie fühlen Sie sich?«

»Es geht. Ich bin Mary Ashton. Sind Sie mein Retter?«

»Ja, und der, der Ihnen hinten in den Wagen gefahren ist.«

»Ich musste plötzlich bremsen.«

»Ich weiß. Betty hat vor Ihnen die Straße gekreuzt. Aber es ist ihr nichts passiert.«

»Gott sei Dank. Und wer ist Betty?«

»Ein Kind vom Gutshof.«

»Was ist mit meinem Wagen?«

»Eine Werkstatt hat ihn aus dem Wasser gezogen, und wenn er trocken ist, wird er gereinigt und hierher gebracht. Ihr Gepäck ist drüben in der Wäscherei, morgen sind die Sachen wieder in Ordnung.«

»Und meine Tasche, meine Papiere, mein – ja, Geld, das mir

nicht gehört, ist da auch drin gewesen.«

»Die Sachen trocknen in meinem Büro, keine Sorge, da sind sie sicher.«

»Danke.«

»Übrigens eine ganze Menge Geld. Warum so viel in bar?«

»Es gehört dem ›Museum of Art History‹, ich war auf dem Weg zu einer Versteigerung. Wenn ich morgen die Skulptur nicht bekomme, bin ich wahrscheinlich meine Stellung los. Und Bargeld als Anzahlung ist erwünscht.« Mary schloss die Augen, das Sprechen strengte sie sehr an.

»Geht es Ihnen nicht gut?«

»Ich werde so leicht schwindelig, so etwas kenne ich gar nicht.«

»Bleiben Sie ruhig liegen. Wir reden morgen weiter, und das mit der Versteigerung versuche ich zu regeln. Sie erzählen mir morgen Früh, um was es geht, und ich versuche mein Bestes. Schlafen Sie jetzt wieder.« Beruhigend strich er mit einer Hand über ihr Haar.

»Ja, danke«, flüsterte sie und hörte, wie die Tür geschlossen wurde. Und während sie einschlief, sah sie ihn vor sich, diesen interessant aussehenden, leicht ergrauten Mann mit der tiefen Stimme und der sanften Hand.

III

Mary Ashton verbrachte eine unruhige Nacht zwischen Wach- und Albträumen. Sie träumte von ihrer verzweifelten Suche nach einer Stellung, die ihrer Ausbildung als promovierter Kunsthistorikerin entsprach, und wie sie in der Edinburgher Morgenzeitung erfolglos die Stellenangebote studierte. Wie sie Angst hatte, ihre geliebte kleine Dachwohnung nicht mehr bezahlen zu können, und ihren Landrover verkaufen musste, um die Miete zu beschaffen. Angstschweiß bedeckte sie, als sie von diesem Traum erwachte.

›Gott sei Dank, das war nur ein Traum‹, dachte sie, ›und seit zwei Jahren habe ich meine Arbeit im ›Museum of Art History‹. Aber ständig muss ich darum kämpfen, die Arbeit zu behalten, die Konkurrenz ist zu groß. Ich habe mir zwar inzwischen einen Namen als Expertin für Echtheitszertifikate und Expertisen gemacht, aber ein Fehler, und ich stehe wieder vor dem Nichts.‹

Als sie daran dachte, fiel ihr wieder die Aufgabe ein, die sie heute nach Dumfries führen sollte. ›Der dritte Engel von Titurenius‹, dachte sie entsetzt und richtete sich auf. Aber schon drehte sich die Dunkelheit um sie herum, und sie klammerte sich an der Matratze fest. Unglücklich legte sie sich wieder hin. ›Daraus wird nun nichts. Das kostet mich den Job‹, dachte sie verzweifelt. ›Ich habe so darum gekämpft, diese Aufgabe übernehmen zu dürfen, und nun liege ich hier, und morgen geht der Engel über den Ladentisch, und ich komme mit leeren Händen zurück.‹

Mit Tränen der Enttäuschung in den Augen schlief sie wieder ein und träumte von einem alten, grauhaarigen Mann, der in ihre Wohnung gekommen war, um ihr ein Notizbuch zu bringen, das sie in einer Telefonzelle vergessen hatte. Ein reicher, alter Mann, der in einem Cadillac mitsamt Chauffeur vor ihrem Haus vorgefahren war. Nach einer längeren Unterhaltung hatte er ihr eine

Stellung in seinem Haus angeboten. Sie hätte seine Sammlung antiker Kunst begutachten sollen, weil er keinem fremden Experten traute und selbst nichts davon verstand. Aber sie hatte das Angebot abgelehnt. Ein fremder Mann, ein Ausländer – sie wurde wieder wach. ›Richtig‹, überlegte sie, ›er war Schwede, er hieß Christian Södergren. Das war also nicht nur ein Traum‹, dachte sie, inzwischen hellwach. Seine Visitenkarte hatte er auf ihren Tisch gelegt, und dann war er gegangen und hatte gesagt: »Wir sehen uns wieder.«

Vor dem Fenster verbreitete der Morgen ein schwaches, graues Licht. Das Gewitter war weitergezogen. Mary dachte an ihren Bruder Thomas, der immer viel Arbeit hatte, wenn ein Gewitter die Tiere verschreckte. Er war Tierarzt in den Lammermuir Hills und betreute dort die Schafherden von drei großen Zuchtbetrieben, weil nach dem Studium das Geld nicht für eine eigene Praxis reichte. ›Ach ja, das Geld, das hatten wir nie‹, dachte sie. Sie liebte ihren Bruder, vielleicht weil sie so mit dem harten Leben hatten kämpfen müssen.

Mary stammte aus einem alten, verarmten schottischen Clan nördlich der Southern Uplands. Während der Machtkämpfe zwischen Highlands und Lowlands im 18. Jahrhundert hatten die wohlhabenden Clans viel Geld in die kriegerischen Auseinandersetzungen investiert, und viele Familien hatten dabei alles verloren: ihr Ansehen, ihren Reichtum und ihr Land. Zu ihnen gehörten die Ashtons.

Um nach den Bürgerkriegen zu überleben, hatten sie alles verkauft, das Haus, das Land, die Macht. Sie zogen an die Ostküste, handelten mit Schiffen und Schafen und versuchten, sich in Nordamerika eine neue Existenz aufzubauen. Zurück blieb der Familienzweig der Ashtons in Edinburgh arm, aber stolz.

Dann kam Marys Vater, ein Urenkel des Clanoberhaupts, bei dem Krieg um die Falklandinseln ums Leben. Die Mutter wurde krank und starb ein Jahr nach ihrem Mann, und zurück blieben

Thomas und Mary, zwei unmündige Teenager, die sehr schnell lernen mussten, auf eigenen Füßen zu stehen und mit dem Leben fertig zu werden. Sie waren wie ihre Vorfahren, stolz und strebsam, tolerant und mutig und immer ehrlich. Eigenschaften, die ihnen nicht nur Freunde bescherten, sondern auch Feinde. Wer die Geschwister nicht mochte, hielt sie für arrogant und eingebildet, wer sie kannte und akzeptierte, hatte treueste Freunde. Die beiden verkauften das elterliche Anwesen, um ihre Berufsausbildung zu finanzieren, und zogen in zwei kleine Mietwohnungen.

Tom studierte Tiermedizin, Mary Kunstgeschichte. Beide jobbten in ihrer freien Zeit, und beide hatten öfter Hunger als ein sattes Gefühl im Magen. Aber sie hielten zusammen wie Pech und Schwefel und legten dennoch größten Wert auf Selbstständigkeit. Keiner erwartete Rücksicht vom anderen, und keiner wagte es, den anderen zu bevormunden. Das fing mit den getrennten Wohnungen an und endete bei den finanziellen Problemen. Das Familienschicksal hatte sie zusammengeschweißt, aber persönliche Freiheit war ihnen am wichtigsten.

Nach dem Studium ging Thomas in die Lammermuir Hills, um sich den größten schottischen Schafzüchtern anzuschließen und deren Tiere medizinisch zu betreuen. Es war eine harte Arbeit, aber er bekam einen festen Lohn und sparte jeden Penny, um sich eines Tages die ersehnte eigene Praxis leisten zu können.

Mary blieb in Edinburgh und bekam nach langem Suchen die Arbeit im ›Museum of Art History‹.

Und nun sollte sie ihren ersten großen Auftrag erledigen. Sie hatte sich lange und gründlich darauf vorbereitet. Sie hatte die anderen beiden Engelskulpturen studiert, die zu dem Zyklus gehörten und die im Besitz des Museums waren. Sie musste wissen, ob die endlich aufgetauchte Skulptur echt war, ob sie auf rechtmäßigem Wege zur Versteigerung gelangt war oder aus Hehlerhänden stammte und ob der vorgegebene Preis gerechtfertigt war. Der Zyklus, einst von Maria Stuart bei dem Florentiner Holzschnitzer Titurenius für die private Kapelle im Holyrood Palace bestellt, hatte lange Zeit als verschollen gegolten. Dann waren zwei der Engel aufgetaucht und dem Edinburgher ›Museum of Art History‹ überstellt worden. Das war vor einhundertfünfzig Jahren gewesen. Seitdem suchte das Museum den dritten Engel. Mary wusste, wie wichtig die Ersteigerung für das Museum war, sie wusste aber auch, wie es um die finanziellen Mittel des Hauses stand und dass sie verhandeln musste. Und da sie eine verlässliche Mitarbeiterin war, hatte man ihr nach langem Hin und Her die Verhandlung anvertraut. Und nun die Katastrophe mit dem Unfall. Verzweifelt schloss sie die Augen und schlief dann doch noch einmal ein.

Strahlend und heiter hatte der Morgen die Gewitterwolken der Nacht verdrängt. Die tief hängenden Wolken, die die Berge und Täler, die Wälder und Wiesen verhüllt hatten, waren verschwunden. Auf dem Rasen versuchten die regennassen Frühlingsprimeln die Köpfchen zu heben.

Mary wurde wieder wach, als Hanna eine Tasse Tee auf den Nachttisch stellte. »Ich dachte, so ein süßer Muntermacher hilft vielleicht, die dunklen Stunden von gestern zu verdrängen. Wie geht es Ihnen heute, Madam?«

Mary bewegte vorsichtig den Kopf. »Besser, etwas besser. Das Bett steht still und dreht sich nicht mehr, und die Übelkeit ist auch verschwunden.« Sie richtete sich vorsichtig auf. »Danke für den Tee, er duftet nach Jasmin und Frühling. Ist das Gewitter abgezogen?«

»Ja, gegen Morgen. Jetzt sieht der Himmel aus wie neu gestrichen und die Erde wie frisch gewaschen. Soll ich Ihnen ins Bad helfen?«

»Ich werde es erst einmal selbst versuchen.« Mary stand vorsichtig auf, hielt sich am Bettrand fest und machte die ersten

Schritte. »Es geht. Danke, dann komme ich jetzt allein zurecht.«

»Gut«, nickte Hanna. »Ich bleibe aber hier und beziehe Ihr Bett. Wenn Sie Hilfe brauchen, rufen Sie einfach.«

»Vielleicht brauche ich das Bett gar nicht mehr.«

»Oh doch. Doktor Grantino hat gesagt, Sie müssen liegen. Er kommt nachher vorbei, dann können Sie ihn selbst fragen.«

»Doktor Grantino heißt er? Ist er Italiener? Er sieht etwas südländisch aus.«

»Er kommt aus Brasilien. Er hat in Edinburgh eine medizinische Zusatzausbildung gemacht, und dann hat es ihm hier so gut gefallen, dass er nicht nach Brasilien zurückgekehrt ist.« Hanna lächelte verschmitzt. »Ich glaube, ein paar Frauen sind da aber auch im Spiel, nicht nur die Highlands.«

Mary wagte noch nicht zu duschen. Sobald sie die Augen schloss, wankte der Boden unter ihren Füßen, und der Verband um ihren Kopf sollte vielleicht auch nicht nass werden. So putzte sie sich nur die Zähne und wusch den Körper mit einem der Handtücher ab. Dann zog sie den frischen, bereitgelegten Pyjama an. Als sie zurück in ihr Zimmer kam, hatte Hanna die Fenster weit geöffnet, und der kühle Strom frischer Bergluft durchzog den Raum. Für einen Augenblick sah Mary aus dem Fenster, dann wandte sie sich ab und schlüpfte unter die Bettdecke. Hanna nickte bedächtig. »Ich sehe schon, es geht Ihnen besser. Soll ich jetzt das Mädchen mit dem Frühstück schicken?«

»Bitte nur eine Tasse Tee und eine trockene Scheibe Toastbrot. Ich weiß noch nicht, wie mein Magen reagiert.«

»Mach ich, und schön liegen bleiben.«

»Versprochen. Darf ich noch etwas fragen?«

»Selbstverständlich.«

»Wo bin ich hier eigentlich und bei wem? Ein Mister McClay hat sich zwar gestern vorgestellt, aber viel verraten hat er nicht.«

»Das hier ist ›Lone House‹, und Mister McClay ist seine Lordschaft David McClay of the Border Hills.«

»Danke, Hanna. Sind Sie die Dame des Hauses?«

Jetzt lachte die ältere Frau. »Aber nein, ich bin so etwas wie ein Mädchen für alles. Die Haushälterin, wenn Sie so wollen. Eine Dame des Hauses gibt es hier nicht.«

Mary nickte leicht verlegen. »Na ja, ich wollte ja nur wissen, wer hier das Zepter in der Hand hält, damit ich mich entsprechend bedanken kann. Also tu' ich das bei Ihnen.«

»Das ist nicht nötig. Ich denke mal, seine Lordschaft hat ein mulmiges Gefühl wegen des Unfalls gestern, da helfe ich ihm gern, das schlechte Gewissen zu beruhigen.«

Mary hätte gern weitergefragt und mehr gewusst über den Herrn und sein Haus, unterließ es aber. Sie wollte nicht als neugierig erscheinen, und bei den Dienstboten wäre so eine Fragerei auch nicht besonders gut aufgenommen worden.

Gegen zehn Uhr kam der Arzt. Er wechselte den Verband, sah seiner Patientin in die Augen, kontrollierte den Herzschlag und nahm ihren Kopf zwischen seine Hände, um die Beweglichkeit des Halses zu kontrollieren. »Gut, Sie haben sich gut erholt. Trotzdem bleibt die Ruhe oberstes Gebot.«

»Doktor, ich habe heute einen wichtigen Termin in Dumfries, ist denn da gar nichts zu machen?«

»Auf keinen Fall. Ihr Kopf und die Halswirbelsäule brauchen Ruhe. Ich erlaube für die nächsten zwei Tage höchsten den Gang ins Bad oder den Weg vom Bett in einen Sessel. Und ich meine das sehr ernst.«

Mary nickte. »Das habe ich befürchtet. Kann ich denn wenigstens einmal telefonieren?«

»Haben Sie ein Handy?«

»Ich hatte eines im Auto, es müsste bei meinem Gepäck liegen. Aber das Wasser wird ihm schlecht bekommen sein.«

»Das fürchte ich auch. Wollen Sie meines nehmen?«

»Ich habe die Nummer nicht im Kopf.«

»Dann müssen wir den Lord nach Ihren Sachen fragen. Aber denken Sie daran, Sie dürfen sich nicht aufregen.«

»Das ist leichter gesagt als getan, ich kämpfe um meine Existenz, um genau zu sein.«

»Das ist schlecht. Ich werde mit dem Lord sprechen, er soll sich etwas einfallen lassen.«

Als der Arzt gegangen war, schloss Mary die Augen. Diese Besuche strengten sie mehr an, als sie zugeben wollte. ›Himmel, in welchen Schlamassel bin ich da geraten?‹, überlegte sie und befühlte ihren Kopf. Die Wunde schien nicht schlimm zu sein, sonst wäre sie genäht worden. Aber die Haare, die man abgeschnitten hatte, würden lange zum Nachwachsen brauchen.

›Na gut, ich werde die Frisur ändern und den Scheitel auf der anderen Seite ziehen, dann sieht man die Lücke nicht.‹

Es klopfte schon wieder. David McClay kam mit einem schnurlosen Telefon in der Hand und einem dicken Telefonbuch im Arm. »Doktor Grantino macht mir die Hölle heiß. Damit Sie endlich zur Ruhe kommen, soll ich für Sie Telefongespräche führen und Ihre Stellung sichern.«

»Es tut mir leid, Lord McClay, aber er lässt mich nicht aufstehen.«

»Also erstens, den Lord lassen Sie bitte weg. Und zweitens, ich habe Ihnen gestern versprochen, mich um Ihre Angelegenheit zu kümmern. Wen möchten Sie anrufen?«

»Im Antiquariat Alexander Salvan in Dumfries wird heute eine Engelskulptur von Titurenius versteigert, die ich für das ›Museum of Art History‹ in Edinburgh ersteigern sollte. Es ist mein erster großer Auftrag.«

»Als was arbeiten Sie in dem Museum?«

»Als Expertin für antike Sammlungen. Ich habe Kunst studiert und mich auf Antiquitäten spezialisiert. Die Skulptur gehört zu einem Zyklus, den wir damit vervollständigen könnten. Nach vielen Jahren ist die Figur heute endlich auf dem Markt, und nun liege ich hier und kann sie nicht besorgen.«

David McClay schwieg einen Augenblick. »Wann sollte die Auktion stattfinden?«

»Nachmittags, sechzehn Uhr.«

Er sah auf die Uhr. »Bis dahin kann ich in Dumfries sein. Ich könnte sie ersteigern, aber wie erkenne ich sie?«

»In meiner Aktentasche war ein Prospekt mit einer guten Abbildung. Und es ist die einzige Skulptur an diesem Nachmittag.«

»Gut, ich lass den Wagen vorfahren und hole den Prospekt.«

Er stand auf und verließ eilig das Zimmer. Als er wenig später zurückkam, hatte er den feuchten, welligen Hochglanzkatalog in der Hand. »Ist noch nass, aber die Bilder sind erkennbar.« Er reichte Mary den Katalog. »Wie viel darf die Skulptur kosten?«

»Man hat mir keine Grenze gesetzt, weil wir den Engel so dringend brauchen, aber dass ich sparsam sein soll, ist selbstverständlich. Und man will Bargeld als Anzahlung.«

»Ich verstehe. Aber ich muss trotzdem wissen, wie weit ich gehen kann.«

Mary zählte ihm auf, was die anderen beiden Skulpturen wert waren, und McClay nickte: »Dann weiß ich ungefähr, was ich bieten darf.«

Er verabschiedete sich schnell, und wenig später hörte sie das Aufheulen des Maserati, der mit hoher Geschwindigkeit die Schlosseinfahrt verließ.

Als Hanna wenig später das Mittagessen, eine klare Bouillon mit Grießklößchen, von der die Köchin behauptete, die könnte auch den kränksten Menschen gesund machen, brachte, war sie noch immer sprachlos. »Der Lord ist davongefahren wie ein Teufel. Zum Glück hat er den Chauffeur am Steuer, man sieht ja, was sonst dabei herauskommt«, zwinkerte sie Mary zu. »Wo will er denn hin, er hat doch endlich Ferien?«

Mary, amüsiert über die unverhohlene Neugier, die da zum

Vorschein kam, lächelte. »Er will meine Arbeit machen, die ich nun nicht erledigen kann. Ich verliere meine Stellung, wenn das nicht klappt.«

»Na, das ist doch mal anständig. Seine Lordschaft ist schon ein toller Typ, das muss einmal gesagt werden.«

IV

Doktor Grantino arbeitete präzise und rasch. Die beiden Assistenzärzte sahen ihm zu. Sie bewunderten den Brasilianer, dem sie am Operationstisch gegenüberstanden. Die Zusammenarbeit in ihrem Team war vorbildlich. Grantino, dem weder die Hitze unter dem OP-Scheinwerfer noch die Tatsache, dass es seine fünfte Operation an diesem Tag war, etwas auszumachen schienen, die OP-Schwester, die jeden Handgriff des Chefs im Voraus zu wissen schien, Stefanie, die kleine Hilfsschwester, die nur dazu da war, Grantino den Schweiß aus dem Gesicht zu wischen, der Anästhesist und die beiden Assistenzärzte, sie alle arbeiteten seit vier Monaten zusammen und hatten sich zu achten gelernt.

Vor allem Schwester Stefanie liebte die Arbeit an der Seite des großen Mannes mit der olivfarbenen Haut, und oft genug hoffte sie, dass aus dieser Zusammenarbeit einmal etwas anderes, etwas mehr werden könnte. Die kurzen Augenblicke hier im OP – und dann, danach? Nichts, nur das Warten auf die nächste OP. Sie seufzte so laut, dass Grantino sich erschrocken umsah. »Was ist los, Schwester?«

»Nichts, Doktor, die Luft hier drin ... Ich glaube, der Ventilator streikt schon wieder«, stotterte sie beschämt und nahm ein frisches Tuch, um ihm den Schweiß von der Stirn zu wischen, bevor er den Arzt bei der Arbeit behindern konnte. Sie stellte sich auf die Zehenspitzen, um seine Stirn zu erreichen, und Grantino beugte sich für einen Augenblick zu ihr herunter. Seine Augen lachten sie an und sagten Danke.

Schon zum zweiten Mal in dieser Woche versagte der Ventilator im OP ›So etwas darf einfach nicht passieren, ich muss mit dem Professor sprechen‹, nahm sich Grantino vor.

›In Brasilien – ach was‹, dachte er, ›ich darf einfach nicht so oft an Brasilien denken‹, rief er sich zur Ordnung, ›nicht während einer Operation.‹ Er kniff die Augen zusammen, um besser sehen zu können. Wortlos reichte ihm die Schwester die Instrumente, es war fast, als bestimme sie das Tempo der Arbeit. Grantino streifte sie mit einem kurzen Blick. Sie sah müde aus, genau wie er, genau wie sie alle an diesem späten Nachmittag. ›Aufpassen, keine Fehler machen‹, rief er sich im Stillen zu, ›eine Magenoperation wird schnell zur Routinesache, und dann wird sie schlecht.‹

Ein paar Worte hin und her, die Arbeit ging weiter.

Dreißig Minuten später war die Operation beendet. Die Hilfsschwester half ihm aus dem Kittel und nahm ihm Mundschutz und Kopfbedeckung ab. Sie lächelte, als er sich bedankte. »Was war das vorhin, dieser Seufzer, Schwester Stefanie?«

»Wirklich nichts, Doktor, ich war in Gedanken und dann die Hitze, entschuldigen Sie.«

»Es klang viel zu traurig für eine so junge Frau.«

»Vielleicht waren es traurige Gedanken, Doktor.«

»Dann müssen wir etwas dagegen unternehmen. Trinken Sie einen Tee mit mir in der Kantine?«

»Schrecklich gern, aber ich bekäme Schwierigkeiten mit der Oberschwester.«

»Dann müssen wir uns zu einem Tee ohne Oberschwester treffen. Sagen Sie mir Bescheid, wenn Sie einmal frei haben, ja?«

Gleich darauf war er fort. Stefanie lächelte: So war er immer, freundlich, kameradschaftlich, aber nie mehr, nie passierte etwas anderes ...

Grantino verließ den OP-Trakt. ›Nette Frau‹, dachte er noch flüchtig, dann ging er eilig den langen Korridor hinunter. ›Wenn ich einmal Zeit habe, führe ich sie aus, vielleicht ins ›Imperium‹ am Firth, da war sie bestimmt noch nicht. Aber Zeit, wann habe ich schon einmal Zeit?‹

Er ging schnell weiter. ›Kein Mensch hat hier Zeit, Arbeit wird großgeschrieben. Wohlstand und Ansehen, das sind die

Komponenten, die zählen. In Brasilien, da hatte jeder Zeit, immer, immer, aber hier?‹ Das fing bei dieser kleinen Lernschwester an, die abends noch Schauspielunterricht nahm, und endete beim Professor Lloyd, der von seiner Frau verlangte, dass sie als Laborantin bei seinen Forschungen half.

Seine Schritte wurden lauter. Er ärgerte sich, sobald er an Lloyd dachte. Isabelle war so hinreißend jung, so zerbrechlich, warum hatte sie einen Mann geheiratet, der ihr Vater hätte sein können? Einen Mann, einen Fanatiker, der nur seine Klinik kannte, seine Forschungen und abends mit Büchern ins Bett ging statt mit seiner Frau, der seine Patienten verwöhnte und seine Frau hinter stinkende Reagenzgläser in ungelüftete Kellerräume verbannte?

»Hallo, Grantino, was machst du heute Abend?« Doktor Wallance kam ihm entgegen. War es schon so spät, dass der seinen Nachtdienst antrat?

»Ich habe eine Konzertkarte für die Londoner Sinfoniker erwischt.«

»Meine Güte, dann musst du dich aber beeilen.«

Grantino sah auf die große Uhr im Treppenhaus. »Du hast recht.« Er lief die breiten Marmorstufen hinunter. »Adieu, Wallance, eine ruhige Nacht für dich.«

Der Pförtner, die Glastür, endlich frische Luft – wie mild der Abend war. Grantino benutzte die Abkürzung durch den Park. Ein kleines Tor, die stille Villenstraße. Über den Pentland Hills versank die Sonne. Drüben, am Ende des Forth, krochen die Schatten der Nacht bereits über das Wasser. Grantino überquerte die Straße. Der kleine Bungalow, den er für die Dauer seiner Arbeit hier in Edinburgh gemietet hatte, lag am Ende der Häuserreihe. Grantino sprang mit einer Flanke über die niedrige Gartenmauer und ging über den Rasen. Der Junge aus der Klinikküche hatte das Tablett mit dem Abendessen auf den Küchentisch gestellt. Es sah appetitlich aus, aber Grantino hatte keine Zeit. Er drehte die Hähne im Bad auf, suchte den nachtblauen Abendanzug heraus, kaute einige Stückchen vom Toastbrot, kontrollierte Schuhe, Krawatte und Brieftasche und stand gleich darauf unter der heißen Dusche. ›In sechzig Minuten beginnt das Konzert‹, dachte er erschrocken, ›und wenn ich Pech habe, brauche ich allein eine halbe Stunde, um durch die Innenstadt zu fahren.‹ Gerade als er das Haus verlassen wollte, klingelte das Telefon. Wallance war am Apparat.

»Ich wollte dich nur warnen, fahr nicht die Mainstreet herunter. Eine große Umleitung würde dich bis Liberton führen. Das wurde gerade im Radio durchgegeben.«

»Danke für die Warnung.« Grantino legte auf, verschloss das Haus und eilte in die Garage. Wenig später jagte der rote Alfa Romeo die gewundenen Straßen hinunter der Innenstadt entgegen. Er hatte Glück, der Verkehr in den kleinen Nebenstraßen war schwach, die Leute saßen noch beim Abendessen. Dreißig Minuten später stellte er den Wagen in der Tiefgarage der Anna Hall ab. ›Geschafft‹, dachte er zufrieden, fuhr mit dem Lift nach oben, suchte seinen Platz und setzte sich, noch etwas außer Atem, aber zufrieden mit sich selbst, in seinen Sessel. Er bevorzugte – wenn es ihm gelang – einen Platz in der ersten Reihe einer Seitenloge. Es machte ihm Freude, den Musikern zuzusehen und den Dirigenten zu beobachten. Manche dirigierten mit weit ausholenden Bewegungen, zerzausten Haaren und feuchten Gesichtern. Andere dirigierten aus dem Handgelenk heraus und führten den Taktstock mit minimalen Gesten zum bravourösen Erfolg.

Aber heute war Grantino zu abgespannt, um auf solche Nuancen zu achten. Er gab sich mit geschlossenen Augen der Musik hin. Manchmal ließ er auch seine Gedanken spielen. Gewiegt von den Melodien, wanderten sie zu seinem einzigen Hobby, zu seinem Häuschen beim ›Rodono Hotel‹ am St. Mary's

Loch, seinem kleinen, versteckten Ferienhaus, in dem er sich von der Hektik in der Klinik erholen konnte und von dem niemand in Edinburgh etwas wusste. Nur die Einheimischen rund um den See, denen er manchmal half, wenn ein Arzt gebraucht wurde, die kannten ihn.

Er dachte an die zurückliegenden Monate und an die Zeit davor; das Studium in Deutschland und das Stipendium in den USA. ›Meine Güte, hatte ich ein Heimweh damals! Danach die Arbeit in São Paulo, endlich die Stelle in Rio. Acht Jahre war ich dort. Eigentlich acht gute, befriedigende Jahre. Es gab natürlich auch Rückschläge bei der Arbeit, aber aus denen habe ich gelernt‹, sinnierte er, ›und es gab Erfolge, die meinen Namen bekannt gemacht haben. Die brachten mir Geld, ein Haus, einen Wagen und die Bekanntschaft interessanter Kollegen. Und sie brachten mir die Möglichkeit, noch einmal in Europa zu arbeiten.

Noch zwei, drei Jahre, dann geht's zurück an die Copacabana, ganz gleich, ob allein oder zu zweit. Meine Hoffnung, hier eine Frau fürs Leben zu finden, habe ich noch längst nicht aufgegeben.‹

Grantino wandte sich wieder ganz der Musik zu. Händel, Bach, Tschaikowsky, das waren die Komponisten der Melodien, die sich in sein Herz eingruben. ›Es sind die Gene meiner Vorfahren, die mich an diese Lebensart binden‹, dachte er. Sie waren einst aus Italien kommend in Brasilien eingewandert und sesshaft geworden. Auch sie waren Künstler gewesen und hatten als Glasbläser in dem fernen Kontinent angefangen. Aus Gläsern und Vasen und Tellern wurden dann feinste Christbaumkugeln, und aus der kleinen Werkstatt wurde ein großes Unternehmen. ›Aber irgendwie haben meine Wurzeln noch immer einen Halt im sogenannten Abendland. Und nun sollte auch meine Frau aus der Alten Welt stammen.‹

Andere Hoffnungen, die mit seinem Beruf zusammenhingen, hatten sich erfüllt: Er hatte in den modernsten Kliniken neue Erfahrungen gesammelt, neue Medikamente erproben können und moderne Methoden der Anästhesie kennengelernt. Nur sein privater Wunsch von der blonden Europäerin war ihm immer wieder zwischen den Fingern zerronnen. ›Da war ja auch nie Zeit für ein Privatleben‹, entschuldigte er sich selbst. Und plötzlich waren seine Gedanken wieder bei Mary Ashton. ›Morgen muss ich mich um sie kümmern. Morgen ist mein freier Tag, morgen habe ich Zeit, nach Tibbie Shiels Inn zu fahren.‹

Die Gedanken an das kleine Ferienhaus, an die Leute dort, die seine Freunde geworden waren, an das Segelboot, das er bald seeklar machen musste, an David McClay, den er beim Ritt in die Hills begleiten wollte – und eben an Mary Ashton holten ihn aus der Welt der Erinnerungen in die Welt der Melodien zurück.

Das Konzert endete mit Händels Feuerwerkmusik. Begeisterter Applaus, frenetische Rufe nach einer Zugabe ließen den riesigen Konzertsaal erbeben. Aber das Konzert war zu Ende, der Dirigent verließ das Pult, die Musiker gingen von der Bühne.

James Grantino stand auf. Erst jetzt sah er, dass in der Loge neben ihm Professor Lloyd und Isabelle gesessen hatten. Jovial winkte ihm der alte Mediziner zu, seine Frau begrüßte ihn nur mit einem kurzen Kopfnicken. ›Na, wenigstens nimmt er sie hin und wieder mit in ein Konzert‹, dachte Grantino und grüßte zurück. Ohne nach weiteren Bekannten zu suchen, verließ er die Anna Hall und fuhr zurück in sein Haus. Diesmal ließ er sich Zeit.

Endlich daheim, verzehrte er das Abendessen mit dem trocken gewordenen Toastbrot, den Wurst- und Käsescheiben, die sich inzwischen auf dem Teller kringelten, und den Tomatenstückchen, die als Dekoration den Tellerrand schmückten. ›Wenigstens die sind noch saftig‹, dachte er und zog sich während des Essens aus.

Der nächste Morgen, ein klarer, frischer Frühlingstag, weckte ihn mit Sonnenschein und einer frischen Meeresbrise. Wie immer hatte James Grantino bei offenem Fenster geschlafen und wie immer hatte ihn der Hund vom Nachbarn mit seinem Bellen geweckt. ›Macht nichts‹, dachte er, ›diesmal ist's mir recht, ich will so früh wie möglich starten.‹

Er duschte, zog seinen Freizeitdress an und packte ein paar Sachen ein, die er während des Tages am St. Mary's Loch brauchen konnte. ›Da unten weiß man nie, wie sich das Wetter entwickelt, und wenn ich wirklich das Boot klarmache und rausfahre, kann es frisch werden. Wir haben erst April, und da ist sogar noch Schneefall möglich.‹

Er fuhr über die Schnellstraße bis zur Autobahnauffahrt Abington, dann über die Autobahn nach Moffat und von dort nordwärts bis Tibbie Shiels Inn. Es war zwar ein Umweg, aber er kam schneller voran als auf der schmalen Landstraße von Selkirk aus.

Er sah hinüber zu den schneebedeckten Gipfeln der Tweedsmuir Hills. ›Man könnte die Skier noch einmal auspakken‹, überlegte er, ›aber dann sitze ich den größten Teil des Tages im Auto, um bis zur Schneegrenze zu fahren, es lohnt sich nicht für einen einzigen freien Tag.‹

Leicht enttäuscht wandte er sich wieder der schmalen Straße zu und erreichte wenig später das abgelegene ›Rodono Hotel‹ mit seinem geliebten Blockhaus dahinter. Fünf hohe Kiefern mit dicken, runden Zapfen überragten das Dach. Der niedrige, rechteckige Holzbau mit der lang gezogenen, überdachten Veranda an der Vorderseite lehnte sich behaglich in die hügeligen Matten. Vom Wetter dunkel gebeizt, hob es sich von den frühlingsgrünen Wiesen ab, Gemütlichkeit und Geborgenheit versprechend. James fuhr den Wagen in den Carport hinter dem Haus, nahm seine Reisetasche und lief nach vorn zum Eingang. Glücklich, endlich angekommen zu sein, nahm er die drei

Stufen zur Veranda mit einem Satz und schloss die Haustür auf. Drinnen war es kalt und dunkel. Zuerst stieß er die Fensterläden auf, damit Licht hereinkam, dann legte er zerknülltes Papier in den Ofen, Kienspäne darüber, und als Papier und Späne brannten, schob er die ersten dünnen Holzscheite nach. Der Ofen in der Mitte der Hütte war zugleich Kochherd und Wärmespender für die vier Räume, in die die Blockhütte unterteilt war. Ein großer und ein kleiner Schlafraum sowie ein Vorratsraum grenzten an den großen, mittleren Raum, der Wohnzimmer, Küche und Esszimmer in einem war.

James stellte die Tasche auf den Tisch, packte die Lebensmittel aus, die er mitgebracht hatte, und stellte den Kessel mit Wasser auf den Herd. Als es siedete, holte er die Teedose aus dem Schrank, und gleich darauf zog der Duft von indischem Darjeeling durch die Hütte. Der eine, kleine Ferientag konnte beginnen.

V

James Grantino verbrachte einen ruhigen Tag. Er wanderte ein Stück zum Megget Reservoire hinauf, besuchte den Bootsbauer am St. Mary's Loch, bei dem sein Boot überwinterte, und genoss die Frühlingssonne auf seiner Terrasse. Am späten Nachmittag fuhr er nach ›Lone House‹, um seine Patientin zu besuchen. Er untersuchte sie noch einmal gründlich, entfernte die Klammer und verschloss die Wunde mit einem Pflaster. ›Eigentlich mein letzter Besuch bei ihr‹, dachte er etwas enttäuscht. ›Sie hat sich gut erholt, sie braucht mich nicht mehr. Ab morgen darf sie aufstehen.‹

Nach der Visite fuhr er zurück nach Edinburgh. Der freie Tag war vorbei. Kaum in seiner Wohnung angelangt, klingelte das Telefon.

»Hier ist Isabelle Lloyd. Verzeihen Sie die Störung, Doktor Grantino, aber ich bin auf der Suche nach meinem Mann. In der Klinik sagte man mir, er sei mit einem der Ärzte fortgegangen, und nun rufe ich reihum an und suche ihn. Ist er zufällig bei Ihnen?«

Grantino, angenehm überrascht, mit der von ihm heimlich verehrten Isabelle Lloyd zu sprechen, lächelte. »Nein, gnädige Frau. Ich habe den Herrn Professor heute noch nicht gesehen. Kann ich Ihnen irgendwie helfen?« Er wollte das Gespräch in die Länge ziehen. Sie hatte so eine feine, sympathische Stimme am Telefon, er hätte sich stundenlang mit ihr unterhalten können.

Sie zögerte einen Augenblick. »Wir haben eine Einladung zu einer Vernissage für intime, verschwiegene Gäste, und ich würde sehr gern hingehen. Es sind Freunde, und sie wären sehr enttäuscht, wenn wir nicht kämen. Aber anscheinend hat mein Mann die Einladung vergessen. Nun muss ich, höchst ungern allerdings, ein Taxi nehmen und allein hinfahren.«

James wurde hellhörig. »Würden Sie auch mit mir vorliebnehmen? Ich habe heute nichts vor, es ist mein freier Tag, und es wäre mir ein Vergnügen, Sie zu begleiten, gnädige Frau.« Er war fest entschlossen, die Gelegenheit, diese faszinierende Frau, die er schon so lange bewunderte und bedauerte, endlich einmal näher kennenzulernen.

»Danke, Doktor, ich würde mich sehr über Ihre Begleitung freuen.«

»Dann bin ich in zwanzig Minuten mit dem Wagen bei Ihnen.«

Isabelle Lloyd wartete vor ihrer Haustür, als James vorfuhr. Lächelnd kam sie auf ihn zu. »Wir werden ein Gewitter bekommen. Sehen Sie das Wetterleuchten im Süden?« James stieg aus. Von der Anhöhe, auf der das Haus stand, hatte man einen wunderbaren Blick über die Stadt. »Ich bin froh, dass ich nicht allein zu Hause sitzen muss. Ich bin ein ziemlicher Angsthase.« Sie reichte ihm die Hand. »Danke, dass Sie gekommen sind.«

James öffnete ihr die Tür und half ihr beim Einsteigen. Sie hatte ein elegantes Abendkleid mit einer auffallend schön bestickten Stola an und darüber ein schwarzes Wollcape gegen den frischen Wind vom Meer. Er selbst hatte in aller Eile den Smoking angezogen und schaute unauffällig im Rückspiegel nach, ob er die Fliege richtig gebunden hatte. Als er sah, dass sie perfekt saß, startete er und fuhr langsam in Richtung Dalmeny davon.

»Womit habe ich so viel Aufmerksamkeit eigentlich verdient?«, wandte er sich an seine Begleiterin.

Sie lächelte. »Nennen Sie es ein – nun, einen kleinen Spaß auf ein sehr kleines Abenteuer. Ich hatte keine Lust, allein zu der Vernissage zu fahren, und noch weniger Lust, den Abend allein zu Hause zu verbringen. Ich bin sehr oft allein, müssen Sie wissen.«

James warf ihr einen kurzen Blick zu, dann konzentrierte er sich wieder auf den abendlichen Verkehr.

Sie lachte. »Manchmal fällt es mir schwer, mit dem Alleinsein und der Langeweile fertig zu werden. Man wartet auf etwas, was dann doch nicht eintrifft, das finde ich frustrierend.«

Grantino dachte zurück an die seltenen Gelegenheiten, die ihn mit Isabelle Lloyd zusammengeführt hatten. Eine Gesellschaft, die der Professor seinen Ärzten gab – wie ein unerreichbar schönes Bild hatte er damals die junge Frau bewundert, die so eine perfekte Gastgeberin war. Eine formelle Begrüßung, ein angedeuteter Handkuss – sonst war kein Wort zwischen ihnen gefallen. Dann traf er sie zufällig im Labor, aber sie war so beschäftigt, dass sie nicht einmal aufsah, als er sie grüßte. Schließlich hatte er ihr einmal seinen Schirm geliehen, als sie bei strömendem Regen die Klinik verlassen wollte und ihm in der Tür begegnete. Die Haushälterin hatte ihn einen Tag später zurückgebracht. Und sonst? Nichts!

Der Verkehr wurde weniger. Es war die Zeit, in der die Theater, Konzerte und Kinos mit den Abendvorstellungen begannen. Erst später, kurz vor Mitternacht, würde der Verkehr noch einmal laut werden.

Sicher und geschickt steuerte er den Wagen durch die Stadt.

Sie unterbrach das Schweigen. »Mein Mann hat mir viel von Ihnen erzählt, wann gehen Sie zurück nach Brasilien?«

»Im Herbst. Mein Vertrag mit der Klinik läuft bis Ende Oktober.«

»Gefällt es Ihnen bei uns, oder wären Sie lieber in Ihrer Heimat?«

»Ich bin gern in Europa, aber ich freue mich auch wahnsinnig auf das Leben in Brasilien.«

»Wie alt sind Sie, Doktor?«

»Ich werde bald vierzig, Madam.«

»Oh –« Und nach einer kleinen Pause: »Ich bin viel jünger als Sie. Wie kommt es, dass Sie noch so jung aussehen?«

Grantino lachte sie offen an. »Vielleicht habe ich keine Zeit zum Älterwerden – und keine Lust dazu.«

Sie sah ihn einen Augenblick an. »Sie sind gern lustig, nicht wahr? An den Augen haben Sie Falten, die kommen vom Lachen.«

»Haben Sie das in der Dunkelheit gesehen, Madam? Ich kann das kaum glauben.«

»Könnten Sie nicht Isabelle zu mir sagen? Bei unserem Altersunterschied müsste das doch ganz leicht für Sie sein – oder?«

»Das klingt nach Freundschaft. Wollen Sie das?«

»Natürlich, sonst wäre es doch sinnlos.«

Bestürzt sah Grantino die Frau an seiner Seite an. »Sie sind sehr offen, und Sie sind sehr schnell. Ich habe den Eindruck, Sie sind wirklich zu oft allein. Weshalb?«

»Seit meiner Heirat habe ich kaum noch Freunde. Ich bin zu reich, zu fein, zu bekannt, zu elegant für sie geworden.« Und nach einem Augenblick fuhr sie fort: »Früher – da war alles anders. Meine Freunde und ich kamen aus dem gleichen Milieu – wir alle waren Künstler, mehr oder weniger jedenfalls. Einige hatten Talent, einige hatten keins, aber Lebenskünstler waren wir alle, das hielt uns zusammen.«

»Und heute?«

»Heute gehöre ich nicht mehr dazu. Mein Leben funktioniert ohne finanzielle Akrobatik und ohne die Spannung zwischen Erfolg und Misserfolg, die es so interessant macht. Fragen Sie bitte nicht, warum ich diesen Kreis verlassen und mit der Villa meines Mannes getauscht habe. Es gibt Dinge im Leben, die sollte man vergessen – Freundschaft gehört dazu.«

Grantino wagte eine ehrliche Antwort: »Ich habe mir oft gewünscht, Ihr Freund zu sein.«

Sie schwieg einen Augenblick, dann erklärte sie: »Ich hasse Ärzte, das müssen Sie wissen.«

Betroffen sah er sie an. »Hat man Ihnen so wehgetan?«

»Mehr, als eine Frau ertragen kann. Aber nicht auf eine Art, die Sie als Mann jetzt vermuten – oh nein, mein Mann ist sehr zurückhaltend und korrekt, wirklich«, fügte sie bestätigend hinzu, als brauchten ihre Worte noch eine Bekräftigung.

Sie hatten Dalmeny erreicht. Grantino musste auf die Straße achten.

»Wir müssen durch den Ort hindurch auf die Anhöhe. Bitte fahren Sie jetzt langsam, ich muss mich orientieren. Sonst ist immer mein Mann gefahren, da habe ich nicht auf die Straße geachtet. Aber wir sind gleich da. Ja, dort drüben ist die Einfahrt.«

Dezente Bodenlampen am Rande der Auffahrt, ein festlich erleuchtetes Haus mit einem Rondell davor, an dessen Rand zahlreiche Autos parkten. Bedienstete liefen hin und her und halfen den Gästen aus ihren Wagen. »Ein festlicher Empfang. Wie heißt unser Gastgeber eigentlich?«

»Mister Södergren. Er ist sehr bekannt für seine Sammlungen, und anscheinend hat er neue Stücke erworben. Dann gibt er immer ein Fest für seine Freunde. Wir nennen es eine Vernissage.«

»Södergren? Der Name –« Grantino stockt einen Augenblick. »Etwa d e r Södergren von der Oil-Company of SVERIGE?«

»Genau der. Kennen Sie ihn?«

Er lachte. »Wer kennt schon einen Multimilliardär? Nein, natürlich nicht persönlich. Aber der Name ist bekannt.«

»Dann kommen Sie und freuen Sie sich auf einen sehr netten Mann.«

Drinnen empfing sie leise Musik. Gäste in Abendkleidung gingen durch die Räume und unterhielten sich leise. Isabelle Lloyd legte ihren Arm in den von James und führte ihn zu einem Mann, der am Fuße einer breiten Treppe stand und sich unterhielt. »Mister Södergren, darf ich Ihnen Doktor James Grantino vorstellen? Er war so nett, mich zu begleiten, mein Mann war wieder einmal nicht zu finden.«

Der Hausherr verbeugte sich vor den neuen Gästen. Er begrüßte Isabelle mit einem freundschaftlichen Kuss auf die Wange und James mit einem Handschlag. »Reizend, dass Sie gekommen sind. Die kleine Eröffnung findet gleich statt. Bitte fühlen Sie sich wie zu Hause. Isabelle, Sie kennen ja die Räumlichkeiten. Ich bin gleich an Ihrer Seite.« Er wandte sich neu eintreffenden Gästen zu.

Isabelle lächelte. »Er macht es meist sehr geheimnisvoll. Aber seine Veranstaltungen haben immer Stil, das bewundere ich an ihm.«

»Sie kennen ihn gut?«

»So, wie man den Freund des Ehemannes kennt. Wir sehen ihn selten, er ist nicht oft in Edinburgh. Seinen Hauptwohnsitz hat er in der Nähe von Stockholm, aber meist ist er auf Reisen. Die nutzt er dann, um seiner Lieblingsbeschäftigung nachzugehen.«

»Und die wäre?«

»Das Sammeln von Antiquitäten. Wobei er sehr rigoros vorgehen kann, wie mir erzählt wurde.«

»Und was heißt das?«

»Wenn er ein seltenes Stück gefunden hat, scheut er keine Mittel, um in dessen Besitz zu kommen.«

»Nun, die finanziellen Möglichkeiten dazu hat er ja.«

»Aber er scheut auch nicht so kleine Gemeinheiten wie den Einsatz von Spitzeln. Und auch vor Bestechungen schreckt er nicht zurück. Dabei möchte ich betonen, dass er kein Betrüger ist. Er ist nur oft schneller als andere Interessenten, weil er früher weiß, wo es Raritäten gibt.«

Grantino nahm Isabelles Arm und führte sie zu einer Bar. »Ein Glas Champagner?«

»Gern.« Sie sahen sich in die Augen, und Grantino war bestürzt von der Intensität, mit der sie ihn ansah. »Ich habe Ihnen vorhin das Du angeboten und Sie gebeten, mich einfach Isabelle zu nennen. Warum sind Sie nicht darauf eingegangen?«

»Ich war überrascht. Schließlich bin ich doch heute nur Ihr Chauffeur.«

»Aber Sie haben gesagt, Sie hätten mich gern näher kennengelernt. Heute haben Sie Gelegenheit dazu.«

»Ich weiß, aber darf ich so eine Chance nutzen?«

»Du darfst, und nun lass uns endlich auf das Du anstoßen.« Sie sahen sich tief in die Augen, und plötzlich war die Vertrautheit zwischen ihnen ganz selbstverständlich.

Lächelnd beobachtete Christian Södergren die beiden aus der Entfernung. ›Schön‹, dachte er, ›anscheinend hat Isabelle endlich einen Freund gefunden.‹ Er beobachtete sie oft, wenn sie ihm an der Seite ihres Mannes begegnete. Er hatte selten so ein ungleiches Paar gesehen. Sie, die junge Frau aus einfachen Verhältnissen, die in die Geborgenheit seines Reichtums, seines Ansehens und seiner Prominenz geflüchtet war, und er, der sich mit ihrer Jugend, mit ihrer Schönheit und ihrer Ergebenheit schmückte. Auf eine gewisse Weise schienen sie ihr Glück gefunden zu haben, aber die Einsamkeit, die sie umgab, blieb ihm nicht verborgen. ›Isabelle ist nicht dumm‹, dachte er, ›sie wird ihren Weg gehen, und wenn sie klug ist, wird es nun sogar ein glücklicher Weg sein.‹

Södergren wandte sich an seine Gäste. Die Musiker spielten einen kleinen Tusch, und alle wandten sich dem Hausherrn zu.

»Meine Damen, meine Herren, liebe Freunde, herzlich willkommen. Ich freue mich, Sie alle hier begrüßen zu können. Wie so manches Mal habe ich auch heute eine kleine Überraschung für Sie. Ich möchte Sie mit meiner neuesten Errungenschaft bekannt machen und hoffe, Sie freuen sich mit mir, dass ich ein lange vermisstes Wunderwerk der Holzschnitzkunst erwerben konnte. Es handelt sich um eine seit Jahrhunderten verschollene Skulptur, der ich nun in meinem Heim ein neues Zuhause geben kann. Bitte folgen Sie mir.«

Er führte seine Gäste in einen kleinen, von Kerzen erleuchteten Raum. Vor einer mit blauem Samt tapezierten Wand stand auf einem Sockel eine mit grauer Seide verhüllte Skulptur. Diener gingen mit Tabletts voller Champagnergläser umher und boten das kostbare Getränk an, während sich Christian Södergren neben die verhüllte Skulptur stellte, sein Glas erhob und mit den Worten

»Trinken wir auf meinen Engel« das Seidentuch entfernte.

Vor den Gästen stand, vom milden Licht der Kerzen sanft beleuchtet, eine Engelskulptur, schlicht, grau, vom flackernden Schein zur Lebendigkeit erweckt und von uralter Herkunft.

Ergriffen von der schlichten Einfachheit der einen Meter großen Statue und dem lebendigen Ausdruck, schwiegen die Leute. Dann kamen leise Worte auf: »einzigartig«, »überirdisch«, »archaisch«, »wunderschön«!

Man gratulierte dem Sammler und lobte ihn. Erfreut über die Glückwünsche und die Anerkennung, schüttelte Södergren die Hände seiner Gäste, erklärte, wie und wo er den Engel ersteigert hatte und wie lange die Kunstwelt auf das Erscheinen der Skulptur gewartet hatte, die zu einem Zyklus von drei Engeln gehörte, die Titurenius im Florenz des 16. Jahrhunderts geschnitzt hatte. Lächelnd und hoch zufrieden versicherte er, dass so mancher Sammler und viele Museen auf das Auftauchen der jahrelang verschollenen Figur gewartet hätten und dass er sich glücklich schätze, als erster und meistbietender Sammler die Figur erhalten zu haben.

Dann bat er die Gäste zum Essen. »Meine Damen, meine Herren, das Büfett ist eröffnet.« Die kleine Kapelle spielte leise Tischmusik, und vergnügt wandten sich die Gäste dem Speisesaal zu, während Christian Södergren mithilfe seines Butlers die Skulptur wieder in das Seidentuch hüllte, die Kerzen löschte und den kleinen Raum verschloss.

James führte Isabelle zum Büfett, das von ›Michael-Clarkes-Holiday‹, dem besten Feinkostanbieter Edinburghs, geliefert worden war. Es gab Delikatessen, die James nicht einmal dem Namen nach kannte, und mit Begeisterung langte er zu. Dennoch beherrschte ihn ein seltsames Gefühl. Er wurde den Gedanken an den Engel nicht los. Irgendwann, irgendwo hatte er von so einem Engel schon gehört.

Aber als die Kapelle zum Tanz aufspielte, vergaß er den Engel wieder und nahm Isabelle in den Arm. Glücklich und beschwingt flogen sie über das Parkett, wie ein eingespieltes Team drehten sie sich im Takt der Melodien und wiegten sich eng verbunden im Rhythmus des Tangos. Ihre Körper waren eine Einheit geworden, und ihre Herzen klopften, als wollten sie zerspringen. Isabelle spürte ganz intensiv den Mann, der sie fest an sich presste, und James ließ seine Hand über die nackten Schultern, die Taille und die Hüfte seiner Partnerin gleiten, die ihre Stola längst abgelegt hatte. Atemlos ließen sie schließlich voneinander, als die Musiker eine Pause einlegten.

Sie nahmen eine Erfrischung von der Bar und ließen sich glücklich ermattet und errötet in zwei Sessel fallen. James sah Isabelle in die Augen, und was er sah, gefiel ihm. Sie wollte mehr, sie wollte das, was ihre Berührungen versprochen hatten. Er war empfänglich für ihre Signale, und seine Augen antworteten und gaben die Signale zurück. Und dann sah er plötzlich, wie sich ihre Augen weiteten, erschrocken zur Tür blickten und dann, ganz schnell, von einer Sekunde zur anderen ihren Glanz verloren.

In ein Gespräch vertieft, betraten Christian Södergren und Donald Lloyd den Saal. Mit einem zärtlichen Händedruck wollte James Isabelle beruhigen, aber sie entzog ihm ihre Hand.

Und dann sah der Professor seine Frau, kam auf sie zu und erklärte: »Es wird Zeit zu gehen, meine Liebe.« Er ergriff ihren Arm, und an den weiß hervortretenden Knöcheln seiner Finger sah James, mit welcher Gewalt der Mann den Arm seiner Frau gepackt hatte. Den Arzt an ihrer Seite übersah er. Das Ehepaar Lloyd verabschiedete sich vom Gastgeber und verließ den festlichen Saal, in dem die Tanzmusik wieder eingesetzt hatte.

James Grantino wartete zehn Minuten, dann stand er auf, suchte den Gastgeber und verabschiedete sich. Södergren sah ihn einen Augenblick an, dann sagte er: »Es steht mir nicht zu, Sie zu warnen, deshalb tue ich es auch nicht.« Dann drehte er sich um und widmete sich wieder seinen Gästen.

VI

David McClay saß im Fond seines Wagens und blätterte in Geschäftsunterlagen. Bert Drumworld war ein guter Chauffeur, und McClay hatte ein absolut sicheres Gefühl, wenn der Mann am Steuer saß. Obwohl die Zeit drängte, konnte er sich ganz auf seine Geschäfte konzentrieren. Sie würden garantiert pünktlich in Dumfries ankommen und zur Eröffnung der Versteigerung anwesend sein. Aber dann schweiften seine Gedanken doch ab, und er dachte an Mary Ashton, die in seinem Haus darauf wartete, dass er erfolgreich zurückkam. Er lächelte. ›Meine Güte, worauf habe ich mich da eingelassen? Eine Versteigerung, das Letzte, was mich interessiert. Na gut, sie will den Engel, sie braucht den Engel, also soll sie den Engel haben.‹

Er sah aus dem Fenster. Die Berge blieben zurück. Sie näherten sich der Westküste mit ihrem milderen Klima. Hier waren die Wiesen schon grüner, die Blattknospen an den Bäumen deutlicher zu sehen, und auf den Weiden führten Schafe ihre ersten Lämmer aus. McClay grinste und rieb sich mit der Hand über die Augen, als wolle er die Bilder fortwischen. ›Mein Gott, seit wann interessiere ich mich fürs Frühlingserwachen?‹ Energisch wandte er sich wieder den Geschäftspapieren zu. Aber es gelang ihm nicht, sich zu konzentrieren. Er dachte an seine Wiesen, auf denen inzwischen auch die ersten Lämmer herumtollten, an den Wald mit den Moorhühnern, die endlich den strengen Winter überstanden hatten, an den Bach hinterm Haus, der dem Loch zustrebte und dicke Forellen mit sich führte. ›Ich komme viel zu selten her‹, überlegte er, ›vor allem im Frühling und im Herbst bin ich kaum einmal hier. Auf die Touristenströme im Sommer kann ich verzichten, aber die stillen Jahreszeiten muss ich besser nutzen. Für St. Mary's Loch mögen die Gäste, die Leben und wirtschaftliche Erfolge in die stille Gegend bringen, ja von Vorteil sein, aber für einen gestressten, Ruhe suchenden Mann wie mich sind sie Gift.‹

Er dachte an die vergangenen Jahre, in denen er den lange vernachlässigten Familienbesitz wieder lebenswert gemacht hatte. An die verwahrlosten Wälder und die brachliegenden Wiesen und Felder, um die er sich aus Mangel an Zeit nicht kümmern konnte.

Nach dem Tod der Eltern hatte er zwei Jahre gezögert, den Besitz zu bewohnen und wieder aufzubauen. Das war nun zehn Jahre her, zehn Jahre, die er nicht bereute, denn wann immer er hierherkam, fühlte er sich wieder so zu Hause wie damals als Kind.

Für Tibbie Shiels Inn hatte der Wiederaufbau von ›Lone House‹ eine Sensation bedeutet. Plötzlich interessierten sich Touristen und Filmfans aus der ganzen Welt für die abgelegene Region im Ettrick Forest, denn McClay, sein modernisierter Besitz und die weltberühmten Schauspieler, die bei ihm zu Gast waren, wurden ständig von den Medien verfolgt. Das Fernsehen berichtete mehrmals und deckte alte, interessante Geschichten seiner Vorfahren auf, und McClay duldete die Berichterstattung, denn sie förderte die soziale Lage der Bevölkerung in der Region. Handwerker bekamen Arbeit durch den Umbau des Schlosses, Landwirte neue Aufgaben, Waldarbeiter feste Anstellungen, und für die Haushaltsführung im Schloss wurde auch wieder Personal gebraucht. Aber danach hätte McClay gern die ursprüngliche Ruhe wiederhergestellt. Doch das war nicht möglich, jedenfalls nicht in den Sommermonaten. Getränkebuden und Andenkenläden schossen wie Pilze aus der Erde, Fotografen blockierten die schmale Landstraße, und auf der anderen Seeseite vergrößerte sich ein kleiner Campingplatz um das Vierfache. Es dauerte ein paar Jahre, bis der größte Rummel vorbei war, und dann ließ McClay Hinweisschilder auf ›Lone House‹ abreißen und die Zufahrt so verändern, dass kein Fremder sein Domizil fand.

David McClay schreckte aus seinen Gedanken hoch, als der Wagen vor der ersten Ampel in Dumfries hielt.

»Wir sind gleich da, Mylord. Soll ich den Wagen parken und Sie begleiten?«

»Ja, das ist eine gute Idee. Ich habe keine Ahnung, ob ich die Skulptur gleich bekomme und wie schwer sie ist. Besser, wir sind zu zweit in dem Saal.«

Die Eingangstür zum Antiquariat Alexander Salvan stand weit offen. Menschen strömten hinein. McClay und Bert Drumworld schlossen sich der Menge an. Links vom Eingang ging es in das Geschäft, das an diesem Nachmittag geschlossen war. Aber ein breiter Gang führte durch das Haus hindurch zu einem Nebengebäude, in dem die Versteigerung stattfinden sollte. Die aufgestellten Stuhlreihen waren fast voll besetzt. McClay und sein Chauffeur nahmen ziemlich weit hinten Platz. Sie erhielten jeder einen Katalog, nachdem sie für den Eintritt bezahlt hatten. Vorn, neben dem Podest für den Auktionator, standen Tische und Staffeleien, auf denen die angebotenen Unikate aufgestellt würden, sobald sie an der Reihe waren. Leise Unterhaltungen, Begrüßungen und das dezente Rascheln des Kunstdruckpapiers füllten den Saal. Irgendwo schlug eine Turmuhr viermal. Mit einem diskreten Räuspern betrat der Versteigerer das Podium.

Er verbeugte sich nach allen Seiten, setzte eine Brille auf und blätterte in dem Kunstdruckkatalog. Nach einem zweiten Räuspern begann er mit seiner Ansprache: »Sehr geehrte Damen, sehr geehrte Herren, ich begrüße Sie zur ersten Kunstauktion in diesem Jahr. Wie Sie anhand des Katalogs feststellen können, haben wir sensationelle Unikate in unserem heutigen Angebot. Wie Sie wissen, gehen wir mit größter Gewissenhaftigkeit und Umsicht an eine Auktion in unserem Hause heran, um unseren Kunden die wertvollsten und einzigartigsten Antiquitäten anbieten zu können. Auch in diesem Jahr ist es uns gelungen, Ihnen Unikate von höchstem Wert und Anspruch zu offerieren. Dennoch, und wir bitten hier um Ihr Verständnis, kommt es immer wieder einmal vor, dass einzelne Stücke, die in unseren

Katalogen im Voraus angeboten werden, vor der eigentlichen Auktion erworben werden.«

Im Saal erhob sich ein unwilliges Geraune. Aber unter den beschwichtigend hochgehaltenen Händen des Auktionators verstummten die Stimmen wieder. »Im heutigen Fall handelt es sich um ein einziges Stück, das wir Ihnen heute bedauerlicherweise nicht mehr anbieten können. Wir bitten wirklich um Ihr Verständnis.«

»Was fehlt?«, rief ein Mann. »Um was für ein Stück handelt es sich?«, wollte eine Frau wissen. »Ja, bitte sagen Sie uns die Nummer, damit wir nicht umsonst hier warten.«

Beschwichtigend hob der Mann auf dem Podium noch einmal die Hände. »Bitte, meine Damen und Herren, beruhigen Sie sich. Es handelt sich um die Engelskulptur mit der Nummer Dreihundertdreiunddreißig, aber das sollte kein Grund sein, unser Haus frühzeitig zu verlassen. Sie werden einzigartige, wunderschöne Unikate sehen und begeistert mitsteigern.«

David McClay stand auf und ging mit dem aufgeschlagenen Katalog nach vorn. »Mein Herr, Sie meinen mit der Nummer Dreihundertunddreiunddreißig den Engel von Titurenius?«

»So ist es.«

»Und Sie halten es nicht für nötig, Ihren Kunden frühzeitig den Vorverkauf der Skulptur mitzuteilen?«

Unwilliges Raunen verbreitete sich im Saal. Ein paar Leute klatschten und riefen: »Na, Bravo« und »na, großartig«.

»Wir wissen doch nie, wer herkommt und an welchen Stücken die Kunden interessiert sind.«

»Aber Sie haben eine Kundenkartei, an die Ihre Kataloge verschickt werden. Warum informieren Sie diese Kunden nicht umgehend? Wenn ich die draußen parkenden Wagen ansehe, dann sind Menschen aus ganz Europa an Ihren Angeboten interessiert, viele haben also diesen Weg hierher umsonst gemacht.«

»Aber nein, mein Herr, es handelt sich doch wirklich nur um ein Einzelstück.«

»Um ein sehr wertvolles Stück. Es sollte, wenn es in Ihrem Katalog für eine öffentliche Versteigerung angeboten wird, auch bei einer öffentlichen Versteigerung verkauft und nicht vorab veräußert werden.«

Ein Pressefotograf kam den Hauptgang herunter und machte mehrere Fotos. Ein Reporter folgte ihm und stellte sich neben David McClay. »Darf ich fragen, Lord McClay, ob Sie persönlich an der Skulptur von Titurenius interessiert sind?«

»Wäre ich sonst hier?«, gab McClay unwirsch zurück.

Der Reporter ließ sich nicht abwimmeln und fragte den Auktionator: »Können Sie wenigstens sagen, wer dieser Versteigerung zuvorgekommen ist und den Engel erworben hat?«

»Wie stellen Sie sich das vor?«, fragte der Versteigerer aufgebracht. »Unsere Kunden haben ein Recht auf Anonymität, viele Gebote werden telefonisch erledigt. Die Anonymität unserer Kunden ist unser höchstes Anliegen.«

»Auch wenn es sich um Stücke von öffentlichem Interesse handelt?«

»Wie meinen Sie das?«

»Ich weiß, dass es Museen gibt, die sich für den Engel interessieren, um ihn der breiten Öffentlichkeit zugänglich zu machen.«

»Woher wollen Sie das wissen?«

»Das gehört zur Anonymität der Pressefreiheit, mein Herr.«

Im Saal wurden die Stimmen lauter. David McClay zog sich langsam zurück. Er wollte nicht im Mittelpunkt dieser Auseinandersetzung stehen. Es war schon schlimm genug, dass ihn der Reporter erkannt und mit Namen angesprochen hatte. Wenn dieser Streit in der Zeitung veröffentlicht wurde, würde sein Haus wieder von Neugierigen gesucht und vielleicht auch gefunden werden, dann war es erneut mit der erhofften Ruhe vorbei.

Er nickte dem Chauffeur zu. »Kommen Sie, wir ziehen uns zurück.«

Bert Drumworld folgte ihm. »Warum werden solche Sachen, die von öffentlichem Interesse sind, überhaupt privaten Käufern angeboten?«

»Hm«, McClay zuckte mit den Schultern, »da sind Geld und Geschäft wichtiger als allgemeines Interesse. Mir tut die Miss leid, die den Engel für ihr Museum beschaffen sollte. Hoffentlich verliert sie nicht ihren Job.«

»Aber Sie haben alles versucht, was möglich war.«

»Ja, gegen etwas, was es nicht mehr gibt, kann man nichts tun.« Sie hatten den Wagen erreicht und stiegen ein. Bevor sie starteten, zeigte der Chauffeur auf den Eingang des Auktionshauses, aus dem die Menschen strömten. Auf der Straße stand der Fotograf und machte Aufnahmen.

»Dumm gelaufen für den Auktionator«, murmelte Drumworld und fuhr an. »Fahren wir lieber, bevor wir in den Fokus geraten.«

McClay ärgerte sich. Vor allem über sich selbst. Er, der gewiefte Geschäftsmann, der erfolgverwöhnte Unternehmer, war das Opfer der eigenen Dummheit geworden. Warum hatte er sich nicht vorher informiert, ob die Statue überhaupt vorhanden war. ›Ein Telefongespräch, und ich hätte mir diese nutzlose Fahrt und die Folgen von der Begegnung mit Reporter und Fotograf erspart. Hat mich da etwa eine Pechsträhne erwischt? Erst dieser dämliche Unfall, der allein meine Schuld war, und heute diese Fahrt mit der nutzlosen Zeitverschwendung‹, schimpfte er stumm vor sich hin, und blätterte wieder in den Geschäftspapieren. Aber konzentrieren konnte er sich immer noch nicht. Ständig hatte er das Gesicht von Mary Ashton vor sich. ›Was wird sie sagen, wenn ich ohne die Skulptur nach ›Lone House‹ komme? Aber diesmal ist es nicht meine Schuld, und wäre sie selbst gefahren, wäre sie auch mit leeren Händen zurückgekommen. Eigentlich eine nette Person‹, dachte er, ›so natürlich, so aufgeschlossen, so offen. Ein Typ, der nicht lügen kann‹, überlegte er. ›Wenn ich da an die bemalten, gestylten, affektierten Stars und Sternchen in meinen Filmen denke, die statt Augenkontakt Sonnenbrillen bevorzugen, dann kommt es mir wie ein Wunder vor, dass es noch ungekünstelte Menschen gibt. Na ja‹, überlegte er, ›das eine ist meine Arbeit, das andere das Bedürfnis eines Menschen, eines Mannes. Ein Vermögen kosten mich diese Diven, nur gut, dass ich mir die besten leisten kann, dann spielen die Filme diese Vermögen auch wieder ein.‹

Seine Gedanken wanderten wieder zu Mary Ashton. ›Ob sie sofort wieder zurück nach Edinburgh fährt? Oder hat der Arzt ihr noch mehr Ruhe verordnet? Ich könnte ihr natürlich anbieten, sie zurückzubringen, das wäre eigentlich nur fair, aber andererseits würde ich sie ganz gern noch in ›Lone House‹ halten, ich hab sie ja noch gar nicht richtig kennengelernt.‹

Draußen war es dunkel geworden. Drumworld verlangsamte das Tempo, dann bog er nach links ab und verließ die geteerte Straße. Zehn Minuten später hatten sie die Zufahrt zum Schloss erreicht.

David McClay legte die Papiere in den Aktenordner. Viel gearbeitet hatte er allerdings nicht. Der Chauffeur hielt und öffnete ihm die Tür. »Einen schönen Abend noch, Lord McClay.«

»Danke, Drumworld.«

Er warf einen kurzen Blick auf sein Haus. Einige Fenster waren erhellt, die meisten waren dunkel. ›Schade‹, dachte er, ›hier fehlt das Leben, das Leben mit einer Familie, mit meiner Familie. Kinder sollten hier spielen, aber mir gelingt es nicht einmal, Tatjana herzuholen.‹

Die Haustür stand offen. In der Halle spiegelten sich Majolikalampen im Marmorboden und gaben dem großen Raum ein warmes, indirektes Licht. Eine Sesselgruppe war um ein Blumenarrangement in der Mitte der Halle geordnet. Aus einem angrenzenden Zimmer kamen Stimmen. Stimmen, die McClay sehr gut kannte.

Er ging in sein Büro und klingelte nach dem Butler. »Was ist hier los, warum ist mein Sekretär in ›Lone House‹ und Direktor Graham ebenfalls?«

»Die Herren sind vor einer Stunde eingetroffen. Sie sagten etwas von einer dringenden Konferenz, die einberufen werden müsse.«

»Kommt gar nicht infrage. Ich habe Ferien und ich will meine Ruhe. Schicken Sie die beiden morgen Früh zurück in ihre Büros nach Glasgow. In den nächsten Tagen will ich keinen von beiden sehen. Wo hält sich Miss Ashton auf? Mit ihr muss ich sprechen.«

»Miss Ashton ist in ihrem Zimmer, Mylord.«

»Ich möchte mit ihr zusammen dinieren. Sorgen Sie dafür, dass wir ungestört sind, und benachrichtigen Sie die Haushälterin.«

McClay war verärgert. Erst die nutzlose Fahrt nach Dumfries, jetzt der ungebetene Besuch seiner Mitarbeiter. Und wenn er verärgert war, bekamen das auch seine Angestellten zu spüren. Er, der eigentlich sehr tolerant und zurückhaltend war, kehrte dann den Lord heraus, und das spürten seine Leute sofort.

Ohne die Halle noch einmal zu betreten, wandte sich McClay einer im Bücherpaneel versteckten Tür zu und ging auf einer geheimen Treppe hinauf in seine Suite. Er wollte allein sein, den Ärger abspülen, sich frisch machen und umziehen, bevor er mit der jungen Frau speiste und ihr die Nachricht von der misslungenen Ersteigerung des so sehr begehrten Engels unterbreitete. ›Vielleicht will sie sofort nach Edinburgh zurückfahren, dann habe ich sie nicht einmal richtig kennengelernt‹, dachte er und stellte das Wasser in der Dusche an.

VII

Lord McClay strich seinem Gast mehrmals über den Arm, bevor Mary wach wurde. Er hatte geklopft, und als er keine Antwort bekam, hatte er das dunkle Gästezimmer betreten. Dort fand er Mary Ashton im Sessel am Fenster. Sie hatte die Rückenlehne zurückgeklappt und schlief. Erschrocken zuckte sie jetzt zusammen und starrte den Mann an ihrer Seite an. McClay trat ein paar Schritte zurück und drückte auf den Knopf einer Stehlampe, die nun gedämpftes Licht auf die beiden Menschen warf.

»Verzeihen Sie, ich wollte Sie nicht erschrecken, aber als Sie auf mein Klopfen nicht geantwortet haben, habe ich mir erlaubt, hereinzukommen und Sie zu wecken.«

»Ja ... ach ... entschuldigen Sie. Ich habe aus dem Fenster gesehen, um Ihre Rückkehr zu beobachten, dann wurde es dunkel, und ich bin eingeschlafen. Haben Sie den Engel bekommen?«

McClay zog einen Sessel heran und setzte sich neben sie. Bedauernd schüttelte er den Kopf. »Es tut mir sehr leid, aber der Engel wurde nicht versteigert. Er war schon vorher verkauft oder ersteigert worden. Die Kunden waren alle sehr empört. Es gab einen regelrechten Tumult, weil sich die Interessenten betrogen fühlten. Anscheinend waren viele nur wegen des Engels nach Dumfries gekommen.«

»Oh, mein Gott, dann bin ich meine Stellung los.« Fassungslos sah Mary den Mann an. »Wir dachten, für die alte Skulptur interessiere sich kein Mensch. Er gehört doch zu dem Engelzyklus, den wir schon besitzen, und allein ist er gar nicht besonders wertvoll.«

»Vielleicht steckt ein größeres Geschäft dahinter, als wir ahnen.«

»Wie meinen Sie das?«, fragte Mary enttäuscht.

»Man ersteigert so eine Skulptur günstig, wartet ab, ob sich ihr Wert erhöht oder wie viele Leute sich dafür interessieren, und verkauft sie dann dem Meistbietenden. Und der handelt dann ebenso. Jeder macht seine Geschäfte, und zum Schluss ist der Gegenstand unbezahlbar«, versuchte er zu erklären Dann nahm er tröstend ihre Hand. »Sie trifft überhaupt keine Schuld. Die Auktionatoren haben einfach versäumt, die Skulptur aus dem Angebot zu nehmen. Ja, sie hätte gar nicht mehr im Katalog erscheinen dürfen.«

»Oder man hat sie dringelassen, um die Käufer für andere Objekte zu begeistern, wenn sie erst einmal in Dumfries sind.« Mary zuckte resigniert und traurig mit den Schultern.

»Kein Mensch kann Ihnen da ein Versäumnis unterstellen.«

Sie schüttelte den Kopf. »Ich fühle mich verantwortlich. Ich war so sicher, dass ich die Figur bekommen würde, dass ich auch im Museum jedem Zweifel widersprochen habe. Und nun komme ich mit leeren Händen zurück. Ist denn wenigstens das Geld noch vollständig vorhanden?«

»Selbstverständlich. Wir haben es getrocknet, jetzt liegen die Scheine in meinem Tresor. Und wenn Sie wollen, tausche ich sie gegen neue Scheine ein, es muss ja keiner sehen, dass sie ein Bad im St. Mary's Loch genommen haben«, versuchte McClay zu scherzen.

Aber Mary ging nicht darauf ein. »Wenn Sie nichts dagegen haben, möchte ich jetzt gern allein sein. Ich muss mich erst einmal an den Gedanken gewöhnen, dass ich versagt habe und dass mein Chef mich entlassen wird.«

»Das verstehe ich nicht. Man kann Sie doch nicht entlassen, weil Sie etwas nicht bekommen haben, was gar nicht vorhanden war.«

»Es war der erste große Auftrag – und der ist missglückt, es gibt viele Studenten mit gerade abgeschlossenem Studium, die auf meinen Posten warten.«

»Darüber möchte ich mich ausführlich mit Ihnen unterhalten. Bitte, Hanna hat ein Abendessen für uns vorbereitet, und dann reden wir bei einem guten Glas Wein über dieses Dilemma, an dem ich nicht unbeteiligt bin.« Er reichte ihr die Hand. »Kommen Sie, ich lasse Sie jetzt nicht mit Ihren trüben Gedanken allein.«

Als Mary sich nicht rührte, nahm er ihre Hand, zog sie aus dem Sessel und hakte sich bei ihr unter. »Wir finden eine Lösung, das verspreche ich.« Er führte sie über den Flur in seine Suite, wo Hanna einen Tisch für zwei Personen gedeckt hatte und neben dem kleinen Aufzug stand, der direkt in die Küchenräume im Souterrain führte.

»Ist es Ihnen recht, wenn ich die Speisen jetzt hochhole, Sir?«, fragte sie erwartungsvoll.

»Ja, bitte, Hanna, wir haben einen Bärenhunger.«

Hanna drückte einen Knopf neben dem Aufzug und gab durch das Klingeln Bescheid, die Speisen jetzt heraufzuschicken, füllte dampfend heiße Ochsenschwanzsuppe in die vorgewärmten Teller und servierte sie. Dann stellte sie die kalten Platten mit Wildschweinschinken, geröstetem Brot und Schafskäse auf einen Beistelltisch, schenkte Rotwein in die Gläser und wünschte: »Guten Appetit«, bevor sie die Suite verließ.

Die Suppe war köstlich. Mary hatte zwar keinen großen Appetit, freute sich aber, dass es ihrem Gastgeber schmeckte. Als er merkte, dass sie ihn lächelnd beobachtete, entschuldigte er sich. »Ich habe außer dem Frühstück heute noch nichts gegessen, und ich habe richtigen Hunger. Ich glaube, das liegt hier oben an der Luft. Außerdem ist die Köchin eine wahre Perle. Wenn man wochenlang auf Reisen ist und immer nur in Restaurants oder im Hotel das Essen einnimmt, ist so eine deftige Hausmannskost die reinste Delikatesse.« Er zeigte auf die Schinkenplatte. »Das Wildschwein habe ich im letzten Jahr geschossen, jetzt ist der Schinken genau richtig. Und der Käse stammt von unseren eigenen Schafen, und die ernähren sich von den köstlichen Kräutern der Bergwiesen. Kann man sich etwas Besseres wünschen?« David McClay spürte, dass es ihm gelang,

Mary von ihrer Enttäuschung abzulenken. »Ich werde Ihnen diese Wiesen in den nächsten Tagen einmal zeigen. Wir haben schon die ersten Lämmer – glaube ich jedenfalls.«

Mary lächelte dankbar, schüttelte aber gleichzeitig den Kopf. »Ich werde keine Zeit für Besichtigungen und Spaziergänge haben, ich muss auf dem schnellsten Wege zurück nach Edinburgh. Wenn ich schon ohne den Engel komme, muss ich wenigstens meine Arbeitskraft wieder zur Verfügung stellen.«

»Sie können doch nicht mit diesem Pflaster am Kopf und mit Ihrem Schleudertrauma zurückfahren. Sie sind ein Rekonvaleszent, und jedem Rekonvaleszenten stehen Tage der Erholung zu. Ich bin Arbeitgeber und ich weiß, wie die Bestimmungen sind.«

»Arbeitgeber haben damit vielleicht ihre Probleme, Arbeitnehmer aber auch. Ich bin ersetzbar, das ist mein Problem.«

»Was genau machen Sie in diesem Museum?«

»Ich bin Kunsthistorikerin, ich untersuche Antiquitäten und stelle Expertisen aus. Kunstsammler kommen zu uns und hoffen, dass ich ihnen Echtheitszertifikate ausstelle. Manchmal kann ich das, manchmal nicht. Dann sind die Sammler wütend, und das Museum gibt mir die Schuld, was natürlich Unsinn ist, und eigentlich wissen das meine Vorgesetzten auch.«

»Das ist tatsächlich ein schwieriger Job, den Sie da haben.«

»Und wie das Pünktchen auf dem ›i‹ kommt nun noch meine vergebliche Reise hinzu.«

Sie hatten das Essen beendet und standen auf. David bot ihr einen Platz neben dem Kamin an und rückte die Sessel zurecht. Dann wollte er die Rotweingläser neu füllen. Aber Mary hielt ihre Hand über das Glas. »Bitte, für mich nichts mehr. Ich fürchte, dass mein Schwindelgefühl zurückkehrt.«

McClay nickte verständnisvoll. »Sehen Sie, Sie sind noch lange nicht über den Berg. Die Luft hier oben wird Ihnen guttun, und ich bin ein sehr guter Lämmerwiesenführer.«

»Danke, ich glaube Ihnen, und was machen Sie sonst noch? Entschuldigen Sie, wenn ich neugierig bin, aber außer der Tatsache, dass Sie hier der Hausherr sind und dass Sie, weil Sie viel auf Reisen sind, in Restaurants essen müssen, weiß ich gar nichts über Sie.«

David McClay lachte laut und herzhaft. »Das ist doch wunderbar. Lassen wir's dabei. Ich könnte mir nichts Schöneres wünschen.«

Auch Mary lachte. »Das glaube ich Ihnen, das würde mir auch gefallen, aber leider fragt das Leben nicht nach unseren Wünschen.«

»Und was würden Sie sich wünschen, wenn das Leben es erlaubte?«, versuchte er, sie von sich abzulenken.

»Nein, nein, wir sprechen jetzt nicht von Wünschen, sondern von Realitäten. Ich wüsste wirklich gern, mit wem ich es zu tun habe, wer mir da so rasant ins Auto gefahren ist und mich vom vorgesehenen Weg ins Abseits gedrängt hat. Und ich meine damit nicht nur die Straße.«

McClay war wieder ernst geworden. »Ich verstehe sehr gut, was Sie meinen. Mein Name ist David McClay, und ich bin Lord of the Border Hills. Das hier ist ein alter Familiensitz, den ich vor dem Verfall zu retten versuche. Wenn ich nicht arbeite und Geld verdiene, frisst er mich mit Haut und Haaren.«

»Und womit verdienen Sie Ihr Geld, Mylord?«

»Um Himmels willen, vergessen Sie den Lord, der steht nur auf alten Papieren.« Und in Gedanken sagte er sich: ›Sie ist gründlich, sie lässt nicht locker.‹

»Okay, Mister McClay, was also tun Sie, weshalb sind Sie so oft auf Reisen? Ich möchte nicht unhöflich sein, aber ich bin von Natur aus neugierig. Daran ist auch mein Beruf schuld, wäre da nicht die ständige Neugier, würden mich Antiquitäten nicht interessieren.«

»Also gut, es ist ja auch kein Geheimnis: Ich mache Filme.«

»Sind Sie Schauspieler? Aber dann müsste ich Sie doch kennen.«

»Nein, ich mache Filme. Ich finanziere und produziere sie.«

»Dann – oh, nein, Sie sind doch nicht d e r David McClay? Mein Gott, das ist mir jetzt aber peinlich.«

»Was ist daran so peinlich?«

»Na, alle Welt kennt Sie, und ich frage auch noch so dumm. Tut mir leid, Sir.« Mary war ganz verlegen geworden, und McClay sah mit Ergötzen, dass er eine Frau neben sich hatte, die noch rot werden konnte.

»Mary Ashton, Ruhm hin oder her, ich bin ein gestresster, schwieriger, ehrgeiziger Mann mit einem Beruf, der mich in der ganzen Welt umhertreibt, mich mit unzähligen Menschen zusammenbringt und mich letzten Endes immer wieder einsam zurücklässt. Einen solchen Augenblick haben Sie erwischt. Hierher komme ich, um Urlaub zu machen, um mich von dem ungeheuren Spektakel meiner Arbeit auszuruhen. Hier möchte ich nur vergessen, nachdenken – mit einem netten Menschen ein gutes Abendessen einnehmen und mich am Kamin mit ihm unterhalten.« Er sah sie lange an. »Ist das zu viel verlangt?«

Verlegen erwiderte sie seinen Blick. »Nein, natürlich nicht. Aber dann platze ich hier herein.«

»Durch meine Schuld. Und unten im Büro warten schon die nächsten Unruhestifter.«

Fragend sah Mary ihn an. »Mein Sekretär und einer meiner Produktionsleiter kamen, während ich in Dumfries war. Anscheinend geht die Welt unter, wenn ich nicht mit ihnen konferiere. Ich habe zwar den Butler gebeten, die Herren umgehend zurück nach Glasgow zu schicken, aber wie ich die Herrschaften kenne, denken sie gar nicht daran, meiner Bitte zu folgen. Also beschränkt sich mein Urlaub auf vier Tage, die nun schon fast vorbei sind.« Er rieb sich müde die Augen. »Ich hätte so gern ein paar Tage in Ruhe mit Ihnen hier verbracht.«

Mary war verwirrt. ›Warum mit mir?‹, dachte sie. ›Er kennt mich doch gar nicht. Und wer bin ich schon, wenn ich an all die Berühmtheiten denke, mit denen er seine Tage verbringt?‹

Sie beobachtete ihn, während er zwei bullige Holzklötze im Kamin nachlegte. ›Er ist so ein gut aussehender Mann trotz der grau werdenden Haare, er ist charmant, klug und erfolgreich, er könnte die faszinierendsten Frauen an seiner Seite haben, warum beklagt er sich?‹

McClay drehte sich zu ihr um. »Ich weiß, was Sie jetzt denken. Ich kann es in einem Satz erklären.«

»Ich bin gespannt.«

»Stellen Sie sich vor, Sie sind satt, richtig satt, übersättigt meinetwegen, jeder zusätzliche Bissen ist zu viel, worauf hätten Sie dann noch Appetit?«

»Auf nichts, garantiert auf nichts mehr«, lachte Mary, »höchstens auf einen Schluck Wasser, um den Überfluss hinunterzuspülen.«

»Sehen Sie, genau das meine ich. Sie sind eine kluge Frau, Mary Ashton.«

»Ja, und der Schluck Wasser.«

»Das haben Sie gesagt.«

»Aber Sie denken so. Leider irren Sie sich. Ich bin ganz gewiss kein Schluck Wasser. Ich bin ein dicker Brocken mit Problemen und Wünschen und Hoffnungen und Sorgen, mit Träumen und Gefühlen, mit Ängsten und Freuden. Mich zu schlucken, würde wirklich Unbehagen bedeuten.«

McClay lachte laut und glücklich. »Mein Gott, Mary Ashton, Sie sind wunderbar. Sie sind genau der Schluck, den ich heute brauche. Köstlich, belebend, herzhaft und gut. Einfach gut.«

Er setzte sich neben sie. »Danke, dass Sie da sind.« Dann nahm er ihre Hand und küsste sie. »Das ist der erste Abend seit unendlichen Zeiten, an dem ich mich wohlfühle und geborgen. In Ihrer Nähe bin ich zu Hause.«

Erschrocken versuchte Mary ihre Hand zurückzuziehen.

Aber McClay hielt sie fest. »Nicht doch, lassen Sie mir wenigstens für einen Augenblick Ihre Hand. Ich bin ein sehr bescheidener Mann. Nur Ihre Hand, bitte, für einen Augenblick.« Und ganz behutsam streichelte er ihre Hand, jeden Finger einzeln, dann küsste er sie noch einmal und legte mit einer äußerst sanften Bewegung ihre Hand in ihren Schoß zurück. »Danke.«

Und nach einer Weile, in der sie beide in die Flammen gesehen hatten und den eigenen Gedanken nachgegangen waren, fragte er: »Würden Sie mir die Freude machen und mich David nennen? Ich möchte so gern auf das ›Sie‹ verzichten.«

Betroffen von der Eindringlichkeit seiner Bitte und auch etwas erschrocken von der Intensität, mit der sie ausgesprochen wurde, nickte sie. »Ich heiße Mary.«

Aber als er aufstand und eine Flasche Champagner öffnen wollte, schüttelte sie den Kopf. »Bitte nicht.« Dann stand sie ebenfalls auf und stellte sich vor ihn. »Aber einen Kuss darfst du mir geben.«

Mit einem tiefen Seufzer nahm er ihr Gesicht in seine Hände und küsste zärtlich und einfühlsam ihre Lippen.

Dann brachte er sie zurück in ihr Zimmer und wünschte ihr eine gute Nacht. »Ich danke dir für diesen wunderschönen Abend, Mary Ashton. Und ich bitte dich, bleib noch etwas bei mir. Deine Nähe tut mir gut.«

In dieser Nacht beschloss Mary, noch ein paar Tage zu bleiben. ›Warum eigentlich nicht?‹, dachte sie. ›Ob ich morgen oder in der nächsten Woche nach Edinburgh zurückfahre, ist letzten Endes gleich. Meine Arbeit bin ich mit Sicherheit los, und wenn McClay mich dazu überredet, wird er mich auch nicht im Stich lassen, wenn ich auf der Straße stehe.‹ Sie lag lange wach und machte sich Gedanken über ihre Zukunft, und dann dachte sie an den antiken Engel und an seine Bedeutung. Da das ›Museum of Art History‹ bereits die anderen beiden Engel besaß, wusste sie, dass der Zyklus, einst von Maria Stuart für die eigene calvinistisch geprägte Nationalkirche, die Church of Scotland, bei Titurenius in Florenz bestellt und bezahlt worden war. Leider waren die Engel damals nie in Edinburgh angekommen. Erst im Laufe der letzten Jahre waren zwei bei einer Haushaltsauflösung in einem Schloss und bei einem Kirchenabriss wieder aufgetaucht. In mühsamer Kleinarbeit, verbunden mit großen Kosten, hatte das Museum die Engel erworben und in die ursprünglich bestimmte Heimat zurückgeholt. Und dann hatte man sie, die unbedeutende Mary Ashton, mit der Aufgabe betraut, den letzten Engel heimzuholen.

Bei dem Gedanken an die große Bedeutung ihres Auftrags traten ihr wieder die Tränen in die Augen. Aber dann wischte sie sie resolut weg. Es war nicht ihre Schuld, dass sie mit leeren Händen zurückkam. Selbst der Direktor hätte einen Engel, der nicht vorhanden war, nicht ersteigern können. Da hatte Lord McClay wirklich recht. Selbst mit dem Unfall hatte dieser Misserfolg nichts zu tun.

Mary beruhigte sich und schlief endlich ein. Aber während der restlichen Nacht träumte sie immer wieder von einem grauen, verwitterten Holzengel, der neben ihrem Bett stand und immer größer wurde, der sie schließlich am Arm berührte und mit ihr sprach. Und als sie erschrocken die Augen aufriss, stand Hanna neben ihrem Bett und reichte ihr mit einem Lächeln die Tasse mit dem morgendlichen Tee. »In einer Stunde serviere ich den Lunch, es ist gleich elf Uhr, Miss Ashton.«

VIII

Strahlend und heiter verdrängte der Morgen die Nebelschleier der Nacht, die den See und die Berge verhüllten. Mary stand langsam auf, schnelle Bewegungen duldete ihr Kopf noch nicht, und zog die Vorhänge zurück. Die Sonne stand schon hoch am Himmel und zeigte ihr, dass sie den halben Morgen verschlafen hatte. Sie trank den heißen Tee, den Hanna mit Sahne und Kandiszucker verfeinert hatte, zog eine Plastikhaube über den Kopf, um das Pflaster zu schützen, und ging unter die Dusche. Dann zog sie sich an. Zum Glück hatte eine gute Fee ihre Garderobe gereinigt und gebügelt. Sie konnte eine frische Bluse und den Tweedrock anziehen. Viel Garderobe hatte sie sowieso nicht dabei, eben nur das, was man für eine Zwei-Tage-Reise braucht: Wäsche zum Wechseln, einen Pyjama und neben der Reisekleidung ein Kostüm mit Blusen, die für den geschäftlichen Auftritt bei der Versteigerung gedacht waren. Sogar die Schuhe, gestern noch feucht und stumpf, standen jetzt trocken und geputzt vor ihrem Bett.

Mary trat vor den Spiegel. Sie sah schlecht aus, das ließ sich nicht verheimlichen. Augenringe, die von den nächtlichen Sorgen und der Gehirnerschütterung zeugten, und eine blässliche Haut, an der die sonnenlosen Winterwochen Schuld waren, machten sie nicht gerade attraktiv. Zum Glück hatte sie eine gute Figur. Hochgewachsen, aber mit den entsprechenden Proportionen an den richtigen Stellen wirkte sie damenhaft und sportlich zugleich. Von dem Schlankheitswahn der dürren Mannequins, die mit Untergewicht, Essstörungen und staksigen Beinen über die Laufstege stampften und mit mürrischen Blicken die amüsierten Kunden betrachteten, hielt sie gar nichts.

Mary drehte ihre langen Haare zu einer Rolle zusammen und steckte sie am Hinterkopf fest. Rechts und links ließ sie ein paar Strähnchen über die Ohren gleiten, das nahm der Frisur ihre

Strenge und wirkte auf dezente Art verspielt. Auf Schminke verzichtete sie. Rouge, Puder und Lippenstift hatten zusammen mit anderen Make-up-Utensilien unter dem Wasser im Beautycase gelitten.

Unten in der Halle ertönte ein Gong. Türen wurden geöffnet und geschlossen, Stimmen wurden laut. Es wurde gelacht, gerufen, geantwortet. Stimmen? Woher kamen plötzlich so viele Stimmen? In den vergangenen Tagen war das Haus wie ausgestorben gewesen. Was war inzwischen passiert? Woher kamen all die Leute? ›Gestern hat David über zwei Besucher geklagt, die er sofort wegschicken wollte, und heute scheint das Haus voll zu sein‹, überlegte sie und schaute aus dem Fenster. In der Einfahrt rund um das Rondell standen zehn oder mehr Wagen. Vom Mini bis zum Roadster war alles vertreten, was zurzeit als up to date auf dem Automobilmarkt galt. Nach einigem Suchen sah sie sogar ihren Landrover. Soweit sie erkennen konnte, sah er unbeschädigt und sauber aus. Dann hatte David also Wort gehalten. Sie schloss das Fenster wieder und wandte sich der Tür zu. Im gleichen Augenblick klopfte es.

Auf ihr »Herein« betrat David McClay das Zimmer.

»Es gibt einen Lunch, Mary, ich wollte dich abholen.«

»Danke. Ich habe heute total verschlafen, Hanna hat mich erst vor Kurzem geweckt, aber jetzt bin ich fertig.«

»Ich hatte dich beim Frühstück vermisst, aber dann hat mich diese Lawine überrollt, und ich bin zu nichts mehr gekommen.«

»Und was für eine Lawine ist das?«

»Menschen, die ich um nichts in der Welt hier sehen wollte. Der halbe Tross vom Set in Galashiels, wo gerade gedreht wird.«

»Und nun stören Sie dich.«

»Ein Teil streikt, ein anderer fühlt sich missverstanden, und der dritte Teil verlangt Änderungen. Und den ganzen Ärger wollen sie hier austragen, weil sie erfahren haben, dass ich ausnahmsweise zu Hause bin.«

»Wirst du sie alle zufriedenstellen können?«

»Selbstverständlich. Ich bezahle sie schließlich. Aber jetzt komm, ich möchte der Köchin nicht die Laune verderben, und mit dir an meiner Seite kann alles nur halb so schlimm werden.«

Sie verließen das Zimmer und wandten sich der breiten Treppe zu. Unten in der Halle wimmelte es von Menschen. David McClay hielt Mary am Arm zurück. »Schau sie dir an: Die Schauspieler – gestylt und abgehoben sitzen sie in den Sesseln. Da drüben stehen die beiden Regisseure, die Bühnenbildner und die Toningenieure. Da hinten an der Terrassentür, das sind die Friseure, Maskenbildner und die Kostümschneider. Und daneben, fast verdeckt, zwei Drehbuchautoren, die immer noch heftig streiten, mehrere Kameramänner, Beleuchter, Skriptgirls und Logistiker. Und die muss ich heute noch alle unter einen Hut bringen. Zwei Tage Drehpause kann ich mir nicht leisten. Jede Minute kostet viel Geld.«

»Um was geht es denn?«, flüsterte Mary, während sie die Treppe hinuntergingen.«

»Keine Ahnung, aber wir werden es nach dem Essen erfahren.«

Sophie, die Köchin, hatte ein meterlanges Büfett aufgebaut. Von Porridge bis zu Rührei mit Schinken, von heißer Gulaschsuppe und frischem Brot bis zu Wurst- und Käseplatten, von Muffins bis zum Plumpudding fehlte es an nichts. Sogar Brownies, ihre Lieblingskuchen, waren aufgetragen, wie Mary mit Vergnügen feststellte. Noch einmal ertönte ein Gong. Der Lord klatschte in die Hände und rief: »Kommen Sie zum Lunch, bevor alles kalt wird und die Köchin mir den Krieg erklärt. Wenn Sie schon hier einfallen wie ein Schwarm hungriger Vögel, dann sollten Sie wenigstens den Frieden in diesem Hause respektieren. Nehmen Sie Platz, reden werden wir später.«

Die Stimmen wurden leiser, alle versammelten sich um das Büfett, und die, die ihre Teller gefüllt hatten, setzten sich.

Zwei Hausmädchen servierten Tee, Kaffee, Mineralwasser und Bier und räumten benutzte Teller und volle Aschenbecher fort. Mary blieb neben David. Die vielen fremden Menschen, zum Teil höflich, zum Teil arrogant, zum Teil freundlich oder blasiert, machten sie unsicher. Sie spürte, dass vieles unecht war, dass selbst hier noch Rollen gespielt wurden. David, der sie beobachtete, lächelte. »Sie können ihre Allüren nicht ablegen«, erklärte er. »Selbst die, die gar nicht spielen, meinen, ihre angeblichen Kompetenzen bis in dieses Haus hineintragen zu müssen. Sie fühlen sich so bedeutungsvoll, dass sie ihre eigentliche Persönlichkeit vergessen.«

»Dann sind sie zu bedauern.«

»Ja, das sind sie. Wenn ein Film zu Ende ist, und ich gebe zu, dass es sich meist um eine lange Zeit handelt, in der sie in die Rolle anderer schlüpfen müssen, haben sie es schwer, sich im wirklichen Leben zurechtzufinden. Und das betrifft nicht nur die Schauspieler, sondern alle. Während der Produktion sind sie ›wer‹, und danach ein ›Niemand‹ im realen Leben.«

»Es muss schwer sein, das zu verkraften.«

»Das ist es, aber nur für die Beschränkten. Die Klugen lösen sich und werden wieder frei. Aber das sind die wenigsten.«

»Bist du nicht zu streng?«

»Ich bin es geworden, das bringt einfach die Erfahrung so mit sich.«

»Kannst du ihnen nicht helfen, schneller auf den Boden der Realität zurückzufinden?«

»Das tue ich, indem ich sie ganz schnell mit anderen Aufgaben versehe. Neue Arbeit, ein neues Milieu, eine fremde Umgebung, kurz gesagt: andere Umstände, die helfen am besten.«

Der Butler kam und erklärte: »Sir, der Konferenzraum ist fertig.«

»Danke, wir ziehen gleich um.« David wandte sich an Mary: »Möchtest du mitkommen?«, und ohne ihre Antwort abzuwarten, stand er auf, klatschte in die Hände und rief: »Meine Damen, meine Herren, auf geht's. Bitte folgen Sie dem Butler.«

Unwirsch, weil der gemütliche Teil anscheinend zu Ende war, erhoben sich die Gäste und folgten Stephan, einem kleinen, rundlichen Mann, der seine Livree und seine Glatze mit hoch erhobenem Haupte trug. »Bitte hier entlang.«

Mary folgte dem Tross als Letzte. Sie hatte die unteren Räume von ›Lone House‹ noch nicht kennengelernt und war erstaunt von der Größe und von der Weitläufigkeit des Hauses. Korridore führten in einen Seitenflügel und schließlich in einen Saal, der mit einem großen runden Tisch und zwei Reihen von Stühlen drumherum möbliert war. Nur in einer Ecke stand noch ein kleinerer Tisch mit allen elektronischen Geräten moderner Büroarbeit, an dem eine Sekretärin Platz nahm. Andere Möbel gab es nicht. Auf dem runden Tisch lagen Schreibblöcke mit Kugelschreibern, außerdem gab es Mineralwasserflaschen und Gläser. Nach dem reichhaltigen Büfett im Empfangssalon eine karge, äußerst nüchterne Atmosphäre.

Als alle Platz genommen hatten, der Produktionsleiter, die Stars und Regisseure, die Drehbuchautoren und Kameramänner am Tisch, alle anderen auf den Stühlen dahinter, trat David McClay mit Mary an den Tisch.

»Hiermit stelle ich Ihnen Miss Mary Ashton vor, Kunsthistorikerin und Expertin in allen historischen Fragen, die Masken, Kostüme, Sprachen, Bewegungen, Benehmen, Gewohnheiten, Sitten und Gebräuche, um nur ein paar Bereiche zu nennen, betreffen.«

Er bot Mary den Platz neben sich an und eröffnete die Konferenz mit den Worten. »So, und wo brennt's nun?«

Alle begannen gleichzeitig zu reden. Zu verstehen war niemand. McClay benutzte eine Tischklingel und gebot energisch Einhalt. »So geht es nicht. Graham, übernehmen Sie das Wort.«

Und der Produktionsleiter begann zu sprechen, immer wieder durch Zurufe unterbrochen. Die Schauspieler beklagten sich über den viel zu frühen Beginn der Arbeit, sie müssten schon um fünf Uhr in der Maske sein, die Maskenbildner und Friseure beschwerten sich über die übel gelaunten, unhöflichen Schauspieler am frühen Morgen, die Drehbuchautoren klagten über die Regisseure, und die wiederum schimpften auf die Literaten, die sich nicht in ihre Texte hineinreden lassen wollten. Eigentlich schimpften alle auf alle, und zum Schluss stand McClay auf und sprach ein Machtwort. »Wem die Arbeit nicht passt, der kann gehen. Obwohl wir mitten in den Aufnahmen stecken, kann jeder den Dreh sofort verlassen. Es gibt Hunderte von Mitarbeitern, die nur darauf warten, Ihre Aufgaben zu übernehmen. Und das gilt für alle, die hier anwesend sind. Ich habe keine Zeit und keine Lust, mich mit Ihren kleinkarierten Modalitäten zu beschäftigen, dafür habe ich kein Verständnis. Einigen Sie sich oder gehen Sie. Wer bis heute Abend nicht am Drehort ist, kann sich als entlassen betrachten. Ohne Honorar selbstverständlich.«

Empörte Zurufe, weinerliches Klagen, derbe Kommentare, die sich aber nie gegen McClay richteten, sondern immer gegen andere Mitarbeiter, flogen kreuz und quer durch den Raum, bis McClay aufstand und – alle übertönend – erklärte: »Wer heute Abend pünktlich am Set sein will, muss jetzt aufbrechen.« Dann drehte er sich um, bat Mary, ihm zu folgen, und verließ den Konferenzraum. Er führte sie zu seiner Suite und ging ans Fenster. Wenig später starteten die Autos vor dem Rondell. »Siehst du, sie haben verstanden, dass ich es ernst meine. Sie werden heute Abend pünktlich dort bei den Aufnahmen weitermachen, wo sie gestern Nacht aufgehört haben.«

Mary schwieg. Sie war erschrocken, verwirrt und deprimiert. Diesen McClay kannte sie noch nicht, und sie wusste nicht, ob sie ihn überhaupt kennenlernen wollte. Das war ein Chef, der wenig Verständnis zeigte, der Minuten nach Geld bewertete und Klagen einfach ignorierte.

Plötzlich legte er seine Hand auf ihre Schulter und deutete aus dem Fenster. »Da kommt Angela, ich habe sie schon vermisst. Aber das ist typisch für sie, nur nicht in der Masse auftreten, sie braucht immer eine Bühne für sich allein.« Draußen fuhr ein Bentley vor. Ein Chauffeur sprang aus dem Wagen und öffnete die hintere Tür. Zuerst sah Mary nur ein paar überlange Beine in weißen, hochhackigen Pumps, ihnen folgten ein moorgrüner Rock, dann eine gleichfarbige Jacke mit weißer Bluse und dann ein riesiger moosgrüner Hut mit weißem Band. Lange, mahagonirote Haare fielen auf die moosgrüne Jacke, vom Gesicht sah Mary gar nichts. Hände in weißen Glaceehandschuhen hielten ein weißes Täschchen.

Fragend sah Mary den Mann an ihrer Seite an.

»Das ist Angela Borell, die Diva. Ich muss sie begrüßen, möchtest du mitkommen?«

»Nein, ich werde einen kleinen Spaziergang machen. Ich muss mich noch von den anderen Gästen erholen.«

»Kann ich verstehen. Wir sehen uns später.« Er drehte sich um und verließ die Suite. Mary ging in ihr Zimmer, holte ihren Trenchcoat und ging nach unten. Aus dem Büro hörte sie Stimmen, aber sie verließ so schnell wie möglich das Haus. Noch eine Auseinandersetzung hätte ihr Höflichkeitsempfinden und die Toleranzgrenze gesprengt.

Langsam verließ sie das Grundstück und erreichte die schmale Straße, die nach rechts in die Berge führte. An der Böschung blühten kleine gelbe Primeln in üppigen Büscheln. Grashalme durchbrachen den aufgetauten Winterboden. Steinwälle und Buschhecken mit winzigen grünen Knospen begrenzten etwas oberhalb die Straßenränder. Mary kletterte die Böschung hinauf, um einen Blick auf die dahinterliegenden Wiesen zu werfen. ›Tatsächlich‹, freute sie sich. Der Lord hatte recht, erste Lämmchen tummelten sich auf den kaum grün gefärbten

Weiden. Meckernd sprangen sie um die Mutterschafe herum, tobten miteinander und rannten um die Wette, stolperten, rafften sich wieder auf, holten sich ein paar Schlucke Milch und tobten weiter. Ein Border-Collie hatte alle Mühe, seine kleine Herde zusammenzuhalten. Etwas entfernt sah Mary den Schäfer stehen. Als sie die Weide betrat, um etwas näher an die kleinen Schafe heranzukommen, knurrte der Hund sie warnend an. Aber der Schäfer pfiff ihn zurück, und Mary winkte ihm dankbar zu. Vorsichtig, um die Tiere nicht zu stören, ging sie ein paar Schritte weiter. Aber die Schafe, die alten wie die jungen, waren ängstlich und zogen sich vor der fremden Person zurück, die so gar nicht nach Stall und Schafen und Futter roch. Schließlich erreichte sie den Schäfer, der, auf seinen langen Stab gestützt, ihr Näherkommen beobachtet hatte. Zwei weitere Collies lagen neben ihm und verfolgten jeden ihrer Schritte.

Mary begrüßte ihn höflich. Dann lächelte sie. »Ich habe seit vielen Jahren keine Lämmchen mehr gesehen. Ich lebe in Edinburgh, da vergisst man, wie entzückend sie sind.«

»Großstadtmenschen wissen gar nicht, was sie versäumen«, nickte er.

»Ja, Sie haben recht. Manchmal vergesse ich sogar, welche Jahreszeit wir gerade haben. Irgendwann werden die Bäume grün, dann welken sie, und dann verlieren sie ihr Laub. Im Sommer ist es warm und im Winter ist es kalt, das ist dann alles.«

»Dann sind Sie arm dran, Miss.«

»Früher, als Kind, war ich oft bei meinen Großeltern auf dem Land, aber das ist lange vorbei.«

»Schade für Sie. Ich kann mir ein Leben in der Stadt überhaupt nicht vorstellen.« Er sah sie mitleidig an. »Ich heiße Paul.«

»Ich bin Mary.« Sie reichte ihm die Hand und dachte: ›Was für eine harte, verarbeitete Hand mit all ihren Schwielen und ihrem festen Druck.‹

»Hier, auf dieser Wiese, fällt mir wieder ein, wie das Land

riecht, wie der Wind weht, wie weit der Himmel ist. Ich wusste gar nicht, wie sehr mir das alles fehlt.«

»Dann sollten Sie öfter herkommen. Möchten Sie so ein Lämmchen im Arm halten, Mary?«

»Wenn ich darf, ja, gern.«

Er beugte sich vor und hatte mit raschem Griff so ein Wollknäuel im Arm. »Bitte.«

Zaghaft griff Mary nach dem zappelnden Lamm. »Nehmen Sie es ruhig fest in den Arm, es ist nicht so empfindlich, wie es aussieht.«

Blökend kam das Mutterschaf angelaufen, aber einer der Hunde scheuchte es zurück. Mary drückte ihr Gesicht in die weiße Wolle, und mit einer raschen Bewegung schleckte ihr das Tierchen quer über das Gesicht. Paul grinste. »Es mag Sie.«

Mary lachte glücklich: »Es ist so warm und so weich, und es riecht so gut nach Milch und Wolle und Wiese.« Zärtlich strich sie ihm über das schwarze Gesicht, dann beugte sie sich nieder und stellte es wieder auf den Boden. »Es soll nicht länger von der Mutter getrennt sein.« Nach ein paar übermütigen Sprüngen fand das Lamm die Mutter wieder und stärkte sich mit ihrer Milch.

»Paul, ich beneide Sie.«

Der Schäfer lachte. »So romantisch ist mein Leben gar nicht. Sehen Sie da drüben das Schaf, das so unruhig hin und her läuft. Es will lammen und kann nicht, ich muss mich darum kümmern.« Und nach einem kurzen Augenblick, in dem er sie prüfend ansah: »Ich könnte Ihre Hilfe gebrauchen.«

»Meine Hilfe? Aber ich habe noch —«

»Sie brauchen es nur festzuhalten.« Und ohne auf ihren Einspruch zu reagieren, griff er das Schaf und legte es mit einem sicheren Handgriff auf den Boden. »Kommen Sie, halten Sie es einfach fest.«

»Aber wie ...?« Mary kniete neben dem Schaf.

»Drücken Sie es am Hals und am Rücken fest auf den Boden.«

Dann zog der Schäfer einen armlangen Kunststoffhandschuh an und langte mit der Hand in die Scheide des Schafs. »Hab ich mir gedacht«, murmelte er, »da sind die Beine im Weg, ich muss das Lamm umdrehen.« Und gleich darauf: »So, das haben wir geschafft.« Und während er ein winziges, blutbeschmiertes Lämmchen aus dem Mutterleib zog, ihm die Haut der Fruchtblase vom Gesicht wischte, damit es atmen konnte, und die Nabelschnur durchtrennte, rief er Mary zu: »Halten Sie das Schaf noch fest, ich muss prüfen, ob da noch ein zweites auf die Geburt wartet.« Aber nach einem Augenblick nickte er ihr zu. »Jetzt können Sie das Schaf loslassen, ein zweites Lamm gibt es nicht.«

Das Muttertier sprang auf, und Paul hielt ihr das Neugeborene vor die Nase, dann ließ er beide allein. »Kommen Sie, Mary, die werden jetzt allein fertig.« Er streifte den Handschuh ab, wickelte ihn zusammen und steckte ihn in die Manteltasche. Dann reichte er Mary die Hand. »Danke, Miss, Sie haben das prima gemacht.«

Mary nickte erleichtert. »So etwas habe ich noch nie erlebt.«

»Dann wurde es höchste Zeit, Miss.«

»Aber was hätten Sie ohne mich gemacht?«

»Ich hätte das Schaf fesseln und anbinden müssen, und das mögen die Tiere gar nicht. Da bekommen sie Todesangst und verkrampfen sich so, dass ich kaum helfen kann.«

Mary sah hinüber zu dem Mutterschaf, das sein Lämmchen leckte.

»Ist das nicht zu kalt hier draußen für so ein Neugeborenes?«

»Nein, die Schafe sind das Wetter gewöhnt, und die Kleinen kuscheln sich in das Fell der Mutter. Die weiß genau, was ihr Junges braucht, und legt sich hin, um es zu schützen, wenn es nötig ist.«

Die frühe Dämmerung brach herein. Die Sonne verschwand hinter den Bergen, das Licht verlor seinen Glanz. Der Schäfer rief die Hunde und erteilte ihnen mit wenigen Worten seine

Anweisungen. »Ich muss zurück in den Stall, die Nächte bringen noch Frost, und der ist dann wirklich zu ungemütlich für die kleinen Lämmer.«

Mary nickte. »Ich muss auch zurück nach ›Lone House‹. Es war schön, Sie und die Herde zu treffen.«

»Sie wohnen in ›Lone House‹?«

»Ich bin dort zu Besuch.«

»Dann kommen Sie mit mir. Ich zeige Ihnen eine Abkürzung.«

»Kennen Sie den Lord?

»Natürlich, die Herden gehören ihm, er ist mein Chef.«

»Die Herden?«

»Ja, dies hier ist nur eine kleine Herde mit besonders wertvollen Mutterschafen, die großen Herden weiden in anderen Gegenden.«

»Es war schön, Sie zu treffen.«

»Sie sind mir jederzeit willkommen. Wo Sie mich finden, wissen Sie ja jetzt.«

Mary nickte ihm zu. »Danke für den schönen Nachmittag.« Dann wandte sie sich dem Weg zu, den er ihr gezeigt hatte, und erreichte wenige Minuten später das Schloss. Der Bentley stand noch immer in der Auffahrt.

IX

Als Mary am nächsten Morgen aus dem Fenster sah, stand der Bentley noch immer in der Einfahrt. Enttäuscht wandte sie sich ab und ging ins Bad. ›Enttäuscht?‹, dachte sie und wunderte sich über dieses Gefühl, das sie so unverhofft traf. ›Es wird Zeit, dass ich abreise‹, dachte sie, ›Gefühle dieser Art kann ich nicht gebrauchen. Dummes Gerede von Vertrautheit und Geborgenheit.‹

Sie duschte und zog sich an. Draußen erwartete sie wieder ein sonniger Tag, und sie freute sich auf die Rückfahrt bei gutem Wetter. ›Wird wirklich höchste Zeit, dass ich mich im Museum melde, schließlich habe ich keinen Urlaub. Und auf meine E-Mails haben sie auch nicht geantwortet. Bestimmt sind sie alle verärgert.‹

McClay hatte ihr freundlicherweise das Büro der Sekretärin zur Verfügung gestellt, sodass sie ihren Unfall und die missglückte Ersteigerung des Engels nach Edinburgh melden konnte, aber dort war man anscheinend so wütend, dass man nicht einmal den Empfang der Meldungen bestätigt hatte. ›Was soll's?‹, dachte sie. ›Meinen Job bin ich sowieso los, da kommt es auf ein paar Unhöflichkeiten auch nicht mehr an.‹

Mary ging nach unten. Im Haus war es still. Sie suchte das Frühstückszimmer auf und stellte fest, dass der Tisch draußen auf der Terrasse an der Sonnenseite des Hauses gedeckt war. Ein gelber Schirm, passend in der Farbe zu den Primeln im Gras, spendete den nötigen Schatten, denn diese Morgensonne hatte schon eine Menge Kraft. ›Wie schön‹, dachte sie, ›das erste Frühstück im Freien. Zu Hause scheint die Sonne nur am Nachmittag auf meinen kleinen Balkon, und während der Woche habe ich morgens sowieso nie Zeit, in Ruhe zu frühstücken. Ein Kaffee und die Morgenzeitung beim ›Vanini‹, das ist mein Frühstück.‹

Ein kleines Büfett mit Tee und Kaffee, Orangensaft und Porridge, Baked Beans und Bacon, mit verschieden zubereiteten Eiern und gebratenen Nierchen war im Zimmer aufgebaut. Da niemand zu sehen war, bediente sich Mary allein. Aber sie hatte kaum Platz genommen, als der Lord die Terrasse betrat.

»Einen wunderschönen guten Morgen, Mary, ich sah dich schon von dort drüben, und da wusste ich, dass mir ein angenehmes Frühstück bevorstehen würde.« Er zeigte mit der Hand zu den hinter einem Hügel verborgenen Wirtschaftsgebäuden, von denen nur die Dächer zu sehen waren.

»Mein erstes Frühstück in der Frühlingssonne«, stimmte Mary ihm zu, »in Edinburgh gibt's das leider nicht.«

»Warum nicht? Fehlt es an der Sonne oder am Frühling?« Er beugte sich zu ihr hinunter und küsste ihre Hand.

»Beides«, lächelte sie.

»Dann solltest du hierbleiben und alles genießen, was dir in der Stadt fehlt.«

Mary umging das vertrauliche ›Du‹. Es war alles zu schnell gekommen, und sie hatte sich noch nicht daran gewöhnt. Und außerdem, wozu auch? In spätestens zwei Stunden war sie auf dem Heimweg und ließ ›Lone House‹ hinter sich.

Sie stand auf. »Es gibt Kaffee und Tee, was soll ich holen?«

»Kaffee wäre mir recht, aber ich komme mit, du sollst mich nicht bedienen, und meinen Teller muss ich auch selbst füllen.«

Eine Zeit lang aßen sie, ohne zu sprechen, dann fragte McClay: »Was hast du gestern Nachmittag gemacht? Ich habe dich vermisst.«

»Ich war auf einer Lämmerwiese und habe bei der Geburt eines Schafs geholfen.«

»Was?«

»Ja, ich habe einen Spaziergang gemacht und kam dabei einem Schäfer zu Hilfe.«

»Na, großartig. Und ich habe mich hier mit meinen Problemen herumärgern müssen, anstatt dich begleiten zu können.«

Sie lächelte leicht verärgert, weil er sie gestern einfach allein gelassen hatte. »So schlecht sahen die moosgrünen Probleme aber gar nicht aus.«

McClay horchte auf. Hörte er da so etwas wie leichte Eifersucht?

Er schüttelte den Kopf. »Moosgrün hin oder her, auf den Inhalt kommt es an. Verstehst du etwas vom Filmgeschäft?«

»Überhaupt nichts. Wenn ich einen Film schlecht finde, dann wird er in der Presse hochgelobt, und wenn mir einer gut gefällt, dann wird er in Grund und Boden verdammt. Ich gehe selten ins Kino, aber wenn ich gehe, dann möchte ich die Stunden genießen und mich nicht mit Verbrechen oder tiefenpsychologischen Problemen auseinandersetzen. Von mir ist kein Urteil zu erwarten.«

»Schade, aber ich kann dich verstehen. Dennoch, das Filmgeschäft ist mein Leben – abgesehen von ganz wenigen Urlaubstagen, die dann auch noch gründlich gestört werden.«

»Wie lange dauern denn dieses Mal die Ferien?«

»Sie sind bereits zu Ende.«

»Was? Ich dachte, gestern sei alles geregelt worden.«

»Ja, bis nach zwei Stunden ein Bentley hier auftauchte.«

»Soll das ein Witz sein?«

»Leider nicht.«

»Wie schrecklich, jeder Mensch braucht mal Ruhe und Erholung. Man muss doch auch einmal Abstand gewinnen und die Arbeit selbstkritisch hinterfragen können.«

»Ich bin erst in zweiter Linie Mensch, in erster Linie bin ich Produzent und Geschäftsmann. Manchmal fällt es mir selbst schwer, das einzusehen, dann sind ein paar zerrissene Verträge und ein paar aggressive Handlungen meine Antwort. Meistens macht mir der Trubel aber Spaß. Diesmal ich weiß nicht, vielleicht, ach was ...«

Er stand auf und holte für beide frischen Kaffee.

McClay tat ihr leid. Er sah verwirrt und hilflos aus. »Was ist, David, warum redest du nicht weiter?«

Er zuckte mit den Schultern: »Diesmal ist etwas dazwischengekommen.«

»Was ist dazwischengekommen?«

»Du bist mir im Weg gewesen, und als ich dich in den See geschubst habe, merkte ich, dass du bereits fest bei mir verankert bist.«

»Jetzt übertreibst du aber.«

»Keineswegs. Probleme, die sich sonst mit einem Fingerschnippen erledigt hätten, nagen heute noch, und ich werde sie nicht los. Du zwingst mich zur Kritik an mir selbst, und das bin ich nicht gewohnt.«

»Ich ... wie kommst du denn darauf?«

»Ich habe gestern genau gemerkt, dass du meine Verhandlungen nicht akzeptiert hast. Ich war zu grob, zu unnachgiebig, zu einseitig. Ich habe keine Unterschiede gemacht, sondern alle gleich behandelt, anstatt Nuancen zu setzen.«

»Ich habe kein Wort gesagt, ich habe mich nur zurückgezogen. Ich kenne deine Geschäftsprobleme nicht, wie sollte ich mich da einmischen?«

»Ich bin vielleicht grob, wenn es um Geschäfte geht, aber ich bin sehr sensibel, wenn es um menschliche Beziehungen geht. Mary, du bist mir sehr nahe gekommen in diesen wenigen Tagen, ich spüre dich und deine Gefühle sofort. Und gestern warst du mit mir nicht einverstanden.«

»Du hast recht. Ich war erschrocken, gerade weil ich dich für einen feinfühligen Menschen halte.«

»Manchmal muss man grob werden, um nicht unterzugehen. Da kommen Menschen, um sich zu beschweren. Sie haben ihre Verträge, die sie nicht genau lesen, sie haben ihre Honorare, die bei Weitem die besten sind, die in dieser Branche gezahlt werden, sie haben eine Arbeit, die absolut sicher ist, und die meisten kennen sich seit Jahren. Und dennoch kommen sie nicht miteinander aus und zerstören ein fest gefügtes Gebilde mit Ansprüchen, die absolut inakzeptabel sind. So ein Film lebt vom Teamgeist, vom Miteinander und von Toleranz. Stattdessen wird um Zeitpläne und Perücken, um Drehbuchabsätze und Regiekompetenzen, um Wohnmobile und Kleiderfragen gestritten. Und dabei wurde alles vorher festgelegt, beurteilt und vertraglich unterschrieben. Da soll man nicht die Nerven verlieren?«

»Du bist immer noch sehr aufgeregt. Du hast doch den Streit geschlichtet. Sie sind zufrieden abgereist.«

»Ach, ich weiß nicht. Wenn in so einem Team erst einmal der Wurm steckt, ist kaum noch etwas geradezubiegen. Und zu allem Übel kam dann auch noch die Borell.«

»Hat sie viel mitzureden?«

»Sie hat hier nichts zu suchen. Sie gehört an den Drehort, nicht in mein Haus.«

»Weiß sie das auch?«

»Natürlich, aber sie schert sich nicht darum.«

»Dann solltest du das deutlich machen.«

»Ich brauche sie, sie ist die Beste in dieser Branche.«

»Sehr vernünftig, das endlich einzusehen«, tönte es von der Terrassentür herüber. In der Öffnung lehnte, mit einem cremeweißen, hauchdünnen Morgenmantel bekleidet, Angela Borell. Auf weißen Stoffpantöffelchen kam sie zum Tisch und umarmte David von hinten, wobei es sie nicht störte, dass sich der Morgenmantel öffnete und ihre Brüste den Kopf des Mannes liebkosten. Mit weit geöffnetem, grellrot geschminktem Mund lachte sie Mary an, als wollte sie sagen: »Siehst du, so muss man das machen.« Dann richtete sie sich auf, sah sich um und erklärte: »Es ist kühler, als ich dachte. Bitte gib mir dein Jackett zum Überziehen.«

McClay schüttelte den Kopf und zeigte auf die Tür. »In der Halle hängen Mäntel, hol dir einen.«

Ihr langes rotes Haar unwirsch nach hinten schwingend, ging sie zurück ins Haus. Verlegen starrte Mary auf ihren Teller.

»Die Diven und ihre Allüren«, murmelte McClay und stand auf, um sich noch einmal Kaffee zu holen. »Möchtest du auch noch etwas?«

»Nein, danke, ich bin fertig.«

»Was hast du heute vor? Ich muss noch eine Stunde im Büro arbeiten, aber dann könnten wir ausreiten. Ich würde dir so gern mein Land zeigen. Kannst du reiten?«

Mary nickte. »Ich bin als Kind bei meinen Großeltern geritten. Aber ich werde jetzt meine Sachen packen und nach Hause fahren. Es wird höchste Zeit, dass ich mich um meine Arbeit kümmere.«

McClay war aufgesprungen. »Aber nein, du bist noch nicht gesund. Und ich möchte so vieles mit dir besprechen.«

»Ich wüsste nicht, was wir zu besprechen hätten, David.«

»Das wüsste ich auch nicht. Kümmere dich um meine Anliegen, damit wir weiterkommen«, unterbrach Angela Borell das Gespräch, »aber zuerst wirst du mit mir frühstücken, mein Lieber.« Sie setzte sich an den Tisch und reichte ihm ihre Tasse. »Tee hätte ich gern.«

»Die Kanne steht auf der Anrichte.« Damit drehte er sich um und folgte Mary ins Haus. Als sie allein waren, bat er: »Mary, bitte, du musst hierbleiben. Ich bin so froh über deinen Besuch. Ich brauche dich. Du drehst meine ganzen konfusen Ideen in die richtige Richtung und rückst meine gestressten Nerven wieder gerade. Bitte, bleib noch.«

Mary blieb vor ihrer Zimmertür stehen. »David, ich glaube, du verwechselst etwas. Du brauchst nicht meine gesunde Auffassung deiner vielschichtigen Probleme, du brauchst eine Frau, die dir widerspricht, um die du kämpfen musst. Ich denke, die sitzt draußen auf der Terrasse und wartet darauf, dass sie dich wieder umarmen kann, auch wenn das in dem dicken Wintermantel schwieriger sein dürfte als in dem Gazefähnchen von vorhin.«

Fassungslos sah der Mann Mary an. »Sie ist bizarr und grotesk, aber sie ist nicht meine Geliebte. Du bist ja eifersüchtig, kleine Mary.«

»Nein, David, das bin ich nicht. Aber ich bin solchen Typen nicht gewachsen, das gebe ich offen zu. Genieße die grotesken Einfälle und die bizarren Überfälle, aber lass mich bei den Spielchen außen vor.« Sie öffnete ihre Tür und trat ins Zimmer. »Würdest du mir bitte das getrocknete Geld aus deinem Safe holen und meine Papiere und was du sonst noch für mich gerettet hast?«

Aber McClay ließ sich so schnell nicht abwimmeln. Er trat mit ihr ins Zimmer und schloss die Tür hinter sich. »Mary, ich habe da eine Idee.«

»Ja, bitte?«

»Würdest du für mich arbeiten? Ich meine, wenn das mit dem Museum nichts mehr wird?«

»Wie kommst du denn auf diese Idee? Ich sagte dir doch, dass ich vom Filmgeschäft nicht die geringste Ahnung habe.«

»Aber von der Kunstgeschichte, und um die drehen sich meine Filme. Gestern, als ich dich dem Filmteam vorstellte, kam mir blitzartig die Idee, dich als Expertin für die Historie in unseren Filmen zu engagieren. Dann hab ich's im Gewirr der Streitigkeiten wieder vergessen. Aber nun halte ich die Idee für einen glänzenden Einfall.«

Sprachlos sah Mary den Lord an. Dann lächelte sie dankbar. »Du bist ein wirklicher Freund, David. Aber in diesem Fall verwechselst du Arbeit mit Mitleid. Deine Drehbuchautoren recherchieren auf das Gründlichste und auf das Beste, sonst wären deine Filme nicht so erfolgreich. Wozu also brauchst du noch eine Expertin? Du kennst mich doch gar nicht, du weißt nicht, ob ich gut bin, ob ich wirklich etwas von dieser besonderen Arbeit verstehe und ob man meine Ideen oder Erkenntnisse berücksichtigen würde. Ich danke dir für dein Vertrauen, aber ich werde dein Angebot nicht annehmen.«

»Mary, du verstehst mich nicht. Oder du willst mich nicht verstehen. Ich weiß, dass mein Team, jeder auf seinem Gebiet, gut und verlässlich arbeitet. Aber mit keinem möchte ich abends zusammensitzen und bei einem Glas Wein die Szenen und Aufnahmen, die einzelnen Partien und die Rohschnitte diskutieren. Mir fehlt ganz einfach die menschliche Seite bei der Diskussion. Die fachliche menschliche Seite. Verstehst du?«

»Nein, das verstehe ich nicht. Du hast so kompetente Mitarbeiter, da wird sich doch einer finden lassen, der mit dir diskutiert.«

»Du weißt nicht, wie kalt dieses Geschäft ist. In diesen Diskussionen geht es nur um Honorare und Dispositionen, um Erfolge und Zuschauerzahlen. Da geht es nie um menschliche Interessen. Meinen Filmen fehlt die menschliche Nuance, und ich bin sicher, du könntest sie vermitteln.«

Mary schwieg nachdenklich. Was McClay da sagte, war irgendwie richtig. Aber wie konnte er erwarten, dass sie diese scheinbare Lücke ausfüllte? Ausgerechnet sie? Zweifelnd sah sie ihn an. Konnte sie sich überhaupt Fragen und Zweifel leisten? Was machte sie, wenn sie heimkam und man ihr ein Schreiben mit der Kündigung überreichte? Dann begann wieder die entnervende Suche nach einer neuen Stellung. Vielleicht musste sie sogar in eine andere Stadt ziehen, ihre geliebte kleine Wohnung, ihren langsam gewachsenen Freundeskreis aufgeben und vollkommen allein und fremd wieder von vorn anfangen?

McClay schwieg und beobachtete sie. Er sah, dass sie nachdachte.

Schließlich legte er ihr den Arm um die Schulter. »Mary, nicht so viel grübeln. Gib uns eine Chance. Versuche es doch wenigstens einmal.«

Mary zögerte, dann nickte sie. »Also gut. Ich werde es probieren. Aber ich brauche Zeit. Wenn ich etwas mache, will ich es gut machen, und dazu brauche ich Zeit zum Kennenlernen dieser neuen Arbeit, deiner Ideen und Vorstellungen. Ich muss mich an die Atmosphäre gewöhnen und an dein Team, das geht nicht von heute auf morgen. Und vor allem muss ich jetzt erst einmal nach Hause fahren und meine Probleme dort lösen.«

Er zog sie ein wenig enger an sich. »Das ist gut so. Du sollst alle Zeit bekommen, die du brauchst, aber denke immer daran: Ich warte auf dich.«

Mary nickte. »Und nun muss ich packen. Holst du mir meine Papiere?«

»Bitte, komm mit in mein Büro. Meine Sekretärin hat sie unter Verschluss, und ich möchte, dass du alles kontrollierst und die Richtigkeit unterschreibst.«

»Meine Güte, wie umständlich.«

»Aus Erfahrung wird man klug. Du glaubst gar nicht, wie viele Papiere durch ihre Hand gehen und wie oft Verträge und Dokumente angeblich verloren gehen, wenn man nicht von vornherein ganz gewissenhaft damit umgeht.«

»Aber ich will weder Verträge noch Dokumente, ich will doch nur meine Papiere und das mir anvertraute Geld.«

»Viel Geld, vergiss das nicht.«

»Ja, natürlich. Gut, gehen wir.«

In der Halle angekommen, hörten sie zänkisches Geschrei aus dem Büro. Stephan, der Butler, stand mit hochrotem Kopf am Fuß der Treppe und sah seinem Herrn entgegen. »Sir, ich glaube, die Damen bringen sich um. Ich wusste nicht, ob ich mich einmischen darf.«

McClay nickte. »Ist gut, Stephan, ich kümmere mich drum. Bitte, Mary, warte einen Augenblick.« Dann ging er allein in sein Büro. Im gleichen Augenblick wurde es still. Da er die Türe offen gelassen hatte, hörten Mary und Stephan den folgenden Wortwechsel.

»Sie hat mich als dumme Kuh betitelt«, hörte Mary eine Frauenstimme, die sie noch nicht kannte.

»Sie ist nicht nur eine dumme Kuh, sie ist auch noch eine blöde Gans. Von welcher Weide hast du sie dir in dein Büro geholt, David McClay? Oder ist sie in deinem Bett so gut, dass sie sich alles erlauben kann?«

»Angela Borell, hüte deine Zunge, sonst sitzt du schneller auf der Straße, als dir lieb ist. Um was geht es eigentlich?«

»Sie hat meinen Vertrag geändert. Sie hat den Bentley mit Chauffeur gestrichen. Sie hat statt eines Fünf-Sterne-Hotels in Glasgow nur eine drittklassige Absteige für mich gewählt. Sie meint, ich könne ohne Zofe auskommen und ich dürfe keinen eigenen Maskenbildner für mich beanspruchen. Sie ist eine infame, eigenmächtige Ziege, schick sie zurück auf die Weide!«

»Mäßige dich. Glaubst du tatsächlich, meine Angestellten dürften ohne meine Einwilligung Verträge ändern? Du hast im nächsten Film eine sehr kleine Rolle und keinen Grund, große Ansprüche zu stellen. Du bist nur an drei Tagen dabei, dafür bekommst du ein angemessenes Honorar, mit dem du deine Kosten bestreiten kannst.«

»Und warum? Du weißt, ich bin die Beste, du hast es heute Morgen selbst gesagt. Warum degradierst du mich zu einer Null?«

»Weil ich dich nicht verheizen will. Das Publikum will neue Gesichter sehen und andere Stimmen hören. Du machst jetzt eine Pause, und in ein, zwei Jahren wird man dich wieder in den Hauptrollen akzeptieren.«

»In ein bis zwei Jahren? Bist du wahnsinnig? Kein Mensch kennt mich dann noch. Das lass ich mir nicht gefallen. Ich gehe zurück nach Hollywood.«

»Von dort bist du gekommen, erinnere dich. Du warst am Ende, als du in London gelandet bist.«

»Das war vor fünf Jahren, inzwischen bin ich durch meine Filme ein Star geworden.«

»Vergiss nicht, es sind meine Filme, die dich aufgebaut und berühmt gemacht haben. Aber das ist mir jetzt egal. Unterschreibe deinen neuen Vertrag oder lass es sein. Und wenn du hier fertig bist, dann lass dich vom Chauffeur zurück zum Set fahren, mach deine Arbeit und halte das Team nicht auf und dann schick den Wagen nach Glasgow, er wird dort gebraucht.« Er ging zur Tür und rief Mary herein. »Komm mit in mein Büro, dort sind deine Sachen im Safe.«

Mary folgte ihm durch das Vorzimmer mit den streitenden Frauen zum Arbeitszimmer von McClay. Und wieder einmal war sie überrascht von der geschmackvollen Einrichtung im Stil gediegener, alter Herrenzimmer. Sie betrat einen Raum, der sofort auf eine gemütliche Art Respekt und Achtung verlangte. Alte, in Jahrzehnten nachgedunkelte schwere Holzmöbel mit üppigen Schnitzereien standen in dem großen Zimmer. Ein Deckenleuchter mit echten Kerzen, dicke Teppiche auf dem Boden und alte Porträts an den Wänden verkörperten einen Stil, der so gar nicht zu dem eigentlich modernen Lord zu passen schien. McClay, der Mary genau beobachtete, spürte sofort ihre Verwunderung. »Es ist das alte Arbeitszimmer meines Vaters. Es gibt mir die Ruhe und Gelassenheit, die mein Vater verkörperte. Ich finde tatsächlich in diesen vier Wänden Erholung vom Stress. Nervosität passt einfach nicht zwischen diese alten Möbel.«

Mary lachte. »Aber dann bin ich doch eigentlich überflüssig. Abends ein Glas Wein zwischen diesem gemütlichen Inventar ... und die Hektik des Tages ist vergessen.«

Auch McClay lachte. »Und mit wem diskutiere ich die Probleme des Tages? Mit den geschnitzten Grimassen auf den Stuhllehnen?«

»Na ja, vielleicht wissen sie Lösungen, von denen du dann träumen kannst.«

»Ach, Mary, du weißt genau, wovon ich träumen möchte.«

Sie nickte. »Ja, aber jetzt brauche ich meine Papiere, damit ich nicht beim Heimfahren in die Dunkelheit gerate.«

»Richtig.« McClay rief die Sekretärin und öffnete eine Schranktür, hinter der sich ein Tresor verbarg. »Betty, komm bitte mit der Liste.«

Die junge Frau erschien mit verweinten Augen und einem Blatt Papier in der Hand.

»Aber Betty, du hast ja geweint.«

»Sie ist unausstehlich.«

»Ist sie abgereist?«

»Ja.«

»Na, in den nächsten zwei Jahren hast du deine Ruhe vor ihr. Ist das die Liste der Sachen von Miss Ashton?«

»Ja, Sir, ich habe alles aufgeschrieben.«

Der Lord öffnete den Tresor und entnahm ihm mehrere kleine Päckchen. »Das sind deine Papiere, Mary, hier ist das Geld, und hier sind die Utensilien aus deiner Handtasche, die wir getrocknet haben. Bitte kontrolliere alles.«

»Das brauche ich nicht. Ich weiß, dass nichts fehlen wird. Nur das Geld muss ich zählen, weil es mir nicht gehört.«

Als das erledigt war, bedankte sich Mary bei der Sekretärin und unterschrieb die Liste mit dem aufgezählten Inhalt ihrer Handtasche.

Zwei Stunden später war sie auf dem Rückweg nach Edinburgh.

X

James Grantino befand sich augenblicklich in einer schlechten Phase seines Lebens. Seit Tagen schien alles, was er tat, schiefzugehen. Professor Lloyd ignorierte ihn, wo er konnte, anscheinend gab er ihm die Schuld an dem Vernissage-Ausflug mit seiner Frau. Isabelle schien schwer gekränkt zu sein und würdigte ihn keines Blicks, und Schwester Stefanie versuchte auf das Heftigste mit ihm zu flirten, was schon langsam peinlich wurde.

Da ihn diese Atmosphäre sehr belastete, musste er gewaltig aufpassen, bei den Operationen keine Fehler zu machen, sie hätten wahrscheinlich das Fass zum Überlaufen gebracht: Rügen vom Professor, Missachtung durch die Kollegen und hämische Blicke wegen Stefanie. Was um Himmels willen hatte er falsch gemacht? Am meisten schmerzte ihn das Verhalten Isabelles. Nicht er hatte sie zu dieser Vernissage eingeladen, sondern sie ihn. Sie wollte unbedingt zu diesem Ölmilliardär und sich in der feinen Gesellschaft zeigen. Sie hatte diesen Abend genossen, mit Hingabe getanzt, sie hatte gelacht und gescherzt, und natürlich hatten sie auch geflirtet – bis ihr Mann auftauchte.

Grantino saß an seinem Schreibtisch in der Klinik und ließ den Abend noch einmal vor seinen Augen Revue passieren. Der Anruf, die Fahrt, der Empfang, die amüsante Gesellschaft, der stolze Gastgeber, der sein neuestes Sammlerstück präsentierte – richtig, sie hatten seinen Engel bewundert. ›Komisch‹, dachte er, ›immer, wenn ich an den Engel denke, habe ich vage Erinnerungen, aber woran?‹ Er versuchte, sich wieder in die Krankenberichte zu vertiefen, die vor ihm auf dem Tisch lagen. Aber die Gedanken nagten an seiner Konzentration und lenkten ihn ab. Er schloss für einen Augenblick die Augen und dachte an seine nächsten freien Tage, die er unbedingt wieder am St. Mary's Loch verbringen wollte. Der Frühling hielt mit Macht Einzug, und diesmal würde er das Schiff klarmachen und zur ersten Fahrt auf dem See starten. Ob diese Mary Ashton noch in Tibbie Shiels Inn bei dem Filmemacher war? Er würde sie einladen, wenn er sie traf, dann konnten sie eine gemeinsame Tour auf dem See machen. Aber wahrscheinlich war sie nicht mehr dort. Sie hatte ja kaum Zeit, ihre Verletzungen auszukurieren, weil sie ... weil sie ...?

Richtig! Fast wäre er aufgesprungen. Da war sie, die Erinnerung an den Engel. Sie hatte einen Engel ersteigern wollen, und dann war der Unfall passiert. Sie war so aufgeregt gewesen und hatte Angst um ihren Posten gehabt, falls es ihr nicht gelänge, den Engel für das Museum zu erwerben. War das etwa der Engel, den Christian Södergren neulich präsentiert hatte? Dieser eine, ganz besondere Engel, der einen Zyklus im Museum vervollständigen sollte und der für das Haus so wichtig war? Der Engel, der seit Ewigkeiten als verschollen gegolten hatte?

Er wollte die junge Frau sofort informieren und suchte nach dem Telefonbuch. ›Zu dumm, ich hätte mir ja auch ihre Adresse geben lassen können.‹ Hastig blätterte er in den Seiten. Aber Mary Ashton war ein Name, der reihenweise im Telefonbuch stand, hier kam er nicht weiter. Dann suchte er die Nummer des Museums. ›Aber ich werde denen nicht verraten, um was es geht. Den Spaß soll die Mary haben‹, dachte er und wählte die Nummer.

Als die Verbindung hergestellt war, erklärte er: »Hier ist Doktor Grantino, ich bin der behandelnde Arzt von Miss Mary Ashton. Könnten Sie mir bitte ihre Telefonnummer oder ihre Anschrift geben?«

Aus der Leitung kam die karge Antwort: »Nein, wir geben weder Adressen noch Telefonnummern unserer Mitarbeiter bekannt.«

»Das kann ich verstehen, aber es handelt sich um die Abrechnung meiner Behandlungen, die ich ihr zuschicken möchte.«

»Schicken Sie die Rechnung hierher, Doktor, da es ein Unfall während einer Dienstreise war, übernehmen wir die Kosten.«

»Nein, das kann ich nicht, auch ich habe eine Schweigepflicht einzuhalten.«

»Dann können wir Ihnen nicht helfen.« Damit war die Verbindung abgebrochen.

Grantino überlegte: Sollte er sie im Internet suchen? Aber er glaubte nicht, dass Mary Ashton eine eigene Internetseite besaß.

So suchte er sein Fernmeldebuch für die Uplands heraus, um die Nummer von David McClay zu suchen, aber der Lord stand nicht im Verzeichnis. ›Hm‹, überlegte er, ›so bedeutende Leute sind natürlich nicht in einem öffentlichen Telefonbuch zu finden. Also muss ich den Umweg über seine Geschäftsadresse in Glasgow nehmen.‹ Nach einigem Suchen hatte er schließlich die Nummer. Eine Telefonistin meldete sich höflich, aber wortkarg. »Ja, bitte?«

»Mein Name ist Doktor Grantino, ich rufe aus Edinburgh an und möchte Lord David McClay sprechen. Ich weiß, dass er zurzeit in ›Lone House‹ ist, aber ich habe seine Telefonnummer nicht. Könnten Sie mir bitte weiterhelfen?«

»Ich kann Ihnen die Nummer selbstverständlich nicht geben. Aber ich könnte dafür sorgen, dass der Lord Sie zurückruft. Wenn Sie das wünschen, müssten Sie mir Ihre Nummer geben.«

›Meine Güte, wie umständlich‹, dachte Grantino, ›und das alles wegen einer alten, verwitterten Holzfigur.‹ »Ja, das wäre mir sehr recht. Hier ist meine Handynummer ...« Er gab die Zahlen durch, die Telefonistin notierte und wiederholte sie, bedankte sich und legte danach auf.

Am späten Nachmittag, der Arzt war gerade vor seinem Haus angekommen, klingelte sein Handy. »James Grantino«, meldete er sich und hörte gleich darauf die inzwischen vertraute Stimme von McClay. »Hallo, mein Freund, Sie wollten mich sprechen?«

»Ja, danke für Ihren Anruf. Ich brauche die Anschrift oder die Telefonnummer von Miss Mary Ashton. Es war mir hier nicht möglich, sie zu finden, und da dachte ich an Sie. Ist sie vielleicht noch bei Ihnen oder schon wieder in Edinburgh?«

»Ja, Doktor, sie ist heute abgereist und jetzt wahrscheinlich zu Hause. Wenn es um Ihre Rechnung geht, dann schicken Sie die bitte an mich, ich war schließlich schuld an dem ganzen Dilemma.«

Grantino lachte. »Nein, das Angebot hat mir das Museum auch schon gemacht, weil Miss Ashton ja auf einer Dienstreise war. Nein, ich will ihr keine Rechnung schicken, ich wollte ihr nur etwas mitteilen, was für sie sehr wichtig sein könnte.«

»Doktor, Sie machen mich neugierig. Wie Sie vielleicht bemerkt haben, liegt mir die Lady sehr am Herzen. Wenn es eine schlechte Nachricht ist, bekommen Sie die Adresse nicht. Wenn es eine gute ist … vielleicht.«

»Es ist eine gute, vielleicht sogar eine sehr gute Nachricht. Aber ich möchte sie ihr persönlich überbringen, Mylord.«

McClay lachte. »Ich schlage einen Deal vor. Sie verraten mir die Neuigkeit und ich ihnen die Anschrift der Lady.«

»Versprechen Sie mir, nichts zu verraten?«

»Ja, ich denke schon.«

›Wir benehmen uns wie dumme Jungen und feilschen um jedes Wort‹, dachte Grantino leicht verärgert, gab sich dann aber einen Ruck. »Also gut. Ich weiß, wo sich der Titurenius-Engel befindet.«

»Donnerwetter, ja, das müssen Sie ihr sagen. Ich verrate nichts, aber ich gratuliere Ihnen. Der Lady wird ein Stein vom Herzen fallen.«

»Ich weiß nicht, ob sie den Engel erwerben kann, der Sammler ist sehr stolz auf seine Errungenschaft, er hat extra für den Engel eine Vernissage veranstaltet, aber mit Sicherheit wird sich das Museum einschalten.«

»Das bezweifle ich nicht. Auf jeden Fall hat sie den Engel dann entdeckt, und das allein muss man ihr hoch anrechnen.

Mary Ashton wohnt in der City, in der Dunferm Road 21. Eine Handynummer habe ich nicht. Das Telefon hatte durch das Wasser gelitten, ich glaube, sie besorgt sich ein neues.«

»Danke, vielen Dank. Ich werde nachher hinfahren und ihr die gute Nachricht überbringen.«

»Dann viel Glück, Doktor, und grüßen Sie sie von mir.«

»Wird gemacht.«

Mit einem Seufzer der Zufriedenheit steckte Grantino das Handy wieder in die Jackentasche und ging ins Haus. Er zog sich aus und ging unter die Dusche, um den Krankenhausgeruch nach Medikamenten, Desinfizierlösungen und OP-Äther abzuwaschen.

Dann zog er sich an, studierte den Stadtplan und ging zurück zum Wagen. Nachdem er das Navigationsgerät eingestellt hatte, startete er und machte sich fröhlich pfeifend auf den Weg zur Dunferm Road 21. Vergessen waren die schlechte Laune, die Gedanken an die Lloyds und die aufdringliche Stefanie. ›Eigentlich ist sie ja ganz hübsch‹, dachte er. ›Adrett, sauber, fleißig und zuverlässig. Ein Arzt könnte sich kaum eine bessere Partnerin suchen.‹ Wenn sie nur distanzierter wäre – eine Frau, die um ihn warb, mochte er nicht. ›Der Mann ist der Jäger‹, dachte der Brasilianer und richtete sich hinter dem Steuerrad zur vollen Größe auf.

Er fuhr durch die Hügel hinunter in die Innenstadt, konzentrierte sich auf die Navigationsanzeigen und hatte kurze Zeit später die Dunferm Road gefunden. Nach einigen Minuten, die er mit der Parkplatzsuche verbrachte, stand er vor dem Haus Nummer 21 und drückte auf den Klingelknopf mit dem Namen Ashton. ›Das wäre schon mal geschafft‹, dachte er erleichtert und betrat das Haus, als der Türsummer ertönte. Da er nicht wusste, in welcher Etage Mary wohnte, benutzte er die Treppe und nicht den Lift. Atemlos stand er schließlich in der fünften Etage und sah sich um. Aber da hatte Mary ihn bereits entdeckt. »Doktor Grantino? Irre ich mich oder sind Sie es wirklich?«, fragte Mary überrascht und kam ihm ein Stück entgegen.

»Ich bin's«, lachte er. »Hätte ich gewusst, dass Sie so hoch oben wohnen, hätte ich den Lift benutzt.«

»Wie nett, Sie zu sehen. Ich bin erst heute gekommen. Der Lord hat mich nicht früher weggelassen, und immer hat er Sie vorgeschoben: Der Doktor hat dies gesagt und jenes gesagt und, und, und. Aber nun kommen Sie erst einmal herein.«

Grantino folgte ihr. Zufrieden sah er sich um. ›Eine nette Wohnung hat sie hier‹, dachte er und beobachtete gleichzeitig seine Patientin. ›Erholt sieht sie aus, die Ruhe von ›Lone House‹ hat ihr gutgetan. Von der Platzwunde am Kopf ist nichts mehr zu bemerken. Da hat sie ihr Haar sehr geschickt darübergekämmt‹, dachte er und nickte ihr zu. »Wie geht es Ihnen? Was machen die Schwindelattacken?«

»Alles in Ordnung, Doktor. Aber Sie sind doch nicht wegen meiner Befindlichkeit hergekommen, oder geht Ihre Fürsorgepflicht wirklich so weit?«

Sie bat ihn, Platz zu nehmen, und holte Gläser und eine Flasche Wein aus der Anrichte. »Entschuldigen Sie, aber das ist alles, was ich anbieten kann. Ich muss morgen erst einmal einkaufen. Würden Sie die Flasche öffnen?« Sie holte einen Korkenzieher aus der Küche und setzte sich ihm gegenüber. »Woher wussten Sie eigentlich, wo ich wohne?«

»Ach«, lächelte er, »das war ein wirklich weiter Weg, aber zum Schluss hat mir der Lord geholfen. Und ich soll Sie von ihm grüßen.«

Nachdenklich sah sie ihren Gast an. »Er war sehr nett und hilfsbereit, zum Schluss hat er mir sogar eine Arbeit in seinem Team angeboten.« Sie stand auf und füllte Wein in die Gläser.

»Eine Arbeit als Kunsthistorikerin?«

Mary lächelte und erklärte vergnügt: »Sagen wir, als Beraterin in kunsthistorischen Fragen.«

James Grantino wurde nachdenklich. »Das ist gar keine schlechte Idee, Miss Ashton. McClay ist eine Koryphäe auf dem Gebiet historischer Filme, und er legt größten Wert auf die Korrektheit seiner Werke, vielleicht braucht er wirklich eine Fachkraft.«

Mary schüttelte den Kopf. »Ich glaube, er will mir eher einen Gefallen mit dem Angebot machen, vielleicht tut es ihm leid, dass er mich sozusagen um meinen Job gebracht hat.« Sie sah ihr Gegenüber unsicher an. »Aber eigenartig ist es schon. Ich habe da innerhalb von zehn Tagen zwei interessante Angebote bekommen, meine Arbeit neu zu überdenken. Wenn nicht in beiden Fällen Mitleid im Spiel wäre, hätte ich direkt Lust, intensiver darüber nachzudenken.«

»Wieso Mitleid?« Grantino sah sie verblüfft an.

»Na ja, der Lord hat ein schlechtes Gewissen und der andere, ein anscheinend sehr reicher, älterer Mann, war hier und hat gesehen, wie ich lebe – man kann ja meine Existenz nicht gerade als wohlhabend bezeichnen –, also der wollte mir wohl auch irgendwie helfen. Er hat mir eine Arbeit als Expertin und Beraterin für seine Kunstsammlung angeboten.«

»Seltsam. Aber vielleicht steckt da auch etwas ganz anderes dahinter.«

»Wie meinen Sie das?«

Der Arzt sah sie gelassen an. »Hm, Sie sind eine gut aussehende, attraktive Frau, vielleicht war er weniger an Ihren fundierten Kenntnissen als an Ihren – sagen wir mal – femininen Vorzügen interessiert?«

»Um Himmels willen, nein.« Sie lachte überrascht. »Er ist bestimmt ein seriöser Mann, er kam her, weil er mein Notizbuch in einer Telefonzelle gefunden hatte und es mir persönlich zurückbringen wollte. Er meinte, es sei sehr wichtig für mich, und ich erklärte, dass da kaum nennenswerte Daten oder Nummern drinstünden. So kamen wir ins Gespräch.«

»Und warum steht da nichts drin?«

Mary versicherte selbstbewusst: »Die Telefonnummern meiner Freunde kenne ich auswendig, und Verabredungen habe ich keine. Meine Arbeit verlangt viel Konzentration, und dann bin ich abends richtig müde. Ich gehe selten aus, und Dates habe ich überhaupt nicht. Dazu reicht die Zeit nicht.«

»Und dieser Mann kam extra her, um Ihnen das Büchlein persönlich zu bringen?« Grantino zweifelte sehr an der Ehrenhaftigkeit dieses fremden Besuchers.

»Ja, und ich fand das ausgesprochen nett. Er kam genau wie Sie die Treppen zu Fuß hoch und war richtig atemlos von der Anstrengung.«

»Und dann hat er Ihnen eine Arbeit in seinem Haus angeboten? Miss Ashton, ich finde das sehr merkwürdig.«

»Ja. Er sei Sammler und er sei nie sicher, ob die Antiquitäten und die Expertisen wirklich echt und wertvoll seien.« Sie sah ihn selbstbewusst an. »Sie müssen wissen, ich bin wirklich gut in diesen Dingen. Ich hatte schon Erfolge, die sogar in der Zeitung erwähnt wurden.«

»Das freut mich für Sie, Mary Ashton. Dennoch sollten Sie vorsichtig sein. Es ist ein Unterschied, ob Sie in der Geborgenheit eines Museums Ihre Prüfungen machen oder im Haus eines fremden Mannes. Vielleicht wird er ärgerlich, wenn Sie seine wertvollen Objekte als Fälschung bezeichnen und ihn damit gleichzeitig als Stümper, der sich von irgendwelchen Händlern oder Hehlern hereinlegen ließ.«

Nachdenklich sah sie ihn an. »Sie könnten recht haben, Doktor, aber dieser Mann machte einen seriösen Eindruck, wirklich.«

»Versprechen Sie mir wenigstens, sehr vorsichtig zu sein?«

»Ich verspreche es. Und nun sagen Sie mir endlich, warum Sie gekommen sind.«

Vergnügt sah er sie an. »Ich habe vielleicht eine gute Nachricht für Sie.«

»Kommt jetzt noch ein neues Arbeitsangebot für mich?«, fragte sie vergnügt.

»Ich glaube, ich weiß, wo Ihr Titurenius-Engel steht.«

»Was?«

Bevor James Grantino antworten konnte, klingelte im kleinen Flur das Telefon.

»Entschuldigen Sie bitte einen Augenblick.« Mary stand auf und ging aus dem Zimmer, die Tür ließ sie offen. »Ja, bitte?«, meldete sie sich, und man hörte ihrer Stimme an, dass sie sich gestört fühlte.

»Miss Ashton?«

»Ja, bitte?«

»Hier spricht Christian Södergren, wie schön, dass ich Sie endlich erreiche.«

Mary lachte. »Ja, das ist wirklich ein Zufall, ich bin gerade erst von einer Reise zurückgekehrt.«

»Einer erfolgreichen Reise?«

»Leider nein.«

Das Gespräch ging hin und her. James Grantino stand auf und sah aus der Balkontür auf die Stadt. »Die Primeln brauchen Wasser‹, dachte er, ›aber Miss Ashton war verreist, und anscheinend hat sich niemand um die Balkonpflanzen gekümmert.‹ Er sah sich um, dann ging er in die angrenzende Küche, füllte einen Topf mit Wasser und brachte ihn auf den Balkon. Vorsichtig goss er das Wasser in die Blumenkästen, wischte mit seinem Taschentuch ein paar Tropfen ab, die danebengeflossen waren, und wollte einen zweiten Topf voll Wasser holen. Aber Mary vertrat ihm den Weg in die Küche. »Halt, die müssen noch einen Augenblick warten, erst müssen Sie mir verraten, was Sie über den Engel wissen.«

Aber Grantino schüttelte den Kopf. »Erst die verdurstenden Blumen, dann der Engel.« Energischen Schritts ging er an Mary vorbei, füllte den Topf noch einmal und begoss auch die restlichen Blumen.

Er stellte den Topf zurück in die Spüle, trocknete sich die Hände an seinem Tuch ab und setzte sich wieder in seinen Sessel.

Lächelnd und zufrieden sah er Mary an. »Ich bin Ihrem Titurenius-Engel begegnet.«

»Wann, wo, wie sah er aus?«

»Er sah alt, verwittert ... eigentlich sah er nicht besonders gut aus. Abgenutzt ist das richtige Wort. Farbe war kaum noch zu erkennen.«

»Er ist alt, er ist uralt. Und wo, um Himmels willen, haben Sie ihn gesehen?«

»Ich war zu einer Vernissage eingeladen. Ein reicher, alter Mann, ein sehr reicher, alter Mann hatte zu einer Ausstellung eingeladen, und ich hatte die Gelegenheit, dorthin mitgenommen zu werden. So bin ich hingefahren und habe den Engel gesehen. Es war ein ziemlich feierlicher Akt, und mir imponierte dieses Gehabe um so eine alte, abgenutzte Holzskulptur.«

»Und wo, bitte, Doktor, spannen Sie mich nicht länger auf die Folter, wo war nun diese Vernissage?«

»Der Mann heißt Södergren und ist ein Ölmilliardär aus Schweden, der hier ein zweites Domizil hat.«

»Södergren«, flüsterte Mary, »Södergren hat uns den Engel weggeschnappt.«

Sie war ganz blass geworden, und Grantino fragte besorgt: »Geht es Ihnen nicht gut, Miss Ashton? Kennen Sie diesen Södergren? Eigentlich ein netter Mann. Sie wissen doch, Geld macht alles möglich, da kann man sogar einem Museum den ersehnten Engel wegnehmen.«

Mary richtete sich gerade auf. »Jetzt brauche ich erst einmal einen Whisky, pur, ohne Wasser und ohne Eis.« Sie wollte aufstehen, aber Grantino drückte sie zurück in ihren Sessel. »Das mache ich, Sie müssen mir nur sagen, wo ich die Flasche und die Gläser finde.«

»Die Flasche steht im Kühlschrank, ich habe ihn gern kalt, aber ohne Eis, und die Gläser finden Sie hier im Schrank. Die Nachricht ist mir richtig in die Beine gefahren. Und Sie glauben, es ist wirklich der Titurenius-Engel, den Sie da gesehen haben?«

»Nach allem, was der Besitzer sagte, kann es sich nur um diese Skulptur handeln.«

»Und dieser sogenannte Besitzer hat mich gerade angerufen, um mich zu bitten, sein neuestes Sammlerobjekt zu begutachten.«

Grantino schenkte den Whisky ein und reichte Mary ihr Glas. »Auf Ihr Wohl, Mary, und auf den Engel. Cheers!« Dann fragte er doch etwas verblüfft: »Sie kennen diesen Södergren?«

»Er war kurz vor meiner Reise nach Dumfries hier und saß genau in Ihrem Sessel.«

»Donnerwetter, ich dachte, solche abgehobenen Gestalten verkehren nur in abgehobenen Kreisen.«

Jetzt lachte Mary – der Whisky hatte ihr gutgetan, und die Lebensgeister kehrten zurück. »Dann zählen Sie mich also nicht zu diesen abgehobenen Kreisen?«

»Nein, auf keinen Fall. Geld bleibt doch immer unter sich, und so, wie ich Sie und Ihre Angst um Ihren Job kennengelernt habe, zählen Sie bestimmt nicht zu den Millionären dieser Stadt.«

»Da haben Sie recht, Doktor.«

»Und warum saß nun dieser Herr Södergren hier in diesem Sessel?«

»Er oder sein Chauffeur hatten, ich sagte es ja vorhin, mein Notizbuch in einer Telefonzelle gefunden, und er hielt es für richtig, mir dieses Büchlein persönlich zu übergeben. Die Adresse stand ja drin. Und wie ich jetzt feststelle, hat er es auch gründlich studiert, denn woher hätte er sonst meine Telefonnummer?«

»Die herauszubekommen ist nicht leicht, das kann ich bezeugen. Und warum nun dieser Anruf heute?«

»Wir hatten uns damals ein bisschen über meine Arbeit unterhalten, und er war der Meinung, ich sei genau die richtige Expertin für seine Sammlungen. Er wüsste nie, wem er wirklich trauen könnte. Aber ich habe das Angebot abgelehnt. Ich hatte das Gefühl, er tat dies aus Mitleid, weil ich finanziell nicht gerade auf großem Fuß lebe. Das sieht man ja, wenn man sich hier umschaut. Und außerdem, so ein Mann mit Limousine und Chauffeur kann einem ja viel erzählen. Der Lord hat mich auch vor so einem Typen gewarnt.«

»So, so, der Lord weiß davon.«

»Ja, wie gesagt, er hatte mir ja auch einen Job in seiner Produktionsgesellschaft angeboten, falls mich das Museum vor die Tür setzt. Aber Angebote, die auf Mitleid basieren, will ich nicht.«

»Bravo. Und wie ging es dann weiter mit dem Milliardär hier in diesem Sessel?«

»Nichts ging weiter. Er ließ seine Visitenkarte hier und meinte, wir sehen uns wieder.«

»Und nun dieser Anruf.«

»Und nun dieser Anruf!«

Grantino füllte noch einmal Whisky in die Gläser. »Was werden Sie machen?«

»Ich weiß es noch nicht. Ich muss natürlich dem Engel nachgehen.«

»Das bedeutet, Sie werden Herrn Södergren aufsuchen.«

»Wie soll ich sonst an den Engel kommen?«

»Da sollte das Museum einspringen.«

»Mit denen muss ich zuerst sprechen. Aber wenn der Södergren erfährt, dass das größte schottische ›Museum of Art History‹ hinter seinem Kauf, der möglicherweise nicht sehr korrekt war, gekommen ist, lässt er den Engel vielleicht verschwinden.«

»Nach Schweden gegebenenfalls, dann ist er für Schottland erst einmal wieder verschollen.«

»Genauso ist es.«

»Ich denke, Sie sollten auf jeden Fall mit Ihrem Chef sprechen und ihn um Rat fragen. Sie brauchen ja nicht sofort zu verraten, wo sich die Skulptur befindet. Wenn man die Frage mit dem Verschwinden des Engels genauso sieht wie wir, dann rät man Ihnen womöglich, die Sache erst einmal allein in die Hand zu nehmen.«

»Das könnte sein.«

»Wenn es dazu kommt, dann möchte ich Sie begleiten. Bitte gehen Sie nicht allein zu diesem Mister Södergren. Er ist bestimmt ein kultivierter, ehrenwerter Mann, aber wenn so ein Mensch in seiner Leidenschaft verletzt wird, kann er unberechenbar werden.«

»Himmel, worauf habe ich mich da eingelassen?«

»Versprechen Sie mir, nicht allein zu gehen?«

»Ja, danke. Und jetzt brauche ich noch einen dritten Whisky. Ich danke Ihnen wirklich sehr. Ich hätte hier niemanden, den ich um Rat fragen könnte.«

»Und der Lord?«

»Der Lord ist nun weit weg und muss mit seinen eigenen Problemen fertig werden.«

»Nehmen Sie sein Angebot an?«

»Vielleicht, wenn ich es mit meiner Arbeit vereinbaren kann, könnte ich ihn nebenbei beraten. Wenn das Museum mich vor die Tür setzt, wird mir nichts anderes übrig bleiben als zuzugreifen.«

Sie nahm ihr Glas in die Hand. »Doktor, Sie sind ein wirklicher Freund, ich würde gern ›Du‹ zu Ihnen sagen.«

»Das ist es, was ich schon den ganzen Abend sagen wollte. Mary, auf unsere Freundschaft.« Schneller als Mary aufstehen konnte, war er schon vor ihrem Sessel, griff nach ihrer Hand, zog sie an seine Lippen und flüsterte: »Auf eine gute, ehrliche, lebenslange Freundschaft.« Sie stießen an, dann küsste er sie zärtlich und dann sah er auf die Uhr. »Himmel, vor zwei Stunden hat mein Nachtdienst angefangen. Ich habe außer dir nur einen wirklichen Freund hier, und der wird ziemlich sauer sein, weil ich ihn nicht abgelöst habe.«

XI

Zufrieden legte Christian Södergren den Hörer aus der Hand. ›Die Lady ist zuverlässig‹, dachte er, ›sie wird schon kommen ‹ Er hatte sich inzwischen gründlich über die Arbeit und den Werdegang von Mary Ashton informiert. Ohne Einzelheiten zu verraten, hatte er sich im ›Museum of Art History‹ nach ihr erkundigt und nur Lobenswertes über ihre Arbeit und ihre Kompetenzen erfahren.

Im Großen und Ganzen war man dort mit ihr zufrieden, obwohl eine gewisse Zurückhaltung zu spüren war, als sei in letzter Zeit nicht alles so gelaufen, wie man von ihr erwartet hatte. Und denselben Eindruck hatte die Lady nun auch am Telefon hinterlassen. ›Also ist der Boden für mich bereitet‹, dachte er und schmunzelte, als er sich mit einem Glas Maltwhisky in seinen Sessel zurückzog.

Der Leiter des Museums, dem Södergren durch seine private Sammlung und sein Vermögen durchaus bekannt war, hatte nicht lange gezögert, dem Geschäftsmann Auskunft zu geben. Mehrfach war es schon vorgekommen, dass man Expertisen und Sammlerstücke austauschte oder sich Nachrichten zukommen ließ. Der wohlhabende Södergren galt als kompetent, wenn auch seine Methoden, ein begehrtes Objekt zu bekommen, nicht immer ganz korrekt waren.

Christian Södergren dachte an sein Gespräch mit dem Chef des Hauses und konnte im Nachhinein eine gewisse Genugtuung nicht verbergen, hatte er doch dem Haus ein wertvolles, sehr begehrtes Stück vor der Nase weggeschnappt – was natürlich niemand dort wusste.

Er stellte das Glas ab, stand auf und nahm seinen privaten Schlüsselbund aus der Westentasche. Mit einer kleinen silbernen Kette war er an einem Knopfloch befestigt, damit er nicht verloren ging. An ihm befanden sich die Schlüssel für seinen Tresorraum, den man natürlich nicht öffnen konnte, wenn man nicht gleichzeitig den Code kannte, und die Schlüssel für die Geheimtür, hinter der seine bedeutendsten Sammlerstücke verborgen waren. Nicht alles, was er sammelte, verbarg sich in der klimatisierten Kammer, schließlich wollte er seine Sammlungen ansehen und genießen, aber die wertvollsten Stücke hatte er dort deponiert. ›Vor allem der Engel muss drinbleiben, bis die Suche nach ihm abgeflaut ist‹, dachte er betrübt und schloss die Geheimtür auf, die sich hinter der Holztäfelung befand. Zufrieden mit sich und seinen Errungenschaften schaltete er das Licht an. Und da stand er, von einem Seidentuch wieder umhüllt, sein Engel. Monatelang hatte er versucht, seinen geheimnisvollen Weg zu rekonstruieren, bis dieser im Katalog von Dumfries auftauchte. Dann hatte er zugeschlagen, keine Verbindung und kein Geld gescheut, um in seinen Besitz zu kommen ›Mein Engel‹, dachte er, ›ich habe seit Jahren auf dich gewartet.‹

Behutsam entfernte er das Seidentuch und setzte sich in einen bereitstehenden Lehnstuhl. In Augenhöhe mit dem geschnitzten Gesicht versank er in den Anblick des Engels. Silbergrau war das Holz geworden, glänzend von Alter und Verwitterung. Von den Farben, die einst die Figur geschmückt hatten, war kaum noch etwas zu erkennen. Södergren beugte sich vor und strich liebkosend über das leicht splitterige Holz. »Sehr zärtlich ist man mit dir nicht gerade umgegangen«, flüsterte er und lehnte sich wieder zurück. Dann griff er zu dem Aktenordner, der auf einem Tischchen neben dem Sessel lag. Langsam blätterte er durch die Seiten. Da stand der Name des Engels, ›Gabriel‹ hatte Titurenius ihn genannt, damals, vor mehr als vierhundert Jahren, als er den Auftrag für den Zyklus bekam. Die Engel Michael und Raphael besaß das Museum bereits, und Södergren hatte sie so genau wie möglich studiert, um sicher zu sein, dass sein begehrter Engel wirklich zu dem Zyklus gehörte. Er wusste auch, dass Titurenius ursprünglich den Auftrag gehabt hatte, sieben Erzengel zu schnitzen, während der Arbeit aber verstorben war.

Der Bildhauer hatte damals das beste Holz gewählt, das ihm zur Verfügung stand: Es war der Großmast einer spanischen Galeone, die hundert Jahre zuvor bei Livorno gesunken war und viele Jahre auf dem Meeresgrund den Salzwasserströmungen standgehalten hatte. Alle sieben Engel hatte er aus diesem Eichenholzmasten schneiden wollen, drei hatte er dann nur geschafft.

Noch einmal strich Södergren über das silbrig glänzende Holz. »Dich hat ein Meeresgott geküsst, du brauchst keine Farben und kein Blattgold«, flüsterte er, dann legte er das Seidentuch wieder über die Statue, löschte das Licht und verließ die kleine Kammer.

Ja, Christian Södergren war ein Romantiker, wenn es um seine Sammlungen ging. Dann blieb der Geschäftsmann draußen vor der Tür bei seinen Banken und Bohrtürmen, in seiner Reederei, bei den Konferenzen und Geschäftsessen. ›Ich könnte ein Schiff nach meinem Engel benennen‹, dachte er verträumt, ›oder eine Whiskysorte‹, denn eine Brennerei gehörte ihm auch. ›Nein‹, korrigierte er sich, ›eine Whiskysorte nicht, das wäre zu profan und meinem Engel nicht angemessen. Aber ein Schiff, das wäre seiner würdig.‹

Södergren ging in sein Privatbüro und wählte die Geheimnummer seiner schwedischen Residenz in Stockholm. Als dort der Hörer abgenommen wurde, setzte er sich gemütlich hin und erklärte: »Greta, ich brauche dich hier.«

»Wann und warum?«

»Frag‘ nicht lange, komm. Ich schicke dir morgen Früh die Maschine, dann kannst du morgen Abend hier sein.«

»Für wie lange?«

»Keine Ahnung. Komm einfach.«

»Dann bis morgen.«

Der Hörer wurde aufgelegt, und Södergren lehnte sich zufrieden zurück. Auf Greta war immer Verlass. Sie war der wichtigste Mensch in seinem Leben. Sie war immer für ihn da, sie verstand ihn ohne Worte, sie war seine linke Hand, wenn er die rechte war. Nachdem seine Frau vor zwölf Jahren auf mysteriöse Weise nachts von seiner Jacht verschwunden und nie wieder aufgetaucht war, hatte Greta ganz selbstverständlich den Platz an seiner Seite eingenommen. Sie war eine gut aussehende, kluge Frau, die nicht nur ihren Verstand gebrauchte, wenn es um komplizierte Angelegenheiten ging, sondern die auch ihr Herz sprechen ließ, wenn sie es für richtig hielt. Er schätzte ihre Gespräche, selbst wenn sie in heftige Diskussionen ausarteten, er schätzte ihre Meinungen und ihre Ideen, ihre Toleranz und ihre Bescheidenheit. Aber am meisten schätzte er das Vertrauen, das zwischen ihnen herrschte. Schon als Kind hatte ihm die drei Jahre ältere Schwester die Liebe geschenkt, die ihre Mutter den Kindern nie hatte zukommen lassen, hatte ihm geholfen, wenn er allein nicht weitergekommen war, und hatte sich zurückgezogen, als seine Frau Vivien in sein Leben getreten war. Und dann, als Vivien bei Nacht und Nebel mitten auf der Ostsee verschwunden war, hatte sie wieder an seiner Seite gestanden. Mit ihrer Hilfe hatte er die Trauer und die demütigenden Vernehmungen durch die Polizeibehörden überstanden und schließlich einen Schlussstrich unter die Vergangenheit ziehen können. Und jetzt brauchte er sie, um Mary Ashton für sich zu gewinnen. Ja, jetzt brauchte er Greta.

Greta selbst hatte nie geheiratet. Sie hatte den Vater bis zu seinem Tod gepflegt, und dann hatte sie sich um Christian gekümmert, als er plötzlich wieder allein war. Auf eine eigene Ehe angesprochen, hatte sie ihm lachend versichert: »Ich habe genug mit euch zu tun, ein dritter Mann wäre nicht zu verkraften.« Und dabei war es geblieben.

Södergren lächelte in Erinnerung an seine fröhliche Schwester, dann rief er seinen Sekretär an: »Sorgen Sie dafür, dass meine Schwester morgen in Stockholm abgeholt wird.« Und danach gab er der Haushälterin den Auftrag, alles für den erwarteten Gast vorzubereiten. Zufrieden lehnte er sich schließlich zurück.

›Das ist der Vorteil vom Reichtum, es gibt immer Leute, die alles erledigen, dachte er zufrieden.‹

Er ließ seine Gedanken durch die Nacht schweifen. Es gab Tage oder auch Nächte, in denen er sich den Luxus von Träumen erlaubte. Es passierte nicht oft, dass er sich in Erinnerungen verlor oder in Hoffnungen schwelgte. Aber im Augenblick hatte er diese Phase, und er wusste, dass seine Begegnung mit Mary Ashton der Grund dafür war. Den Gedanken, dass sie altersmäßig seine Tochter sein konnte, ließ er gar nicht erst aufkommen Sie interessierte ihn nicht als Tochter, sondern als Frau. Zum ersten Mal seit vielen Jahren hatte das Gefühl unbestimmbarer Sehnsucht ihn überwältigt, als er sie damals vor sich gesehen hatte, nass, in ein Handtuch gewickelt und überhaupt nicht verlegen. Als sei es die natürlichste Sache der Welt, hatte sie ihn hereingebeten, die Wohnungstür und ihr Vertrauen weit für ihn geöffnet. Erst als sie dann in ihrem schlichten weißen Hosenanzug vor ihm gestanden hatte, hatte er bemerkt, was für eine attraktive Frau sie war. Aber da war ihm bereits bewusst geworden, dass er sie mit aller ihm zur Verfügung stehenden Kraft begehrte. Nicht unbedingt als Gespielin für erotische Vergnügen, sondern als Objekt einer wundervollen Liebe.

Natürlich wusste er auch, dass er eine Frau mit solchen Wünschen nicht überfallen durfte. ›Ich werde sie langsam, behutsam und voller Sanftmut gewinnen‹, dachte er und lächelte still vor sich hin. ›So, wie ich um meinen Engel gekämpft, gerungen und gelitten habe, werde ich sie ganz bestimmt nicht gewinnen, ihr werde ich alle Zärtlichkeiten schenken, die sich eine geliebte Frau nur wünschen kann. Und das in aller Ruhe, mit viel Rücksicht und viel Gefühl, und genau dafür brauche ich Greta mit ihrer Menschenkenntnis und ihrer Geduld.‹

Zufrieden leerte er sein Glas und begab sich in sein Schlafzimmer. Georg, der Butler, hatte das Bett für ihn vorbereitet, den Pyjama, die Lesebrille und sein Buch zurechtgelegt und die Handtücher im Bad auf die Wärmeröhren gehängt. Södergren legte die Kleidung ab und ging ins Bad. Er duschte, trocknete sich ab, massierte seine geliebte, nach Wildkräutern duftende Lotion in die Haut und zog den Pyjama an. Vor dem Spiegel blieb er einen Augenblick stehen. ›Ich muss wieder mehr für meine Figur tun‹, dachte er enttäuscht. ›Ich bekomme einen runden Rücken, wenn ich nicht aufpasse. Wozu habe ich die Schwimmhalle und den Fitnessraum? Ab morgen werde ich einen Trainer bestellen. Wenn kein Zwang dahintersteht, bin ich zu lasch mit mir selbst. Da werden immer Gründe gefunden, auf den Sport zu verzichten. Aber das wird sich jetzt ändern.‹ Und wieder sah er Mary vor sich stehen, rank und schlank und von dem kleinen Handtuch nur mäßig bedeckt.

›Einen krummen Mann wird sie niemals an ihrer Seite dulden.‹

Mit diesen guten Vorsätzen legte er sich in sein Bett und freute sich auf das Treffen mit Greta, die er fast ein halbes Jahr lang nicht gesehen hatte.

Siebzehn Stunden später stand sie vor ihm. Ein Chauffeur hatte sie morgens von seiner Stockholmer Residenz zum Flughafen gefahren, der Privatjet brachte sie ohne Unterbrechung nach Edinburgh, und dort hatte sein Chauffeur sie abgeholt. Nun stand sie lachend und gut gelaunt vor ihm und fragte: »Wo brennt's denn, Brüderchen?«

»Hier drin«, er klopfte sich auf die Brust und nahm sie in die Arme. »Komm, wir stoßen auf deine Ankunft an, später erzähle ich dir alles.«

Kaum spürbar zuckte die Frau zurück. ›Was hat sie denn?‹, dachte Christian Södergren für einen Augenblick. ›Ach nein, ich habe mich geirrt, sie ist gar nicht zurückgewichen.‹ Dennoch sah er sie prüfend an. Aber sie lachte schon wieder und hakte sich bei ihm ein. »Wo gibt's den Champagner, den du für mich bereitgestellt hast?«

Er führte sie in seinen Salon, rückte einen Sessel für sie vor den Kamin und nahm ihr gegenüber Platz. »Wie war der Flug?«

»Angenehm wie immer. Man hat mich verwöhnt, die Sicht war gut und der Flug ruhig.« Sie schauten den Flammen zu, der Butler schenkte den Champagner ein und verließ den Salon. Sie stießen an und tranken von der köstlichen Erfrischung. »Hm, das tut gut. In der Maschine habe ich darauf verzichtet. Alkohol ermüdet mich, und ich wollte ausgeruht hier ankommen. Christian, wir haben uns lange nicht gesehen. Wie ist es dir ergangen?«

»Nun ja, gesehen haben wir uns lange nicht, aber telefoniert haben wir fast täglich.«

»Du siehst gut aus, frischer, unternehmungslustiger als letztes Mal in Paris.«

»Ach, richtig, wir waren ja kurz in Paris zum Nationalfeiertag.«

»Genau. Da warst du müde und lustlos.«

»Ich hatte die Asienreise gerade beendet. Der Jetlag macht mir neuerdings zu schaffen. Irgendwie verkrafte ich die schnellen Zeit- und Klimawechsel nicht mehr so wie früher.«

»Wir werden beide älter, Brüderchen.«

»Nur, dass man dir das überhaupt nicht ansieht.«

»Ich reise auch nicht pausenlos um die ganze Welt. Ich genieße mein Leben in Reichtum und Luxus und lasse mich verwöhnen, wo immer ich kann.«

»Vielleicht sollte ich auch etwas kürzer treten. Außerdem bist du gar nicht der Genussmensch, für den du dich immer ausgibst.«

»Findest du?«

»Ich kenne deine Arbeit bei den karitativen Vereinen, in denen du mich vertrittst. Und für das Kinderhilfswerk der Vereinten Nationen bist du auch dauernd unterwegs.«

»Du weißt, ich kann nicht still sitzen, und die Aufgaben interessieren mich. Ich werde mich übrigens stärker für die SOS-

Kinderdörfer einsetzen. Nach der Flutkatastrophe in Asien ist mir wieder deutlich geworden, wie wichtig diese Betreuungsarbeit ist.«

»Dann beklage dich nicht, wenn wir uns so selten sehen.«

»Ich beklage mich ja gar nicht, nur, wenn du mich rufst, dann scheint Eile geboten. Wo also brennt es diesmal, Bruderherz?«

»Ja, das ist also eine längere Geschichte, aber kurz gesagt: Ich habe mein Herz verloren.«

»Aha! Und an wen oder was?«

Christian zögerte einen Augenblick – spürte er da wieder einen Anflug von Zurückhaltung? Beschwichtigend lächelte er: »An zwei Engel.«

»An zwei Engel!! – Aus Fleisch und Blut oder aus Gips und Granit?«

Ohne direkt die Frage zu beantworten, erklärte er: »Beide sind wunderschön, einmalig, anbetungswürdig und überaus wertvoll.«

Skeptisch sah die Frau ihr Gegenüber an. Sie traute diesem Schwärmer nicht. Wenn er romantisch wurde, steckte mehr dahinter als der Erwerb eines Sammlerstücks. Sie hatte erlebt, wie der kühle, um nicht zu sagen kalte Geschäftsmann ins Schwärmen geraten war, als er seine Frau Vivien kennengelernt hatte.

Sie starrte in das Kaminfeuer und spürte, wie sich innerlich Kälte und Widerwillen in ihr ausbreiteten. ›Nein, nicht noch einmal‹, dachte sie. ›Er gehört mir, ich dulde keine andere Frau an seiner Seite. Blut ist dicker als der Schweiß einer erotischen Vereinigung. Er muss das begreifen, selbst wenn dabei wieder Jahre der Trauer überstanden werden müssen.‹

Sie seufzte und sah ihn nachdenklich an. »Also aus Fleisch und Blut.«

»Ja und nein. Du wirst entzückt sein, Greta. Der eine befindet sich hier im Haus. Es ist mir gelungen, den wunderbaren, einmaligen Titurenius-Engel zu erwerben, den ich schon so lange suche.«

»Und der andere?«

»Um den zu erwerben, brauche ich dich. Du hilfst mir doch, nicht wahr?«

»Warum gerade ich?«

»Weil ich mich auf dich verlassen kann, du hast mich noch nie im Stich gelassen.«

»Christian, wenn es sich um eine Frau handelt, und das nehme ich an, dann solltest du dich selbst darum kümmern. Du bist ein gut aussehender, attraktiver Mann, du strahlst ein umwerfendes Charisma aus, du kannst einer Frau den Himmel auf Erden bieten und unter Tausenden wählen – du brauchst mich nicht.«

»Halt, hör auf.« Lachend füllte Christian die Gläser neu. »Du machst mich verlegen, du nimmst mich auf den Arm, du willst dich vor einer Aufgabe drücken, die nur du bewältigen kannst.«

»So ein Unsinn. Wenn es um eine Frau, um eine Frau für dich geht, dann weigere ich mich, dir zu helfen. Eine Frau zu gewinnen, ist eine Herzenssache und nicht die Aufgabe einer dritten Person.«

»Sie ist fast noch ein Kind, Greta.«

»Du bist verrückt.« Sprachlos sah Greta ihren Bruder an. »Bist du jetzt pervers geworden?«

»Sie könnte meine Tochter sein.«

»Umso schlimmer.«

»Sie hat keine Ahnung, wie es um mich steht.«

»Wie lange kennst du sie schon?«

»Zwei Wochen.«

»Und? Wie oft seid ihr ausgegangen, worüber redet ihr, hast du ihr schon den Hof gemacht? Hast du ihr deine Gefühle gezeigt, ihr Geschenke verehrt?«

»Nein. Nichts von allem.«

»Was soll das heißen?« Sie schüttelte verständnislos den Kopf.

»Ich kenne mich zwar in dieser Beziehung nicht allzu gut mit Männern aus, aber dass solche Dinge zum Kennenlernen gehören, das weiß sogar ich.«

»Ich habe sie einmal gesehen und einmal mit ihr telefoniert. Ich kenne sie nicht und sie kennt mich nicht.«

»Und dann ist sie die Frau deines Herzens? Christian, ich zweifle an deinem Verstand.«

»Ich zweifle selbst, Schwesterchen. Aber was soll ich tun?«

»Erzähle mir mehr. Wer ist sie?«

»Sie ist eine Koryphäe auf dem antiken Kunstmarkt.«

»Daher weht der Wind.«

»Was meinst du damit?«

»Mit dir ist die Sammelleidenschaft durchgegangen, und nun brauchst du Unterstützung. Was hat denn das mit deinem Herzen zu tun?«

Greta war erleichtert. ›Wenn das so ist‹, dachte sie, ›dann werde ich ihm diese Dame ausreden. Dann wird er auf mich hören und dann – gehört er wieder mir.‹

Erleichtert reichte sie ihm ihr Glas. »Ich könnte noch einen Schluck gebrauchen. Trinken wir auf das Ende einer Sammlerleidenschaft mit Herzklopfen.«

Aber Christian Södergren schüttelte den Kopf. »Dieser Engel ist mir wichtiger als der von Titurenius. Du weißt, was das bedeutet.«

Und Greta dachte: ›Verdammt, es ist wirklich ernst, da muss ich mir etwas einfallen lassen.‹

XII

Am nächsten Morgen fuhr Mary Ashton ins Museum. Sie fürchtete die Begegnung mit Direktor Connor und die Diskussionen mit den Kollegen. Mehrere von ihnen hätten gern die Reise nach Dumfries angetreten und hatten es der Direktion übel genommen, dass sie eine der jüngsten Mitarbeiterinnen mit einer so wichtigen Aufgabe betreut hatte. Außerdem verübelten sie ihr die Erfolge, die sie bei der Prüfung antiker Sammlerstücke immer wieder gehabt hatte, und waren verärgert, dass bereits zwei Zeitungen ihr Wissen lobend erwähnt hatten. Mary scheute solche Kontroversen und wäre dem Ärger lieber aus dem Weg gegangen. Andererseits besaß sie zum Glück genug Selbstvertrauen, um mit einer solchen Situation fertig zu werden. Wie hatte McClay noch gesagt: »Einen Engel, der nicht vorhanden ist, kann man nicht erwerben.« ›Ja‹, dachte sie, ›mit genau diesen Worten werde ich auf Vorwürfe reagieren.‹

Während sie sich durch den morgendlichen Verkehr drängte, dachte sie an David McClay, der die Meinungsverschiedenheiten, die Intrigen und die komplexen Wünsche seiner Mitarbeiter bekämpfen musste. ›Leicht hat der es auch nicht‹, überlegte sie. ›Diese Stars und Sternchen, die sich alle als außergewöhnlich und unübertrefflich ansehen, die glauben, unersetzbar und einmalig zu sein – nein‹, erinnerte sie sich, ›mit seinen Kämpfen möchte ich es nicht zu tun haben.‹

Und mitten im Großstadtverkehr sah sie ihn wieder vor sich, den großen, gut aussehenden Mann mit der charismatischen Ausstrahlung und den zärtlichen Händen. ›Ja, seine Hände mag ich besonders gern. Als er mir über das Haar strich, als er meine Hände hielt, gestern, als ich mich verabschiedete – immer waren es seine Hände, die mich bis ins Innerste erregten, und sogar heute noch, mitten in der Rushhour, sind es seine Hände, die diese Sehnsucht nach Geborgenheit in mir auslösen.

Heute Abend rufe ich ihn an und erzähle ihm, wie es mir ergangen ist. Er hat ein Recht darauf, und ich habe die Möglichkeit, ihn zu hören. Dann wird mich seine Stimme beruhigen, und wenn ich seine Hände auch nicht fühle, wird mir diese Stimme guttun.‹

Sie hatte das ›Museum of Art History‹ erreicht und bog in die Einfahrt zum Parkplatz ein. ›Gott sei Dank haben wir hier feste Plätze‹, dachte sie zufrieden und stellte ihren Wagen ab. Der Platzwächter grüßte sie mit einem Kopfnicken, und sie winkte ihm kurz zu. Dann nahm sie ihre Tasche aus dem Wagen, verschloss das Fahrzeug mit dem Funkknopf am Schlüssel und wandte sich dem dreistöckigen gelben Gebäude mit den beiden Seitenflügeln zu. Die große Freitreppe war dem Publikum vorbehalten, die Angestellten mussten eine unscheinbare Seitentür benutzen. Aber auch hier kontrollierte ein Pförtner die Eintretenden, und nur mit dem codierten Ausweis vor dem Kartenlesegerät öffnete sich die Tür. Sie ging die Treppe in das Kellergewölbe hinunter, denn die meisten Arbeitsräume der Angestellten und Mitarbeiter befanden sich im Souterrain.

Auch Mary arbeitete hier unten. Aber der Raum, der ihr zur Verfügung stand, war hell, denn die drei Kellerfenster waren groß und gingen zum Hof hinaus, wo fast den ganzen Tag helles Licht hineinschien. Das benötigte sie unbedingt für ihre Arbeit. Es gab zwar genug Apparate, die durch Röntgenstrahlen, Infrarotanalysen, Spektroskopie und Computertechnik bei der Echtheitsbestimmung von Hölzern, Farben, Lacken oder Patina halfen, Mary aber hielt gutes Tageslicht für unverzichtbar.

Sie war die Erste an diesem Morgen. Sie schloss ihren Spind auf, legte Mantel, Mütze und Handschuhe ab und zog ihren weißen Arbeitskittel an. Dann steckte sie die weißen Arbeitshandschuhe in die Seitentasche, schloss den Spind wieder ab und ging mit ihrer Tasche zum Telefon. Zuerst wollte sie das Geld loswerden, das sie nun seit Tagen mit sich herumschleppte und das ihr nicht gehörte. Sie meldete sich bei der Sekretärin von Professor Connor an und stieg dann die drei Treppen hinauf in die Direktionsetage. Im Museum herrschte Ruhe. Die Putzkolonnen hatten ihre Arbeit beendet, und der Besucherstrom hatte noch nicht eingesetzt, denn das Haus wurde erst ab zehn Uhr für Gäste geöffnet.

Mit Unbehagen, aber auch mit Trotz stieg Mary die drei Treppen hoch. ›Möglich, dass ich meine Arbeit verloren habe, wenn ich die Treppen wieder hinunterlaufe‹, dachte sie und richtete sich selbstbewusst auf. ›Ganz arm bin ich dann zwar nicht, ich habe immerhin zwei Arbeitsangebote, aber schade wäre es schon. Die Arbeit hier macht Spaß, und ich hatte meine ersten Erfolge in einem Haus, das in der ganzen Welt bekannt und berühmt ist.‹

Die oberste Etage des Haupthauses war ganz der Direktion und ihren Gästen vorbehalten. Hier trafen sich Sammler, Anbieter und Käufer kunsthistorischer Produkte, die oft Millionenwerte verkörperten. Diesem Besucherkreis musste das Haus gerecht werden. Der Flur, den die Gäste betraten, die selbstverständlich mit einem Lift diese oberste Etage erreichten, war mit wertvollen Orientteppichen bedeckt. Mahagonihölzer bestimmten die Einrichtung, meterhohe Grünpflanzen vermittelten einen exotischen Eindruck, und dezent verteilte Sesselgruppen machten das Warten auf ein interessantes Gespräch angenehm. Überall standen versteckt Tabletts mit Flaschen und Gläsern, und einige besonders ausgewählte, wertvolle Gemälde und Zeichnungen zierten die Wände.

Die Mitarbeiter des Museums kamen selten in diese Etage. Aber Mary wollte ihr Gespräch hinter sich bringen und scheute die misstrauischen Gesichter der hier oben arbeitenden Angestellten nicht.

Sie klopfte an die Mahagonitür, und auf das »Herein« der Sekretärin betrat sie das Vorzimmer. »Guten Morgen. Ich habe vorhin angerufen und Sie um einen Termin bei Professor Connor gebeten. Ich bin Mary Ashton und ich wollte mich aus Dumfries zurückmelden.«

»Ja, die vergebliche Reise nach Dumfries, ich weiß«, erwiderte die Dame hinter ihrem Schreibtisch mit den zahlreichen Apparaten. »Der Professor hat in wenigen Minuten Zeit für Sie. Setzen Sie sich doch.«

Mary nahm auf einem der Stühle Platz, die einen Tisch mit Wasserflaschen und Gläsern umrundeten, während die Sekretärin sie anmeldete. Nach einiger Zeit – ›er will mich zappeln lassen‹, dachte Mary – ertönte ein Klingelzeichen auf dem Schreibtisch, und Miss Abberton stand auf und begleitete Mary zur zweiflügeligen Tür, die ins Büro von Professor Connor führte. Mit einem »Bitte sehr, Miss« ließ sie Mary eintreten.

Selbstbewusst und mit erhobenem Kopf ging Mary an der Dame vorbei und stellte sich vor den Schreibtisch. »Guten Morgen, Professor Connor. Ich bin Mary Ashton und ich bin gestern Abend aus Dumfries zurückgekommen. Leider ohne den Titurenius-Engel.«

Leicht verwirrt sah der alte Mann mit dem grauen Vollbart von seinen Papieren auf. »Ja, richtig, Sie sollten ja den Engel für uns holen. Sie waren sehr sicher, dass Sie ihn ersteigern würden.«

»Ja, Herr Professor, nur, einen Engel, der nicht vorhanden ist, kann man nicht erwerben.«

»Da haben Sie natürlich recht, Miss Ashton, dennoch bedeutet Ihre vergebliche Reise einen großen Verlust für unser Haus. Wir hatten fest mit dem Erwerb gerechnet.«

»Der Engel hat bereits vor der Versteigerung den Besitzer gewechselt, nur hat man vermieden, ihn aus dem Auktionsprospekt zu streichen. Die Veranstalter erwarteten zahlreiche Interessenten für den Engel, die dann vielleicht andere Kunstgegenstände ersteigern würden.«

»Und, ist die Rechnung aufgegangen?«

»Nein, es kam zu einem Eklat, und die Versteigerung wurde beendet, bevor sie begonnen hatte.«

»Ich habe in der Zeitung darüber gelesen. Miss Ashton, ich bedauere diesen Misserfolg, an dem Sie aber keine Schuld haben.«

Mary nickte erleichtert. »Ich möchte als Erstes das Geld für die Anzahlung zurückgeben.« Sie öffnete ihre Tasche und entnahm ihr einen Umschlag. Aber der Professor winkte ab. »Das können Sie bei meiner Sekretärin abgeben. Ich möchte Ihnen nur noch sagen, dass ich vollstes Vertrauen in Ihre Arbeit habe – trotz des Misserfolgs mit dem Engel.«

Mary lächelte beruhigt. »Danke, Professor Connor. Ich habe aber auch eine positive Nachricht für Sie.«

»Ich höre?«

»Ich weiß, wo sich der Titurenius-Engel befindet.«

»Ach ja?«

»Ein Bekannter von mir war vor einer Woche bei der Präsentation des Engels im Hause Södergren. Dort wurde der Erzengel Gabriel von Titurenius einem ausgewählten Publikum gezeigt.«

»Donnerwetter.« Der Professor schlug mit der flachen Hand auf den Tisch und stand verärgert auf. »Da ist der Schwede uns wieder einmal zuvorgekommen! Diesen Engel können wir abschreiben. Der Södergren trennt sich niemals von seinen kostbaren Stücken, ich kenne den Mann. Da müssen wir froh sein, wenn so ein Objekt, das unsere ganze Nation interessiert, hier im Lande bleibt und nicht nach Schweden ausgeführt wird.«

»Dürfte er das?«

»Da müsste ich mich beim Zoll erkundigen. Aber Södergren hat alle Möglichkeiten, ein Sammlerstück ins Ausland zu transportieren. Niemand weiß, was er wirklich besitzt, und wenn Sie nicht durch Zufall darauf gekommen wären, wüsste kein Mensch, wo der Engel geblieben ist. Auch der Auktionator ist zum Schweigen verpflichtet.«

»Aber Herr Södergren macht gar kein Geheimnis aus seiner Sammlung.«

»Das ist der dumme Besitzerstolz, dem entkommt kein Sammler. Irgendwie muss er doch zeigen, was er hat. Und wenn die Bewunderer gegangen sind, gibt er Ruhe. Dann genügt ihm der Besitz allein.«

Mary nickte zufrieden. »Ich hätte noch eine gute Nachricht, Herr Professor.«

»Ach ja? Langsam machen Sie mich neugierig, Miss Ashton.«

»Ich kenne Herrn Södergren persönlich. Er bat mich, einige seiner Kunstobjekte und ihre Zertifikate zu prüfen. Vielleicht gehört der Engel dazu.«

»Tatsächlich? Das wäre ja unglaublich, wenn wir auf diese Weise den Engel zu sehen bekämen. Sie müssen zusagen, unbedingt zusagen, und dann holen wir den Engel erst einmal hierher, denn nur hier stehen die Geräte, mit denen altes Holz geprüft werden kann. Miss Mary, dass wäre doch vielleicht eine Möglichkeit ...«

Mary lächelte, er hatte Mary zu ihr gesagt, wenn das nicht absolutes Vertrauen bedeutete ...

Der Professor kam um den Schreibtisch herum und setzte sich in einen der Sessel seiner Besucherecke. Vorher aber drückte er auf die Sprechanlage: »Miss Abberton, ich brauche Sie.« Dann bat er Mary: »Kommen Sie, setzen Sie sich zu mir. Und dann erzählen Sie mir alles, was mit Christian Södergren zusammenhängt. Er kommt ja manchmal ins Museum, aber dann ist er der souveräne Geschäftsmann, dem keiner das Wasser reichen kann.« Und als Miss Abberton das Büro betrat, bat er: »Bringen Sie uns Kaffee und einen Imbiss, es ist Frühstückszeit, und wir haben noch einen langen Vormittag vor uns.«

Mary erzählte ihm von dem Abend, als Södergren plötzlich vor ihrer Tür stand, von seiner Einladung und dem Anruf am vergangenen Abend. Sie berichtete ihm auch von ihrem Unfall und dem Arzt, der dann wiederum bei Södergren den Engel gesehen hatte, und sie beichtete ihm, dass der berühmte David McClay eigens für das Museum nach Dumfries gefahren war, um für sie den Engel zu ersteigern. Als Letztes gab sie den Umschlag mit dem Geld ab und ließ sich die Rückgabe bescheinigen.

Als sie gegen Mittag die Direktionsetage verließ und mit dem Lift in den Keller fuhr – der Professor hatte sie auf den Korridor begleitet und eigenhändig den Lift für sie geholt –, hatte sich ihr Erfolg beim Chef bereits im Haus herumgesprochen. Die jüngeren Mitarbeiter lächelten ihr zu, die älteren wirkten eher verärgert, denn keiner von ihnen hatte schon einmal mit dem Chef frühstücken dürfen.

Mary ging in ihr Labor, schaltete die Geräte ein, zog die weißen Stoffhandschuhe an und begann mit der liegen gebliebenen Arbeit. Ein Tisch aus dem Holyrood Palace sollte auf sein Alter hin untersucht werden. Mary wollte als Erstes mit Infrarot und ultraviolettem Licht die Abnutzungserscheinungen untersuchen. Das würde mehrere Tage dauern, denn bei dem Tisch mussten zunächst die Baumtypen der verwendeten Hölzer mit ihren unterschiedlichen chemischen Zusammensetzungen festgestellt werden, bevor sie sich auf Veränderungen durch Umwelteinflüsse oder den Standort des Tischs konzentrieren konnte. War der Raum, in dem er aufbewahrt wurde, feucht oder trocken, war er Witterungen ausgesetzt oder selten benutzt worden? All diese Fragen galt es zu beantworten, bevor sie die Verarbeitungstechniken, den Leim und den Lack, die oft auf das Alter schließen ließen, kontrollierte. Und ganz zum Schluss erst würde sie eine Holzprobe entnehmen, die dann, zu Holzmehl zerkleinert und zu einer Tablette gepresst, im Spektrometer untersucht würde. Das war die abschließende und gründlichste Untersuchung.

Mary freute sich auf ihre Arbeit. Oft fühlte sie sich wie ein Detektiv, der einem großen Geheimnis auf der Spur ist. ›Wie gut, dass ich während des Studiums das halbe Jahr in Mailand gewesen bin und das Museo d'Arte e Scienza besucht habe, das weltweit berühmteste Haus zur Echtheitsbestimmung antiker Möbel durch wissenschaftliche Methoden‹, dachte sie. ›Alle Freunde, sogar Thomas waren der Meinung, das sei unnütz ausgegebenes Geld und weggeworfene Zeit gewesen. Aber genau hier bin ich dem Geheimnis des Holzes auf die Schliche gekommen. Die Vorführungen von wissenschaftlichen und praktischen Methoden zur Fälschungserkennung haben mir die Augen geöffnet.‹

Glücklich und zufrieden sah sie sich in dem Labor um, das sie mit zwei Kolleginnen teilte, die jetzt anscheinend in der Kantine ihren Lunch einnahmen. Dann begann sie mit ihrer Arbeit, denn der Tisch, der eine Leihgabe war, sollte so schnell wie möglich wieder nach oben in die Ausstellungssäle gebracht werden.

XIII

David McClay genoss seinen ersten und einzigen Urlaubstag, denn die Differenzen beim Team am Set hörten nicht auf, und er hatte endgültig zugesagt, am nächsten Morgen nach Galashiels zu kommen, um persönlich für Ruhe zu sorgen. Und wenn er erst einmal in Galashiels war, dann holten ihn die Schwierigkeiten, die Pflicht und das Kopfzerbrechen garantiert ein. Dann musste er weiterfahren nach Edinburgh und Glasgow und wer weiß wohin noch.

Aber heute wollte er nicht an die Arbeit und ihren Ärger denken. Heute wollte er endlich mit dem Hengst in die Berge. Er hatte gleich am Morgen den Reitdress angezogen und Sophie, die Köchin, gebeten, ein Picknick für die Satteltaschen vorzubereiten. Auf der Suche nach dem Fernglas, das er immer mitnahm, um das Wild zu beobachten, lief er durch das Haus. Aber nach der Abreise von Mary kam ihm sein schönes, geliebtes ›Lone House‹ leer und trist vor. ›Eigenartig‹, dachte er, ›sie hat sich kaum im Haus bewegt, sie musste das Bett und dann das Zimmer hüten, und nur ganz zum Schluss hat sie die Mahlzeiten mit mir eingenommen. Trotzdem kommt es mir vor, als sei sie noch überall gegenwärtig. Aber sie ist fort. Ob sie noch an mich denkt? Ob sie sich an unsere Gespräche erinnert? Ob sie gespürt hat, dass ich sie begehre und heute schon Sehnsucht nach ihr habe? Sie war so offen, so natürlich, so wunderbar normal. Hoffentlich hat sie keinen Ärger im Museum. Auf der einen Seite wünsche ich ihr das, aber auf der anderen Seite bin ich selbstsüchtig genug, ihr Ärger zu wünschen, denn dann könnte ich sie überreden, an meiner Seite zu arbeiten.‹

Endlich hatte er das Fernglas gefunden. Es hing wie immer am Garderobenhaken bei seinen Jagdgeräten.

Hanna kam und brachte ihm das Päckchen mit dem Picknick aus der Küche. »Wann dürfen wir Sie zurückerwarten, Lord McClay?«

»Es kann spät werden. Ich habe nur diesen Tag zum Reiten, ich will mindestens bis an den Douglas Burn, ich habe im vorigen Jahr dort oben Weißkopfadler gesehen. Sie müssten jetzt mit der Paarung beginnen.«

»Dann wünsche ich Ihnen viel Glück, Lord McClay.«

»Danke, Hanna.« Er wandte sich der Tür zu, die in die Wirtschaftsräume und dann zum hinteren Hofteil führte. Die paar Schritte zum Wirtschaftshof ging er immer zu Fuß. Dabei bekam er einen ersten Eindruck vom Arbeitsablauf in der Landwirtschaft. Für ein Gespräch mit seinem Verwalter Jean Cook war es wichtig, dass er wenigstens so tat, als hätte er einen Überblick. Für ein ausführliches Gespräch würde die Zeit sowieso nicht reichen. Wenn er heute bis hinauf zum Douglas Burn reiten wollte, war es bei seiner Rückkehr dunkel, und dann hatte er auch keine Lust mehr auf ein Gespräch über Bilanzen, Preise und notwendige Anschaffungen.

Bevor David McClay die Gebäude erreichte, sah er, wie der Schäfer eine kleinere Herde auf die östlichen Wiesen trieb. ›Das muss die Herde sein, von der Mary erzählt hat‹, dachte er, als er die Muttertiere mit den Lämmern beobachtete.

Dann hatte er die Stallungen erreicht und atmete zufrieden den Geruch von Pferden, Stroh, Leder und Huffett ein. Lancelot stand gesattelt und mit dem Halfter festgebunden in seiner Box. Nur die Trense musste er ihm noch anlegen. Er sprach mit dem Hengst, als er die Box betrat. Das Pferd richtete die Ohren auf, wandte ihm den Kopf zu und schnaubte leise. »Hast mich noch erkannt, was?« David kramte in seiner Jackentasche und holte ein Pellet hervor. »Brav bist du, mein Guter. Gehen wir zwei raus in die Berge? Du und ich, uns fehlt die frische Luft, die da oben weht, und die holen wir uns jetzt.« Er gab dem Pferd noch ein Pellet und steckte sein Lunchpäckchen, das Fernglas und das Handy in die Satteltasche. Dann nahm er die Trense vom Haken neben der Tür, streifte dem Hengst das Halfter ab und legte ihm die Zügel um den Hals. Er zäumte das Pferd auf und erzählte ihm von dem Weg, der vor ihnen lag. Seine Stimme sollte den Hengst beruhigen, der so selten geritten wurde, weil er jeden fremden Reiter abwarf und außer dem Pfleger und ihm keinen anderen Menschen in seiner Nähe duldete. Zum Glück hatte McClay einen Stall mit großer Auslaufwiese für den Hengst anbauen lassen, sodass das Tier, wenn es schon nicht mit den anderen Pferden und den Stuten zusammen auf die großen Weiden hinausdurfte, einen einigermaßen weiträumigen Auslauf hatte.

Immer weiter auf ihn einredend, führte er den Hengst aus dem Stall, dann kontrollierte er die Bügellänge, zog den Sattelgurt fest und nahm die Zügel in die linke Hand. »Und jetzt steh bitte still, bis ich oben bin. Lancelot, du weißt, ich bin ein älterer Herr.«

Der Hengst tänzelte nervös auf dem Kopfsteinpflaster, aber McClay schaffte das Aufsitzen beim ersten Versuch und nahm sofort die Zügel in beide Hände. Der Hengst war nervös. Er roch rossige Stuten, spürte den Wind, der von den Bergen kam, und wollte laufen, seine Kraft und sein Temperament austoben.

Aber McClay hielt ihn eisern fest. Auf dem Hof wurde nicht galoppiert, und auch draußen, auf dem Weg in die Berge, musste der Hengst spüren, wer der Herr im Sattel war. Erst einen Kilometer vom Hof entfernt gab er dem Pferd die Zügel frei und spornte ihn an. »Nun zeig, was in dir steckt, mein Guter. Jetzt kannst du laufen, bis dir die Lust vergeht.« Das ging schneller, als Pferd und Reiter erwartet hatten, denn der Weg wurde steil, schmal und steinig.

David ließ den Hengst am langen Zügel gehen und genoss den Blick hinunter auf St. Mary's Loch und auf Dryhope mit der Ruine aus dem 16. Jahrhundert. Hier oben in fast sechshundert Metern Höhe wehte ein heftiger Ostwind. Er brachte zwar das sonnige Wetter, aber auch eine kalte Brise von der Nordsee mit.

David schloss den Reißverschluss an seinem Anorak und stellte den Kragen hoch. Lancelot folgte einem Wildpfad, der steinige Weg war längst zu Ende. Aber hier oben kannten Pferd und Reiter sich aus.

David erinnerte sich, wie er vor knapp zehn Jahren den Goldfuchs als Fohlen gekauft hatte. Er war schon damals kein graziöses, schlankes, hochbeiniges Fohlen gewesen, sondern hatte seinem Vater Lancordo geähnelt, einem eher schweren, stämmigen Hengst. Aber David, selbst über einen Meter achtzig groß und nicht gerade grazil, wenngleich er kein Gramm zu viel auf die Wage brachte, wollte ein Pferd, das zu ihm und seiner Statur passte. Und so hatte er sich kurzerhand für Lancelot entschieden. Er hatte ihn aufs Gut gebracht und so viel Zeit, wie er erübrigen konnte, mit dem jungen Hengst verbracht. So war aus einem unbändigen, von der Mutter so plötzlich getrennten Wildfang ein zuverlässiger Freund geworden.

David sah zu den Felsformationen hinüber, die sich links von ihm in der Ferne erhoben. Dorthin wollte er. Dort hatte er in den vergangenen Jahren die Weißkopfadler beobachtet. Er spornte das Pferd wieder an. »Komm, Lancelot, sonst schaffen wir den Weg nicht.«

Der Hengst trabte an, dann fiel er in den leichten, angenehmen Huntergalopp, mit dem er Kräfte sparend stundenlang über ebenes Gelände laufen konnte. Und eben war der Weg hier oben wieder.

Langsam näherten sich Ross und Reiter den steil hinaufragenden Felsen. ›Ein ideales Brutgebiet für die Vögel‹, dachte David, holte sein Glas aus der Satteltasche und hängte es sich um. ›Die steilen Felsen, schroff und senkrecht in die Höhe ragend, bieten den Vögeln absoluten Schutz vor Wildkatzen und zweibeinigen Nesträubern‹, überlegte er. ›Gleichzeitig können sie das Land bis hinüber zur Küste übersehen, wenn sie auf der Jagd sind.‹

In der Nähe der Felsen wurde das Land wieder uneben, kleine Hügel wölbten sich auf, Sträucher und Krüppelkiefern wuchsen im Schutz der Felsen aus den kargen Erdspalten. David ließ den Hengst wieder im Schritt gehen. Und während er dem sicheren Tritt des Pferdes vertraute, nahm er sein Fernglas und beobachtete den Himmel. Dann suchte er die Felsen ab. Er wusste genau, wo der Horst angelegt war, aber von den Adlern war auch hier nichts zu sehen. ›Sind sie gestört worden?‹, überlegte er. ›Oder bin ich zu früh hier oben? Vielleicht klappt es in diesem Jahr mit der Paarung nicht? Das wäre schade‹, dachte er, ›sie sind doch schon so lange zusammen, eigentlich müssten sie jetzt mit der Renovierung des Horsts beschäftigt sein.‹ Er lachte vor sich hin. ›Renovierung, wie albern, Menschen renovieren, keine Tiere.‹ Er hatte das Gehölz am Rand der Felsen erreicht und versuchte, Lancelot zwischen die Sträucher und Bäume zu treiben. Aber der Hengst wollte nicht, das Unterholz war zu dicht. »Na schön, dann bleibst du hier, und ich geh' zu Fuß. Ich muss nachsehen, ob ich frischen Vogelkot oder Abfälle von Beutetieren finde, dann weiß ich, ob der Horst bewohnt wird.«

Er stieg ab, wickelte die Zügel um einen Ast, lockerte die beiden Sattelgurte, klopfte dem Hengst den Hals und zwängte sich in das Gesträuch. Er war kaum hundert Meter weit vorgedrungen, als er ein paar Adlerfedern fand. Bestürzt hob er sie auf. Hatten die Vögel sich gegenseitig gejagt? ›Unmöglich‹, dachte er und sammelte eine Handvoll Federn auf. Langsam ging er weiter. Dann fand er eine beringte Kralle, Zeichen dafür, dass der Adler aus einer Aufzuchtstation stammte und vor Jahren ausgewildert worden war. »Verdammt«, fluchte er laut vor sich hin, »was ist hier passiert?« Er bückte sich, um das Bein mit dem Ring aufzuheben. Im gleichen Augenblick knallte ein Schuss. Ein vielfaches Echo wurde von den Felsen zurückgeworfen. Instinktiv ließ sich David in das Unterholz fallen, horchte auf Geräusche, auf Schritte. In seiner Nähe blieb alles still. Aber dann hörte er den leiser werdenden Galopp eines Pferdes. Seines Pferdes? Er lauschte noch einen Augenblick, als sich nichts rührte, sprang er auf, griff nach der beringten Adlerkralle und drängte sich durch das Unterholz zurück zu der Stelle, wo er Lancelot angebunden hatte. Vom Hengst fehlte jede Spur. Der Ast war abgebrochen, und das Pferd schien mit schleifendem Ast davongaloppiert zu sein. »Verflucht«, schimpfte er vor sich hin. »Das Pferd bricht sich die Beine. Welcher hirnverbrannte Idiot knallt denn hier mitten am Tag in der Gegend herum?« Er sah sich um, aber niemand und nichts deutete auf einen anderen Menschen hin. Dann erst entdeckte David McClay sein eigenes Malheur: Mit dem Pferd war auch sein Handy verschwunden. »Und jetzt?«, überlegte er leise. Noch immer war er nicht sicher, ob nicht doch ein schießwütiger Fremder in seiner Nähe war. Er zog sich etwas in den Schutz der Sträucher zurück und beobachtete die Ebene vor ihm. Aber alles blieb still. ›Und was mache ich nun? Der Hengst findet den Weg zum Stall allein zurück – wenn er sich nicht unterwegs die Beine bricht –, aber was mache ich?‹ »Vollidiot«, beschimpfte er sich selbst, »das Handy gehört nicht in die Satteltasche.« Dann überlegte er: ›In ›Lone House‹ wird man merken, dass etwas passiert ist, wenn der Hengst allein zurückkommt – wenn! Man wird mich suchen, aber wo? Ich hätte sagen müssen, wohin ich reite, aber wer denkt schon an so etwas, wenn man als friedlicher Reiter auf seinem Besitz unterwegs ist.‹

Noch immer unsicher, ob dieser schießwütige Unhold nicht doch noch irgendwo in der Nähe war, entfernte sich David langsam vom Gehölz. Mitten auf der flachen Hügelkuppe war er ein sicheres Ziel für jeden Wilderer. Hatte der Bursche den Adler erschossen, von dem er nun ein paar Überreste in den Händen hielt? Hatte er das wunderschöne Vogelpaar aus den Felsen vertrieben, etwa beide auf dem Gewissen? Immer mit dem Gefühl, einen Gewehrlauf im Rücken zu haben, ging David weiter. Es blieb ihm ja gar nichts anderes übrig, wollte er die unwegsame Waldstrecke, die er zuvor mit dem Hengst im Schritttempo überwunden hatte, bei Tageslicht zurücklegen. ›Hätte ich mein

Handy bei mir, könnte ich den Helikopter vom Set in Galashiels anfordern‹, dachte er verärgert. ›Ich habe mich wirklich wie ein Schwachkopf benommen. Selbst wenn der Hengst unverletzt im Stall ankommt, wer prüft denn die Satteltaschen? Jeder vernünftige Mensch denkt doch, ich habe mein Handy bei mir und melde mich, wenn ich in Schwierigkeiten gerate.‹ Er hatte das Ende der flachen Hügelkuppe erreicht, warf noch einen Blick zurück auf die Felsengruppe, suchte mit dem Fernglas den Himmel und die Erde ab und begann mit dem Abstieg durch den Wald. Die Sonne stand tief im Westen, und die Bäume warfen lange Schatten über den Boden. Dann wurde das Licht schlechter, und David hatte Mühe, die Unebenheiten vor seinen Füßen zu erkennen. Er sah auf die Uhr, es war kurz vor acht. ›Wenn ich mir hier drin die Beine breche, findet mich kein Mensch‹, dachte er und begann trotz des schlechten Lichts schneller zu gehen, um die Ebenen unterhalb des Forsts zu erreichen. ›Sollte ich einigermaßen weiterkommen, werde ich um Mitternacht in ›Lone House‹ sein‹, rechnete er sich aus, ›es sei denn, sie schicken Suchtrupps los und finden mich früher.‹

Jean Cook saß in seinem Büro und schaute gedankenverloren über den Gutshof. Es war fast fünf Uhr, und der Feierabend stand vor der Tür. Plötzlich sah er Hühner, die kreischend durch das Torhaus auf den inneren Hof flatterten.

›Was ist denn da los?‹, dachte der Verwalter und stand auf. Und dann sah er Lancelot auf den Hof galoppieren. Das Zaumzeug war zerrissen und flatterte in losen Lederstreifen um seinen Kopf, der Sattel war verrutscht und hing ihm unter dem Bauch, und vor seinen Beinen baumelte ein Stück von einem Ast.

Cook stürzte nach draußen, aber Mike, der Pferdepfleger, war schneller und hielt den schweißnassen Hengst auf, bevor er in den Stall stürmen konnte. »Herrgott, was ist denn da passiert?«, rief Cook dem Pfleger zu.

»Der Lord ist heute Morgen ausgeritten, und jetzt kommt Lancelot allein zurück.«

»Dann ist dem Chef was passiert? Ist er gestürzt? Er ist doch so ein sicherer Reiter, und Lancelot hat ihn noch nie im Stich gelassen.«

Mike besah sich das Pferd genauer. »Gestürzt ist der Lord nicht. Die Sattelgurte waren gelockert, sonst wäre der Sattel nicht verrutscht, und der Ast an den Zügeln bedeutet, dass er sein Pferd irgendwo angebunden hatte.« Mike führte den schweißbedeckten Hengst in die Box und nahm ihm den Sattel und die Trensenreste ab. Dann begann er, das Pferd mit Stroh abzureiben. »Der ist in Panik geraten, hat sich losgerissen und ist heimgaloppiert.«

»Aber von wo?« Der Verwalter untersuchte den Sattel. In der Tasche fand er den Imbiss und das Handy. »So ein Pech, jetzt hat der Lord nicht mal sein Handy zur Verfügung. Hast du eine Ahnung, wohin er wollte?«

»Er hat nichts gesagt. Ich sollte ihm nur das Pferd fertig machen, dann käme er allein zurecht. Das war alles, was er am Telefon gesagt hat.«

»Himmel, wo sollen wir denn dann mit einer Suche anfangen? Überleg doch mal, ob dir nichts einfällt. Wohin reitet er denn am liebsten oder am häufigsten?«

Mike kratzte sich am Kopf und überlegte. Man sah ihm die Anstrengung an. »Also, im Frühling besichtigt er gern die Weiden oben am Black Law. Aber da sind die Schafe in diesem Jahr noch nicht. Es ist zu früh.«

»Und sonst?« Cook sattelte bereits sein eigenes Pferd und rief zwei Knechte herbei, die ebenfalls Pferde für die Suche fertig machen mussten.

»Manchmal ist er drüben am Megget Reservoir und kontrolliert den Wasserstand, wenn der Winter zu trocken war. Dann wollen die Männer von der Wasserversorgung in Edinburgh wissen, wie es um ihr Trinkwasser steht.«

»Gut, dann schicken wir Tim mit dem Wagen dorthin, da gibt es ja eine befahrbare Straße. Los, Leute, beeilt euch«, forderte er die beiden Knechte auf. »Ihr kommt mit mir. Und du, Mike, holst dir den Border-Collie vom Schäfer, der den Lord am besten kennt. Dem hälst du die alte Jacke vom Lord vor die Nase, die in der anderen Satteltasche steckt, und reitest hinter dem Hund her, vielleicht erschnüffelt er ja den Weg.«

Eine knappe halbe Stunde später waren die Suchtrupps unterwegs. Der Verwalter hatte im Schloss Bescheid gesagt und darum gebeten, ihn zu benachrichtigen, falls sich der Lord melden sollte. Dann hatte er Handys an alle verteilt, und man war in drei verschiedene Richtungen aufgebrochen.

Um sechs Uhr rief Mary Ashton an, um David McClay zu sprechen.

Stephan, der Butler, zutiefst erschüttert über die Tatsache, dass sein Herr vermisst wurde, musste sich schnäuzen, bevor er am Telefon sagen konnte, dass seine Lordschaft verloren gegangen sei.

XIV

Müde und erschöpft kam James Grantino an diesem späten Abend nach Hause. Es hatte einen Unfall auf einer der Ölbohrinseln im Firth gegeben, und die Verletzten wurden mit Hubschraubern in das Krankenhaus eingeflogen. Knochenbrüche, Quetschungen mit inneren Blutungen und Verbrennungen waren die häufigsten Verletzungen, und alle Ärzte mussten bis zur Erschöpfung helfen, die Wunden zu versorgen. Das Krankenhaus war keine eigentliche Unfallklinik, musste aber bei der Versorgung Verletzter helfen, wenn die Unfallkliniken überbelegt waren. Und das war zurzeit in Edinburgh der Fall. Ein Großfeuer in einer Chemiefabrik, eine Schiffskollision im Firth of Forth und die Sprengung einer alten Bunkeranlage, die zu früh hochgegangen war, hatten so viele Verletzte gefordert, dass alle Krankenhäuser der Stadt voll belegt waren.

Grantino schloss die Haustür auf und drückte auf den Schalter, der automatisch im ganzen Haus für Licht sorgte. Er legte seinen Mantel ab, den er im Krankenhaus über den Arztkittel gezogen hatte, und knöpfte gerade den Kittel auf, als es an die Terrassentür klopfte. Erschrocken drehte er sich um und erkannte im Schein der Lampe Isabelle Lloyd, die auf der Terrasse stand und weinte.

Er öffnete das Sicherheitsschloss und riss die Tür auf. »Mein Gott, Isabelle, was ist passiert? Komm herein, hier, setz dich.«

Er zog ihr einen Sessel zurecht, aber die Frau setzte sich nicht, sondern fiel ihm schluchzend in die Arme. Bestürzt hielt er sie einen Augenblick fest, dann löste er sich, führte sie zum Sessel und reichte ihr sein Taschentuch. »Bitte, beruhige dich. Was ist denn passiert?«

Es dauerte einen Augenblick, bevor sie sprechen konnte, dann stammelte sie: »Er hat mich geschlagen. Seit unserem Tanz neulich, als er uns überraschte, schlägt er mich bei dem geringsten Anlass. Ich halte das nicht mehr aus.«

»Wer schlägt dich? So etwas gibt es doch gar nicht mehr, wir leben in einer zivilisierten Welt.« James war empört, seine Stimme bebte vor Zorn.

»Donald, mein Mann, schlägt mich, ich bin am ganzen Körper verletzt. Nur ins Gesicht schlägt er nicht, da hat er Angst, Fremde könnten es bemerken.« Sie weinte wieder und verbarg ihr Gesicht in den Händen.

Vorsichtig zog James die Hände herunter. »Aber Isabelle, warum bist du nicht längst hergekommen, warum hast du dir keine Hilfe geholt? Du hättest ihn anzeigen können.«

»Ich habe mich geschämt und gefürchtet, wenn er es bemerkt hätte, wäre er noch brutaler geworden.« Sie schluchzte. »Wer kann mir schon helfen, wer bin ich denn? Er ist der berühmte Professor Donald Lloyd, ihn kennt die ganze Stadt. Ich bin doch nur ein unbedeutendes Anhängsel.«

»Nicht doch, Isabelle, du bist eine bezaubernde Frau und du hast Rechte wie jeder Bürger dieser Stadt. Und diese Rechte bedeuten, dass dir geholfen wird, wenn du Hilfe brauchst, ganz gleich welcher Art.«

Sie weinte wieder. »Aber ich weiß doch nicht einmal, an wen ich mich wenden könnte. Einen Rechtsanwalt habe ich nicht, den könnte ich auch gar nicht bezahlen. Und einfach so zur Polizei gehen, das kann ich nicht. Die lachen mich doch aus. Womöglich sagen sie, ein Mann habe das Recht, seine Frau zu schlagen, wenn sie ungehorsam ist.«

»Isabelle, wie kannst du so etwas sagen?« James war schokkiert. »Wir leben doch nicht im Mittelalter. Warum hast du keinen Arzt aufgesucht?«

»Welchen denn? Ihr Ärzte steckt doch alle unter einer Decke. Donald hätte es erfahren, bevor ich wieder zu Hause angekommen wäre. Ich wusste nur, dass du mir vielleicht helfen würdest.

Immerhin hat er uns beide beim Flirten erwischt.«

»Mein Gott, Isabelle, das nennst du flirten? Wir haben getanzt, wir haben gelacht und etwas getrunken, was ist denn daran falsch oder schockierend?«

»Es ist so falsch und so schockierend, dass ich weder liegen noch stehen, noch sitzen kann, weil mein Körper mit Striemen bedeckt ist.«

»Was?« Er starrte Isabelle fassungslos an.

»Ich brauche dich als Arzt, James, ich kann meine Rückenwunden nicht selbst behandeln.«

James war entsetzt. »Komm mit ins Bad, ich seh' mir die Wunden sofort an.«

Er half ihr aus dem Sessel und führte sie nach oben in sein Bad. »Zieh dich aus.« Er holte Salben, Tinkturen und Verbandszeug aus einem Schrank und legte frische Handtücher bereit. Isabelle legte Kleid und Unterkleid ab. »Das Hemd kann ich nicht ausziehen, es klebt an meinem Rücken fest.« Sie weinte wieder.

»Komm, ich helfe dir.« Als Mann war er entzückt von dem zarten, attraktiven Körper der jungen Frau, als Arzt war er schokkiert. Blutige Striemen bedeckten ihren Rücken, das Gesäß, die Oberschenkel, und sogar die Brust war nicht verschont worden. »Um Gottes willen, womit hat er dich geschlagen? Das sieht ja fürchterlich aus.«

»Mit einer alten Reitgerte.«

»Isabelle, ich versorge deine Wunden, aber dann erstatten wir Anzeige wegen schwerster Misshandlung.«

»Das geht nicht, das kann ich nicht«, wimmerte sie. »Alles wird nur schlimmer, wenn es in der Stadt bekannt wird. Ich habe nicht den allerbesten Ruf, weil ich früher etwas leichtsinnig war, und er ist der berühmte Professor. Nein, James, das geht einfach nicht.«

»Aber wie stellst du dir deine Zukunft vor? Willst du zurück zu ihm und dich weiter verprügeln lassen?«

»Nein, ich möchte fort, weit fort, irgendwohin, wo mich kein Mensch findet, wo mich niemand kennt. Ich halte das alles nicht mehr aus, und wenn ich es nicht schaffe, wegzugehen, dann bringe ich mich um.«

»Isabelle, bist du verrückt geworden? Jeder Mensch hat ein Recht auf ein anständiges Leben.« Wütend sah er sie an.

»Und was schlägst du vor?«, fragte sie aggressiv – dennoch, wie er sie ansah, das gefiel ihr.

»Heute Nacht bleibst du hier. Morgen suchen wir einen Arzt auf, mit dem ich befreundet bin, der soll deine Wunden ansehen und bezeugen, schriftlich bezeugen, was er gesehen hat, und dann fahren wir zu meinem Anwalt.«

»Nein. Ich will nicht zum Gespött dieser Stadt werden.«

»Hast du keine Freunde hier?« Verzweifelt suchte er nach einer Lösung.

»Nein. Sie haben mir den Rücken zugewandt, als ich sie wegen dieser verdammten reichen Heirat verlassen habe.«

James schüttelte hilflos den Kopf. Dann erklärte er: »Ich muss als Erstes deine Wunden versorgen. Warte einen Augenblick. Ich hole dir ein Glas Cognac, denn es wird wehtun, wenn ich das verklebte Hemd abziehe. Schaffst du das?«

»Es wird nicht mehr wehtun als die Peitsche, James. Aber ein Glas Cognac könnte ich vertragen.«

James ging nach unten und kam mit einer Flasche und einem Glas zurück. Er füllte das Glas zur Hälfte und reichte es seiner Patientin. »Trink das und leg dich bitte auf mein Bett.« Er ging voraus in sein Schlafzimmer, nahm die Tagesdecke vom Bett und war froh, dass Emmi, seine Zugehfrau, im Zimmer für Sauberkeit und Ordnung gesorgt hatte.

Isabelle legte sich vorsichtig auf den Bauch, und James schnitt das Hemdchen in kleine Teile, die er vorsichtig mit destilliertem Wasser von der Haut löste. Dann bestreute er die blutenden Stellen mit Wundpuder und bestrich die verschorften

Striemen mit Heilsalbe. Danach deckte er den Körper mit sterilen Gazetüchern ab.

Isabelle weinte still vor sich hin. Sie hatte starke Schmerzen, das sah der Arzt, aber sie gab keinen Ton von sich.

Als er fertig war, wusch er sich die Hände. Dann gab er ihr noch ein Glas Cognac, gab aber vorher ein paar Tropfen eines leichten Schlafmittels hinein. Das Getränk tat ihr gut, sie wurde ruhiger. Er setzte sich zu ihr auf den Bettrand und strich ihr über die blonden Locken, die er einmal so anziehend und betörend gefunden hatte. Heute sagten sie ihm eigentlich gar nichts mehr.

Diese Frau hatte ihn durch ihr arrogantes Benehmen in der letzten Zeit gekränkt, und das hatte er noch nicht vergessen.

»Isabelle, bleib so liegen, damit sich die Wunden auf deinem Rücken nicht wieder aufreiben. Ich decke dich nur mit einem Tuch zu, im Zimmer ist es warm, und du wirst nicht frieren. Morgen Früh sehen wir weiter. Mitternacht ist vorbei, und wir können jetzt nichts unternehmen.«

»Er wird mich suchen.«

»Bist du mit dem Wagen hier? Steht dein Auto etwa hier auf der Straße?«

»Nein, ich bin mit einem Taxi gekommen und vorn an der Ecke ausgestiegen. Es war dunkel, kein Mensch hat mich gesehen. Deshalb habe ich auch im Garten auf dich gewartet und nicht vor dem Haus.«

»Das ist gut. Dann haben wir heute Nacht Ruhe. Und morgen sehen wir weiter. Ich kann heute Abend keinen klaren Gedanken fassen, wir hatten Hochbetrieb in der Klinik.«

»Ich weiß, deshalb bin ich auch heute fortgelaufen. Ich wusste, vor Mitternacht wird Donald mich nicht vermissen.«

»Schlaf jetzt. Ich muss noch die Außentüren verschließen und das Licht löschen.«

»Wirst du hier neben mir liegen und mich beschützen?« Ein kleines, zuversichtliches Lächeln lag auf ihrem Gesicht.

»Nein, ich schlafe im Gästezimmer. Ich habe nach so einem Tag einen unruhigen Schlaf, ich könnte dich stoßen und dir wehtun.«

»Aber ich wäre beruhigter, wenn du bei mir bist.«

»Ich schlafe im Zimmer nebenan. Wenn du mich brauchst, dann rufe, ich lass die Türen offen.«

Isabelle nickte nur, und James sah, wie ihr die Augen zufielen. ›Der Cognac hat ihr gutgetan‹, dachte er zufrieden, löschte das Licht und ging in das Gästezimmer. Aber an Schlaf war für ihn nicht zu denken. Er zermarterte sich den Kopf und überlegte, wie es am nächsten Morgen weitergehen sollte. ›Als Frau wirkt sie nicht mehr auf mich‹, dachte er zufrieden. ›Die frühere Faszination ist hin, ich begehre sie nicht mehr. Sind es die Umstände, die uns auf so brutale Weise wieder zusammengeführt haben? Nein.‹ In Gedanken schüttelte er den Kopf. ›Meine Gefühle für diese attraktive Frau sind verschwunden, als sie sich so abweisend verhalten hat. Sie hat mich keines Blicks gewürdigt, nachdem ihr Mann sie bei Mister Södergren abgeholt hat. Sie war zu abgehoben, zu arrogant, und das muss ich nicht haben. Oder war der Zustand zu Hause schuld an ihrem Benehmen, spürte sie die Prügel, wenn sie mich sah? Unsinn‹, überlegte er. ›Sie hätte sich bemerkbar machen können, sie hat mich oft genug getroffen, wenn von ihrem Mann weit und breit nichts zu sehen war.‹

Er wälzte sich in seinem Bett auf die andere Seite. ›Was mache ich bloß mit ihr? Überlasse ich sie ihrem Schicksal? Bringt sie sich tatsächlich um, dann lade ich auch noch solch eine Schuld auf mich. Bringe ich sie weg, mache ich mich vielleicht strafbar. Und wohin soll ich sie bringen? Weit weg, hat sie gesagt, irgendwohin, wo sie kein Mensch kennt. Also in die Highlands? Oder nach London in die Großstadt? Hat sie überhaupt Papiere, einen Pass, hat sie Geld zum Leben – Herrgott, wovon will sie leben? Wie stellt sie sich die Zukunft vor?‹

Es wurde bereits hell, als er in einen unruhigen Schlaf fiel.

James Grantino verschlief zum ersten Mal während seiner Tätigkeit als Arzt. Er hörte keinen Wecker und kein Telefon, und erst als Emmi, die Zugehfrau, ihn an der Schulter rüttelte, fuhr er aus einem wirren Traum hoch.

»Doktor, Doktor, Sie müssen aufstehen, es ist fast Mittag.«

»Was? Um Himmels willen, was ist denn los?«

»Das Telefon klingelt dauernd, und an der Haustür war auch schon zweimal jemand. Aber ich habe weder geöffnet noch das Telefon bedient. Sie sagten ja mal, ich soll mich darum nicht kümmern.«

»Aber warum haben Sie mich nicht früher geweckt?«

»Ich dachte, Sie hätten Nachtdienst, und da wollte ich nicht stören. Aber jetzt bin ich unten fertig und wollte die Zimmer hier oben in Ordnung bringen. Und da fand ich in Ihrem Bett eine schlafende Dame und dann Sie hier.« Sie kicherte: »Hat das etwas zu bedeuten?«

»Ja, Emmi, die Dame ist sehr verletzt und kam in der Nacht her, weil sie Hilfe brauchte. Ich hab sie in meinem Bett einquartiert, weil mein Schlafzimmer direkt neben dem Bad ist, da konnte ich sie besser behandeln.«

»Ach so.«

Hörte er da eine gewisse Enttäuschung? Er ahnte, dass Emmi seit Monaten auf der Suche nach einer passenden Frau für ihn war. Ob es ihr Mutterinstinkt war oder ihr Fürsorgegefühl, er wusste es nicht. Er wusste nur, dass die gute alte Emmi ihn liebte, wie eine Mutter ihren Sohn liebt.

»Wir lassen die Dame so lange wie möglich schlafen. Je länger sie still liegt, umso besser ist es für ihre Wunden. Ich dusche jetzt, und Sie machen mir bitte den Lunch. Und dann muss ich sehen, was in der Klinik los ist und wer mich sprechen wollte. Aber kein Wort zu niemandem über die Dame in meinem Bett.«

»Kein Wort, ist doch klar!« Emmi ging nach unten, um das Essen vorzubereiten. Grantino sah nach Isabelle. Sie lag in seinem Bett, wie er sie verlassen hatte, und schlief. Einen Augenblick lang überlegte er, ob er ihr vielleicht zu viel Beruhigungsmittel in das zweite Glas Cognac geträufelt hatte, aber an ihren ruhigen Atemzügen erkannte er sofort, dass sie ganz friedlich schlief. ›Das wird ihr guttun‹, überlegte er, ›wer weiß, wie lange sie keine ruhige Nacht mehr hatte.‹

Er duschte und zog sich an, dann ging er nach unten und kontrollierte den Anrufbeantworter. Mark Wallance, Arzt wie er in der Klinik von Professor Lloyd, hatte dreimal versucht, ihn zu erreichen.

Er setzte sich neben den Anrufbeantworter und drückte auf die Tasten. Gleich darauf hörte er die besorgte Stimme seines Freunds während des Frühdiensts. »Mensch, James, wo bleibst du denn? Hier ist die Hölle los, und du fehlst an allen Ecken und Enden.« Der zweite Anruf kam gegen neun Uhr. »He, James, wo steckst du? Wir brauchen dich, der Professor ist nicht gekommen, und nun fehlst du auch noch. Bitte melde dich.« Der dritte Anruf war um elf Uhr erfolgt. »James, melde dich, hier kreisen fürchterliche Gerüchte. Dem Professor sei die Frau abhanden gekommen, und man bringt dich irgendwie damit in Verbindung. Sei vorsichtig. Schalte dein Handy ein, falls du unterwegs bist.«

›So schnell geht das also‹, dachte James und rief Emmi. »Wenn es klingelt, öffnen wir nicht die Tür. Lassen Sie sich auch nicht am Fenster sehen. Ziehen Sie, wie sonst auch, die Vorhänge zu, wir sind ganz einfach nicht da.«

»Ist gut, Doktor. Hat das was mit der Dame oben zu tun?«

»Ja, anscheinend wird sie gesucht. Aber sie ist meine Patientin, und das geht keinen etwas an.«

Emmi nickte verständnisvoll. ›Ich hab' ihren Rücken gesehen. Die Ärmste.‹

James nahm etwas Rührei und Brot zu sich. Der Kaffee tat ihm gut. Während er aß, überlegte er, wie es weitergehen sollte. ›Ich kann sie in die Hütte am St. Mary's Loch bringen, da ist sie vielleicht ein paar Tage sicher, da können die Wunden heilen. Aber lange kann sie da nicht bleiben. Und wie kriege ich sie hin? Wenn der Professor Verdacht schöpft, lässt er mein Haus beobachten. Es wird auf jeden Fall eine Nacht- und Nebelaktion, aber allein schaffe ich das nicht. Ich brauche Hilfe. Ob Mark mir hilft?‹

Als Emmi das Geschirr abräumte, bat er sie: »Bitte packen Sie alles, was wir an Lebensmitteln haben, in einen Karton. Außerdem Bettzeug, Handtücher, Decken, Waschzeug und was Ihnen sonst noch einfällt, was eine Frau irgendwo in der Einsamkeit brauchen könnte. Sie werden schon wissen, was da so nötig ist.«

Ein angedeutetes Lächeln lag auf ihrem Gesicht, als sie sagte: »Ist schon recht, Doktor, ich kümmere mich um alles. Und wo soll ich's hinbringen?«

»In die Garage, und gehen Sie bitte durchs Haus, damit Sie niemand sieht.«

Emmi nickte verständnisvoll und ging zurück in die Küche. Sie war eine praktische Frau mit dem Herz auf dem rechten Fleck. Und wenn der Doktor einen Wunsch hatte, dann war es selbstverständlich, dass sie ihn erfüllte. Ohne Wenn und Aber!

James rief seinen Freund auf dem Handy an, da konnte er sicher sein, dass niemand in der Klinik zuhörte. Mark Wallance meldete sich sofort. »He, wo steckst du, ich habe mir jetzt wirklich Sorgen gemacht. Was ist los?«

»Du hast recht mit deiner Vermutung, Einzelheiten möchte ich am Telefon nicht nennen.«

»Donnerwetter, wie tief steckst du drin?«

»Tiefer geht es nicht. Bitte melde mich krank, ich brauch' ein paar Tage – und ich brauche deine Hilfe.«

»Immer, wenn ich kann.«

»Heute Nacht?«

»Geht klar, ich hatte letzte Nacht Dienst, heute Abend habe ich frei. Also, wann und wo?«

»Sobald es dunkel ist bei mir. Aber komm ohne Auto und geh gleich in die Garage, das Tor ist leicht angelehnt. Drinnen kommst du links an die Küchentür. Sie ist auch offen, aber wundere dich nicht, im Haus brennt kein Licht.«

»Ist in Ordnung. Soll ich was mitbringen?«

»Eventuell etwas Geld, ich werde nicht zur Bank gehen können.«

»In Ordnung.«

James beendete das Gespräch. Dann ging er hinauf, um nach Isabelle zu sehen. Sie war aufgestanden, hatte das Gesicht gewaschen und das Haar gekämmt und versuchte gerade, ihr Kleid anzuziehen, als James ins Schlafzimmer kam. »Halt, Isabelle, noch nicht anziehen. Ich will die Wunden kontrollieren und noch einmal versorgen.«

»Aber es geht mir schon viel besser.« Sie starrten sich an, sie beschämt, weil sie nur ihr Höschen trug, und er, weil er wieder erkannte, wie schön sie war. Dann riss er sich zusammen. »Komm mit ins Bad, ich möchte mir deinen Rücken ansehen.« Vorsichtig entfernte er die festgeklebten Gazetücher und betupfte die jetzt trockenen Wunden mit Salbe. »Es sieht schon besser aus. In zwei, drei Tagen sind die Striemen verheilt.«

»Wenn keine neuen hinzukommen.«

»Wenn keine neuen hinzukommen! Hast du dir überlegt, was du tun willst? Ich muss dir allerdings sagen, dass ich befürchte, dass mein Haus bereits beobachtet wird.«

»Es tut mir sehr leid, dass ich dich da hineingezogen habe. Aber ich wusste wirklich keinen Ausweg.«

»Ich weiß. Und wie soll es nun weitergehen?«

»Ich möchte zum Bahnhof. Ich möchte so weit fortfahren, wie die Züge rollen.«

»Man könnte dich als vermisste Person suchen lassen, damit fängt man auf Bahnhöfen und Flugplätzen an.«

»Ja, ich weiß«, erklärte sie kleinlaut. »Aber auf meinen Wagen verzichte ich schon wegen der registrierten Autonummer, irgendwie muss ich aber hier fortkommen.«

»Und eine Anzeige kommt nach wie vor nicht für dich infrage?«

»Nein. Ich will nur fort. So schnell und so weit wie möglich. Bitte, James, das musst du verstehen, ich habe unbeschreibliche Angst.«

»Ich hätte eine Idee, Isabelle, aber sie ist nur für ein paar Tage geeignet, dann müssen wir etwas anderes finden.«

»Was meinst du?«

»Ich habe ein Ferienhaus, eine sehr kleine Holzhütte, um ehrlich zu sein, dort könntest du ein paar Tage wohnen. Ich bringe dich heute Nacht hin, und du bleibst da, bis du wieder völlig gesund bist. Dann haben wir erst einmal Zeit, nach einer anderen Lösung zu suchen.«

Unsicher sah sie ihn an. »Ich ziehe dich immer tiefer in diese verfahrene Situation. Aber ich wäre so dankbar, wenn du mir hilfst.«

»Du hast mich um Hilfe gebeten, und ich helfe dir, das ist doch selbstverständlich.«

»Aber es könnte zu deinem Schaden sein.«

»Dann muss ich damit fertig werden.«

»Du könntest deine Stellung verlieren.«

»Ich weiß.«

»Oh Gott, wie schrecklich.« Sie schlug die Hände vors Gesicht und weinte.

»Lass nur, ich bin nicht auf die Klinik angewiesen. Ich finde überall Arbeit. Und jetzt fort mit den Tränen, wir haben keine Zeit dafür. Komm mit runter, du musst etwas essen. Unten ist nur Emmi, und die weiß Bescheid. Aber geh nicht an die Fenster.

Wir tun so, als sei das Haus leer.«

»Ich müsste aber, bevor wir Edinburgh verlassen, zur Station.«

»Zum Bahnhof, aber warum denn?«

»Ich habe dort einen Koffer im Schließfach deponiert, bevor ich zu dir gekommen bin.«

»Ist der denn wichtig? Ich möchte so schnell und so heimlich wie möglich aus der Stadt verschwinden.«

»Ich habe Kleidung, Schuhe, meinen gesamten Schmuck, meine Papiere, den Pass und alles Geld, das ich in den letzten Tagen beiseitelegen konnte, in dem Koffer. Ich brauche ihn unbedingt.«

»Hm, dann muss mein Freund uns helfen. Er kann den Koffer holen.«

»Danke. Ich habe aber noch eine Frage, James. Machst du dich strafbar, wenn du mich fortbringst?«

»Nein. Du bist meine Patientin, und ich behandle dich, und wenn zu der Behandlung der Transport in eine Erholungsmaßnahme gehört, dann muss ich dich dorthin bringen.« Er lächelte. »Mach dir keine Sorgen, mit gehangen, mit gefangen, wie es so schön heißt.«

»Danke.« Sie legte ihm die Hände auf die Schulter und küsste ihn auf den Mund. James wollte sich zurückziehen, spürte aber im selben Augenblick, wie das Verlangen in ihm wuchs, wie sein Herz schneller schlug und sein Atem heftiger wurde. ›Gütiger Himmel‹, dachte er, ›nicht schon wieder. Wir haben es schon einmal vermasselt, das darf nicht wieder passieren.‹ Vorsichtig löste er ihre Hände von seinen Schultern.

»Was ist los, James?«

Vollkommen ruhig erwiderte er: »Ich möchte, dass wir ganz emotionslos an deine Flucht herangehen. Gefühle stören jetzt nur.«

Sie sah ihn ernsthaft an. »Gefühle stören nie, man muss sie nur beherrschen. Und ich habe gelernt, meine Gefühle zu beherrschen. Ich verstehe dich, wenn du jetzt nicht über Gefühle nachdenken willst. Aber mein Gefühl der Dankbarkeit musst du mir erlauben.«

»Ist ja schon gut, Isabelle. Komm, lass uns an die Reise denken. Wo ist der Schlüssel für das Schließfach? Brauchst du noch irgendetwas hier aus dem Haus vielleicht?«

»Nein, mein lieber Pragmatiker. Nur der Koffer ist wichtig. Hier ist der Schlüssel.« Sie holte den kleinen Schließfachschlüssel aus ihrer Handtasche und legte ihn auf den Tisch. »Donald wird mich im Haus gesucht haben, und als er mich nicht fand, als Erstes seinen Safe kontrolliert haben. Und als er festgestellt hat, dass mein Schmuck und sein Geld fehlen, wusste er, dass ich auf der Flucht bin. Vielleicht ist es ihm peinlich, eine Vermisstenanzeige aufzugeben, vielleicht aber auch nicht, und dann bin ich sehr schlecht dran.«

»Wir schaffen das schon. Und nun zum Praktischen: Mein Freund kommt um neun Uhr, dann ist es bereits dunkel. Wir fahren von hier aus zur Station, er holt den Koffer und begleitet uns bis an den Stadtrand. Von dort kann er mit einem Taxi heimfahren. Wir fahren weiter in meine Hütte. Wir werden im Morgengrauen dort ankommen. Dann entladen wir das Auto, ich stelle es in einer Scheune ab, damit niemand die Nummer erkennt, und dann verhalten wir uns ein paar Tage ganz still. Wenn sich alles etwas beruhigt hat, sehen wir weiter. Mein Freund ist der Einzige, der weiß, wo wir sind, und er wird uns auf dem Laufenden halten.« Er wandte sich Emmi zu und bat: »Bitte packen Sie alle meine Sachen und bringen Sie die Koffer in die Garage.«

Dann sah er Isabelle eine Weile ernsthaft an und sagte ganz unerwartet: »Und jetzt gehe ich in mein Arbeitszimmer und schreibe meine Kündigung.«

Am frühen Morgen des nächsten Tages erreichten James Grantino und Isabelle Lloyd die Hütte hinter dem ›Rodono Hotel‹.

Nebelschwaden zogen über den See, und die Sonnenstrahlen tauchten die Hügel in erste Frühlingsfarben. Isabelle hatte im Fond des Wagens geschlafen, und James war ohne Pause durchgefahren. Er hatte den Weg über die Schnellstraßen gewählt und war problemlos bis Moffat und dann zum ›Rodono Hotel‹ gelangt.

In Edinburgh war alles nach Plan verlaufen. Mark Wallance war unbemerkt ins Haus gelangt und hatte pünktlich um neun Uhr in der Küche gestanden. Er hatte allerdings darauf aufmerksam gemacht, dass ein unbekannter Wagen mit einem Fahrer in der Nähe des Hauses stand. »Wenn du abfährst, musst du entgegen seiner Fahrtrichtung abhauen, der muss dann erst wenden, und du bekommst einen komfortablen Vorsprung«, hatte er erklärt. Dann hatte er wissen wollen, was überhaupt passiert war. James hatte ihm in Kürze berichtet, was vorgefallen war, Isabelle gebeten, dem Freund den Rücken zu zeigen, um einen eventuellen Zeugen zu haben, und ihn in seine Pläne eingeweiht.

»Ich helfe euch natürlich, James, aber du musst mit schwerwiegenden Folgen rechnen.«

James hatte genickt. »Ich habe vorgesorgt. Erst einmal bin ich ein paar Tage krank, das musst du für mich durchfechten. Erst wenn die Sache mit Isabelle herauskommt und ich damit in Verbindung gebracht werde, reichst du meine Kündigung ein. Hier ist der entsprechende Brief.«

»Du willst deine Stellung aufgeben?«

»Ja, ich wäre sowieso im Herbst zurück nach Brasilien gegangen.«

»Na gut, du musst wissen, was du tust.«

James hatte genau gespürt, dass der Freund mit dieser Lösung nicht einverstanden war, aber er hatte ihm verständlich gemacht, dass es für ihn keine andere Möglichkeit gab. Und schließlich hatte Mark mit den Schultern gezuckt und genickt. »Geht in Ordnung, James, du kannst dich auf mich verlassen.«

Dann waren sie in den Wagen gestiegen, Emmi hatte das Garagentor geöffnet und sofort wieder geschlossen, und bevor sich der Fahrer des fremden Wagens versah, waren sie in der entgegengesetzten Richtung davongefahren. Emmi wollte im Haus bleiben, am nächsten Morgen ihre Arbeit wie immer verrichten und mittags nach Hause gehen, als sei alles so normal wie an jedem anderen Tage auch. Sollte sie gefragt werden, so wusste sie nichts von Besuchen, Reisevorbereitungen oder außergewöhnlichen Geschehnissen im Haus. Und eine Hütte vom Doktor Grantino kannte sie auch nicht.

Dann hatte Mark Isabelles Koffer aus dem Schließfach geholt und sich am Stadtrand neben einem Taxistand verabschiedet. Die Freunde hatten verabredet, sich gegenseitig auf dem Laufenden zu halten und per Handy in enger Verbindung zu bleiben.

Vor der Hütte angekommen, brachte James Isabelle hinein, holte das Gepäck aus dem Wagen und brachte das Auto in eine leer stehende Scheune des Hotels, die er bei schlechtem Wetter als Garage nutzen durfte.

In die Hütte zurückgekehrt, beobachtete er Isabelle, die sich in den kleinen Räumen umsah. »Und das nennst du Ferienhaus, James?«

»Das nenne ich nicht nur Ferienhaus, das nenne ich mein ganz persönliches Paradies.«

»Aber es ist so winzig, wie kann man denn hier wohnen?«

»Für mich war es immer groß genug. Und wenn wir jetzt zu zweit hier unterkommen wollen, müssen wir uns eben etwas einschränken.«

»Aber wo ist das Bad?«

James lachte laut. »Du stellst Ansprüche! Draußen gibt es einen Brunnen mit einer Pumpe, und eine Toilette ist hinter dem Haus, eine Holzhütte mit einem Herzchen in der Tür.«

»Wie bitte? Das ist doch nicht dein Ernst?«

James reagierte leicht verärgert. »Siehst du hier etwas anderes?

Ich muss dir anscheinend etwas deutlich machen, Isabelle: Du bist auf der Flucht, du willst dich verstecken, du wusstest keinen anderen Ausweg, als mich um Hilfe zu bitten. Das hier ist meine Hilfe für dich. Etwas anderes kann ich dir nicht bieten.«

»Aber ich habe nicht geahnt, dass alles so primitiv ist.«

»Du bist verwöhnt. Du hast in einem Palais gewohnt, und was hat es dir gebracht? Prügel, um ganz ehrlich zu sein. Hier wirst du auf ein Bad verzichten, dafür bekommst du keine Schläge mit einer alten Reitgerte. Also, was ist dir lieber? Zurückfahren können wir immer noch.«

»Ich kann nicht mehr zurück.«

»Soll ich dich in ein Hotel nach Moffat bringen?«

»Nein, in einem Hotel wird man als Erstes nach mir suchen.«

»Damit musst du rechnen. Also, was wird? Können wir mit dem Auspacken und Einrichten beginnen, oder soll ich das Auto zurückholen.«

»Du machst mir Angst, James.«

»Auch das noch! Isabelle, ich will dir helfen, denn ich sehe, dass du Hilfe brauchst. Aber mach es mir nicht unmöglich.«

»Aber hier kann man doch nicht wohnen.«

»Man kann, und zwar gut, wenn man sich etwas einschränkt. Du bekommst mein Schlafzimmer, da bist du vollkommen ungestört. Ich campiere in dem winzigen Gästezimmer, und dieses Mittelzimmer hier ist der Aufenthaltsraum, die Küche und was man sonst noch so bewohnen muss.«

»Die Hütte ist nicht einmal so groß wie mein Salon in Edinburgh.«

»Dann hättest du dir vorher überlegen sollen, ob du ihn verlässt.«

»James, sei nicht so brutal. Ich konnte bei diesem Mann nicht bleiben, das hast du selbst gesehen.«

»Ja, aber wenn deine Vergleiche so negativ ausfallen, hättest du dort bleiben sollen.«

»Ich hatte eigentlich auf eine andere Hilfe von dir gehofft.«

»Und was hast du erwartet?«

Isabelle schluchzte und sah aus dem Fenster auf die Wiesen, die von Tausenden von Himmelsschlüsselchen bedeckt waren. »Ich hatte gehofft, du nimmst mich liebevoll in die Arme und bringst mich in deine Heimat, wo wir gemeinsam ...«

»Nach Brasilien?«

»Du hast doch erzählt, wie gern du dort bist, wie angenehm dein Leben in Recife sei, wie komfortabel du dort wohnst und wie gut du verdienst, weil du so viele Zusatzausbildungen absolviert hast.«

»Und nun wolltest du an meiner Seite diesen angeblichen Luxus genießen.«

»Wäre das so schlimm?«

»Isabelle, du bist eine attraktive, charmante, intelligente Frau. Aber klug bist du nicht.«

»Wie soll ich das verstehen?«

»Ich gebe zu, dass ich neben meiner Ausbildung auch den Wunsch hatte, hier eine Frau zu finden, die mit mir nach Brasilien kommen würde. Eine Frau, die ich liebe, die nicht nur den Luxus mit mir teilt, sondern auch die Strapazen, die Lasten, die Leiden. Eine Frau, die mit mir durch dick und dünn geht und nicht nur die Annehmlichkeiten des Lebens sucht.«

»Aber ich würde mit dir durch dick und dünn gehen.«

»Davon bin ich nicht überzeugt. Und außerdem muss es eine Frau sein, die ich liebe und die mich liebt.«

»Aber Liebe kann doch wachsen. Ich liebe dich, James, und deine Liebe wird schon kommen, wenn wir uns besser kennenlernen.«

»Wann und wo sollen wir uns denn besser kennenlernen? Ich habe die Erfahrung gemacht, du bist höflich und charmant, wenn du mich brauchst – und sonst kennst du mich gar nicht.«

»Ich durfte dich doch nicht kennen.«

»Unsinn, wir hätten oft Gelegenheit gehabt, ein höfliches Wort zu wechseln oder einen verständnisvollen Blick zu tauschen. Nein, Isabelle, in Edinburgh war ich ein Niemand für dich, und daran hat sich nichts geändert.«

»Du bist gekränkt, das tut mir leid, aber ich hatte immer Angst. Du hast die Reaktionen meines Mannes mit eigenen Augen gesehen.«

»Ja, und ich bin auch bereit, dir zu helfen. Aber nicht so, wie du dir das vorstellst. Ich bitte dich jetzt zum letzten Mal: Entscheide dich, ob du hier für einige Zeit bleiben willst oder zurück nach Edinburgh fahren möchtest.«

»Ich kann nicht zurück. Ich bin nicht nur fortgelaufen, ich habe auch meinen Mann bestohlen.«

»Was hast du?«

»Ich habe alles verfügbare Geld aus seinem Tresor genommen. Es ist hier in meinem Koffer. Ich kann eine Weile davon leben, ich kann auch eine weite Flugreise davon bezahlen, du müsstest finanziell vorerst nicht für mich sorgen, aber für ein ganzes Leben in der Fremde reicht es natürlich nicht.«

»Auch das noch! Man sucht dich also nicht nur, weil du deinen Mann heimlich verlassen hast, sondern wegen schweren Diebstahls.«

»Ich habe in Not gehandelt.«

»Das macht die Sache nicht besser. Dein Mann ist ein berühmter Arzt, ein ehrbarer Bürger, ein angesehener Repräsentant der schottischen Gesellschaft, und du bestiehlst ihn, und dann läufst du weg.«

»Du verwechselst etwas. Ich bin weggelaufen, weil er mich misshandelt hat, und um meine Flucht zu finanzieren, habe ich sein Geld genommen. Ich bin schließlich seine Ehefrau, und mir steht ein Teil seines Geldes zu.«

»Isabelle, du kannst es drehen und wenden, wie du willst, man wird immer dir die Schuld geben und nicht deinem hoch geachteten Ehemann.«

»Bitte, James, ich möchte bei dir bleiben. Ich weiß doch nicht, wohin ich gehen könnte.«

»Also gut. Ich war einverstanden, dir zu helfen, und ich bleibe es. Aber ich möchte keine Klagen hören: Nicht über meine geliebte, primitive Hütte, nicht über die Lebensumstände, an die du dich gewöhnen musst, solange du mit mir zusammen bist, und nicht über mangelnde Zuneigung von meiner Seite. Wenn Liebe im Spiel ist, muss es ›klick‹ machen, und das tut es bei mir nicht.«

Isabelle sah ihn mit großen, fragenden Augen an. »Und wie geht es jetzt weiter?«

»Pack die Sachen aus. Die Lebensmittel, die Emmi in die Kartons gepackt hat, als Erstes. Da drüben ist der Kühlschrank. Strom haben wir. Für deine Kleidung ist ein Schrank in meinem Zimmer. In dem Schrank ist auch Bettwäsche, du kannst dann die Betten beziehen, und um die restlichen Sachen kümmere ich mich.«

»Ich soll die Betten beziehen? Ich weiß gar nicht mehr, wie das geht.«

»Du hast vor deinem Luxusdasein doch einmal ein ganz normales Leben geführt, hast du da keine Betten bezogen?«

»Doch schon, aber das ist so lange her.«

»So etwas vergisst man nicht, und nun ran an die Arbeit. Ich möchte heute noch zum Wasser und nach meinem Boot sehen.«

»Du besitzt ein Boot? Wie wundervoll.«

»Eine kleine Jolle, keinen Luxusliner, damit kein Missverständnis aufkommt.«

»Sei nicht so streng mit mir.«

Zum ersten Mal an diesem Tag lächelte sie, und James dachte: ›Vielleicht kann man sie zurechtbiegen, dann hätte das ganze Dilemma vielleicht doch noch eine Zukunft.‹

XV

David McClay war mitten im Wald, als die Dunkelheit herein-
brach. Ein Wald, der noch nie aufgeforstet oder bewirtschaftet
worden war: Junge Bäume, alte Bäume, tote Bäume, große und
kleine Felsen, Unterholz und vermodertes Astwerk lagen herum
oder machten ein Vorwärtskommen unmöglich. Dazwischen
gab es Sumpfgebiete und viele kleine Wasserläufe, die große
Umwege notwendig machten.

David tastete sich Schritt für Schritt weiter. Einerseits war er
froh über die langen Reitstiefel, die seine Knöchel fest umspann-
ten, andererseits verfluchte er das schwere Schuhwerk, das allmählich jeden Schritt zur Qual machte. ›Dumm gelaufen‹, dachte
er erbittert, ›im wahrsten Sinn des Worts dumm gelaufen!‹

Vom Mondlicht gab es weit und breit keine Spur. Einmal sah
er die ferne Sichel im Nordosten, und an der bemoosten Seite
der Bäume konnte er fühlen, wo die Wetterseite, also wo Westen
war.

Während einer kurzen Rast blickte er auf seine Uhr. ›Zum
Glück habe ich die Rolex mit den Leuchtziffern und dem ein-
gebauten Kompass um‹, dachte er, ›so kann ich wenigstens die
Richtung einhalten.‹ Dann suchte er sich einen Knüppel, mit
dem er den Weg vor sich abklopfen konnte, denn zweimal war er
über einen umgestürzten, bemoosten Baum gestolpert. Jetzt, in
der totalen Dunkelheit musste er vorsichtiger werden. Das Moos
überwucherte Steine und Bäume und kleinere Mulden, und die
Dunkelheit verschluckte die Löcher genauso wie die Hügel.

Etwa eine Stunde später meinte David, ein Geräusch zu hören. Er blieb sofort stehen, aber was war es gewesen? Der Atem
eines Menschen? Das Ächzen eines alten Baums? Oder nur ein
Windhauch? Wurde er verfolgt? Oder kam ihm jemand entgegen? Da – jetzt war es wieder zu hören. Es hörte sich wie ein
hastiges Atmen an. ›Nein‹, dachte er, ›das ist das Hecheln eines

Hunds. Eines Wildhunds?‹ Hier in den zerklüfteten Hügeln gab es immer wieder Hunde, die ausgerissen waren und im Land herumstromerten, sich vermehrten und wild wurden. David packte seinen Stock fester. Sie waren nicht ungefährlich, diese Tiere, denn weil sie gejagt wurden, wussten sie sich zu schützen. Er blieb stehen und lauschte. Das Geräusch kam näher. »Verdammt«, schimpfte er leise, »wenn ich doch nur eine Spur von dem Biest sehen könnte. Ich kann nicht einmal die Richtung bestimmen, aus der es kommt.«

Und plötzlich war es vor ihm, bellte, winselte, sprang an ihm hoch und bellte immer wieder. ›Das ist kein Angriff‹, dachte David, ›das ist die Freude eines Hunds, der mich gesucht und gefunden hat.‹

Beruhigend sprach er auf den Hund ein. »Brav, mein Guter, das hast du fein gemacht. Ich weiß zwar nicht, wer du bist, aber wenn du mich gesucht hast, können deine zweibeinigen Begleiter nicht weit entfernt sein.« Und dann rief David immer wieder in die Dunkelheit hinein, und schließlich hörte er Männerstimmen, Gegenrufe, Pfiffe, die dem Hund galten. Und dann waren sie da, Tim, Mike und Paul, der Schäfer, dem der Hund gehörte. Sie hatten Stablaternen dabei und lachten, als sie ihren Lord entdeckten, und Paul streichelte seinen Hund und lobte ihn. »Bist mein Bester, Basko, das hast du absolut fein gemacht. Ich wusste doch, auf dich ist Verlass.«

Und dann wanderte die kleine Truppe den Berg hinunter, und Mike, der Pferdeknecht, berichtete, dass Lancelot wohlbehalten im Stall angekommen war und man anhand des lockeren Sattelgurts und des angebundenen Asts sogleich gesehen hatte, dass dem Herrn nichts passiert sein konnte und das Pferd in Panik davongelaufen war.

Es wurde hell, als sie ›Lone House‹ erreichten. David wollte Lancelot sehen, und als er feststellte, dass das Tier gesund und beruhigt in seiner Box stand, bedankte er sich bei allen, die ihn gesucht hatten und inzwischen zurückgekommen waren. Er versprach ihnen eine Belohnung und bat den Verwalter, allen einen Extralohn auszuzahlen. Dann ging er müde, aber dankbar über seine treuen Angestellten zurück in das Schloss. Hanna und Stephan warteten in der Halle auf ihn, und während die Haushälterin für ein Frühstück sorgte, berichtete der Butler von der Angst, die er um seinen Herrn gehabt hatte, und dass Miss Ashton angerufen hätte.

»Hat sie gesagt, warum sie anrief?«

»Nein, nein, sie war ja genauso erschrocken wie ich, und ich glaube, sie hat nichts mehr gesagt.«

»Dann werde ich später zurückrufen. Danke, Stephan, und jetzt legen Sie sich noch eine Weile aufs Ohr, der Tag hat ja kaum angefangen, und es war auch für Sie eine lange Nacht.«

»Aber jetzt ist es hell, und meine Arbeit beginnt.«

»Unsinn, ich komme allein zurecht. Ich muss nur duschen und mich umziehen, dann läuft alles wie geplant.«

»Ja, Mylord. Ich habe oben alles für Sie zurechtgelegt, und die Koffer sind auch gepackt, Sie wollten ja heute schon wieder abreisen.«

»Ich muss nach Galashiels und dann weiter. Ich melde mich, wenn ich weiß, wo ich Sie demnächst brauche.«

»Danke, Mylord.«

Hanna kam mit dem Frühstück und deckte den Tisch im Morgenzimmer, das der Hausherr bevorzugte, denn dort schien die Sonne zuerst durch die Fenster. David zog nur die Stiefel aus und wusch sich die Hände, dann setzte er sich an den Tisch. Er hatte seit dem Frühstück am Vortag nichts mehr gegessen, das Bad musste warten, bis er satt war.

Die Köchin hatte frische Scones gebacken, und Hanna servierte sie mit Butter aus dem Fass und Feigenchutney. Dazu gab es heißen, duftenden Kaffee. Außerdem hatte sie Yorkshire Pudding mit Roastbeef, pochierte Eier und als Süßspeise

Profiteroles mit warmer Schokoladensauce auf die Anrichte gestellt.

Als sie den Lord bedienen wollte, winkte er ab. »Lassen Sie nur, Hanna, ich hole mir selbst die Sachen. Legen Sie sich auch noch eine Stunde hin, Sie haben die ganze Nacht gewacht, ich finde mich allein zurecht.«

»Nein, Mylord, ich kenne meine Pflichten, so alt, dass ich eine durchwachte Nacht nicht verkraften könnte, bin ich noch nicht.« Und schon eilte sie wieder in die Küche.

David aß mit Genuss. Als er sich das zweite Mal vom Roastbeef holte und zum Tisch zurückging, fiel sein Blick auf die geöffnete Tür. Und in der Tür stand Mary Ashton. Sprachlos starrte David die junge Frau an. Dann flüsterte er: »Träume ich? Oder bist du eine Halluzination?«

Mary lächelte und schüttelte den Kopf. »Man hat mir mit Tränen in der Stimme gesagt, du seiest verloren gegangen. Ich musste kommen, um bei der Suche zu helfen.«

»Ich fasse es nicht! Du bist gekommen, um mich zu suchen?« David stellte seinen Teller ab und ging zu der jungen Frau, die noch immer im Türrahmen stand.

»Ich habe mir Sorgen gemacht. Als ich später noch einmal angerufen habe, war die Verbindung tot. Da habe ich richtig Angst um dich bekommen.«

»Du hast dir Sorgen gemacht! Du hast Angst um mich gehabt! Mary, du bist der einzige Mensch in meinem Leben, der sich jemals Sorgen um mich gemacht hat. Ich kann's kaum glauben.«

»Du irrst, wenn du meinst, noch nie hätte sich jemand Sorgen um dich gemacht. Deine Mutter hatte bestimmt oft Angst um dich. Mütter haben das so an sich.«

Er war langsam auf sie zugegangen, jetzt hatte er sie erreicht und nahm sie in die Arme. »Mary, meine Mutter war nicht der Typ einer liebevollen Mama. Sie war eine Lady, eine Dame der High Society, die Sorgen um die Kinder mussten andere haben:

Kindermädchen, Gouvernanten, Erzieher. Und mit sechs Jahren bin ich ins Internat geschickt worden, das ich schließlich als erwachsener Mensch verlassen habe.«

Er presste sie heftig an sich. »Mary, mein Mädchen, ich danke dir, dass du Angst um mich hattest. Es ist ein Gefühl, an das ich mich erst gewöhnen muss.«

Mary löste sich ein wenig. »David, wo warst du denn, warum hat der Butler am Telefon geweint? So ein Mann weint doch nicht grundlos.«

»Komm, setz dich zu mir. Du bist die Nacht durchgefahren, du hast Hunger, komm, iss etwas. Und der Kaffee ist auch ganz frisch.«

Mary setzte sich zu ihm, Hanna kam und füllte die Platten auf, und eine neue Kanne Kaffee hatte sie auch gleich dabei.

David wartete, bis Mary sich bedient hatte, dann erzählte er von seinem Ausritt, den er so genossen hatte, von dem Adlerpaar, das anscheinend nicht in seinem Horst nistete, von den Federn und der beringten Kralle, die er gefunden hatte, und von dem plötzlichen Schuss. »Da hat sich Lancelot losgerissen und ist davongaloppiert. Und mit ihm mein Handy in der Satteltasche.«

»Und du musstest den Weg zu Fuß zurückgehen?«

»Ich war vier Stunden mit dem Pferd unterwegs, viele Strecken sind wir galoppiert, es war also ein weiter Weg. Und es wurde schneller dunkel, als ich berechnet hatte.«

»Und dann hat man dich gefunden. Wer hat dich gefunden?«

»Der Hund vom Schäfer Paul war der Erste.«

»Gott sei Dank, dann kann ich beruhigt zurückfahren.«

»Das kommt gar nicht infrage.« David griff nach ihrer Hand und küsste sie. »Ich bin so froh, dich zu sehen, immer willst du ganz schnell wieder weg.«

»Eigentlich fängt in einer Stunde meine Arbeit im Museum an. Ich behalte meine Stellung, das wollte ich dir am Telefon erzählen, aber ich soll den Engel besorgen, und pünktlich zur

Arbeit sollte ich bestimmt auch kommen «

»Ach ja, der Engel. Grantino rief hier an und wollte deine Adresse, hat er dich erreicht?«

»Ja, und da ich nun weiß, wo der Engel ist, hat man mir im Museum verziehen. Jetzt soll ich den Engel dieses Herrn Södergren untersuchen und versuchen, ihn ins Museum zu transportieren, denn nur dort haben wir die technischen Geräte für eine solche Untersuchung. Und wenn der Engel erst einmal in unserem Haus ist, will man ganz offiziell versuchen, ihn zu behalten.«

»Und dieser Herr Södergren?«

»Der hatte mich schon vor der Engelsgeschichte um eine Prüfung seiner Sammlung gebeten. Ich muss also sehr diplomatisch vorgehen.«

»Solche intriganten Spielchen gefallen mir gar nicht.«

»Mir auch nicht, und Doktor Grantino hat mir sogar angeboten, mich zum Södergren zu begleiten. Aber ich denke, das ist nicht nötig. Ich werde mit dem alten Herrn schon klarkommen, er ist sehr nett zu mir gewesen.«

»Ich wünschte, ich könnte dich begleiten. Aber ich kenne den Mann nicht, und er würde mich wahrscheinlich sofort hinauswerfen.«

»Ja, ich glaube, seine Schätze zeigt er nur bevorzugten Gästen.«

Mary stand auf. »David, ich muss mich wirklich auf den Rückweg machen. Es war schön, dich wohlbehalten anzutreffen, meine Sorge ist verschwunden und meine Angst auch, und ich kann beruhigt nach Edinburgh fahren.«

»Nein, nein, das kommt gar nicht infrage, jedenfalls nicht jetzt sofort. Ich muss nachher nach Galashiels, bis dorthin können wir zusammen fahren. Mein Sekretär kann deinen Wagen chauffieren, und wir fahren in meinem. Dann haben wir noch etwas Zeit zum Reden und zum Zusammensein.«

»Du musst nach Galashiels? Ich denke, du hast Ferien.«

»Die leider schon wieder zu Ende sind. Das erzähle ich dir unterwegs. Jetzt muss ich duschen und mich umziehen. Kann ich mich darauf verlassen, dass du noch hier sitzt, wenn ich wieder herunterkomme?«

Mary lachte. »Versprochen.« Sie sah ihm nach und konnte ein Gefühl der Sehnsucht nach diesem Menschen nicht verhindern. Trotz seiner fast fünfzig Jahre war er ein sportlicher Mann mit einem durchtrainierten Körper. Selbstsicher lief er durch die Räume und die Treppe hinauf, gab ein paar Anweisungen – knapp und präzise – und nahm immer zwei Stufen auf einmal.

Die Strapazen der Nacht hatten keine Spuren hinterlassen, und Mary bewunderte ihn. Sie holte sich noch eine Tasse Kaffee und probierte eines der Scones mit Butter und Feigenchutney. Es schmeckte vorzüglich. Sie sah aus dem Fenster, langsam stieg die Sonne über die Hügel im Osten. Unten im Tal glänzte der See unter ihren ersten Strahlen. ›Ohne Davids Hilfe wäre ich da unten ertrunken‹, dachte sie. ›Er hat mich im letzten Augenblick aus dem Auto gezerrt, hat der Polizist gesagt. Na ja‹, überlegte sie dankbar und spöttisch zugleich, ›ohne ihn wäre ich auch nicht darin gelandet! War das nun Schicksal oder Zufall oder eine geheimnisvolle Macht, die uns auf so dramatische Weise zusammengeführt hat? Ich bereue jedenfalls nichts. Im Gegenteil, ich freue mich, ich fühle mich wohl in Davids Nähe, ich sehne mich nach seinen kleinen, vorsichtigen Berührungen. Es ist, als ob er nicht wüsste, wie weit er gehen darf, dabei würde ich ihn wahrscheinlich mit offenen Armen empfangen. Ob er das spürt? Meine nächtliche Fahrt hierher und meine Angst um ihn sollten ihn eigentlich über meine Gefühle aufklären‹, dachte sie lächelnd und nahm sich vor, etwas deutlicher zu werden.

Als David wenig später erfrischt und umgezogen herunterkam, sah man ihm die Strapazen der Nacht nicht mehr an. Er diktierte der Sekretärin einen kurzen Brief an den Schottischen Wild- und Naturschutzbund, in dem er seine Beobachtungen vom Vortag beschrieb und dem er die Adlerfedern sowie die beringte Kralle beifügte, beauftragte den Hausdiener, eine Kiste Champagner in den Kofferraum von Miss Ashton zu stellen, und gab der Haushälterin ein paar Anweisungen für die nächsten Tage. »Ich weiß noch nicht, wann ich zurückkomme, Hanna, ich möchte aber auf jeden Fall, dass das Haus nicht geschlossen wird. Ich habe vor, in Zukunft öfter hier zu sein, und dann möchte ich mich wohlfühlen und nicht zwischen mit Leinentüchern bedeckten Möbeln und zugezogenen Vorhängen leben.«

»Selbstverständlich, Mylord«, nickte Hanna. »Eine kurze Mitteilung durch Ihren Sekretär genügt, und Sie finden hier nicht nur brennende Kamine, sondern auch einen reich gedeckten Tisch und wohltemperierte Weine vor. Wir freuen uns auf Ihr Kommen – immer –, Mylord.«

Endlich kam er zu Mary zurück. »Wie schön, dass du da bist. Dich zu sehen, ist wie das Nachhausekommen nach einem langen Arbeitstag. Warum haben wir so wenig Zeit füreinander?«

»Weil uns Welten trennten.«

»Wie gut, dass du in der Vergangenheit sprichst. Wir müssen daran unbedingt etwas ändern, Mary.« Er, legte ihr den Arm um die Schulter und zog sie an sich. »Darf ich dich küssen?« Und ohne eine Antwort abzuwarten, nahm er sie in die Arme und bedeckte ihre Lippen mit kleinen, behutsamen Küssen, und erst, als sie die Arme um ihn schlang, öffnete er ihren Mund, den zu erforschen er so sehr herbeigesehnt hatte.

Hanna, die von der Halle aus die Umarmung beobachtete, lächelte und nickte in stillem Einverständnis. ›Er hat gefunden, was er ein Leben lang gesucht hat‹, dachte sie entzückt. ›Jetzt wird er ruhiger und sesshafter werden, jetzt treibt ihn nicht nur die Arbeit in die Ferne, jetzt zieht die Sehnsucht ihn nach Hause.‹

Sie wandte sich ab, befahl dem Hausdiener, die Koffer des Lords zu seinem Wagen zu bringen, wo der Chauffeur sie verstaute, und sorgte dafür, dass sich die beiden Liebenden für eine kurze Zeit ungestört umarmen konnten.

Aber die Zeit drängte. David wurde in Galashiels erwartet, und Mary hätte gar nicht hier, sondern in ihrem Labor in Edinburgh sein sollen. Dann kamen sie heraus, Mary bedankte sich bei Hanna für das Frühstück, und David half ihr in den Mantel. Dann rief Mary über ihr Handy im Sekretariat des Museums an und bat, falls sie vermisst würde, dem Direktor mitzuteilen, dass sie in ›Sachen Engel‹ unterwegs sei.

Auf dem Vorplatz warteten Bert Drumworld mit der großen Limousine und der Sekretär neben Marys Wagen, den er bis Galashiels fahren sollte.

Der Chauffeur hatte die Glasscheibe zwischen Fahrerkabine und Fond geschlossen. Ihm schien das angebracht zu sein, als er sah, wie Miss Ashton und der Lord Hand in Hand aus dem Haus kamen.

Als beide Platz genommen hatten, schloss er die Türen, setzte sich hinter das Steuer und startete. Langsam umrundete er das Rondell vor dem Schloss, bog in die Allee zur Hauptstraße ein und folgte wenig später der Landstraße am Nordufer vom St. Mary's Loch.

David griff wieder nach Marys Hand. »Wann sehen wir uns wieder?«

Mary, glücklich über das behutsame Ertasten ihrer Hand, sah ihn erwartungsvoll an. »Du weißt, wo ich wohne, du bist immer willkommen Ich werde dich nicht bei deiner Arbeit aufsuchen. Ruf mich an, hier ist meine neue Handynummer.« Sie reichte ihm ein Blatt Papier mit der Nummer und erklärte: »Tagsüber bin ich im Museum oder bei diesem Herrn Södergren, aber das Telefon habe ich immer bei mir.«

»Ich möchte nicht, dass du allein zu diesem Fremden gehst, Mary.«

»Er ist ein sehr bekannter Mann in der Edinburgher Gesellschaft. Er wird mich wie ein Gentleman behandeln.«

»Trotzdem.«

»Also gut, ich habe schon Doktor Grantino versprochen, ihn um seine Begleitung zu bitten, wenn ich das erste Mal in die fremde Villa gehe, er will sich dann dort umschauen und dem Södergren zeigen, dass ich nicht allein bin.«

»Gut, das beruhigt mich. Grantino ist ein Mann, den ich kenne und dem ich vertraue. Es ist mir lieber, wenn ich dich in seiner Begleitung weiß.«

Kurz vor Galashiels bog der Chauffeur nach links ab. Mary sah David fragend an. »Wir drehen hier im Schloss von Bartok Hills. Wir sind gleich da. Willst du einen Blick auf die Szene werfen, bevor du weiterfährst?«

»Ja, aber nur einen kurzen. Spätestens mittags muss ich in meinem Labor sein.«

»Natürlich. Siehst du da drüben die Wohnwagen, die Lastwagen und den ganzen Rummel, das ist der Set. Wir sind heute mit Innenaufnahmen beschäftigt. Komm mit, dann bekommst du wenigstens einen kleinen Eindruck von meiner Produktion.«

Neugierig stieg Mary aus. David war sofort von einer Schar Mitarbeiter umringt. Aber er beruhigte die Leute und nahm Marys Arm. »Komm mit, nur für einen Augenblick. Wirf einen Blick aufs Szenario, und dann lasse ich dich auch bestimmt fahren.«

Sie betraten das alte, halb verfallene Schloss. Drinnen waren einige Räume fürstlich eingerichtet, andere, die nicht gebraucht wurden, waren mit Brettern vernagelt. Mary sah sich die Arbeit der Schauspieler von der Tür aus an. Es roch nach Staub und Schminke und Scheinwerferhitze und auch nach Schweiß.

»Na, was sagst du?«

»Es riecht nach Arbeit«, flüsterte sie.

»Und wie findest du die Ausstattung? Wir haben sie aus verschiedenen Museen leihen müssen. So ein historischer Film ist ein kostspieliges Unternehmen.«

»Ich nehme an, es handelt sich um die Zeit der Renaissance in Schottland. Die Truhen und die Schränke sehen sehr echt aus. Aber die Tische und die Stühle passen nicht in diesen Raum, die stammen aus dem Barock, David. Diese aufwendig gearbeiteten Fauteuils mit den vergoldeten, reichen Schnitzereien und den kostbaren Stoffen gehören in ein späteres Jahrhundert. Ich fürchte, das sehen Kenner auf den ersten Blick.«

»Mary, ist das wahr? Das ist doch unmöglich. Ich habe Experten, die sich um solche Sachen kümmern sollen, hoch bezahlte Experten.«

»Es tut mir leid, David. Aber wenn ich schon hier stehe und das sehe, dann muss ich das auch sagen.«

»Selbstverständlich«, flüsterte David fassungslos. Dann brüllte er: »Halt, aufhören. Man hat uns falsche Möbel untergejubelt.« Im Raum herrschte Totenstille. Dann ging ein Geraune durch den Raum, wurde lauter, dann riefen alle durcheinander, der Regisseur sprang von seinem Stuhl auf, der Kameramann schwebte mit seinem Lift herunter, der Toningenieur legte die Lautsprechertüte beiseite, und der Bühnenbildner wurde blass. Alle starrten den Lord an.

»Leute«, beschwichtigte er sein Team, »ihr könnt nichts dafür. Die Stühle, die Ruhemöbel und die Tische gehören in ein anderes Jahrhundert. Sie müssen ausgetauscht werden. Für heute machen wir Schluss mit den Innenaufnahmen und versuchen, mit den Cuttern so viel Filmmaterial zu retten, wie möglich ist. Also alles Material, das diese Möbel nicht zeigt, können wir verwenden. Die anderen Szenen müssen neu gedreht werden. Aber erst, wenn wir die entsprechenden Möbel besorgt haben. Also, Schluss für heute, ruht euch aus, und morgen machen wir mit den Außenaufnahmen weiter, bis das Mobiliar ausgetauscht ist.«

Mary zog sich erschrocken zurück. Sie hatte nicht erwartet, so ein Chaos hervorzurufen. Plötzlich stand sie im Mittelpunkt. Alle starrten sie an, die einen wütend, die anderen fassungslos, und einige gingen grinsend an ihr vorbei, als wollten sie sagen: »Großartig, 'ne unverhoffte Pause.«

David stellte sich schützend neben Mary und erklärte: »Leute, wir können froh sein, dass wir hier eine Expertin haben, die uns auf unsere Fehler aufmerksam macht, bevor wir uns in der Öffentlichkeit blamieren.« Langsam beruhigten sich die aufgebrachten Mitarbeiter, und die Wut über die zeitraubende und nun doch unnütze Arbeit richtete sich gegen den Dekorateur.

»Mensch, Willy, kannste nich aufpassen. Wo haste denn deine Augen gehabt? Jetzt, wo der Chef das sagt, sieht's doch ein Blinder.«

Der Lord winkte ab. »Schuld sind unsere sogenannten Experten. Auf die müssen wir uns verlassen können. Ich denke, da werde ich einiges ändern müssen. Also, macht eine Pause.« Und zum Regisseur und den Cuttern gewandt: »Wir treffen uns in einer halben Stunde im Schneideraum.« Dann hakte er sich bei Mary ein. »Ich danke dir. Du hast uns vor einer großen Blamage gerettet. Siehst du nun, wie wichtig mein Angebot an dich ist? Ich brauche jemanden, auf den ich mich hundertprozentig verlassen kann, jemanden wie dich, Mary.«

»Ach, David, das war doch ein purer Zufall.«

»Ein Zufall, der mich meinen Ruf gekostet hätte. Bitte, Mary, komm' zu uns, wir brauchen dich.«

Mary fühlte sich hin- und hergerissen. Sie liebte ihre Arbeit, ihre Selbstständigkeit und ihre Anerkennung im Museum. Sie wäre aber auch gern in Davids Nähe geblieben, eine Arbeit dieser Art würde ihr Spaß machen, sie persönlich fördern und ihr die Tore für eine spannende Zukunft weit öffnen. Voller Zweifel und Fragen sah sie den Mann an ihrer Seite an. »Lass mir etwas Zeit, David. Ich muss darüber nachdenken. Es ist eine weitreichende Entscheidung für mich.«

»Das verstehe ich. Aber lass mich nicht zu lange warten, und ein ›Nein‹ akzeptiere ich nicht.« Er begleitete sie zu ihrem Wagen.

»Mary, wir beide, wir könnten die Welt verändern. Zumindest die Filmwelt.« Jetzt lachten sie beide. »Bring deinen Engel ins Museum und dann komm so schnell du kannst zu mir.«

XVI

»Wahrscheinlich erinnern Sie sich nicht mehr an mich, Mister Södergren.« Mary Ashton stand auf, als der Hausherr den Salon betrat, und ging ihm ein paar Schritte entgegen. »Ich habe mich gestern in Ihrem Büro angemeldet, und man sagte mir, dass Sie mich heute empfangen würden. Oder komme ich ungelegen?«

»Nein, nein, meine liebe Miss Ashton, ich habe Sie schon so lange zu erreichen versucht. Wie schön, dass Sie nun da sind.« Södergren streckte ihr beide Hände entgegen. »Es ist schwer, Sie zu erreichen, waren Sie verreist?«

Mary nickte. »Ich war auf einer Dienstreise, und es gab Verzögerungen. Aber jetzt stehe ich zu Ihrer Verfügung. Danke für Ihr Vertrauen.«

»Was heißt ›Vertrauen‹? Und bedanken muss ich mich bei Ihnen. Ich freue mich, dass Sie sich meine Sammlung ansehen wollen, und ich fürchte Sie gleichzeitig.«

»Sie fürchten mich?« Mary sah ihn ungläubig an.

»Sie haben einen guten Ruf, und ich habe einen guten Ruf zu verlieren, wenn Sie meine Sammlungen deklassieren.«

»Aber warum sollte ich? Sie sind als kenntnisreicher Sammler sehr bekannt, ich glaube kaum, dass ich bei Ihnen Fälschungen finde, Mister Södergren.«

»Bitte, Miss Ashton, sagen Sie Christian zu mir. Ich bin der Ältere, ich darf Sie darum bitten.«

»Gern, Christian, ich bin Mary.«

»Das freut mich, Mary, wir werden einige Zeit miteinander verbringen, da ist es doch sehr angenehm, wenn eine gewisse Vertrautheit zwischen uns besteht. Darf ich Sie zu einem kleinen Drink einladen, bevor wir mit der Arbeit beginnen?«

»Wenn der Drink alkoholfrei ist, gern.«

Södergren klingelte und bestellte, als der Butler erschien, zwei frisch gepresste Grapefruitsäfte, eine Platte mit Snacks und eine

Schale mit Pralinen. Aber Mary winkte dankend ab. »Ich bin hergekommen, um zu arbeiten, Christian, und nicht, um ein zweites Frühstück zu mir zu nehmen.«

»Aber man kann eine Arbeit auch genussvoll gestalten, Mary, und ich möchte auf jeden Fall, dass Sie sich hier wohlfühlen.«

»Ja, das möchte ich auch.« In der Tür stand eine ältere Dame, die dem Hausherrn außerordentlich ähnlich sah. Södergren sprang auf: »Darf ich Ihnen meine Schwester Greta Södergren vorstellen?« Auch Mary war aufgestanden und reichte der Dame die Hand.

»Guten Morgen, Miss Södergren.«

»Bitte, nehmen Sie wieder Platz. Wie ich meinen Bruder kenne, beginnt er das Arbeitsgespräch mit einer Dame immer mit einem Verwöhnfrühstück. Ich sehe, ich habe mich nicht getäuscht.« Sie lachte und beobachtete gleichzeitig den Bruder und die Besucherin. ›Sie nennen sich also schon mit Vornamen‹, dachte sie, ›mein Brüderchen hat es eilig.‹ Ohne zu fragen, ob sie vielleicht störe, setzte sie sich zu den beiden und ließ sich ebenfalls einen Saft bringen. »Sie sind also die Expertin, die mein Bruder endlich erreicht hat. Er erzählte mir von Ihren Kenntnissen, und nun kann er es kaum erwarten, seine Sammlungen Ihren kritischen Blicken zu offerieren. Ich hoffe«, sie lächelte und streichelte den Arm des Bruders, »er ist nicht zu sehr enttäuscht, wenn Sie Ihr Fachwissen sprechen lassen.«

»Warum sollte er? Herr Södergren ist ein anerkannter Sammler mit großem Fachwissen und sehr hohen Ansprüchen. Ich glaube kaum, dass irgendjemand es wagen würde, ihm wissentlich Fälschungen anzubieten.«

»Da mögen Sie recht haben, Miss Mary, ich darf doch Mary zu Ihnen sagen?«

Etwas sprachlos zuckte Mary mit den Schultern. Schließlich nickte sie. Diese Dame war so viel älter als sie und die Schwester dieses Christian Södergren, von dem sie hoffte, auf eine noch nicht bekannte Art den Titurenius-Engel zu bekommen, warum sollte sie sich da über Kleinigkeiten aufregen?

»Es ist meine Pflicht, Antiquitäten, die mir vorgelegt werden, genau zu prüfen. Ich werde dafür bezahlt, und ich bin gründlich, das bin ich meinen Auftraggebern schuldig. Und genauso werde ich hier meine Arbeit machen. Es wird heute immer schwieriger, wertvolle Exponate von Fälschungen zu unterscheiden, aber zum Glück werden die Geräte und Instrumente, die uns bei der Arbeit helfen, immer besser und genauer.«

»Sie brauchen Geräte für die Echtheitsbestimmungen?« Greta war sichtlich erschrocken und sah ihren Bruder an. »Dann wirst du mit Überraschungen rechnen müssen, mein Lieber«, stellte sie nüchtern fest.

»Warum? Meine Sammlung ist nach modernsten Richtlinien geprüft. Ich weiß, dass man sich heute nicht mehr auf Lupen und Mikroskope allein verlassen kann. Und Ihr Museum, liebe Mary, arbeitet mit diesen modernen Geräten?«

»Aber ja. Ohne sie wären wir aufgeschmissen.« Sie lachte und hob ihre Hände als Beweis. »Mit meinen Augen oder mit den Tastversuchen dieser Hände allein lassen sich Fälschungen nicht mehr aufdecken, das ist lange vorbei.«

»Haben Sie die Geräte mitgebracht, kann man die einmal sehen?«

Greta Södergren war misstrauisch. Einerseits wollte sie dem Bruder Enttäuschungen ersparen, andererseits wusste sie nicht, ob Mary die Wahrheit sagte.

»Ich habe nur kleinere Hilfen in meinem Koffer, Lupen, Pinzetten, Schabeisen, Messer, Bohrer, Kleinigkeiten eben, die großen Geräte könnte ich gar nicht bewegen.«

Södergren mischte sich ein. »Bedeutet das, ich müsste mit Teilen meiner Sammlung irgendwohin gehen, um sie untersuchen zu lassen?«, fragte er enttäuscht.

»Wenn Sie Wert auf korrekte Untersuchungen legen, dann schon.«

»Hm, damit hatte ich nicht gerechnet.« Er wirkte sichtlich überrascht.

»Christian«, unterbrach ihn Greta, »wenn du Wert auf Genauigkeit legst, wirst du dich damit abfinden müssen. Aber ich bin sicher, die junge Dame wird deine wertvollen Exponate mit größter Sorgfalt behandeln. Und für den Transport gibt es ja Sicherheitsfahrzeuge, ich denke da etwa an einen gepanzerten Wagen.« Sie lachte. »Aber so weit wirst du wohl nicht gehen wollen.«

Mary beobachtete die beiden aufmerksam. Diese schwedische Lady schien ihren Bruder zu bevormunden. Dass sie die ältere der beiden war, hatte sie schnell erkannt. Aber machte sie sich nun über den Bruder lustig, oder wollte sie ihn warnen? Mary war froh, dass sie das Thema der Untersuchungsarten bereits erwähnt hatte. So konnte sich Christian Södergren schon einmal auf komplizierte Methoden und eine eventuelle Trennung von seinen Schätzen einstellen.

Sie dachte an die beiden letzten Tage, als sie, wieder im Museum, sich mit Nachdruck für die Sammlung des Schweden eingesetzt und erreicht hatte, dass sie sofort mit dieser speziellen Arbeit beginnen konnte. Sie hatte der Direktion nahegelegt, den Termin bei dem Schweden nicht hinauszuzögern, denn man konnte nicht wissen, wie lange er seine Sammlung in Edinburgh lassen würde. Und so hatte man sie beauftragt, sofort mit der Arbeit zu beginnen.

›Dummerweise konnte ich Doktor Grantino nicht so schnell erreichen‹, erinnerte sie sich. ›Im Krankenhaus gab man mir keine Auskunft, und seine private Adresse habe ich nicht, weil er anscheinend in einem hospitaleigenen Bungalow wohnt. Ach was‹, dachte sie, ›diese Ängstlichkeit ist wirklich Blödsinn. Was soll mir hier schon passieren? Ich kann doch nicht in männlicher Begleitung bei Södergren meinen Antrittsbesuch machen. Wo leben wir denn?‹

Und so hatte sie kurz entschlossen den heutigen Termin mit seinem Büro vereinbart. Und dass dieser Termin dem Schweden passte, das spürte sie an der Freundlichkeit, mit der er sie empfangen hatte.

Mary nickte dem Hausherrn zu. »Christian, meine Zeit ist begrenzt. Ich möchte mit der Arbeit anfangen.« Sie stand auf und ergriff ihren kleinen Koffer. »Wenn es Ihnen recht ist, zeigen Sie mir bitte die Objekte, die ich prüfen soll.«

»Selbstverständlich, kommen Sie bitte mit.« Er führte sie in ein angrenzendes Zimmer, in dem sich zwei alte Sakristeischränke an den Schmalseiten des Raums gegenüberstanden. Mary sah sofort, dass diese Möbel aus dem 15. Jahrhundert echt waren.

Sie wollte aber gleich zu Beginn ihrer Arbeit klarmachen, dass für die Echtheitsbestimmungen umständliche Untersuchungen notwendig waren, damit später, wenn sie den Engel prüfen durfte, solche Vorgehensweisen bereits selbstverständlich waren.

Also öffnete sie die Türen und die Schubfächer, prüfte die Scharniere und die Schnitzereien und untersuchte mit der Lupe die handgedrehten und gefeilten Nägel und Schrauben sowie die Spannungen und Risse, die sich durch die Belastung des Gebrauchs auf das Holz übertragen hatten. Außerdem kratzte sie mit einem Messerchen etwas Leim aus einer Fuge, den sie sorgfältig in ein Zellophantütchen füllte. Dabei erklärte sie jeden Handgriff, um deutlich zu machen, durch welche Details die Echtheit und das Alter eines Objekts bestimmt werden können. Södergren hörte mit ungeteilter Aufmerksamkeit zu, begeistert von der Tatsache, dass seine Sakristeischränke die Prüfung anscheinend bestanden.

»Aber wozu brauchen Sie die Leimproben?«, fragte er verblüfft.

»Leim gibt Auskunft über sein Alter und den Ort der Herstellung. Die Länder hatten verschiedene Methoden, Leim zu produzieren, da löst so eine Probe, wenn sie entsprechend untersucht wird, viele Rätsel.«

Södergren war fasziniert. Nur als Mary jedem Schrank zwei winzige Holzproben entnehmen wollte, protestierte er. »Aber bitte, Mary, Sie können doch die Schubladen und die Türen nicht anbohren.«

»Sie brauchen keine Angst zu haben, Christian. Die Proben, die ich entnehme, sind winzig, der Schaden an den Schränken ist im Vergleich zu dem Schaden, den das Holz in den vergangenen Jahrhunderten erlitten hat, wirklich gering.«

»Aber was können die Holzproben schon aussagen?«

»Sie sagen uns, ob wir es mit Nadelhölzern oder Laubhölzern zu tun haben, ob die Hölzer aus den Tropen stammen oder aus einheimischen Waldgebieten, ob die Schränke in trockenen oder feuchten Räumen gestanden haben und ob sie oft oder selten benutzt wurden.«

»Das alles sagt Ihnen eine minimale Holzprobe?«

»So ist es. Es ist eine wirklich spannende Geschichte, die uns die Hölzer erzählen, wenn wir es ihnen erlauben.«

Verblüfft schüttelte er den Kopf. »Nicht ein Wort davon steht in meinen Zertifikaten, Mary.«

»Sehen Sie, das unterscheidet meine Arbeit von anderen. Also, darf ich?«

Södergren nickte, wenn auch etwas blass. Mary entnahm ihrem Koffer einen winzigen Handbohrer mit Batterieantrieb, ging zur Seitenwand des ersten Schranks und entnahm dem untersten Rahmen eine minimale Holzprobe. Dann wischte sie mit einem gewachsten Tuch über die kaum zwei Millimeter große Stelle und nickte Södergren tröstend zu. »Sehen Sie selbst, es ist nichts zu erkennen.«

»Und was machen Sie nun mit der Probe?«

»Sie wird zu einer Tablette gepresst und in einem Spektrometer untersucht. Es ist die sicherste Methode der Holz- und Altersbestimmung, die es auf der Welt gibt.«

»Und so ein Gerät haben Sie im Museum?«

Sie nickte. »Genau deshalb sind wir bekannt für die Genauigkeit und Zuverlässigkeit unserer Arbeit.«

Vertraulich legte er ihr den Arm um die Schulter. »Ich wusste, dass ich mich auf Sie verlassen kann, liebste Mary.«

»Christian«, fuhr Greta dazwischen, »die junge Dame fängt doch gerade erst mit der Arbeit an. Und diese Methode mit dem Anbohren deiner wertvollen Exponate halte ich schlichtweg für übertrieben.« Beinahe drohend stellte sie sich vor Mary auf. »Sie sollten auf Vertraulichkeiten verzichten, junge Frau. Mein Bruder ist ein viel beschäftigter Mann, halten Sie ihn nicht mit unnützen Erklärungen auf.«

Mary wich einen Schritt zurück. »Erlauben Sie bitte, gnädige Frau, ich habe nicht die Absicht, hier Vertraulichkeiten auszutauschen. Ich tue meine Arbeit und halte es für richtig, meinen Auftraggeber über die einzelnen Schritte zu informieren. Selbstverständlich kann ich auch auf diese Erläuterungen verzichten.«

»Bitte, Greta«, mischte sich Södergren ein, »ich war es, der Mary um genaue Erklärungen bat. Störe uns bitte nicht bei den Untersuchungen.«

»Du hast mich hierher beordert, um dir zur Seite zu stehen. Jetzt soll ich mich plötzlich zurückhalten?«

Mary traute ihren Ohren kaum. Warum sollte diese alte Dame aus Schweden ihrem Bruder beistehen? Befürchtete er etwa ein unkorrektes Verhalten von ihr? Sie wich noch weiter zurück. Diese Vertraulichkeit mit dem Arm auf ihrer Schulter hatte sie kurz geduldet, weil das ein Zeichen seiner Zufriedenheit und seiner Zustimmung war, nicht aber der Versuch einer Annäherung. Hatte sie sich etwa getäuscht? Wollte dieser Mann mehr von ihr, als sie ahnte? Sie dachte kurz an die Worte von Doktor Grantino, der sie gewarnt hatte. Aber das war doch Unsinn. Dieser Södergren konnte beinahe ihr Großvater sein, in seinem Alter kam man doch nicht auf solche Gedanken. Er war ein brillanter Geschäftsmann, ein Milliardär, ein Mann der allerbesten Gesellschaft, er würde sich doch niemals die Blöße geben, ein No-Name-Girl zu hofieren.

Sie nahm ihre Geräte und den kleinen Koffer in die Hand und fragte höflich: »Gibt es noch mehr zu untersuchen, Christian?«

»Aber ja, die Sakristeischränke waren doch nur der kleine Anfang. Kommen Sie, Mary, nebenan geht es weiter.« Er nahm ihren Arm, drückte ihn vertraulich, wobei er ganz zufällig ihren Busen streifte, und führte sie in einen Nebenraum, der anscheinend als Speisezimmer diente. Ein großer Tisch mit einer Platte aus blank gewienerten Bohlen nahm den größten Platz ein. Um ihn herum waren acht alte Stühle platziert, die mit ihren hohen, steifen Rückenlehnen sehr unbequem aussahen. An der Wand aber standen zwei Stühle mit Armlehnen, die sofort Marys Interesse weckten. Sie löste sich von dem Mann und ging zu den Stühlen hinüber. »Die sind ja wundervoll«, erklärte sie beeindruckt, »zwei französische Armstühle, Anfang 16. Jahrhundert. Unglaublich.«

»Sie wurden nie auf ihre Echtheit hin geprüft. Ich habe nur die Unterlagen über den korrekten Kauf, aber keine Zertifikate.«

Mary beugte sich begeistert über einen der Stühle und untersuchte mit einer Lupe die Armlehne dort, wo sich die Hand beim Aufstehen abstützt. »Die echte Patina entsteht durch die Abnutzung mit der Hand«, erklärte sie, »aber mit einem Stereomikroskop könnte man die genaue mechanisch erzeugte Abreibung bestimmen.«

»Nun sagen Sie nur nicht, Sie müssten den Stuhl anbohren, um diese Abreibungsstäubchen zu Hause zu untersuchen«, mischte sich Greta ironisch ein.

Mary antwortete nicht, sondern beugte sich zu den Stuhlbeinen herunter und kontrollierte die Füße. »Würden Sie den Stuhl einmal etwas kippen«, bat sie den Hausherrn. Und als der Stuhl nach hinten gelehnt war, untersuchte sie die Füße.

»Was gibt es denn da zu sehen?« Södergren sah interessiert zu, wie Marys Hand sorgsam über die Stellflächen glitt.

»Dieser Stuhl stand lange Zeit auf einem Fußboden, der

oft mit Wasser und Seife gewaschen wurde. Man nennt diese Korrosionserscheinungen Waschpatina. Aber genaue Analysen kann man nur mit ultraviolettem Licht erstellen.«

»Noch ein Stück, von dem man dich trennen will.«

»Bitte, Greta, unterlass diese Bemerkungen. Ich will Klarheit über meine Sammlung, und wenn diese Trennungen dazugehören, dann stimme ich ihnen zu.«

»Es würde sich ja nur um wenige Tage oder Stunden handeln«, versuchte Mary die Geschwister zu beruhigen.

Södergren stellte den Stuhl wieder hin und half Mary beim Aufstehen, wobei er ihren Arm länger hielt, als es nötig war. Greta lachte, als sie das beobachtete. »Christian, die junge Dame ist gewiss sportlich genug, um ohne deine Hilfe aufzustehen.«

Aber der Hausherr beachtete seine Schwester nicht, sondern führte Mary zu einem Schrank an der gegenüberliegenden Wand. Diesmal legte er seinen Arm um ihre Taille, aber Mary blieb stehen und löste den Arm. »Danke, ich finde den Weg schon.«

Die Türen waren mit Intarsien geschmückt. »Mary, woran erkennt man, ob es sich bei den Einlegearbeiten um Handarbeiten oder Industrieprodukte handelt?«

»Einen ersten Hinweis geben mir meine Fingerspitzen«, versicherte Mary ganz ernsthaft, woraufhin Södergren nicht zögerte, ihre Finger zu ergreifen und zu küssen. »Wunderbar, es ist mir ein Vergnügen, so wertvolle Finger berühren zu dürfen.«

Mary entzog ihm erschrocken die Hand. »Bitte, wir wollen uns doch auf die Arbeit konzentrieren.« Behutsam strich sie über die Intarsien, nahm hin und wieder eine Lupe zu Hilfe und streichelte fast liebevoll die alten Türen. »Wunderschön«, sagte sie andächtig, »aber Klarheit geben uns erst mikroskopische Untersuchungen.«

»Siehst du, ich sag' es ja, du wirst dich von all deinen Möbeln trennen müssen. Das ist ja geradezu lächerlich, was hier vor sich geht.«

Jetzt war Mary wirklich empört. »Miss Södergren, ich bin hergebeten worden, um alte, wertvolle Möbel auf ihre Echtheit hin zu untersuchen, und nicht, um mir Lächerlichkeiten und Unfähigkeit vorwerfen zu lassen. Wenn Ihnen meine Arbeit nicht zusagt, bin ich jederzeit bereit, dieses Haus zu verlassen.« Und zu Södergren gewandt: »Christian, entscheiden Sie sich. Wollen Sie, dass ich weitermache oder gehe?«

Sprachlos sah der Hausherr die beiden Frauen an. »Aber ich bitte euch, wir wollen doch nicht streiten. Natürlich will ich, dass Sie weitermachen. Ich habe so lange auf einen wirklichen Experten gewartet, Sie können doch jetzt nicht gehen.«

»Dann sorgen Sie dafür, dass ich meine Arbeit machen kann, ohne mich der Lächerlichkeit auszusetzen.«

Södergren nickte. »Bitte, Greta, würdest du uns allein lassen?«

»Ich denke gar nicht daran. Einen alten Mann mit Frühlingsgefühlen und ein junges Mädchen mit noch nicht bekannten Ambitionen kann man doch nicht allein lassen. Du wolltest, dass ich dir beistehe, hier bin ich und hier bleibe ich.«

Wütend sah er seine Schwester an. »Was fällt dir ein? Ich fürchte, du hast da etwas missverstanden, Greta.«

»Oh nein, mein lieber Bruder. Für dich stehen nicht mehr Möbelstücke an erster Stelle, sondern Gefühle. Ich bin doch nicht blind, und du solltest die junge Dame endlich darüber aufklären, was du wirklich willst.«

Mary starrte von einem zum anderen. ›Das gibt es doch nicht‹, dachte sie, ›hatte Grantino also doch recht?‹ Sie sammelte die wenigen Werkzeuge, die sie gebraucht hatte, zusammen und packte sie in den Koffer. »Ich glaube, es ist besser, ich gehe jetzt«, erklärte sie und wandte sich der Tür zu, überaus betroffen von der Tatsache, gleichzeitig mit dem Haus den so sehr begehrten Engel zu verlassen. Bevor die Geschwister Södergren reagieren konnten, hatte Mary die Villa verlassen. Sie hatte allerdings nicht mit den Sicherheitsvorkehrungen im Garten gerechnet.

XVII

Mary ging zu ihrem Wagen, öffnete die Tür, stieg ein und startete. Als sie das Rondell umrundet hatte und das Grundstück verlassen wollte, war das große schmiedeeiserne Einfahrtstor geschlossen. Sie wartete einen Augenblick, dann stieg sie aus, um das Tor mit der Hand zu öffnen. Aber sie hatte kaum den Kies des Gartenwegs betreten, als ein Hüne in Uniform neben ihr stand. »Sie wünschen, Madam?«, fragte er höflich und drehte seine Mütze in den Händen.

»Würden Sie mir bitte das Tor öffnen?«

»Tut mir leid, Madam, dazu bin ich nicht befugt.«

»Sir«, antwortete Mary verärgert, »meine Arbeit hier ist beendet. Ich möchte nach Hause fahren.«

»Bedaure, Madam, ich habe die Order, Sie zurück ins Haus zu begleiten.«

Mary wusste sofort, dass ihr nichts anderes übrig blieb, als dem Mann zu folgen. Wütend ging sie neben ihm zurück ins Haus. In der Halle angekommen, hörte sie die erregten Stimmen von Södergren und seiner Schwester aus einem der Nebenzimmer.

»Ich hab dir gesagt, du sollst mir helfen, die Miss für mich zu gewinnen, und was tust du? Du vergraulst sie nach allen Regeln der Gemeinheiten. So habe ich mir deine Hilfe nicht vorgestellt, Greta.«

»Du bist der größte Dummkopf, den es gibt auf der Welt. Merkst du denn nicht, dass sie es nur auf dein Geld abgesehen hat? Sie schmeichelt sich mit aller Raffinesse, die sie kennt, bei dir ein. Sie sucht buchstäblich deine Berührungen und hält still, wenn du ihren Busen streichelst, das ist doch unnormal für eine Frau, die ihren Arbeitgeber gerade zum zweiten Mal sieht.«

»Unsinn, das stimmt doch überhaupt nicht. Die Berührungen gehen von mir aus, und ich bin überaus glücklich, wenn sie stillhält.«

»Wenn sie stillhält! Für eine Frau gibt es nichts Schöneres, als begehrt zu werden, als berührt zu werden, als hofiert zu werden. Warum sollte sie nicht stillhalten? Warum um alles in der Welt sollte sie nicht stillhalten, wenn sie es sowieso auf dein Begehren abgesehen hat?«

»Greta, du verrennst dich da in eine Angelegenheit, die dich nichts angeht. Bist du etwa eifersüchtig?«

Die Frau kreischte vor Lachen. »Ich und eifersüchtig? Eifersüchtig auf einen Bruder, der sich lächerlich macht, weil er längst ein Alter erreicht hat, in dem sich ein normaler Mann seinen Hobbys und seinen lukrativen Geschäften hingeben und nicht jungen Küken nachrennen sollte. Du solltest deine Grenzen ke–«

In diesem Augenblick betrat Mary den Raum. Sie hatte genug gehört und wollte dem Gezeter ein Ende machen. »Darf ich auch etwas sagen? Ich bin entsetzt. Entsetzt über Ihre Worte, über Ihr Benehmen, über einen Streit, der mich betrifft. Ich habe mit diesem Streit nichts zu tun. Ich bin hergekommen, weil es mein Beruf ist, und nicht, um mich hier einzuschmeicheln. Ich bin weder an Ihren Sympathien noch an Ihrem Geld oder Ansehen interessiert. Ich wollte hier eine gute Arbeit machen, weiter nichts. Da Sie mir ein ungestörtes Arbeiten unmöglich machen, möchte ich nach Hause fahren. Aber daran werde ich gehindert und stattdessen mit einem Streit unter Geschwistern konfrontiert, wie ich ihn mir niemals vorgestellt hätte. Kann ich jetzt endlich und unbehindert gehen?«

»Aber Mary, um Gottes willen, Sie missverstehen das alles.« Christian Södergren kam zerknirscht und mit ausgebreiteten Armen auf sie zu. »Meine Schwester ist so überempfindlich, sie reagiert zu hektisch, man kann ihre Worte nicht in die Waagschale werfen. Ich kenne sie, hinterher ist sie zahm wie ein Lamm.«

Er versuchte, die ganze Szene ins Lächerliche zu ziehen, aber Mary ließ sich nicht beirren. »Mister Södergren«, und sie vermied es bewusst, ihn mit dem vertraulichen Vornamen anzusprechen, »Mister Södergren, ich weiß, was ich gehört habe, Sie brauchen nichts zu beschönigen oder ins Lächerliche zu ziehen. Ich bin weder an Ihnen noch an Ihrem Geld, noch an Ihrer Sammlung interessiert. Ich bin ein pflichtbewusster Mensch, und wenn ich zu einer Arbeit gerufen werde, dann versuche ich, diese Arbeit zu machen, und zwar ohne ein raffiniertes Frühstück, ohne Pralinen und schmeichelhafte Worte und vor allem ohne Streicheleinheiten, wenn Sie wissen, was ich meine.«

»Liebste Mary, ich entschuldige mich für alles, was ich falsch gemacht habe. Aber ich bitte Sie von Herzen, bleiben Sie hier, mir liegt so viel an Ihren Untersuchungen.«

»Ich werde meine Entscheidung von einem Gespräch mit dem Museums-Kuratorium abhängig machen. Kann ich irgendwo ungestört mit meinem Handy telefonieren?«

»Aber ja, natürlich Mary, kommen —«

»Miss Ashton, wenn ich bitten darf, Mister Södergren.«

»Ja, selbstverständlich. Bitte kommen Sie, Sie können in meinem Arbeitszimmer telefonieren.«

»Danke. Und bitte lassen Sie mich allein.«

Mary wählte die Nummer von Direktor Connor, und als sich Miss Abberton, die Sekretärin, meldete, bat sie: »Bitte, verbinden Sie mich mit Professor Connor, es ist dringend.«

Als sie ihren Chef in der Leitung hatte, erzählte sie ihm in kurzen Zügen, was sich im Hause Södergren zugetragen hatte und dass sie von einem Wächter am Verlassen des Grundstücks gehindert worden war. »Ich fühle mich wie eine Gefangene hier, was soll ich machen?«

»Mary«, beruhigte sie der Professor, »Sie brauchen keine Angst zu haben, wir wissen, wo Sie sind, und wir helfen Ihnen, wann immer es nötig ist. Aber bitte bleiben Sie, Sie wissen doch, wie wichtig Ihre Arbeit dort ist. Ich rechne fest mit Ihrem Erfolg, Sie wissen doch, was ich damit meine?«

»Ja, sicher weiß ich das, und das ist der einzige Grund, hierzubleiben, sonst hätte ich statt Ihrer Nummer die der Polizei gewählt.«

»Glauben Sie denn, dass der Herr richtig handgreiflich werden könnte?«

»Nein, eigentlich nicht, er hat schließlich einen guten Ruf zu verlieren, aber die Atmosphäre ist alles andere als angenehm.«

»Das glaube ich Ihnen, Mary, versuchen Sie es trotzdem. Ich komme heute Abend und hole Sie persönlich dort ab. Dagegen wird auch Södergren nichts einzuwenden haben. Und morgen sieht die Angelegenheit dann vielleicht schon besser aus.«

»Ich werde eine Woche lang hier zu arbeiten haben. Södergren hat sehr viele Objekte und wirklich auch sehr wertvolle.«

»Haben Sie das entsprechende Objekt schon einmal gesehen?«

»Nein, dazu sind wir noch nicht gekommen.«

»Also ist es am allerwichtigsten, dass Sie vor Ort bleiben. Bitte, Mary.«

»Gut, ich bleibe. Aber vergessen Sie mich heute Abend nicht.«

»Sie können sich auf mich verlassen.«

Mary beendete das Gespräch und steckte das Handy wieder ein. Dann holte sie tief Luft und ging zurück in den Nebenraum. ›Ich werde das schaffen‹, dachte sie, ›ich werde den Engel sehen und holen, und wenn sich die Södergrens meinetwegen anschreien und streiten, ich werde durchhalten.‹

Das Zimmer war leer, auf dem Tisch stand ihr Werkzeugkoffer. ›Man hat ihn also aus meinem Auto geholt‹, dachte sie, ›man rechnet fest damit, dass ich bleibe. Oder hat man mein Gespräch belauscht? Na ja, wir haben uns sehr vorsichtig verhalten, und ein bestimmtes Objekt wurde nie mit Namen benannt. Also, was soll's?‹ Sie verließ den Raum und stieß in der Halle auf den Butler.

»Wo soll ich die nächsten Objekte untersuchen?«

»Bitte, kommen Sie mit.« Der Mann in schwarz gestreifter Hose und grau gemusterter Weste führte sie durch zwei Räume und öffnete die Tür zu einem großen Festsaal. »Bitte hier entlang. Mister Södergren kommt sofort.«

Mary sah sich in dem Saal um. An den Wänden hingen einige sehr wertvolle Bilder, aber für Gemälde war sie nicht zuständig. Allenfalls für das Holz der Rahmen, aber darum würde es einem Sammler kaum gehen. An einer Seite stand ein sehr alter Fassadenschrank, der durchaus ein Sammlerstück sein konnte. Sie ging etwas näher an den Schrank, berührte ihn aber nicht. Erst als Södergren in den Saal und freudestrahlend auf sie zukam, nickte sie ihm zu. »Ein sehr schöner Fassadenschrank, Mister Södergren.«

»Ja, nicht wahr? Ich habe ihn vor Jahren in Süddeutschland ersteigert. Diese Schränke waren dort im 16. Jahrhundert eine Spezialität. Er trägt noch die Wappen seines damaligen Besitzers. Für diesen Schrank habe ich genaue Expertisen. Wenn Sie wollen, hole ich sie Ihnen.«

»Nein, danke. Ich möchte den Schrank unbeeinflusst untersuchen, später können wir die Ergebnisse vergleichen.«

Mary machte sich an die Arbeit, Södergren sah ihr aus einiger Entfernung zu, störte aber nicht. Einmal ging die Schwester wortlos durch den Saal. Mary untersuchte die mit Wappen und Intarsien reich geschmückten vier Türen, das Innere des Schranks, die Beschläge und die Nägel und fragte zum Schluss, ob sie eine Holzprobe entnehmen könne. Södergren nickte zögernd, erklärte sich dann aber einverstanden. »Es interessiert mich doch auch, was das Holz zu erzählen hat«, versicherte er.

Als Mary mit der Untersuchung fertig war, bat sie den Hausherrn, bevor er sie in andere Räume führen wollte: »Bitte stellen Sie mir eine Liste mit allen Objekten, die ich untersuchen soll, zusammen. Ich möchte mir meine Arbeit etwas einteilen, und ich muss auch wissen, wie lange ich hier zu tun habe.«

»Könnten Sie mir denn sagen, wann ich die Ergebnisse Ihrer Untersuchungen erwarten kann?«

»Wenn ich mit den Proben im Labor fertig bin. Vorher kann ich nichts Endgültiges sagen. Und danach können wir Ihre Expertisen mit meinen Unterlagen vergleichen.«

Am späten Nachmittag bekam sie die Liste der Objekte, die sie untersuchen sollte. Der Engel war nicht darunter. Enttäuscht steckte sie die Unterlagen ein. Sie musste mit dem Kurator darüber sprechen. Eine Stunde später holte Professor Connor sie in der Villa ab. Vorzustellen brauchte sie die Herren nicht, sie kannten sich durch die häufigen Besuche Södergrens im Museum und durch Ausstellungen in der Stadt. Robert Connor fragte nach dem Verlauf ihrer Arbeit, man redete über Ergebnisse und Entwicklungen und verabschiedete sich mit ein paar höflichen Worten. Als Mary jetzt an der Seite Connors nach draußen kam, war das Eingangstor wieder weit geöffnet.

Der Kurator drehte sich zu ihr um. »Sie fahren zuerst, Mary, ich komme mit meinem Wagen nach und fahre hinter Ihnen her, bis wir die Innenstadt erreicht haben. Gab es noch etwas Besonderes, was ich wissen müsste?«

»Ich habe mir eine Liste der zu untersuchenden Objekte geben lassen, um die Dauer meiner Arbeit errechnen zu können. Unser Engel ist nicht darauf vermerkt.«

»Verdammt. Hat aber vielleicht nichts zu bedeuten. Er tut noch sehr geheimnisvoll mit dieser letzten Errungenschaft. Ich denke, ganz zum Schluss bittet er dann doch noch um eine Prüfung.«

»Wahrscheinlich will er mich so lange wie möglich in seinem Haus beschäftigen.«

»Das kann sein. Sie werden auf jeden Fall abends von mir oder einem anderen Mitarbeiter abgeholt. Sie haben also nichts zu befürchten.«

»Danke, Sir.«

Sie stiegen beide in ihre Wagen, und Mary fuhr davon. Robert Connor blieb dicht hinter ihr, bis er ihr durch ein Lichtzeichen zu verstehen gab, dass er in eine andere Richtung abbog.

Kaum zu Hause angekommen, klingelte es an ihrer Tür. Vorsichtig geworden, schaute sie durch den Spion und sah zu ihrer Verblüffung mitten hinein in einen großen Rosenstrauß. ›Kommt jetzt die Entschuldigung?‹, dachte sie und überlegte, ob sie überhaupt öffnen sollte. Aber dann hörte sie: »Mary, ich bin es, darf ich hereinkommen?«

Sie öffnete und vor ihr stand David McClay mit erwartungsfrohen Augen. »Die Überraschung ist geglückt«, lachte er und übergab ihr den Strauß. Dann nahm er sie in die Arme und drückte sie an sich. »Wunderbar«, flüsterte er, »du bist meine Belohnung für einen scheußlichen Tag.«

Mary schmiegte sich dankbar in seine Arme. »Mir geht es genauso, ich hatte auch einen scheußlichen Tag. Komm herein, wie bist du denn ins Haus gekommen?«

»Eine alte Dame sah mich, meinen Rosenstrauß, meine Suche nach dem richtigen Klingelknopf und erklärte: ›Kommen Sie mal rein, und wenn sie das Fräulein Mary suchen, die wohnt ganz oben.‹«

»Ach, das war Miss Brown, die kennt jeden hier im Haus. Da hat sie bestimmt gedacht, Rosen gehören zu mir. Sie ist sehr nett. Aber nun komm, zieh deinen Mantel aus, mach es dir gemütlich. Darf ich dir ein Glas von dem wunderbaren Champagner anbieten, den ich in meinem Auto gefunden habe?« Sie war plötzlich sehr aufgeregt und redete ohne Unterlass.

»Du darfst. Und hier sind noch ein paar Zutaten, die ich unterwegs besorgt habe.« Er zog aus beiden Manteltaschen kleine Päckchen, in denen Mary Döschen mit Leberpastete und Kaviar, ausgelöste Hummerschwänze im Glas, ein Päcken Roastbeef und eine Packung Blinis fand. »David, das sind ja Köstlichkeiten, die ich nur dem Namen nach kenne, danke, ich werde sie sofort anrichten.«

Sie lief in ihre kleine Küche, nahm eine Flasche Champagner aus dem Schrank – »eisgekühlt ist er nicht, ich finde, die Kälte tötet den Geschmack« –, holte Gläser aus dem Schrank und gab David die Flasche. »Bitte übernimm das Öffnen, ich habe Angst, wenn's knallt.« Sie breitete die Delikatessen auf einer Platte aus, stellte Teller dazu und brachte alles in das Wohnzimmer. »Einfach köstlich«, lachte sie ihren Gast an.

»Liebe Mary, ich kenne auch noch andere Köstlichkeiten, auf die ich Hunger habe.«

Sie lächelte ihn glücklich an. »Und was für Köstlichkeiten wären das?«

Er ging auf sie zu, nahm sie noch einmal in die Arme und suchte ihren Mund. »Erklärungen sind nicht nötig«, flüsterte er und zog sie sanft an sich. Und sein Kuss, als ihre Lippen sich berührten, war zärtlich, trotz des Verlangens, das er zu verbergen suchte. Mary durchströmte ein heißes Glücksgefühl. Voller Hingabe und Sanftheit schmiegte sie sich an ihn und erwiderte seinen Kuss. Als sie sich schließlich atemlos trennten, sah er sie mit Tränen in den Augen an. »Ich hab' es gewusst, Mary, ich habe es vom ersten Augenblick an gewusst.«

»Was hast du gewusst, David?«

»Dass wir zusammengehören, dass wir füreinander bestimmt sind, dass du die Frau bist, mit der ich mein restliches Leben verbringen möchte. Mary, nichts soll und darf uns mehr trennen.«

Mary antwortete ihm nicht gleich. Es war nicht so, dass sie nicht wusste, was sie sagen sollte, sie war einfach überwältigt von dem Gefühl, das dieser Mann für sie empfand. Er löste sich von ihr und sah, dass sie genauso aufgewühlt war wie er. Sie blieb ganz still stehen, während er ihr tief in die Augen sah. Dann beugte er ganz leicht seinen Kopf zu ihr, während sich ihre Augen gegenseitig festhielten. Ihre Lippen berührten sich wieder. Sein Mund strich sanft über ihren Mund, und er genoss dieses Gefühl und auch die Art, wie sie bebend darauf reagierte. Mit der Zunge zeichnete er die Form ihrer Lippen nach, und Mary strich mit den Fingern über seinen Nacken, bis ein prikkelndes Gefühl des Wohlbehagens ihre Körper durchströmte. Dann erst gab er auf.

»Ich will dich nicht bedrängen«, flüsterte er mit rauer Stimme, »aber du sollst wissen, dass ich dich liebe, Mary.«

Mary nickte nur, sprechen konnte sie nicht. Zu aufgewühlt waren ihre Gefühle. Gefühle des Glücks, so einem liebenden Mann begegnet zu sein. Gefühle der Angst, das, was so plötzlich gekommen war, genauso plötzlich wieder zu verlieren, Gefühle der Ohnmacht, diesen Gefühlen nicht gewachsen zu sein.

Sie zog ihn neben sich auf die Couch und behielt seine Hand in der ihren. »Lass mir etwas Zeit, David. Ich bin sehr glücklich, aber noch habe ich Angst, alles könnte vorbei sein, bevor es begonnen hat. Ich mag dich sehr, ich habe niemals vorher solche Glücksgefühle erlebt wie in deiner Nähe, aber ich habe einfach Angst vor einem Ende, das ich dann nicht ertragen könnte.«

David legte den Arm um ihre Schultern und zog sie näher zu sich. »Mary, ich bin kein Mann, der leichtsinnig oder voreilig Gefühle preisgibt, die tief in seinem Herzen wohnen. Wenn ich sage, ich liebe dich, dann ist das die Wahrheit, und wenn ich sage, ich kann mir ein Leben ohne dich nicht mehr vorstellen, dann sind das die ernsthaftesten Worte, die ich jemals ausgesprochen habe. Glaube mir, Mary, und vertraue mir.« Er streichelte mit sanften Fingern ihr Haar, ihr Ohr, ihre Wange. Dann nahm er den Arm von ihrer Schulter und reichte ihr eines der Gläser. »Lass uns auf unser Glück anstoßen, lass uns genießen, was wir gefunden haben, lass uns einfach glücklich sein. Und wenn du es so willst – ohne Pläne und ohne Versprechen und ohne Angst, einfach glücklich.« Dicht nebeneinander genossen sie das Glück des Zusammenseins. Etwas später nahm David Marys Hand und streichelte sie. »Ich werde jetzt gehen, mein Liebes. Ich habe eine Wohnung im ›Firth of Forth Hotel‹. Hier ist meine Handynummer, ich bin immer für dich zu erreichen. In zwei Tagen muss ich nach Glasgow, ich hoffe, wir sehen uns vorher noch?«

Mary, enttäuscht von der Trennung und froh, dass es nicht zu einer gemeinsamen Nacht kam, nickte. »Ich rufe dich morgen Abend an. Ich muss den ganzen Tag Kunstobjekte bestimmen, aber abends bin ich frei.« Sie begleitete ihn zur Tür. »Ich danke dir, David, ich bin sehr glücklich, aber ich danke dir auch für deine Rücksichtnahme. Bis morgen also?«

»Bis morgen, Mary.« Spürte sie da eine gewisse Enttäuschung, eine leichte Kälte in diesen drei Worten? Sie ging ihm noch ein paar Schritte nach und legte ihm die Hand auf die Schulter. »David, ich liebe dich doch auch.«

»Ja, ich weiß, Mary, aber du brauchst Zeit, und die gebe ich dir. Gute Nacht.«

XVIII

Doktor James Grantino und Isabelle Lloyd lebten seit drei Wochen in der Hütte hinter dem ›Rodono Hotel‹. Eine schwierige Zeit für beide. Isabelle wollte sich nicht mit den primitiven Verhältnissen abfinden, und James wollte sie auf ein Leben in Brasilien vorbereiten, ohne dass sie es merkte. Er war fest entschlossen, Isabelle mitzunehmen und irgendwann zu heiraten. Aber Isabelle, verwöhnt durch das Luxusleben an der Seite des Professors, dachte, das Leben bestehe aus Festen und Feiern, aus Luxus und Lachen. Ihre Striemen waren verheilt, und mit den Narben verblassten nun auch die Erinnerungen an die Schläge und an die Schmerzen. Und außerdem war James Grantino nicht der Mann, für den sie ihn gehalten hatte. Sie hatte gehofft, ihn um den Finger wickeln zu können, nachts einen akzeptablen Liebhaber im Bett zu haben und am Tag einen gehorsamen Kumpel, der ihr jeden Wunsch erfüllte.

Aber nichts war so gekommen, wie sie es sich erhofft hatte. Er schlief nicht mit ihr und er duckte sich nicht. Stattdessen verlangte er, dass sie die Hütte säuberte und Kochen lernte, sie musste dieses fürchterliche Toilettenhaus reinigen und Fische säubern, die er geangelt hatte. Und um das Maß vollzumachen, wollte er auch noch, dass sie sich um die gemeinsame Wäsche kümmerte – ohne Hilfe einer Waschmaschine. Und Wasser musste sie auf dem Ofen selbst erst heiß machen. ›Gut‹, dachte sie, ›er hackt Holz und sorgt fürs Feuer im Herd, er fährt zum Einkaufen, weil ich befürchte, jemand könnte mich sehen und erkennen, er holt die Post, korrespondiert mit seinem Krankenhaus und einem Rechtsanwalt, er hat sogar sein Boot verkauft, damit wir über mehr Bargeld verfügen –, aber er hält mich hier fest und er schläft nicht mit mir. Ich muss mit ihm reden, so geht das nicht weiter.‹ Sie öffnete eine Flasche Whisky und stellte sie zusammen mit Gläsern und einem Keksteller draußen auf den Verandatisch. Sie wusste, dass sie mit etwas Alkohol im Blut einer Diskussion gewachsen war, ohne einen solchen Schluck fehlte ihr meist der Mut.

Als sie seinen Wagen vorfahren hörte, band sie sich das Tuch ab, zog ihr Kleid zurecht, warf einen Blick in den Spiegel, strich sich durch das Haar – ›ich weiß, dass er in mein blondes Haar verliebt ist‹, dachte sie flüchtig – und zog ganz schnell noch mit dem Stift die Lippen nach. Dann ging sie hinaus und setzte sich auf einen der Balkonstühle.

»Hallo, Isabelle, schon fertig mit der Arbeit? Ich habe einen Mordshunger.«

»Hallo, James, ich muss mit dir reden.«

»Können wir nicht erst einmal essen? Was hast du gekocht, hast du den Fisch gefunden, den ich in das Spülbecken gelegt habe, bevor ich nach Moffat gefahren bin?«

»Ich bin weder mit der Arbeit fertig, noch habe ich etwas gekocht. Ich muss mit dir reden. Das sagte ich doch schon.« Sie füllte Whisky in die Gläser und nahm einen kräftigen Schluck.

»Seit wann trinkst du vor dem Essen?«

»Ich trinke, wenn ich Appetit darauf habe. Hier, nimm auch einen Schluck, er wird dir guttun.« Sie reichte ihm sein Glas, aber James stellte es beiseite und trat auf sie zu.

»Trinken und reden könne wir später. Erst die Arbeit, dann das Vergnügen. Komm endlich, beeile dich, ich habe wirklich Hunger.«

Aber Isabelle dachte gar nicht daran, ihm zu folgen. Sie blieb auf ihrem Stuhl sitzen, schlug die hübschen Beine übereinander und sah ihn herausfordernd an. »Ich bin nicht dein Dienstmädchen und ich habe es satt, mich herumkommandieren zu lassen. Ich will hier weg und ich gehe hier weg.«

»Und wohin willst du? Hast du vergessen, dass du gesucht wirst? Dass dein Ehemann dich vielleicht sogar anzeigen kann? Noch giltst du nur als vermisst, und man sucht dich als arme, irregewordene Frau. Wenn er dich aber anzeigt, dann bist du eine Straftäterin, und kein Mensch hat dann noch Mitleid mit dir.«

»Woher willst du das alles wissen?«

»Ich habe heute Post von meinem Freund aus Edinburgh bekommen. Du erinnerst dich an Dr. Wallance? Er ist meine Verbindung zur Klinik, weiß Bescheid und informiert mich regelmäßig.« James stand auf und holte einen Umschlag aus seiner Tasche. »Hier, ich lese dir vor, was er mir geschrieben hat.« Und dann las er:

›Hallo James, wie geht es Euch? Hier ist der Teufel los. Ich kann Dich nicht länger krankschreiben, Du musst etwas von Dir hören lassen. Ich denke, es ist an der Zeit, dass ich Deine vorbereitete Kündigung jetzt abschicke. Ebenso fragwürdig ist die Abwesenheit von Isabelle Lloyd. Man hat die offizielle Suche nach ihr eingestellt, ich fürchte, jetzt sind Detektive am Werk, und es ist eine Frage von Tagen, wenn nicht gar von Stunden, bis die sie – und Dich – gefunden haben. Ihr müsst Euch entscheiden. Noch wirst Du nicht gesucht und kannst Schottland ungehindert verlassen, dasselbe gilt für Isabelle, wenn sie sich meldet, ganz offiziell die Scheidung einreicht und die Angelegenheit einem Scheidungsanwalt übergibt. Die Adresse eines guten Anwalts lege ich bei, und als eventueller Zeuge für die Misshandlungen stehe ich zur Verfügung, ich hoffe aber, so weit kommt es gar nicht. Sollte der Professor mit den Gründen für das Scheidungsbegehren konfrontiert werden, wird er auf jeden Fall Einzelheiten vermeiden wollen. Also, soweit meine Auskünfte, meine Meinung und meine Ratschläge. Vor allem aber: Ihr müsst jetzt etwas unternehmen. Herzlichst, Dein Freund Mark Wallance.‹

»So, Isabelle, und jetzt kannst du reden. Was willst du, was hast du vor?«

Erschrocken starrte Isabelle ihn an. »Das bedeutet, jeden Augenblick kann hier ein Detektiv um die Ecke kommen?«

»So ist es.«

»Aber das ist ja schrecklich, was machen wir bloß?«

»Du musst dir genau überlegen, was du willst. Wenn dir Luxus und Reichtum wichtig sind, dann gehst du am besten zu deinem Mann zurück. Mit einem Rechtsbeistand im Rücken wird dir nichts passieren. Er wird froh sein, dass es keinen Skandal gibt, und wird dir verzeihen. Ob er dich eines Tages wieder verprügelt, weiß ich natürlich nicht. Aber es ist vielleicht der Preis, den du für dein Wohlstandsleben zahlen musst.«

»Nein, auf gar keinen Fall. Ich will nie wieder zu ihm zurück. James, wie viel Geld habe ich eigentlich noch?«

»Das weiß ich nicht. Du hast dein Geld in deinem Koffer, und den habe ich nicht angerührt.«

»Dann habe ich eine ganze Menge. Es würde für ein paar bescheidene Wochen oder Monate irgendwo reichen. Aber ...«

»Was aber?«

»Ja, aber was wird aus dir? Du gehst doch bestimmt nicht in die Klinik zurück, wenn dein Freund jetzt die Kündigung abgibt.«

»Er schickt sie hin, ich will nicht, dass er mit meiner Kündigung in Verbindung gebracht wird. Ich gehe nach Brasilien zurück. Das steht schon lange für mich fest. Eigentlich wollte ich im Herbst fort, nun gehe ich eben im Frühjahr, das ist kein großer Unterschied.«

»Und was machst du dort, wohin gehst du? Nach Rio oder nach São Paulo?«

»Ich gehe in die Wildnis, Isabelle. Ich habe meine verschiedenen Ausbildungen gemacht, damit ich im Regenwald den Indianern helfen kann. Ich gehöre einer Ärzteschaft an, die mich dahin schickt, wo ein Arzt am dringendsten gebraucht wird. Wahrscheinlich gehe ich in die Nähe von São Félix do Xingu, das ist eine kleine Stadt am Rio Xingu, und von dort in das Gebiet der Jurunas-Indianer.«

»In die Wildnis? Mein Gott, warum denn das?«

»Weil ich da helfen möchte, wo wirklich ein Arzt gebraucht wird, und nicht in einer Stadt, wo es von guten Ärzten nur so wimmelt.«

»So ein Leben in der Wildnis kann ich mir gar nicht vorstellen, James.«

»Schau dich um, schlimmer ist es dort auch nicht. Vielleicht gibt es ein paar Schlangen, ein paar Riesengeckos und Piranhas und andere ungebetene Gäste und keinen Strom, aber mit ein bisschen Geschick und dem Willen, so ein Leben zu mögen, kommt man überall zurecht.«

Isabelle sah ihn fassungslos an. »Aber du bist ein zivilisierter Mensch, du liebst dein Haus, dein Auto, dein Boot, Maßanzüge und kulturelle Veranstaltungen. Wie kommst du nur auf die Idee, in der Wildnis neu anzufangen?«

James lachte. »Das sind die Gene meiner Vorfahren. Die sind auch als Pioniere nach Brasilien gekommen «

»Erzähle mir von ihnen.«

»Da gibt es nicht viel zu erzählen. Sie waren Glasbläser in Italien, und als die Armut im 19. Jahrhundert unerträglich wurde, haben sie sich entschlossen auszuwandern. Sie haben ihre Glasmacherpfeifen und ihr anderes Handwerkszeug eingepackt und sind mit dem letzten Geld nach Brasilien gefahren. Dort haben sie einen kleinen Glasbläserbetrieb aufgemacht und damit begonnen, Glaskugeln für Weihnachtsbäume zu blasen. Und weil immer mehr Einwanderer – vor allem aus Nordeuropa – nach Brasilien kamen, die die Tradition der Weihnachtsbäume kannten und den glitzernden Kristallschmuck kauften, wurde aus dem kleinen Betrieb bald eine große Fabrik, und aus einer Fabrik wurden zwei, dann drei und mehr, und die betreiben meine Angehörigen noch heute.«

»Aber dann bist du doch ein sehr wohlhabender Mann, James.«

»Ich habe mir mein Erbe auszahlen lassen und meine gesamte medizinische Ausbildung davon bezahlt. Ich musste nie den Penny umdrehen, um über die Runden zu kommen, ich konnte in der ganzen Welt studieren, aber ich habe immer gewusst, wo meine Aufgaben liegen, nämlich bei den Ärmsten der Armen, bei den Ausgebeuteten, Gejagten und Vertriebenen im Regenwald.«

»Und jetzt willst du zu ihnen.«

»Ja, endlich.«

»Ich verstehe dich nicht.«

»Das ist auch nicht nötig. Hauptsache ist doch, dass ich meinen Weg kenne.«

»Ich habe Angst vor Schlangen, James.«

»Man muss halt Stiefel tragen.«

Isabelle sah auf ihre modischen roséfarbenen Pumps hinunter und nahm einen davon in die Hand. »Stiefel!«, flüsterte sie und streifte den Schuh wieder über ihren Fuß. »Was für Tiere gibt es denn da noch?«

»Alligatoren, Spinnen, giftige Fische, alles mögliche. Aber die Jurunas-Indianer jagen sie und leben von ihnen und mit ihnen.«

»Und mitten dahinein willst du gehen?«

»Warum nicht? Ich bin Arzt, ich habe mich darauf gründlichst vorbereitet und weiß, was gut oder schlecht für mich ist, und ich bin ja nicht allein dort. Wir werden immer zu mehreren in solche Gebiete geschickt. Und dann verarzten wir nicht nur die Eingeborenen, sondern wir belehren sie auch. Und wenn wir verheiratet sind, kommen unsere Frauen mit, und die helfen den Frauen dort und unterrichten die Kinder. So ein Lager ist eine feine Sache, und du glaubst gar nicht, wie viel wir von den Indianern lernen können.«

»Aber James, das hört sich doch nach tiefstem Mittelalter an. So etwas gibt es doch heute gar nicht mehr. Ich habe mal was von einem Albert Schweitzer in Afrika gelesen, der war auch Arzt, das ist beinahe hundert Jahre her.«

»Er ist für viele Ärzte ein Vorbild, für mich auch.«

Isabelle stand auf, lehnte sich an das Geländer und sah hinüber zum St. Mary's Loch. »Wie kommt man denn dahin?«

»Mit dem Flugzeug natürlich. Erst von Europa nach Recife, dann nach Belem do Para und São Félix do Xingu und dann mit dem Boot in das Siedlungsgebiet am Rio Xingu. Das ist alles sehr gut organisiert.«

Isabelle setzte sich wieder und nahm einen zweiten Schluck aus ihrem Glas. »Könnte ich vielleicht bis Recife mitfliegen? Dann habe ich einen Ozean zwischen mir und meinem Mann. Dieses Recife ist eine große Stadt?«

»Dreimal so groß wie Edinburgh.«

»Na, da könnte ich doch unterkommen.«

»Dann musst du zuerst Portugiesisch lernen.«

»Ach, Sprachen sind aber nicht meine große Leidenschaft. Ich bin nicht sehr sprachbegabt.«

»Mit Englisch kommst du dort nicht weit.«

»Dann kann ich nicht nach Recife fliegen.«

»Du kannst natürlich auch in meiner Nähe bleiben. Dann lernst du nach und nach die Sprache, und später kannst du dich dann selbstständig machen.«

»In deiner Nähe? Bei den Schlangen und Piranhas und Spinnen?«

»Man gewöhnt sich an alles, Isabelle.«

»Aber du kannst mich doch gar nicht gebrauchen, ich kann keine Kinder unterrichten, und Stiefel habe ich auch nicht.«

James lachte laut auf. »Jetzt brauche ich tatsächlich auch einen Whisky. Die Stiefel kann man ersetzen, indem man sich Palmenblätter um die Beine wickelt, und den Kindern kannst du zeigen, wie man sich wäscht, wie man Speisen zubereitet, wie man seine Haare von Ungeziefer befreit und seine Finger- und Fußnägel schneidet. Auch das ist Unterricht.«

»Haben die denn Scheren?«

»Nein, aber wir bringen ihnen welche mit.«

Nachdenklich sah Isabelle vor sich hin. ›James scheint Wert auf meine Begleitung zu legen‹, dachte sie. ›Ein bisschen Wert zwar nur, aber er lehnt es nicht kategorisch ab, sich mit dem Gedanken zu beschäftigen. Vielleicht kann er mich tatsächlich gebrauchen. Fingernägel bei Kindern kann ich bestimmt abschneiden, wie gut, dass ich mein Necessaire im Koffer habe. Und ich habe auch immer Wert auf erstklassiges Material bei den Scheren gelegt.‹

James beobachtete sie. Er wusste genau, woran sie dachte, aber er unterbrach ihre Gedanken nicht. ›Soll sie doch auf ihren Ängsten und Unsicherheiten herumdenken‹, überlegte er. ›Wenn sie mitkommen will, dann muss sie das absolut freiwillig tun. Ich will mir später keine Vorwürfe anhören. Aber ich kriege sie mit, davon bin ich überzeugt.‹

Aber nach einer Weile fragte er dann doch: »Woran denkst du, Isabelle?«

»Ich habe ein paar gute Nagelscheren im Koffer.«

»Was?«

»Na ja, zum Nägelschneiden. Da kommt es sehr auf das Material an.«

Verblüfft sah James die Frau an. Seine Worte vom Nägelschneiden bei Kindern hatte er schon wieder vergessen. »Welche Nägel willst du schneiden?«

»Na, die von den Kindern natürlich. Aber Läusekämme müsste ich noch besorgen.«

James tat sehr ahnungslos. »Hast du Läuse? Warum brauchst du Läusekämme?«

»Aber du hast doch gerade selbst gesagt, bei den Indianerkindern müsste man Nägel schneiden und Läuse entfernen.«

»Bei meinen Jurunas-Indianern? Ja freilich, da ist das bitter nötig, aber was hat das mit dir zu tun?«

»Ja, also ich habe gedacht, wenn ich mit dir nach Recife fliege, dann ist es doch eigentlich nur ein Katzensprung bis in den Regenwald vom Amazonas. Und dann könnte ich doch mal mitkommen und nachsehen, was du da am Rio Xingu so machst. Und wenn ich dann schon mal da bin, kann ich den Kindern doch die Nägel schneiden und die Haare kämmen.«

»Du meinst, du willst mit mir in den Urwald reisen, zu den Schlangen, den Spinnen und den Geckos?«

»Na ja, ich könnte mir ja irgendwo noch ein Paar Stiefel kaufen, wenn du meinst, die muss man anziehen.«

»Du brauchst eine komplette Urwaldausstattung, Isabelle.«

»Dann komm mit, ich will meinen Koffer auspacken und nachsehen, ob mein Geld für die Reise und die Kleidung ausreicht.«

Innerlich glücklich, aber äußerlich gelangweilt, stand er auf. »Na schön, lass uns nachsehen, aber sag mir nicht eines Tages, ich hätte dich zu etwas überredet, was du niemals wolltest. Du bist zwar ein tapferes Mädchen, aber auch eine verwöhnte Puppe, vielleicht hängst du mir nur wie ein Klotz am Bein.«

»Ich war nicht immer eine verwöhnte Puppe, ich weiß durchaus, was es heißt, sich im Leben durchzubeißen.«

»Na, hoffentlich hast du es inzwischen nicht verlernt. Wenn ich an den Fisch denke, den ich heute Mittag essen wollte und der immer noch mit Kopf, Därmen und Schuppen im Spülbecken liegt, dann habe ich so meine Zweifel, denn am Rio Xingu werden wir in der Hauptsache von Fischen leben.«

»Ich kann durchaus Fische braten – ohne Kopf, Därme und Schuppen –, aber heute wollte ich es nicht.«

»Warum denn nicht? Gerade heute, wo ich solchen Hunger habe.«

»Weil du mich wie ein Dienstmädchen behandelst. Und das passt mir nicht.«

»Unsinn, ich behandle dich nicht wie ein Dienstmädchen, ich bin nur der Meinung, wir müssen die Arbeit teilen. Und Frauen sind nun einmal für den Haushalt zuständig.«

»Wie altmodisch. Die Zeiten sind längst vorbei. Ich bin eine ausgezeichnete Laborantin, und trotzdem kann ich Fische braten.«

»In meiner Heimat ist das noch etwas anders. Ich brauche im Regenwald eine Frau, die mich versorgt und vielleicht, ganz am Rande, auch mal eine Laborantin – das ist übrigens gar kein schlechter Gedanke. Laborantinnen können Ärzte immer gebrauchen. Vielleicht richten wir ein Labor ein, dann könntest du da von großem Nutzen sein. Aber versorgen musst du mich auch«, fügte er etwas kleinlaut hinzu. ›Das wäre ja fabelhaft‹, dachte er, ›wenn ich mit einer Frau und einer Laborantin am Rio Xingu auftauche. Das wäre sozusagen das Tüpfelchen auf dem i.‹

Er stand auf. »Komm, lass uns dein Vermögen betrachten. Wenn's reicht, bestelle ich sofort per Handy die Flugtickets.«

Sie gingen in den Wohnraum, wo Isabelles Koffer neben dem Geschirrschrank stand. James stellte ihn auf den Tisch, und Isabelle holte die Schlüssel aus ihrer Handtasche. Dann entnahm sie dem Koffer einen großen Briefumschlag und reichte ihn James. »Bitte zähle nach, ob es reicht. Ich meine, für das Ticket und die Stiefel und einen Regenwaldanzug.«

James war verblüfft über das große Paket von Hundertpfundnoten, das er plötzlich in der Hand hielt. »Sage mal, hast du die alle deinem Mann gestohlen?«

»Aber nein, bist du verrückt geworden? Ich habe gespart. Jahrelang habe ich immer Geld zurückgelegt, wenn ich vom Haushaltsgeld und von meinen Einkäufen etwas übrig behalten habe. Ich weiß, wie es ist, wenn man kein Geld hat, das sollte mir in meinen ganzen Leben nicht wieder passieren. Nur etwas habe ich aus seinem Tresor mitgehen lassen, sagen wir mal, so viel wie ich in diesem Jahr noch hätte ansparen können. Ganz ohne Strafe sollte er nicht davonkommen für all die Prügel, die ich einstecken musste. Das ist doch fair.«

James lachte. »Richtig, Strafe muss sein. Dein Geld reicht auf jeden Fall, da muss ich gar nicht nachrechnen. Also, willst du mitkommen?«

»Ja, bitte, ich möchte wirklich so weit wie möglich fort, und wenn ich bis in deinen Regenwald gehen muss.«

»Es gibt aber noch ein Problem, Isabelle, und das kann man nicht mit Geld lösen.«

»Was denn?«, fragte sie erschrocken.

»Ich kann dort nicht mit einer Freundin am Arm auftauchen. Unsere Ärztegruppe wird von der katholischen Kirche unterstützt, da wird großer Wert auf ein tugendhaftes Leben gelegt.«

»Du meine Güte. Und was bedeutet das?«

»Ich kann im Urwald nur mit einer Ehefrau zusammenleben.«

»Könnten wir nicht so tun als ob?«

»Nein, auf keinen Fall. Wir werden offizielle Papiere vorlegen müssen, bevor man uns in die Wildnis schickt.«

»Dann kann ich nicht mitkommen?«

»Du kannst nur als meine Ehefrau mitkommen.«

»Dann lass uns doch schnell heiraten. Schick noch heute meine Scheidungsklage weg, und dann soll sich dieser Anwalt gefälligst beeilen. Man kann doch auch in Brasilien heiraten, nicht wahr?«

»Natürlich kann man das. Aber meinst du denn, du hältst es mit mir zusammen ein Leben lang aus?«

»Natürlich. Weißt du denn nicht, dass ich dich seit dem ersten Augenblick, an dem ich dich gesehen habe, liebe?«

»Dann ist ja alles in Ordnung, mein Engel.« Und James nahm sie auf den Arm und trug sie in das kleine Schlafzimmer, und vergessen waren der Hunger und der Fisch mit Kopf, Därmen und Schuppen, der im Spülbecken lag.

XIX

Mary Ashton arbeitete vier Tage fast ungestört in der Villa der Södergrens. Morgens fuhr sie allein hin, abends wurde sie von einem Mitarbeiter des Museums abgeholt. Sie untersuchte Möbel, Leuchter, Skulpturen, Reliefs, Holzmosaiken und antikes Spielzeug. Die Abende verbrachte sie in ihrem Labor, wo sie die Holzproben prüfte, die sie den untersuchten Objekten entnommen hatte. Sie durfte inzwischen auch kleinere Gegenstände, die sie im Auto transportieren konnte, mit ins Labor nehmen, um sie dort durch spezielle Röntgengeräte prüfen zu können. Und sie vergaß nicht für einen Augenblick ihren Auftrag, den Titurenius-Engel ins Museum zu befördern, sobald er ihr zur Prüfung übergeben wurde. Das aber war bisher nicht der Fall gewesen.

Bis auf ganz wenige, eher unbedeutende Stücke hatte Christian Södergren wirklich wertvolle Kunstwerke gesammelt, und Mary gratulierte ihm zu der Sachkenntnis, mit der er die meisten Objekte erworben hatte. Da sie inzwischen fast alle Räume des Hauses gesehen hatte, wurde ihre Hoffnung, den Engel wirklich zu Gesicht zu bekommen, immer geringer. Das erklärte sie auch Professor Connor, der sie jeden Abend in ihrem Labor aufsuchte, um sich nach dem Engel zu erkundigen. »Ich habe ihn bisher nicht gesehen«, erklärte sie ihrem Direktor. »Ich kann mir auch kaum noch vorstellen, wo er stehen könnte. Ich habe alle Räume im Haus bis auf die Schlafzimmer und die Bäder gesehen, ich kann mir nicht vorstellen, dass Södergren eine Holzskulptur im Badezimmer aufstellt.«

»Nein, nicht im Badezimmer, aber vielleicht im Schlafzimmer?«

»Sie wollen, dass ich den Engel in seinem Schlafzimmer suche? Das können Sie nicht von mir verlangen.«

»Nein, natürlich nicht. Aber es wäre doch möglich, dass er die Skulptur, nach der so lange vergeblich gesucht worden ist, in seinem Schlafzimmer aufstellt, seinem intimsten Raum, um den

Engel ständig in seiner Nähe zu haben.«

»Möglich wäre das schon. Trotzdem, allein werde ich nicht sein Schlafzimmer betreten, und nach dem Engel zu fragen wäre das Dümmste, was ich tun kann.«

»Das ist richtig. Seien Sie vorsichtig, Mary, in jeder Beziehung.«

»Wie meinen Sie das genau?«

»Nach den Avancen, die er Ihnen gemacht hat, sollten Sie wirklich sein Schlafzimmer meiden, und nach dem Engel zu fragen wäre töricht, da Sie offiziell ja gar nichts von seiner Existenz wissen.«

Als Mary am nächsten Tag in die Villa kam, es hatte sich so eingespielt, dass sie von dem Butler empfangen und auch von ihm in den entsprechenden Raum geführt wurde, in dem Södergren ihr die zu untersuchenden Objekte zeigte, hörte sie aus dem Nebenzimmer einen lauten Wortwechsel. ›Sie streiten sich schon wieder‹, dachte Mary und begann mit ihrer Arbeit.

Zornig erklärte der Hausherr seiner Schwester: »Wenn du mir nicht bald hilfst, kannst du wieder nach Hause fahren. Ich habe dich nicht hergebeten, um mir laufend Vorwürfe zu machen, sondern um mir behilflich zu sein. Und das tust du in keiner Weise.«

»Ja, meinst du denn, ich säge freiwillig den Ast ab, auf dem ich sitze?«

»So ein Unsinn, wie kommst du denn auf so einen Gedanken?«

»Ich kenne dich eben. Wenn du einen persönlichen Vorteil erlangen kannst, sind alle anderen Menschen Nebensache. Und ich denke nicht daran, zu einer Nebensache degradiert zu werden.«

»Was hast du denn mit Mary Ashton zu tun?«

Jetzt wurde Mary hellhörig. Anscheinend ging es in dem Streit wieder um sie, da musste es erlaubt sein zuzuhören. Sie rückte den Stuhl, den sie gerade prüfte, näher an die Tür, die die beiden Räume verband.

Gretas Stimme wurde mal lauter, mal leiser, ein Zeichen dafür, das sie hin- und herlief. Schritte waren auf dem Teppich, der den Fußboden bedeckte, natürlich nicht zu hören. Mary kannte das Zimmer und den dicken indischen Bodenbelag, sie hatte erst vor zwei Tagen dort gearbeitet.

»Wenn du Mary Ashton heiratest, wird sie deine Erbin, und das soll ich widerspruchslos hinnehmen?«

»Für dich bleibt genügend übrig.«

»Ich begnüge mich aber nicht mit Resten, mit Übriggebliebenem. Ich habe den gleichen Anspruch auf unser Vermögen wie du.«

»Und was hast du dafür getan? Hast du die Welt bereist, um ein Vermögen zu verdienen, bist du bei Wind und Wetter auf Bohrtürme geklettert, um die Ölförderung zu beaufsichtigen und die schwer arbeitenden Männer zu ermutigen, die Arbeit nicht aufzugeben, hast du mit Politikern und Wirtschaftsbossen diskutiert und um dein Recht gekämpft, wenn man es dir streitig machen wollte? Nichts hast du gemacht. Du hast im Schloss in Schweden gesessen und es dir gut gehen lassen. Und nun bitte ich dich um einen winzigen Gefallen, und den lehnst du ab. Das ist nicht fair, Greta.«

»Was heißt hier fair. Hätte ich gewusst, dass ich deine zukünftige Geliebte gefügig machen soll, wäre ich nicht gekommen, das kannst du mir glauben.«

»Was heißt gefügig machen? Du solltest nett zu ihr sein, ihr von meiner Toleranz und Großzügigkeit erzählen, von unserem schönen Leben, das wir jetzt genießen, du solltest ihr gemeinsame Reisen und das Leben im Wohlstand schmackhaft machen. Ist das zu viel verlangt?«

»Genau das ist es, was ich vermeiden will und werde. I c h will mit dir reisen, deinen Reichtum genießen und deine Toleranz meinetwegen auch, obwohl es damit nicht weit her ist. Du nimmst mir alles weg, worauf ich als deine einzige Schwester ein Recht habe – und dabei soll ich dir helfen? Und dann soll ich auch noch nett zu dieser Frau sein, die hierherkommt und alles zerstört, was zwischen uns so wunderbar ist?«

»Nichts wird zwischen uns zerstört. Alles bleibt, wie es ist. Du kannst uns auf den Reisen begleiten, du behältst deinen Anteil am Reichtum, ich werde dich stets als meine einzige Vertraute behandeln. Aber ich bin ein Mann, und was ein Mann braucht, kannst du mir nicht geben.«

»Dann leg dir Freundinnen zu, wie du das in all den Jahren gemacht hast, in denen du allein warst. Da haben dir doch auch die Püppchen gereicht, die du kennengelernt hast. Warum geht das auf einmal nicht mehr? Was unterscheidet die Puppe vom Museum von all den anderen?«

»Du tust gerade so, als sei ich ein unersättlicher Frauenfresser, der seine Leidenschaft nicht im Zaum halten kann. Ich bin sehr wählerisch, meine liebe Greta, und diese Mary hat es mir nun einmal angetan. Sie ist so natürlich, so schlicht, so unberührt, ich kann ihr nicht widerstehen, und wenn du mir nicht bald hilfst, weiß ich nicht, was passiert.«

»Dann musst du schon selbst sehen, wie du zu deinem Recht kommst. Du bist doch sonst nicht ängstlich. Lass deine Muskeln spielen und klappere mit dem Geld, vielleicht hilft dir das. Auf mich kannst du jedenfalls nicht zählen.«

Die Stimmen wurden leiser, dann knallte eine Tür ins Schloss.

›So ist das also‹, dachte Mary entsetzt. ›Sie streiten sich immer noch um mich. Jetzt weiß ich endlich, warum diese Greta so unausstehlich zu mir ist. Sie ist ganz einfach eifersüchtig. Aber warum? Ich habe ihr doch wirklich keinen Anlass dafür gegeben. Ich habe meine Arbeit gemacht, bin den beiden aus dem Weg gegangen, wann immer das möglich war, und habe nicht einmal die Avancen beachtet, die mir dieser Södergren auch jetzt noch macht.‹ Sie sah die beiden direkt vor sich, wie sie sich stritten. Er, wie immer im sportlichen Dress mit weißer Hose und weißem Polohemd, sie im indischen Morgenmantel mit grellrot geschminkten Lippen, furchterregend schwarz umrandeten Augen und langen dunklen Haaren, die offen und in Strähnen fast bis zur Taille reichten. ›Sie erinnert mich an eine dürre, keifende, alte Hexe‹, dachte Mary erschrocken. ›Wie kann ein gebildeter Mann wie der Södergren es nur mit so einer Schwester aushalten? Kein Wunder, dass sie nie einen Mann gefunden hat und nun den Bruder als Eigentum betrachtet. Aber mir soll sie nicht zu nahe kommen, ich kann mich wehren. Ich habe versprochen, hier meine Arbeit zu machen, und das werde ich tun, bis ich den Engel gefunden habe.‹

Und das ging dann doch schneller, als sie erwartet hatte.

Nachmittags kam Södergren zu ihr und bat sie, ihm beim Tee Gesellschaft zu leisten. »Ich habe eine Überraschung für Sie, Mary, eine wundervolle Überraschung.«

»Hängt diese Überraschung mit meiner Arbeit zusammen?«, fragte sie vorsichtig.

»Selbstverständlich. Bitte kommen Sie mit.«

Er führte sie in seine Bibliothek, wo ein Tisch für zwei Personen und mit kleinen Leckereien gedeckt war. Betont lange schaute Mary auf ihre Armbanduhr und erklärte dann: »Sie wissen, ich werde um fünf Uhr abgeholt?«

»Ja, ja, ich weiß. Weshalb werden Sie eigentlich jeden Tag abgeholt?«

»Erstens, weil Sie mich einmal festgehalten haben, als ich Ihr Grundstück verlassen wollte, und zweitens, weil ich oft eines Ihrer Kunstobjekte im Wagen habe und damit sicher im Museum ankommen muss«, erklärte sie ganz offen.

»Dass meine Sammlerstücke gut behütet werden, ist für mich sehr beruhigend, aber dass Sie immer noch an unser kleines Missverständnis denken, macht mich traurig. Ich hatte gehofft, dass sich die Wogen zwischen uns längst geglättet hätten.«

»Mister Södergren, Sie sind ein sympathischer, toleranter und bewundernswerter Mann, und ich schätze Ihr Vertrauen in meine Arbeit sehr ...«

»Aber nicht doch, Mary, nicht nur in Ihre Arbeit ...«

»Bitte, Mister Södergren, ich heiße Ashton, so hatten wir es ausgemacht.«

»Also gut, Miss Ashton – und dabei ist Mary so ein hinreißender Name, aber ich entspreche Ihren Wünschen –, ich will auch ganz offen sein, ich verehre Sie und nicht nur wegen Ihrer Arbeit, ich möchte so gern, dass wir uns etwas näher kennenlernen. Sie sagten mir damals, als wir uns zum ersten Mal trafen, dass sie sehr viel allein seien und kaum Freunde hätten, deren Adressen in ihrem Adressbuch zu finden seien. Nun möchte ich doch nur ein Freund sein, der Ihnen in aller Bescheidenheit etwas nahestehen darf.«

»Mister Södergren, ich will ganz ehrlich zu Ihnen sein: Ich habe Freunde, sehr gute und zuverlässige Freunde, die mir sehr viel bedeuten, ihre Adressen habe ich in meinem Kopf, die brauche ich nicht zu notieren.« Sie zögerte. Sollte sie deutlicher werden? ›Nein‹, dachte sie, ›er will mir gleich etwas Besonderes zeigen, und ich nehme an, es ist der Engel, ich darf ihn jetzt nicht brüskieren.‹ So schüttelte sie nur den Kopf und sagte: »Ich fühle mich sehr geehrt, Mister Södergren, ich hatte noch nie einen so bedeutenden Freund, das dürfen Sie mir glauben. Aber ich muss mich erst daran gewöhnen, also bitte, lassen Sie mir etwas Zeit.«

›Himmel‹, dachte sie erschrocken und nahm einen Schluck Tee, ›ist das meine neueste Methode, alle Verehrer um mehr Zeit zu bitten? David ließ nach meiner Bitte neulich nichts mehr von sich hören, geht das jetzt mit diesem Mann genauso weiter?‹

Sie lächelte ihn an. »Danke für Ihre Freundschaft, Mister Södergren, und danke für Ihr Vertrauen in meine Arbeit. Sie wollten mir etwas ganz Besonderes zeigen?«

»Ja, Mary – bitte erlauben Sie mir wenigstens, Sie Mary zu nennen, das muss bei einer Freundschaft doch möglich sein.«

»Na, gut, das kann ich erlauben.«

Er stand auf. »Kommen Sie bitte mit.« Dann ging er zu einer in das Bücherregal integrierten Geheimtür und öffnete sie. Erwartungsvoll ging sie ihm nach. Er öffnete die Tür einer kleinen Kammer und schaltete eine dezente Beleuchtung ein. Dann ging er zur Mitte der Kammer, in der eine verdeckte Figur auf einem Podest stand, und entfernte ein graues Seidentuch. »Bitte, Mary, darf ich Sie mit meinem intimsten Sammlerstück bekannt machen? Der dritte Engel des italienischen Bildhauers Titurenius.«

Mary starrte fassungslos auf die hölzerne Skulptur, die, im vom Alter geprägten silbergrauen Glanz, vor ihr stand. Sie war atemberaubend schön mit ihren nur ganz wenig ausgebreiteten Flügeln, dem lang herunterfließenden Gewand, das figürliche Einzelheiten verbarg und nur die Hände freiließ, die auf anmutige Art vor der Brust zusammengelegt waren. Sie wusste, dass Titurenius auf die sonst üblichen weit schwingenden Armbewegungen der Engel verzichten musste, weil er alle Figuren aus dem Schiffsmasten geformt hatte, und dieser Mast ließ keine ausgreifenden Bewegungen zu. So hatte er auch bei dem Engel Gabriel darauf verzichtet, mit dem rechten Arm eine große segnende Geste zu zeigen und in der linken Hand einen Kreuzstab zu erheben. Der Umfang des Masts ließ nur betende Hände zu. »Wie wunderschön«, flüsterte sie und ging einmal um den Sockel herum, um den Engel von allen Seiten zu betrachten und um ihre Fassung zurückzugewinnen. Dieser Engel war himmlisch schön – aber er war kein Titurenius-Engel. Sie sah es sofort. Das Gesicht war zu lieblich, das Gewand zu fließend, die Flügel zu breit, das Holz zu silbrig. Er war wirklich wunderschön, dieser Engel, aber er war eine Fälschung. Sie hatte die echten Engel im Museum vor Augen, die vom Kopf bis zu den fast verborgenen Füßen Härte ausstrahlten, die nicht anziehend und ausgewogen, sondern ernst, um nicht zu sagen brutal wirkten, mit ihren beinahe schroffen Gesichtszügen. Dieser Engel war weich und lieblich, die echten waren hart.

Södergren sah sie erwartungsvoll und vor Freude strahlend an. »Na, ist das eine Überraschung? Mary, ich bin so glücklich, Ihnen meinen Engel zeigen zu dürfen. Stundenlang sitze ich manchmal hier in meinem Sessel und genieße seinen Anblick. Er fasziniert mich, er richtet mich auf, wenn ich betrübt und von den Menschen enttäuscht bin. Er ist die Wohltat meiner Seele und das Wertvollste, was ich je besessen habe.« Er setzte sich in seinen Sessel und breitete die Arme aus. »Kommen Sie, Mary, genießen sie mit mir zusammen mein Glück.«

Mary sah ihn bestürzt an. Sollte sie sich etwa auf seinen Schoß setzen, und überhaupt, wie sollte sie ihm klarmachen, dass sein Engel eine Fälschung war? Durfte sie sich das zumuten? Sie schüttelte den Kopf und erklärte: »Ich muss den Engel in Augenhöhe ansehen, ich kann mich jetzt nicht ruhig hinsetzen.« Und langsam ging sie weiter um die Skulptur herum. ›Nein‹, überlegte sie, ›ich kann ihm das nicht sagen, das müssen andere, kompetentere Menschen tun. Das soll mein Chef persönlich machen. Also muss ich den Engel ins Museum bringen, unbedingt. Aber ob mir das bei all der Geheimnistuerei in dieser versteckten Kammer gelingt?‹

»Darf ich ihn vorsichtig berühren?«, fragte sie, um Zeit zu gewinnen.

»Sie dürfen das, Mary, aber nur Sie.«

Behutsam strich sie über das Gewand und spürte, wie ihr das leicht splitterige Holz Widerstand leistete. ›Die Engel im Museum sind glatt wie Seide‹, dachte sie, ›und diese silbergraue Farbe stammt von Bleichmitteln und intensiver Sonnenbestrahlung und nicht von Meerwasser und Alter.‹ Ganz verborgen und nur dem Kennerblick sichtbar, stellte sie fest, dass die Flügel später angefertigt und der Skulptur beigefügt worden waren. Das war also kein Engel, der aus einem Stück Holz gefertigt worden war, sondern der aus drei Stücken bestand. Die Einheitlichkeit der Titurenius-Engel bestimmte ihre Einzigartigkeit, mit der hatte dieser Engel nichts zu tun.

›Was sage ich bloß, damit er meine Zweifel nicht bemerkt? Trotzdem: Ich muss den Engel gründlich untersuchen, ich kann mich nicht auf meine Gefühle und auf Äußerlichkeiten verlassen.‹

Schließlich nickte sie dem Mann zu, der noch immer in seinem Sessel saß und sie nicht aus den Augen ließ. »Mister Södergren, ich habe selten eine schönere Skulptur gesehen. Aber ich muss den Engel natürlich untersuchen, wenn Sie ein Zertifikat von mir haben wollen. Und ich muss ihn zum Röntgen und Fotografieren mit ins Museum nehmen, diese Apparate kann ich nicht hierher transportieren. Außerdem werden sie bei uns täglich gebraucht.«

Södergren stand auf und breitete das Seidentuch wieder über den Engel. »Das habe ich befürchtet. Aber Sie haben in den vergangenen Tagen mein Vertrauen erworben und meine Sammlung mit Liebe und Verständnis für den Wert der Objekte behandelt. Ich werde Ihnen meinen Engel anvertrauen, ich muss aber darauf bestehen, dabei zu sein, beim Transport, bei den Prüfungen und beim Rücktransport. Kurzum, ich bin immer da, wo mein Engel ist. Sind Sie damit einverstanden?«

»Sie sind der Besitzer, und selbstverständlich können Sie Ihren Engel begleiten. Das Museumskuratorium und ich haben dafür vollstes Verständnis, das kann ich Ihnen garantieren.«

»Möchten Sie jetzt vielleicht noch meine Zertifikate sehen?«

»Nein, Mister Södergren, wir machen es wie bisher. Sie zeigen mir die Papiere, wenn ich fertig bin, und dann vergleichen wir sie.«

»Gut, Mary, wie Sie wünschen. Wann wollen Sie den Engel prüfen? Ich werde ihn mit meinem Chauffeur persönlich ins Museum bringen, ist Ihnen das recht?«

»Selbstverständlich. Ich kann morgen mit der Untersuchung beginnen.«

›Dann kann ich heute mit der Direktion sprechen und sie auf die Fälschung vorbereiten‹, dachte sie und folgte Södergren wieder in die Bibliothek, nachdem er die Beleuchtung ausgeschaltet und die Geheimtür geschlossen hatte.

›Und wie wird Professor Connor auf meine Nachricht reagieren? Er war doch schon so sicher, endlich den lange gesuchten dritten Engel im Museum ausstellen zu können.‹

XX

David McClay hatte eine anstrengende, hektische Woche hinter sich, als er sich entschloss, noch zwei Ruhetage in ›Lone House‹ einzuschieben, ehe er sich auf den Weg nach Hamburg machte. Er hatte ein interessantes Angebot aus der Filmbranche bekommen und wollte sich die Offerte noch einmal in Ruhe durch den Kopf gehen lassen, bevor er sich für die Reise entschied.

Bei seinen Gesprächen in Glasgow hatte man ihm von einem historischen Roman berichtet, der, kaum auf dem Markt, ein Bestseller zu werden versprach und der ihn thematisch wie menschlich sehr interessierte.

Er würde mit der Produktion dieses Films sein altes, bekanntes und inzwischen ziemlich festgefahrenes Genre verlassen, was ein bestimmtes Risiko, aber auch ein ganz erhebliches Novum beinhaltete. Immer offen für Experimente und Neuigkeiten, reizte ihn das Thema, denn es ging nicht, wie bei seinen sonstigen Projekten, um historisch geprägte Fehden gekrönter Häupter, um Ländergrenzen und kirchliche Intrigen, um Kreuzzüge und Kriege, sondern um die Geschichte einer hanseatischen Gewürzdynastie im 18. Jahrhundert, die in Hamburg, im Ostseeraum und in Venedig, dem damals größten Handelsplatz für orientalische und afrikanische Waren, angesiedelt war.

Ihn reizte die Geschichte dieser ursprünglich armseligen Händlerfamilie, die im 15. Jahrhundert mit dem Bauchladenverkauf angefangen hatte und als weltbekannte Firma im 19. Jahrhundert durch Intrigen geendet war. Besondere Attraktion der Geschichte war die Tatsache, dass eine schottische Lady in diese Familie eingeheiratet hatte und während der französischen Besatzung unauffindbar verschwunden war, eine Lady, die, wenn auch nur ein Fünkchen Wahrheit an der Geschichte war, aus seiner eigenen Familie stammte.

David hatte sich den Roman besorgt, einen Übersetzer engagiert und die Filmrechte gekauft. Ganz gleich, ob er das Buch verwerten würde oder nicht, er wollte sicher sein, dass ihm niemand aus der Branche zuvorkam. Denn wenn er sich entschloss, den Roman zu verfilmen, wollte er die Gewissheit haben, dass der Stoff ihm allein gehörte.

Während seine Anwälte sich um die rechtlichen Belange kümmerten, hatte er Edwin Kennarth, den Übersetzer, zur Eile angetrieben. »Es geht mir nicht um sprachlich einwandfreie Details, es geht mir um die Geschichte im Zusammenhang, um die Beschreibung von Land und Leuten, um die Probleme der Händler, die Wege der Waren, um Intrigen und Eitelkeiten, um Hass und Liebe in hanseatischen Familien«, hatte er dem Übersetzer erklärt. »Ich will das Leben, so wie es damals war, einfangen und aufdecken, ich will eine spannende, eindrucksvolle, beängstigende und beglückende Geschichte, Edwin, und vor allem will ich sie heute und nicht übermorgen.«

David schickte diesen Übersetzer mit dem Buch bei Nacht und Nebel nach ›Lone House‹ und hoffte nun während seiner eigenen nächtlichen Fahrt, später erste Resultate in seinem Schloss offeriert zu bekommen, denn, sollte der Roman ein Bestseller werden, musste der Film so schnell wie möglich auf den Markt.

Während Bert Drumworld den Wagen durch die Nacht steuerte, saß David McClay entspannt im Fond und dachte an seine Pläne. Er freute sich auf die Reise nach Hamburg. Er kannte die moderne weltoffene Stadt, die noch immer so sehr in ihrer Geschichte verhaftet war. Man stieß auf Schritt und Tritt auf alte Traditionen und hanseatisches Gedankengut, und es war einfach nicht zu übersehen, wie die Menschen an den alten Überlieferungen festhielten. Das begann bei der Backstein-Romantik und endete im Museumshafen. Und selbst auf den modernen Straßen erinnerten jahrhundertealte Bäume an die Liebe der Hanseaten zu ihrer gepflegten, grünen Stadt. ›Wie schrecklich muss es für die Menschen gewesen sein, als die Franzosen ihre geliebten gotischen Hallenkirchen als Pferdeställe benutzten und die stolze Stadt samt Umgebung als französisches Departement in Bonapartes Kaiserreich eingliederten.‹

David sah auf seine Uhr. Noch eine knappe Stunde bis zum Schloss. ›Hoffentlich hat Hanna für ein vernünftiges Abendessen gesorgt‹, dachte er, schaltete die Leselampe ein und griff nach den Zeitungen auf dem Nebensitz.

›Für Politik ist es heute zu spät‹, dachte er und blätterte die Seiten um. Unter der Rubrik ›Aktuelles aus aller Welt‹ fiel ihm ein Foto auf. ›Den kenne ich‹, dachte er, bevor er die Unterschrift las:

›Berühmter Arzt auf der Flucht. In seiner Begleitung die Ehefrau von Professor Donald Ll.‹

›Donnerwetter, das ist doch Doktor Grantino von Tibbie Shiels Inn, der Mary Ashton in meinem Haus behandelt hat. Was hat der denn verbrochen, dass er nun auf der Flucht ist? Er machte doch einen ganz soliden Eindruck.‹ Interessiert las er den darunter stehenden Artikel und konnte ein Grinsen kaum verbergen, als er erfuhr, dass der Brasilianer mit der Frau seines Chefs durchgebrannt war. ›So ein Filou‹, dachte David, ›und gefunden hat man die beiden bis jetzt nicht.‹

Und dann dachte er an Mary, an die wenigen gemeinsamen Stunden in ›Lone House‹ und an ihre Zurückhaltung, als er ihr seine Zuneigung gestanden hatte. Einmal hatte er sogar an diesen gut aussehenden Arzt gedacht und eine gewisse Eifersucht empfunden, aber der hatte wohl schon eine hübsche Blondgelockte im Visier gehabt, als er in ›Lone House‹ ein- und ausging. Er las noch einmal den Text. ›Also, erwischt haben sie ihn anscheinend nicht, seine Spur und die der Blondine verlieren sich in London, da ist der Weg zum Flughafen mit weltweiten Abflügen weiß Gott nicht mehr weit.‹

Und dann dachte er wieder an Mary, die ihn um Geduld und um Zeit gebeten hatte. Aber wie lange sollte er noch warten? Warum waren Frauen so kompliziert? Warum mussten sie immer erst überlegen und abwägen und irgendwelche Aufgaben erledigen? Warum ließen sie nicht ihr Herz sprechen, und warum gehorchten sie nicht ihren Gefühlen, so, wie ein Mann das tat?

›Dafür fällt ein Mann aber auch furchtbar auf die Nase, wenn er sich bei der Auswahl einer Frau nicht Zeit genug nimmt.‹ Er dachte an Joan, die er zu lieben geglaubt hatte, die ihn gereizt und mit ihrer Attraktivität gedankenlos gemacht hatte. Wie wild hatte er sich in dieses Abenteuer gestürzt, immer auf der Suche nach Eskapaden, gierig nach körperlicher Befriedigung, nach Entspannung und einer erfüllten Liaison. Und was war daraus geworden? Abneigung, tiefste Enttäuschung, ja beinahe Hass, wenn Tatjana nicht gewesen wäre. Ihretwegen unterdrückte er den Hass gegen die Mutter, ihretwegen hielt er sich zurück, riss sich zusammen, spielte den Gentleman und unterdrückte seine Verzweiflung.

Und nun, nach so vielen Jahren der Enttäuschung, begegnete er einer Frau, die alles verkörperte, was er sich in der Tiefe seiner Seele immer gewünscht hatte: Offenheit, Ehrlichkeit, Verständnis und unverdorbene Natürlichkeit. Und ausgerechnet diese Frau hielt ihn auf Abstand, zögerte und verstieß ihn in die Ungewissheit. Dabei fühlte er, dass sie ihn mochte, dass er ihr nicht unsympathisch oder gleichgültig war. ›Herrgott, so etwas spürt ein Mann doch‹, dachte er und blätterte weiter in der Zeitung. Und dabei stieß er auf die Überschrift:

›Titurenius-Engel entpuppt sich als Fälschung.‹

Erschrocken und verblüfft las er, dass der seit Jahren gesuchte dritte schottische Engel eine Nachbildung war. Experten des ›Museum of Art History‹ in Edinburgh hatten nach intensiven

Untersuchungen mit modernsten Geräten festgestellt, dass der sogenannte dritte Titurenius-Engel, den das Museum seit Jahren zu erwerben versuchte, eine nachgemachte, höchstens zwanzig Jahre alte Figur sei. Der jetzige Besitzer, ein wohlhabender schwedischer Geschäftsmann, erkannte das Ergebnis nicht an und hatte das Museum und die Mitarbeiter wegen Rufschädigung und falscher Prüfungsmethoden verklagt.

Der kurzen Nachricht folgte eine ausführliche Beschreibung der sieben Engel, die Königin Maria Stuart seinerzeit bei dem florentinischen Holzschnitzer Titurenius bestellt hatte und von denen nur drei fertiggestellt worden seien, da der Künstler zwischenzeitlich verstorben war. Nun suchte das Museum diesen dritten Engel, der unter dem Namen ›Gabriel der Verkünder‹ seit Jahrhunderten verschollen war. Die zwei vorhandenen Engel aber seien wie bisher und unter großen Sicherheitsvorkehrungen jederzeit im Museum zu besichtigen.

Kopfschüttelnd faltete David die Zeitung zusammen und öffnete die Glasscheibe, die ihn von seinem Chauffeur trennte. »Stellen Sie sich vor, Drumworld, der Engel, den wir neulich in Dumfries ersteigern wollten, ist eine Fälschung.«

Der Fahrer warf einen kurzen Blick in den Rückspiegel. »Meine Güte, Mylord, da hätten wir uns aber ganz schön blamiert.«

»Sie sagen es. Der Schwede, der ihn damals erworben hat, verklagt jetzt das Museum wegen Rufschädigung.«

»Ach, und hängt da nun auch die Miss Ashton mit drin?«

»Ich weiß nicht, vielleicht? Sie sollte den Engel ja untersuchen und dem Museum helfen, die Figur zu erwerben.«

»Hoffentlich bekommt sie keine Schwierigkeiten.«

»Das glaube ich nicht, sie ist eine sehr vorsichtige Frau und wird sich nach allen Seiten abgesichert haben. So eine Figur wird heute mit Röntgenstrahlen, Infrarot und Holzproben, die nur bestimmte Apparate untersuchen können, geprüft. Solche

Geräte stehen nur dem Museum selbst zur Verfügung, und da ist sie nicht allein, da sind andere Experten mit ihr zusammen und mit solchen komplizierten Untersuchungen beschäftigt.«

»Dann bin ich beruhigt«, nickte der Chauffeur. »Sie ist so eine nette Person, es hätte mir leidgetan, wenn sie Schwierigkeiten bekäme.«

David schmunzelte und schloss die Scheibe wieder. ›So, so‹, dachte er, ›sie gefällt also auch anderen Männern.‹

Er lehnte sich zurück und begann zu träumen. Angenommen, sie ginge auf seinen Vorschlag ein, mit ihm nach Deutschland zu reisen und als Requisiteurin für ihn bei dem Gewürzprojekt zu arbeiten, dann hätte er sie für eine Weile ganz für sich allein. Dann könnte er ihr Land und Leute zeigen, denn in Hamburg war er schon mehrmals gewesen. Die Hansestadt war eine Medienmetropole und neben München die bedeutendste Filmstadt mit modernsten Studios.

Und dass er für ein so bedeutendes Filmprojekt eine eigene Requisiteurin brauchte, das musste sie einfach einsehen. Und außerdem konnte sie Abstand zu den Engel-Querelen gewinnen, das würde ihr bestimmt guttun.

›Gleich morgen Früh werde ich mit ihr telefonieren‹, überlegte er und blätterte in seinem privaten Notizbuch, ob er hier auch ihre Telefonnummern eingetragen hatte. ›Ja‹, dachte er zufrieden, ›Telefon und Handy, Gott sei Dank.‹ Er steckte den Time-Planer wieder ein und schloss die Augen. ›Morgen Früh‹, dachte er noch einmal, dann schlief er ein, bis der knirschende Kies der Schlosseinfahrt ihn weckte.

Das Telefon riss Mary aus tiefstem Schlaf. Sie hatte gegen Mitternacht eine Schlaftablette genommen, weil der Stress der letzten Tage sie einfach nicht zur Ruhe kommen ließ. Immer wieder musste sie sich vor irgendwelchen Leuten rechtfertigen, ihre Vermutung, dass es sich bei dem Engel um eine Fälschung handelte, verteidigen und die Bedeutung der Materialprüfungen im Labor des Museums begründen. Da gab es Experten, die etwas davon verstanden, und Leute, die keine Ahnung hatten, um was es ging. Am schlimmsten war Christian Södergren. Er verstand etwas von antiken Holzskulpturen, aber er wollte einfach nicht wahrhaben, dass er auf einen Fälscher hereingefallen war.

Angestachelt von seiner Schwester, suchte er nun die Schuld für das Dilemma bei Mary und machte sie für sein Missgeschick verantwortlich. Vergessen waren seine Annäherungsversuche und die Tees mit Törtchen an den Nachmittagen. Nachdem er persönlich die Skulptur ins Museum gebracht und sie den Fachleuten für die Untersuchung zur Verfügung gestellt hatte, war Mary nicht mehr in seinem Haus gewesen, und im Museum hielt sie sich diskret zurück. Sie hatte dem Direktor ihre Vermutung mitgeteilt und überließ ihm nun die weiteren Schritte. Da die Prüfungen Zeit in Anspruch nahmen und Christian Södergren seinen Engel nicht für einen einzigen Augenblick aus den Augen ließ, wurde die Skulptur morgens und abends eigenhändig von ihm hin- und hertransportiert, und je länger. die Arbeit dauerte, umso ungehaltener und ungeduldiger wurde der Schwede. Und als schließlich einwandfrei feststand, dass der Engel eine Fälschung war, gab es Krieg zwischen dem versierten alten Sammler und dem Museum. Und die Hauptschuld an dem Desaster gab Södergren Mary Ashton. Denn sie hatte ihn zu den Prüfungen im Museum überredet. Nur ihretwegen hatte er sich dazu entschlossen. Am meisten aber ärgerte er sich über sich selbst, denn hätte er seinen Engel im Haus behalten, wäre sein Sammlerglück vollkommen gewesen. Nun stachelte Greta seine Eitelkeit, seine Enttäuschung und seine vermeintliche Dummheit mit Zynismus und Boshaftigkeit immer aufs Neue an und ließ ihn nicht zur Ruhe kommen, bis er sich zu rechtlichen Schritten entschloss. Aber seine Wut richtete sich nun ausschließlich gegen Mary Ashton, die ihn so außerordentlich in seiner Eitelkeit verletzt hatte.

Mary bedauerte diese Entwicklung. Auf die Annäherungsversuche des Geschäftsmanns konnte sie verzichten, aber dass der Mann, der so einzigartige Sammlerstücke besaß, nun derart peinlichen Angriffen ausgesetzt war, tat ihr leid. Die Presse, die wegen unfairer Verhaltensweisen bei anderen Anlässen nicht gut auf ihn zu sprechen war, ließ kein gutes Haar an ihm, bezichtigte ihn sogar der Hinterziehung historischen schottischen Eigentums und forderte die Prüfung seiner gesamten Sammlung. Und als man erfuhr, dass eine schottische Expertin seine Sammlung kannte und geprüft hatte, machten die Reporter auch vor Mary Ashton nicht halt. Sie belagerten ihre Wohnung, verfolgten sie, wenn sie zur Arbeit fuhr, und folgten ihr auf Schritt und Tritt, wenn sie privat in der Stadt unterwegs war. Mary dachte inzwischen sogar daran, Zuflucht bei ihrem Bruder in den Lammermuir Hills zu suchen.

Als jetzt das Telefon schrillte, war ihr erster Gedanke: Reporter!

Sie ließ es klingeln. Aber als es nach einer Weile verstummte und stattdessen ihr Handy klingelte, dessen Nummer wirklich nur Freunde kannten, nahm sie das Gespräch an.

»Hallo, Mary, ich bin's, David McClay, wie geht es dir?«

»Ach, David, nett, dass du anrufst, es geht so.«

»Ich habe von dem Engel-Dilemma in der Zeitung gelesen, hast du Probleme damit?«

»Das kann man so sagen.«

»Kann ich dir helfen?«

»Ich werde wohl für eine kurze Zeit zu meinem Bruder und seinen Schafen flüchten.«

»Da habe ich eine viel bessere Idee.«

»Ach, David ...«

»Ich brauche dringend eine Requisiteurin für meinen nächsten Film. Komm mit mir nach Hamburg, da wird der Film vorbereitet und später gedreht.«

»Das klingt sehr verlockend.«

»Na, siehst du? Also überlege nicht lange, ich hole dich heute Nachmittag ab. Siebzehn Uhr, ist dir das recht?«

»Du überrumpelst mich total. Und hierher solltest du besser nicht kommen, es gibt ständig Reporter, die vor dem Haus auf mich warten. Ich bin seit drei Tagen nicht mehr vor der Tür gewesen.«

»Macht nichts, mein armer Liebling. Ich rufe dich an, wenn ich an der Straßenecke stehe. Dann gehst du mit Sack und Pack in die Tiefgarage, öffnest das Tor für mich, ich fahre rein, du steigst ein, und fünf Minuten später sind wir unterwegs. Ich muss schon sagen, deine schottischen Engel haben es in sich.«

»Meine schottischen Engel! Du übertreibst ganz schön.«

»Man muss die Probleme mit Humor angehen, bevor sie einen überrollen. Also, siebzehn Uhr, abgemacht?«

»Wo bist du denn jetzt überhaupt?«

»In ›Lone House‹. Aber ich habe einen flotten Chauffeur. Und vergiss nicht, deine Papiere einzustecken.«

»Das hört sich nach einem weltweiten Abenteuer an, David.«

»Wer weiß?« Schmunzelnd legte er auf. ›Da habe ich einen glücklichen Moment erwischt, das arme Mädchen.‹ Dann begann er, seine Angestellten durcheinanderzuwirbeln.

»Drumworld, in einer Stunde fahren wir nach Deutschland.«

»Mit dem Wagen, Mylord? Sie nehmen doch sonst immer das Flugzeug?«

»Ich will beweglich und in Hamburg nicht auf fremde Fahrzeuge angewiesen sein. Richten Sie sich auf eine längere Reise ein.«

Dann kam Hanna an die Reihe. »Packen Sie meine Koffer, es wird eine längere Reise werden.«

»Sehr wohl, mein Herr. Welches Klima?«

»Ähnlich wie hier.«

Danach ging er in das Büro. Sein Sekretär, noch immer überrascht von dem plötzlichen Eintreffen seines Chefs in der

Nacht, wünschte ihm einen guten Morgen und einen geruhsamen Aufenthalt.

Aber McClay ging nicht darauf ein. »Ich reise in einer Stunde ab. Sie machen alle Papiere fertig, die wir für das Filmprojekt in Hamburg brauchen, alle persönlichen Papiere für Auslandsreisen und alles, was wir sonst für die Arbeit brauchen. Dann nehmen Sie den Übersetzer mitsamt seinen Unterlagen, setzen sich in eine Maschine und fliegen nach Hamburg. Ich bin in zwei Tagen im Hotel ›Atlantic‹ zu erreichen. Und sagen Sie dem Mister Kennarth, ich will brauchbare Texte sehen. Ich will sofort mit den Vorbereitungen beginnen. Und noch etwas: Reservieren Sie zwei nebeneinanderliegende Suiten im Hotel für mich.«

Verblüfft sah der Sekretär seinen Chef an. Der Lord reiste also in Begleitung, das war seit Jahren nicht mehr vorgekommen. Als er einen Augenblick Zeit fand, suchte er den Chauffeur auf.

»Mann, Drumwold, der Chef reist in Begleitung. Hast du eine Ahnung, wer ...«

»Keine Ahnung.« Der Mann zuckte mit den Schultern. »Ich weiß nur, wohin es geht, und da wir nach Deutschland fahren, finde ich, dass eine Fahrt nach Edinburgh, wo er zuerst hinwill, ein ziemlicher Umweg ist.«

XXI

Mary, noch immer müde von der Schlaftablette, ging in die kleine Küche und setzte die Kaffeemaschine in Gang. Dann duschte sie und versuchte erst mit heißem Wasser, dann mit kaltem einen klaren Kopf zu bekommen. ›Was hat David gesagt? Er holt mich ab, er ist um fünf Uhr unten an der Straßenecke, ich soll meine Sachen packen und meine Papiere mitnehmen. Himmel, wohin fährt er denn mit mir? Was hat er vor? Kann er sich nicht etwas genauer ausdrücken? Ich muss doch ins Museum, ich muss arbeiten. Ach, richtig, von Hamburg hat er gesprochen und von einem neuen Film.‹

Mary stellte das Wasser ab und rubbelte sich mit dem Frotteetuch trocken. Dann schlüpfte sie in ihren Morgenmantel und ging in die Küche. Der Kaffee war fertig, und die kleine Wohnung duftete nach dem köstlichen Aroma. Sie schenkte sich die Tasse ein, gab Milch und Zucker dazu und ging damit ins Wohnzimmer. ›Herrlich, wie gut das tut.‹ Dann nahm sie einen Zettel und einen Kugelschreiber und begann zu notieren: Museum anrufen, um Urlaub bitten, Wohnung aufräumen, Lebensmittel zu Thea bringen, alle Apparate ausschalten, Wasser abstellen, Balkon-Blumenkästen unten auf den Boden stellen, falls es einen Sturm gibt, Koffer packen, Pass und Kreditkarte nicht vergessen, Digitalkamera einstecken, Anrufbeantworter anstellen, Fenster und Türen schließen, Wohnungstür abschließen.

›So‹, dachte sie, ›das wird jetzt der Reihe nach abgehakt.‹ Es war eine Übung, die Mary immer erledigte, bevor sie eine Reise antrat. Sie wusste, dass sie die Hälfte vergessen würde, wenn sie sich nicht genau nach dem Plan richtete, und so legte sie den Zettel gut sichtbar im Flur auf das Garderobenschränkchen, wo sie spätestens vorbeigehen würde, wenn sie die Wohnung verließ.

Sie nahm sich eine zweite Tasse Kaffee und begann mit den Blumenkästen auf dem Balkon. Dabei warf sie einen vorsichtigen

Blick auf die Straße. Unten standen zwei Autos, die dort nicht hingehörten. ›Also immer noch Reporter auf der Lauer! Die müssen früh aufgestanden sein, wenn sie jetzt schon hier unten warten.‹ Dann verschloss sie die Balkontür und legte den Sicherheitsriegel vor. ›Das wäre schon mal geschafft‹, dachte sie und sah auf die Uhr. ›Fast halb zehn, dann kann ich im Museum anrufen.‹ Sie wählte die Nummer und ließ sich mit Direktor Connor verbinden.

»Herr Professor, hier ist Mary Ashton, ich habe eine Bitte.«

»Was gibt's, Mary? Wir haben Sie schon vermisst.«

»Herr Professor, unten vor dem Haus lungern die Reporter, das ist nun schon der dritte Tag. Ich weiß nicht mehr, wie ich mich verhalten soll und was ich sagen kann und darf.«

»Soll ich jemanden vorbeischicken, der Sie abholt, Mary?«

»Eigentlich wollte ich um ein paar Tage Urlaub bitten, Herr Professor. Ich möchte raus aus der Stadt und würde gern zu meinem Bruder in die Hills fahren, um Abstand zu gewinnen. Wäre das möglich?«

Sie hatte keine Lust, ihm von ihrer Bekanntschaft mit dem berühmten David McClay zu erzählen, das gab nur unnützes Gerede, und so schob sie ihren Bruder vor.

»Wie lange wollen Sie denn fortbleiben, Mary?«

»Bis sich der Wirbel um den Engel gelegt hat, Professor Connor. Ich habe alles, was ich weiß, zu Protokoll gegeben, und die Belästigung durch die Medien hat mich sehr gestresst. Ich brauche unbedingt ein paar Tage Ruhe.«

»Ja, ich denke mal, die haben Sie auch verdient. Fahren Sie zu Ihrem Bruder und genießen Sie die Hills. Sind Sie dort erreichbar, wenn hier noch irgendwelche Fragen auftauchen?«

»Ich melde mich von dort und gebe Ihnen eine Telefonnummer durch. Mein Handy lass ich abgeschaltet, irgendjemand hat meine Nummer weitergegeben, und ich möchte wirklich ein paar Tage lang nicht von den Medien oder von Herrn Södergren gestört werden, das müssen Sie verstehen, Herr Professor.«

»Ja, natürlich, Mary. Mir geht es ja genauso, nur ich kann nicht ausreißen, ich beneide Sie. Erholen Sie sich und lassen Sie von sich hören. Und sobald Sie zurück sind, erwarte ich Sie. Gute Reise, Mary.«

Das Gespräch war beendet, und Mary atmete tief durch. Er musste nicht wissen, dass sie nach Deutschland fuhr, dass sie an anderen, an fremden Aufgaben schnupperte und dass sich vielleicht eine ganz neue Zukunftsperspektive für sie entwickelte. Requisiteurin, das hörte sich wirklich gut und vielversprechend an. Und dann noch an der Seite eines Mannes, der sie mochte ...

Sie lachte leise vor sich hin. ›Lassen wir es darauf ankommen, ich bin noch jung genug, um auf Wanderschaft zu gehen, beruflich und privat.‹

Sie ging in die Küche und reinigte die Kaffeemaschine und die Tasse. Dann zog sie sich an: lange Hose, Bluse mit Pulli, den sie um die Schultern schlagen konnte, wenn es wärmer würde, und bequeme Sportschuhe, die man im Auto auch mal heimlich abstreifen konnte. Ein Cape und eine passende Mütze legte sie im Flur zurecht. Anschließend räumte sie den Kühlschrank aus, viel war da sowieso nicht drin, nachdem sie seit drei Tagen nicht zum Einkaufen hatte gehen können. Sie kontrollierte auch den Schrank nach verderblichen Lebensmitteln, stellte alle Sachen in einen Korb und ging nach nebenan zu Thea, einer lieben, älteren Frau, der sie ihre Reste überließ. Manchmal machte Mary für sie auch Besorgungen, oder sie fuhr sie hin und wieder zu ihrem Arzt. Mary mochte sie und klingelte nun bei der Nachbarin.

»Thea, ich verreise für ein Weilchen, darf ich dir meine Reste bringen?«

»Ja, freilich, komm rein, Kindchen, bist du den Trubel jetzt leid? Kann ich verstehen, sie lauern schon wieder unten vorm Haus.«

»Ich muss einfach mal weg. Ich fahre zu meinem Bruder, und da wird mich wohl keiner finden.«

»Das ist vernünftig. Soll ich deine Blumen auf dem Balkon gießen?«

»Das ist nicht nötig, Thea. Sie haben Wasser genug, und ich habe sie unten auf den Boden gestellt, damit sie bei Sturm nicht runterfallen, Und wenn's regnet, werden sie nass genug.«

»Wann kommst du denn wieder?«

»Ich weiß noch nicht. Ich habe Urlaub genommen und will mich richtig erholen, Aber wenn ich zurück bin, melde ich mich gleich bei dir.«

»Das ist gut, Kindchen, erhol dich mal schön, kannst mir ja eine Karte schicken, damit ich sehe, wo du gelandet bist.«

»Mach' ich, Thea.«

Mary kehrte in ihre Wohnung zurück und strich auf ihrem Zettel durch, was sie erledigt hatte. Dann holte sie ihren Koffer vom Schrank und begann zu packen. ›Mein Gott‹, überlegte sie, ›was nehme ich mit? Wie ist das Wetter in Hamburg, was hat David mit mir vor? Wohnen wir in einem Hotel, sind wir viel unterwegs, treffen wir auf wichtige Leute? Himmel, er hätte mir wirklich ein bisschen mehr erzählen müssen.‹ Sie musste unwillkürlich lachen. Unmöglich, diese Männer!

Mary war ein einfaches Mädchen, und viel Geld für Garderobe hatte sie noch nie übrig gehabt. So packte sie ein paar Blusen, ein paar Röcke, ein paar Hosen, zwei Pullover und das kleine Schwarze ein. Dazu Schuhe, Wäsche, einen Seidenkaftan, den ihr Thomas von einer Afrikareise mitgebracht hatte, zwei Schals, zwei Mützen und – sie sah verblüfft in ihren leeren Schrank – mehr war sowieso nicht einzupacken.

Um den Kofferdeckel zu schließen, musste sie sich daraufsetzen, und als die Schlösser zugeschnappt waren, blieb sie sitzen, wo sie war. ›Was mache ich hier eigentlich?‹, dachte sie, nun doch ein wenig erschrocken. ›Ich fahre mit einem beinahe fremden Mann in ein fremdes Land zu einer fremden Arbeit. Ich verlasse meinen inzwischen sicheren Job und riskiere meine Zukunft für eine unbekannte Aufgabe, der ich vielleicht gar nicht gewachsen bin. Und dann David. Was weiß ich von ihm, was ist er für ein Mensch? Wie entwickelt sich unsere Beziehung, wenn ich einfach mit ihm mitfahre? Muss er nicht annehmen, ich bin auch zu anderen Vertraulichkeiten bereit, und bin ich das? Ich kenne ihn doch kaum. Bis jetzt bin ich immer vorsichtig gewesen, ich bin nicht der Typ, der bei der kleinsten Spur von Sympathie mit dem erstbesten Mann ins Bett hüpft.‹

Verkrampft von dem unbequemen Sitz stand sie auf. ›Worauf lasse ich mich da ein? Schön, David ist ein Gentleman hoffe ich wenigstens –, aber hatte sich der Södergren nicht auch gentlemanlike präsentiert, und was ist daraus geworden? Teetörtchen mit Annäherungsversuchen, intime Erklärungen und taktlose Berührungen. Und zum Schluss der schroffe Ärger eines abgeblitzten Mannes. Auf solche Erfahrungen kann ich wirklich verzichten.‹

Mary holte sich ein Glas Wasser aus der Küche und sah auf die Uhr. ›Noch zwei Stunden‹, überlegte sie. ›Noch kann ich alles rückgängig machen, der Koffer ist schnell ausgepackt, und morgen Früh kann ich wieder im Museum stehen, alles wäre einfacher, als so ein unbekanntes Abenteuer zu riskieren.‹

Dann schüttelte sie energisch den Kopf. ›Nein‹, dachte sie, ›ich versuche es einfach. Ich bin clever genug, um mich auf ein Abenteuer einzulassen. Ich bin keinem Menschen Rechenschaft schuldig, und wenn mir irgendetwas nicht passt, kaufe ich ein Flugticket und fliege zurück, daran kann und wird mich niemand hindern. Und vielleicht entpuppt sich der Lord als Privatmensch ja auch wirklich als ein akzeptabler Begleiter.‹

Mary seufzte. ›Zu dumm, dass ich überhaupt keine Erfahrung mit Männern habe. Aber wo hätte ich diese Erfahrung auch machen sollen? Ich hatte nie Zeit genug für eine ernsthafte Bindung. Manche Menschen lernen sich schon im Kindergarten oder später in der Schule kennen. Viele studieren gemeinsam und bleiben dann zusammen, aber das alles habe ich nicht erlebt.

Ich war nie in einem Kindergarten, und die Schulzeit habe ich im Mädcheninternat verbracht. Na schön, manche sind da nachts aus dem Fenster gestiegen und haben sich wer weiß wo amüsiert, aber das habe ich nie gewagt. Und während des Studiums hatte ich kaum Zeit, weil ich nebenbei jobben und nachts büffeln musste, statt auszugehen und Erfahrungen zu sammeln. Erfahrungen mit Männern!‹ Sie kicherte leise vor sich hin. ›Ich war einfach blöd, ich hätte mir mehr Zeit für Vergnügungen gönnen sollen, nun fehlt mir tatsächlich die Erfahrung mit dem anderen Geschlecht.‹ Sie stand auf, um sich noch ein Glas Wasser zu holen. Dann schüttelte sie den Kopf. »Nein, nicht so viel Wasser, ich habe eine lange Autofahrt vor mir, es wäre doch peinlich, wenn ich unterwegs dauernd austreten müsste«, ermahnte sie sich laut. So brachte sie nur das Glas in die Küche, trocknete es ab und stellte es in den Hängeschrank.

Sie sah sich noch einmal in der Wohnung um. Alles war in Ordnung, und sauber war es auch einigermaßen. So konnte sie ihr kleines Heim beruhigt sich selbst überlassen.

Sie kontrollierte ihre Handtasche, ob sie alle Papiere eingesteckt hatte, ob das Handy geladen war und das Notizbuch mit den wichtigsten Telefonnummern im Seitenfach steckte. Jenes Notizbuch, das ihr die Bekanntschaft mit Christian Södergren eingebracht hatte.

›Ich könnte Thomas noch anrufen‹, dachte sie. ›Er wird mich vielleicht vermissen, wenn er mich zu erreichen versucht.‹ Sie ging zum Telefon und wählte seine Handynummer. ›Um diese Zeit ist er sicher mit den Herden unterwegs‹, überlegte sie. ›Es ist noch immer Lämmerzeit, und er wird alle Hände voll zu tun haben.‹ Aber nach dem zweiten Läuten meldete sich ihr Bruder.

»Tom Ashton«, klang es kurz und bündig, wie es seine Art war, aus dem Hörer.

»Hallo, Tom, hier ist Mary. Wie geht es dir?«

»Bestens, jede Menge Arbeit, jede Menge Lämmer und jede Menge Müdigkeit. Die Biester lieben es, nachts zu gebären, schlimm, sag ich dir.«

»Sie wollen eben ihre Ruhe haben.«

»Woher willst du das denn wissen?«

»Ich bin eine Expertin in der Lämmergeburtshilfe«

»Du???«

Sie erzählte ihm kurz von ihrem Erlebnis auf der Schafweide am ›Lone House‹ und weckte damit seine Neugier. Jetzt ließ er sich nicht durch belanglose Worte abspeisen, sondern wollte alles ganz genau wissen. Und so berichtete sie ihm von der Fahrt nach Dumfries, von den schottischen Engeln, dem Lord und von dem Schloss am St. Mary's Loch.

»Mädchen, dich kann man wirklich nicht allein lassen.«

»Doch, Tom, ich bin ganz gut mit der Situation fertig geworden. Und nun fahre ich mit eben diesem Lord nach Deutschland.«

»Wie heißt der noch mal?«

»David McClay, Lord of the Border Hills.«

»Der Name kommt mir bekannt vor.«

»Er ist ein berühmter Produzent von historischen Filmen. Für diese Filme braucht er eine verlässliche Requisiteurin.«

»Dann steht dein Name demnächst im Abspann der Filme?«

»Du kannst dich irgendwann davon überzeugen.«

»Ich habe keine Zeit für Filme. Du weißt doch jetzt selbst, wie anstrengend die Lämmergeburten sein können.«

»Aber du genießt die Wochen, wie ich dich kenne.«

»Klar, ist ja das, was ich immer wollte. Wir haben uns jetzt wieder Pferde zugelegt, weil die Abhänge hier an den Hügeln zu steil für die Rover geworden sind. Je weiter wir in den Sommer kommen, umso mehr zieht es die Herden in die höheren Hills.«

»Dann bist du jetzt wieder ein echter – na, Cowboy kann man nicht sagen, wie heißt das denn bei Schafen?«

»Sag doch einfach Sheepboy, das kommt dann schon irgendwie hin.«

Mary lachte. Gott sei Dank hatte er die Sache mit dem Unfall nicht zu ernst genommen. »Also, mein geliebter Sheepboy, ich wollte dir nur sagen, dass ich für eine Weile fort bin.«

»Und was ist mit dem Museum?«

»Erst mal habe ich Urlaub, dann werde ich weitersehen.«

»Muss ich beunruhigt sein, Schwesterchen?«

»Bestimmt nicht, dein Schwesterchen ist eine ausgewachsene Frau.«

»Halte mich auf dem Laufenden, ja?«

»Selbstverständlich. Der Produzent ist immerhin weltbekannt, vielleicht hast du schon mal von ihm gehört?«

»Hier, als Sheepboy? Nicht die kleinste Kleinigkeit.«

»Er ist der Beste für historische Filme. Und weil da immer wieder Fehler in der Requisite passieren, will er mich engagieren.«

»Und du kannst das?«

»Ich hab' ihn mal auf seine Fehler aufmerksam gemacht, und nun meint er, ich sei geeignet.«

»Und das gefällt dir besser als die Arbeit im Museum?«

»Ich lerne die Welt kennen, ich verdiene mehr, und ich mag den Mann.«

»Ach, daher weht der Wind.«

»Dieser Wind ist aber zweitrangig, Bruderherz, mich interessiert die Arbeit wirklich.«

»Wer's glaubt, wird selig, Schwesterchen. Aber ich wünsche dir alles Gute. Du weißt, wo du mich findest, wenn's nicht optimal läuft.«

»Danke, und nun Hals- und Beinbruch in den Hills und jede Menge kleiner Lämmchen, Sheepboy.«

XXII

Nach einem tiefen, festen Schlaf fühlte sich Mary frisch und ausgeruht. Es war die erste Nacht in Hamburg, und das Hotel an der Alster hatte für eine angenehme, ruhige Nacht gesorgt. Sie war nun seit drei Tagen unterwegs und voller Eindrücke, die sie kaum verarbeiten konnte. Da tat so eine geruhsame Nacht sehr gut.

David hatte sie pünktlich in Edinburgh abgeholt, und sie waren den Reportern unerkannt entkommen Dann hatte er ihr seine Pläne erklärt. »Also«, hatte er begonnen, »es klingt zwar unmodern und langweilig, aber ich habe vor, mit dem Wagen bis nach Hamburg zu fahren. Die Strecke ist landschaftlich wunderschön, und wenn du noch nicht viel auf Reisen warst, wird es dir gefallen, Land und Leute zu sehen. Ich muss meist aus Zeitgründen fliegen, aber diesmal möchte ich mir Zeit für dich nehmen und dir unser Land und dann einen kleinen Teil Europas persönlich zeigen. Ist dir das recht?«

Und sie hatte begeistert zugestimmt. So waren sie gemächlich durch die südlichen Regionen Schottlands gefahren und hatten in der Nähe von York in einem kleinen Landgasthaus übernachtet, waren am zweiten Tag, nachdem sie London großräumig umfahren hatten, bis Dover gekommen, und am dritten Tag durch den Eurotunnel aufs Festland und dann weiter über Belgien und die Niederlande nach Hamburg gefahren. Ein paarmal hatten sie den Platz im Bentley mit dem Chauffeur getauscht, wenn David ihn abgelöst hatte, die meiste Zeit aber saßen sie bequem im Fond, und David erzählte ihr Geschichten aus den Ländern, die sie sahen.

David war sehr rücksichtsvoll, vermied jede Art von Intimitäten und sorgte bei den Übernachtungen dafür, dass sie ein angenehmes, ruhiges Einzelzimmer bewohnen konnte. Auch hier in Hamburg war es so. Er hatte zwar zwei nebeneinanderliegende Suiten reservieren lassen, sich aber am Abend höflich und gentlemanlike vor ihrer Zimmertür von ihr verabschiedet. Sie wusste natürlich, dass sich das ändern würde, aber sie genoss die Zeit, die ihr dieser Mann ließ, damit sie sich aneinander gewöhnen konnten. Denn diese Reisetage waren nur das Vorspiel eines Abenteuers, das heute beginnen würde, das wusste sie.

Mary stand auf und schaute aus dem Fenster. Sie hatte einen wunderschönen Blick über den großen See und freute sich über den Sonnenschein, der einen warmen Frühlingstag versprach. Sie duschte, kleidete sich an und fuhr mit dem Lift in den Frühstücksraum, wie sie es verabredet hatten. David war noch nicht da, so ließ sie sich einen Tisch zuweisen und bestellte ein Kännchen Kaffee. »Mit dem Frühstück warte ich auf Mister McClay«, erklärte sie dem Ober und ließ sich die Morgenausgabe der Times bringen. Lange musste sie nicht warten. David kam lächelnd an den Tisch, legte ein paar Schriftstücke und einen Stadtplan auf einen leeren Stuhl und erklärte gut gelaunt: »Ich habe schon die erste Konferenz hinter mir.«

Ungläubig sah Mary ihn an. »Jetzt schon?«

»Na ja«, lachte er, »eine klitzekleine Konferenz. Wir waren nur zu dritt, Clark Brown, mein Sekretär, der hier in Hamburg alles arrangieren muss, und Edwin Kennarth, der Übersetzer, von dem ich die ersten Unterlagen brauche.«

»Und wie sieht das Arrangement von Mister Brown aus?«

»Kennarth muss weiter übersetzen, damit ich so schnell wie möglich einen Eindruck von dem Roman bekomme. Brown hat veranlasst, dass Kennarth hier ein Büro mit PC-Einrichtung und eine Schreibkraft bekommt. Dann kann er diktieren und muss nicht persönlich den Computer bedienen. Und Brown wird uns begleiten. Wir erkunden zunächst die wichtigsten Straßen, Plätze und Häuser, die in dem Buch eine Rolle spielen. Ich muss mir ein Bild machen können, und ich muss sehen, wie ich von der Gegenwart in die Vergangenheit zurückschalten kann.«

»Das muss doch sehr schwer sein.« Nachdenklich sah Mary den Mann an ihrer Seite an.

»Ich bin es gewohnt, so zu denken. Allerdings wird es schwieriger sein, in einer modernen, belebten Stadt hundertfünfzig Jahre zurückzuschalten als auf dem Land, wo alte Ruinen und Gehöfte bereits ein Bild in die Vergangenheit gestatten.«

»Ich stelle mir deine Arbeit hier sehr kompliziert vor.«

»Das ist sie und außerdem teuer. Das alte Leben zu erwecken, ist eine sehr kostspielige Angelegenheit. Deshalb drücken sich auch die meisten Produzenten vor historischen Geschichten.«

»Aber dich reizen sie.«

»Ja, ich kann mir keine interessantere Arbeit vorstellen. Und wenn sie gelingt, haben sich die Ausgaben allemal gelohnt.«

»Wenn sie gelingt!«

David lachte. »Dafür habe ich dich mitgenommen.«

Sie beendeten das Frühstück. »Wann können wir starten?«

Mary nickte, allmählich bekam sie einen Eindruck von der konsequenten Methode, mit der David die Arbeit anpackte. »Ich bin fertig. Ich hole nur meinen Mantel und meine Tasche.«

»Ich begleite dich.«

Verblüfft sah sie ihn an, sagte aber nichts. Hatte er Angst, dass sie zu lange brauchte, um ihre Sachen zu holen? Sie fuhren mit dem Lift in die oberste Etage, wo sich die beiden Suiten befanden. David begleitete sie in ihre Zimmer und half ihr in den Mantel.

»Komm noch einmal mit zu mir.«

Mary nahm ihre Handtasche und folgte ihm. Erstaunt stellte sie fest, dass auf einem Tisch eine Flasche Champagner und zwei Gläser auf sie warteten.

»Bitte, David«, wehrte sie ab, »nicht so früh schon Alkohol. Ich will arbeiten, da brauche ich einen klaren Kopf.«

Aber David lachte nur. »Ich auch. Aber ich muss mit dir auf ein gutes Gelingen anstoßen, und das muss sein, bevor wir mit der Arbeit beginnen.« Er füllte die beiden Gläser. »Komm, Mary, einen guten Schluck auf eine gute Arbeit, und dann geht's los.«

Sie stießen an, und David schaute ihr tief in die Augen. »Auf uns, Mary, auf unsere gemeinsame Arbeit und auf eine wunderbare Zeit miteinander.«

Und so schnell wie sie aufgetaucht war, war die Sehnsucht in seinen Augen wieder verschwunden, und der romantische Augenblick geträumter Gefühle war vorbei. Sie stellten die Gläser ab, jeder nahm seine Tasche, und sie verließen die Suite. Im Foyer warteten Clark Brown und der Chauffeur.

»Auf geht's«, rief David und stürmte nach draußen, wo der Bentley von einem Wagenboy frisch gewaschen und aufgetankt vorgefahren wurde.

Brown übernahm die Führung. »Wir fahren zuerst in die alte Speicherstadt. Dort in den Gewürzspeichern wird ein großer Teil der Handlung ablaufen. Danach besichtigen wir einige Kontorhäuser, die spielen in dieser Hafen- und Handelsstadt seit Jahrhunderten eine große Rolle. Danach fahren wir die Elbchaussee entlang, dort gibt es einige Villen in großen Parkanlagen, deren Besitzer ihre Häuser bei entsprechender Honorierung für Filmaufnahmen zur Verfügung stellen.« Er zeigte die Route im Stadtplan und dem Fahrer die günstigste Verbindung in die Speicherstadt. Dann fuhr er fort: »Zum Abschluss heute empfehle ich die Besichtigung einiger Geschäfte mit eindrucksvollen Antiquitäten, die man als Requisiten für Filme ausleihen kann. Die Geschäfte sind nicht weit von hier zwischen Jungfernstieg und Caffamacherreihe, man kann sie fast zu Fuß erreichen.«

Brown, mit dem Stadtplan in der Hand, dirigierte Drumworld am Hauptbahnhof vorbei durch die Innenstadt, dann über den Deichtorplatz zur Einfahrt in die Speicherstadt. Alle vier waren von der Backsteinromantik dieser hohen Speicherhäuser mit den Seilwinden im obersten Giebel fasziniert. »Es wird höchste Zeit, wenn Sie hier filmen wollen, Mylord«, erklärte Brown. »Hier wird vieles umgebaut, neu gebaut, und in den Speicherböden entstehen Bereiche, die mit den alten Aufgaben der historischen Speicher nichts mehr gemeinsam haben.«

»Wie meinen Sie das?«, fragte Mary enttäuscht.

»Die Gebäude behalten äußerlich ihr Gesicht, aber innen entstehen Museen, Restaurants, Büros, und man spricht sogar von Wohnungen.«

»Wie schade.« Mary betrachtete die alten Fassaden mit den Ladeluken und den verwitterten Fenstern.

»Die Hamburger müssen mit der Zeit gehen«, erklärte David. »Heute bestimmen Container und Computer den Handel. Ich weiß schon, weshalb ich aufs Tempo drücke. Mit jedem Tag verschwindet ein Stückchen Geschichte, wenn man nicht aufpasst. Und das ist nicht nur hier ein Problem, sondern auf der ganzen Welt.«

Sie fuhren den Sandtorkai entlang bis zur Nummer 32. Ein Schild neben der Eingangstür wies darauf hin, dass in diesem roten Backsteinhaus, das sich in keiner Weise von den angrenzenden Häusern rechts und links unterschied, das einzige Gewürzmuseum der Welt zu Hause war. Drumworld parkte den Wagen vor dem Haus und blieb zur Sicherheit beim Bentley, die anderen stiegen aus, um sich das Museum anzusehen. Aber die Gewürze präsentierten sich nicht sofort, die Besucher mussten zwei Etagen, die hier als Böden bezeichnet wurden, hochsteigen, bis eine kleine Eingangstür in die Ausstellung führte. Atemlos nach den steilen Treppen, die zu bewältigen gewesen waren, aber neugierig geworden durch den Duft von Pfeffer, Nelken, Zimt und vielen anderen Aromen, gingen die drei in die Ausstellung. Mary war zunächst enttäuscht, weil das Museum nur einen kleinen Teil des Speichers ausmachte, in dem früher Kakaobohnen gelagert worden waren. Aber als sie die alten Geräte sah, mit denen früher die Gewürze gereinigt, gesiebt, gemahlen und gemischt worden waren, war ihr Interesse geweckt. Die Mitarbeiter zeigten sich sehr angetan von der Idee, ihr Museum in einem Film präsentieren zu können, und erlaubten den drei Besuchern, die Geräte zu bedienen, die Gewürze zu schmecken und an der Kasse diverse Publikationen über den Anbau der Gewürze in den letzten fünf Jahrhunderten, ihre Handelswege und ihre Verwendung zu erwerben. Brown, der wie immer bei solchen allerersten Besichtigungen einen Fotoapparat dabeihatte, durfte sogar einige Aufnahmen machen, die später, bei der Ausarbeitung der Themen von Bedeutung sein würden.

Als sie nach einer Stunde das Museum verließen, hatten Filmemacher und Museumsmitarbeiter Adressen und Telefonnummern ausgetauscht, und David war mit seinen Recherchen zufrieden.

Noch leicht berauscht von den intensiven Düften stiegen sie wieder in den Wagen ein und fuhren, nach einem kurzen Abstecher zum Museumshafen und nach einigen Fotos weiter zur Elbchaussee. Aber die Villen, die Drumworld hier auf Geheiß von Brown ansteuerte, gefielen David nicht. Entweder waren die Häuser zu modern oder die Parks zu unübersichtlich oder der Blick auf die Elbe verbaut. Erst als sie ein schlichtes weißes Landhaus im Hirschpark besichtigten, hatte David das Haus gefunden, das er sich vorstellte. Im Untergeschoss befanden sich Küchen, Vorratsräume, Bäder und Dienstbotenzimmer, das Erdgeschoss diente den gesellschaftlichen Gepflogenheiten, und im oberen Geschoss befanden sich die privaten Räume und die Gästezimmer. Die schlichte, geradlinige Aufteilung gefiel David so gut, dass er am liebsten einen Vorvertrag abgeschlossen hätte. Aber die Vernunft riet ihm dann doch, erst einmal den Roman zu lesen, bevor er sich mit irgendwelchen Verträgen festlegte. Auf dem Rückweg besichtigten sie die alte Fachwerkkirche in Nienstedten, und David beschloss, diese Kirche auf jeden Fall in den Film einzubauen, ganz gleich, ob sie in dem Roman vorkam oder nicht.

Als sie in der Nähe der Kirche das Ausflugslokal Jacob erreichten, schlug David vor, das Mittagessen hier einzunehmen. Brown, der sich wirklich gut auf diese Besichtigungsfahrt vorbereitet hatte, las aus dem Reiseführer vor, wie das Landhaus entstanden und wie bekannt es geworden war. Die berühmte, von Max Liebermann gemalte Lindenterrasse mit dem herrlichen Blick auf die Elbe konnten sie leider noch nicht benutzen, ein frischer Frühlingswind verbot den Aufenthalt im Freien. Aber auch vom Restaurant aus hatten die Gäste einen schönen Blick auf die Elbe und die riesigen Containerschiffe, die den Hafen ansteuerten. Mary war begeistert. Am besten aber gefiel ihr, dass David ohne auch nur zu zögern einen Tisch für vier Personen reservieren ließ, also keinen Unterschied zwischen Herrschaft und Angestellten machte. Eine Geste, die ihr schon in ›Lone House‹ aufgefallen war, wo ein ungezwungener, wenn auch respektvoller Umgangston zwischen allen herrschte. Höflich zog er den Stuhl für sie zurück, und alle warteten, bis sie Platz genommen hatte. ›Es sind diese kleinen Dinge, die David McClay so sympathisch machen‹, dachte Mary. ›Niemals vergisst er, mir eine Tür aufzuhalten, niemals, mir in den Mantel zu helfen, und immer wartet er, bis ich mich gesetzt habe.‹

Als der Ober die Speisekarten brachte, winkte David ab. »Sagen Sie uns, was der Koch empfiehlt«, bat er und bestellte gleichzeitig eine Flasche Wein. »Wir haben heute etwas zu feiern«, versicherte er zufrieden und zwinkerte seinem Sekretär zu. »Du hast die Vorbereitungen gut und gründlich gemacht, Clark Brown, darauf müssen wir anstoßen.«

Bert Drumworld allerdings winkte ab. »Für mich bitte nur ein Mineralwasser, ich muss die Gesellschaft wohlbehalten ins Hotel zurückbringen.«

Der Ober sammelte die Speisekarten wieder ein. »Der Koch empfiehlt sein garniertes Ochsenfilet mit Morcheln, buntem Gemüse und Vierländer Kartoffeln. Als Vorspeise wäre eine Markklößchensuppe zu empfehlen und als Nachspeise die berühmte Hamburger rote Grütze. Würde Ihnen das zusagen?«

David sah seine Gäste an. Als alle nickten, versicherte er lachend: »Wir verlassen uns ganz auf das, was der Koch anbietet.« Nachdem der Sommelier den Wein gebracht und eingeschenkt hatte, hob David sein Glas. »Trinken wir auf ›Das Palais im Hirschpark‹, ich glaube, das könnte der Arbeitstitel werden.«

Das Essen war vorzüglich, aber gegen drei Uhr drängte Brown: »Soviel ich weiß, schließen viele Geschäfte hier in Hamburg um achtzehn Uhr. Wenn wir noch die Antiquitätenläden durchforschen wollen, müssen wir aufbrechen.«

»Du hast recht, Brown, Arbeitspläne müssen abgearbeitet werden, sonst kommen wir nicht weiter.« David half Mary beim Aufstehen und hielt ihr den Mantel. »Jetzt kommt die Sternstunde für dich, Mary. Hamburg ist bekannt für seine Antiquitätenhändler. Die Leute hier haben Geld, und der Hafen hat viele Vorzüge, auch den, dass Schätze aus aller Welt hier landen.«

»Wir fahren heute in die renommierten Geschäfte hinter der Poststraße, aber es gibt noch jede Menge Trödelläden in anderen Stadtteilen, die werden wir nach und nach aufsuchen«, erklärte Brown der kleinen Gruppe, während sie zum Parkplatz gingen.

Da in den engen Innenstadtstraßen kaum ein Durchkommen war, schickte David den Chauffeur zurück zum Hotel. »Wir stöbern durch die Läden und nehmen nachher ein Taxi«, erklärte er gutgelaunt und entließ Drumworld.

Erwartungsvoll betraten sie die Geschäfte. Brown hatte einen genauen Plan, und sie konnten, ohne Umwege zu machen, ein Geschäft nach dem anderen aufsuchen. Mary war begeistert. Die Läden, meist übervoll mit Möbeln der verschiedensten Epochen, verlangten Zeit und Konzentration, und die nahm sich Mary. »Bitte, lasst mich in Ruhe stöbern. Ich möchte mir Notizen machen, damit ich weiß, wo ich die richtigen Gegenstände finde, wenn es mit der Arbeit ernst wird.«

»Nimm dir alle Zeit, die du brauchst.«

Sobald sie ein Geschäft betraten, fragte Mary nach Mobiliar aus dem 18. Jahrhundert, und fast immer gab es Teile, die zeitgemäß und passend waren.

So kamen sie auch in das ›Antic-Kaufhaus‹ von Ferdinand Möller in der Amelungstraße. In zwanzig Räumen wurden hier Tische, Stühle, Schränke, Vitrinen, Sekretäre, Gemälde, Spiegel, Porzellan und Kleinkunst angeboten, und während sich Mary von einem Mitarbeiter durch die Räume führen ließ, unterhielt sich David, nicht so sehr an den einzelnen Teilen interessiert, mit Ferdinand Möller, dem Geschäftsinhaber. Ihn interessierte vor allem die Herkunft der Möbel.

»Ach, wissen Sie, die meisten Sachen in unserem Geschäft stammen aus dem Nachlass reicher Familien. Wenn ein Haushalt aufgelöst wird, haben die Hinterbliebenen fast immer Probleme mit den Hinterlassenschaften. Die gut situierten Erben haben selbst komplett eingerichtete Häuser und selten Platz für ererbte Möbel. So fragen sie uns, und meist sind die Sachen so alt und auch wertvoll, dass man so manches Stück bei Versteigerungen an wirkliche Interessenten abgeben kann.«

»Aber irgendwann müssen Ihre Lager doch voll sein.«

»Nun ja, aber meist gleicht sich das aus. Wir haben ja nicht nur die Geschäfte mit den Schaufenstern hier an der Straße, wir haben auch noch unsere Lager nach hinten hinaus. Obwohl ich sagen muss, die Prachtstücke stehen natürlich hier vorn.«

»Dürften wir auch einen Blick in Ihr Lager werfen, Herr Möller? Ich weiß nicht, ob meine Requisiteurin alles findet, was sie sucht, aber wenn Sie eine so große Auswahl haben, müssen wir nicht noch in anderen Geschäften suchen.«

»Selbstverständlich, wenn die gnädige Frau hier vorn nichts findet, können wir gern nach hinten gehen.«

Und so kam es, dass Mary, David McClay, Clark Brown und Ferdinand Möller nach dem offiziellen Geschäftsschluss das eigentliche ›Antic-Kaufhaus‹ von Herrn Möller verließen und in die Lagerhallen im Hinterhof gingen. Möller, der ein gutes Geschäft witterte, obwohl der Filmemacher nicht kaufen, sondern die Möbel nur ausleihen wollte, ließ aus einem nahegelegenen Restaurant ein kaltes Büfett servieren und unterhielt sich mit dem Schotten, während der Sekretär und die Requisiteurin mit einem Angestellten in den Hallen unterwegs waren.

Bis – ja, bis ein Schrei von Mary sie aufhorchen ließ.

Und dann stand Mary vor ihnen, leicht verstaubt und außer sich vor Glück. »Ich habe ihn, David, ich habe ihn.« Und ehe David fragen konnte, was um alles in der Welt sie habe, fiel sie ihm um den Hals, und Tränen der Freude liefen über ihre verschmutzten Wangen.

»David, ich habe den Engel gefunden«, schluchzte sie an seiner Schulter.

Etwas verwirrt kam Clark Brown aus dem Lager. Als er seinen Chef mit Mary im Arm sah, hob er ratlos die Schultern und schüttelte den Kopf, als wolle er sagen: »Tut mir leid, aber sie hat den Verstand verloren.«

David, selbst etwas erschrocken, schob Mary ein Stückchen von sich, um ihr ins Gesicht sehen zu können. »Was hast du gefunden, Mary?«

»Ich habe den schottischen Engel gefunden. Den echten, David. Komm mit, ich zeige ihn dir.«

Etwas ratlos sah der Lord den Antiquitätenhändler an. »Haben Sie auch einen Engel in Ihrem Sortiment?«

Ferdinand Möller zuckte mit den Schultern. »Kann sein, irgendwann hatten wir mal einen Engel, aber der ist entzwei, ich dachte, meine Leute hätten ihn längst entsorgt.«

»Bitte, kommen Sie mit«, bat Mary und zu David gewandt: »Er ist es wirklich, ich habe ihn sofort erkannt.« Sie folgten Mary durch zwei kleine Hallen in eine Art Schuppen auf dem Hinterhof. Eine offene Brettertür mit einem Schloss, das sich nicht mehr schließen ließ, ein Dach aus Wellblech, ein paar zerbrochene Stühle und ein paar gestörte Mäuse. »Komm, David, bitte komm mit.«

Im Halbdunkel des Schuppens kämpfte Mary sich in eine Ecke voller Gerümpel, und das Erste, was David sah, war eine prophetisch erhobene Holzhand. Er nahm Marys Arm und hielt sie zurück. »Bist du sicher, Mary?«

»Ja, natürlich, komm mit. Von der anderen Seite siehst du den Engel in seiner vollen Größe. Er ist wunderschön, wirklich einmalig « Sie schluchzte schon wieder. David sah den Händler an. »Könnten wir ihn mal bei Tageslicht sehen?«

»Selbstverständlich, aber er ist zerbrochen, soviel ich weiß.«

»Macht nichts.«

Und so krochen Ferdinand Möller und sein Angestellter hinter den Holzstapel und holte den Engel Gabriel – in zwei Teilen – aus dem Müll.

In jedem Arm einen halben Engel, kam Herr Möller zur Türöffnung. Entschuldigend erklärte er, »ein paar Matrosen haben ihn vor einigen Jahren gebracht. Sie wollten ein altes Segelschiff wieder seetüchtig machen und den Engel als Galionsfigur vorn am Bugspriet befestigen. Dazu wollten sie ihn von den Füßen bis zum Kopf der Länge nach durchbohren, um ihn liegend zu befestigen. Dabei ist er zerbrochen.« Er stellte die beiden Teile auf den Boden und klopfte sich die staubigen Jackenärmel ab. »Eigentlich wollten sie ihn dann als Feuerholz verheizen. Aber er passte nicht in ihren Ofen, und bevor sie ihn zerhackten, bekamen sie ein schlechtes Gewissen, weil's halt ein Engel war. Und so ist er hier bei uns gelandet.«

Mary war längst niedergekniet und untersuchte die beiden Engelhälften, die, obwohl ein paar hundert Jahre älter, ganz stark an die schlichten, streng erdgebundenen Figuren des deutschen Bildhauers Ernst Barlach erinnerten. Zärtlich und mit Tränen in den Augen strich sie über das Holz. »Er ist so wunderschön«, flüsterte sie, und Herr Möller, ergriffen von Marys Freude, erklärte: »Ich schenke Ihnen den Engel, gnädige Frau.«

XXIII

Ferdinand Möller ließ es sich nicht nehmen, seine Kunden eigenhändig ins Hotel ›Atlantic‹ zu fahren. Mit Menschenkenntnis und Verkaufserfahrung versehen, hatte er sehr schnell gewusst, dass er es hier mit kompetenten Konsumenten zu tun hatte, die nicht nur Interesse heuchelten, sondern ernsthaft nach geeignetem Mobiliar und passenden Requisiten suchten. Und da es zu seinen Aufgaben gehörte, historische Filme, Theaterstücke und Romane zu kennen, war ihm der Name David McClay durchaus bekannt. So war er im Geheimen überaus zufrieden mit der Tatsache, dass dieser Produzent ausgerechnet in sein Geschäft gekommen war, um nach Requisiten zu suchen. Und dass die junge Dame, die ihn begleitete, über ein großes Fachwissen verfügte, hatte er sofort erkannt. Sie ließ sich nichts aufschwatzen oder anpreisen, sie wusste genau, wonach sie suchte und was nicht in die vorgegebene Zeit oder in die hanseatische Tradition des beginnenden 19. Jahrhunderts passte.

So bestand Ferdinand Möller darauf, David McClay, Mary Ashton, Clark Brown und zwei in Wolldecken gehüllte Engelhälften ins Hotel an der Außenalster zu fahren. Außerdem war er froh, diesen beim Bohren der Länge nach auseinandergeplatzten Engel loszuwerden, denn so einen Engel zu entsorgen, war auch nicht unbedingt seine Leidenschaft. Immerhin gehörten Engel zu einem Mobiliar, das man nicht einfach so entrümpelte wie einen alten Kleiderschrank. Das hatten schon die Matrosen damals erkannt, die ihn eigentlich hatten verfeuern wollen, ihn aber dann doch nicht zu zerhacken gewagt hatten.

Während David den Kunsthändler noch zu einem Drink an die Bar einlud und der Sekretär den Übersetzer aufsuchte, ließ Mary von zwei Pagen die gut anderthalb Meter hohen Engelhälften in ihre Suite bringen, entschuldigte sich für ihren Verzicht auf einen Drink und eilte dem schottischen Engel hinterher.

Endlich allein mit ihrem Fund, nahm sie der Figur die Wolldecken ab und stellte sie nebeneinander, so wie sie einst geschaffen worden waren. Sie hatte sofort erkannt, dass dieser, wenn auch gespaltene Engel echt war. Der seidige Glanz des Holzes, der durch nichts zu erreichen war als durch die einzigartige Führung eines Schnitzmessers, für die Titurenius berühmt war, verleitete sie immer wieder dazu, über die Gestalt zu streichen und die samtige Feinheit zu spüren. Dass er gespalten war, bestürzte sie, hinderte sie aber nicht daran, das Glück über den Fund zu genießen. ›Man kann ihn natürlich leimen‹, dachte sie, ›andererseits ist gerade seine Gespaltenheit ein Beweis für die Strapaze, die er durchgemacht hat. Da wollten ihn ein paar Matrosen von Kopf bis Fuß durchbohren, um ihn dann als Galionsfigur am Bugspriet liegend zu befestigen, aber das ließ sich der aus einem uralten Mast geschnitzte Gabriel nicht gefallen. Er brach entzwei. Recht so, mein Lieber‹, lächelte sie und strich noch einmal über das Holz. ›Ich werde ihn dem Museum schenken, aber unter der Bedingung, ihn geteilt auszustellen. Jeder soll sehen, dass auch ein Engel nicht frei vom Leiden ist.‹

Sie zog sich aus, duschte und streifte den Seidenkaftan über, den ihr Thomas aus Afrika mitgebracht hatte. Heute würde sie ihre Suite nicht mehr verlassen, heute würde sie nur noch den Anblick dieses Engels genießen und später, wenn David noch kommen sollte, vielleicht mit einem Glas Champagner auf dieses wunderbare Geschenk anstoßen.

Lange musste Mary nicht warten. David spürte genau, was in ihr vorging. Er ahnte die ungeheure Freude, die sie erfüllte, und dass sie nach diesem Erlebnis, den so lange gesuchten Engel gefunden zu haben, allein sein wollte mit ihrem Glück. ›Ganz allein?‹, fragte er sich dennoch und verabschiedete den Kunsthändler nach ein paar angemessenen Worten und mehreren Drinks. Man war sich einig, dass der schottische

Produzent Ferdinand Möller bevorzugen würde, wenn es um die Aktualisierung der Filmvorbereitungen ging.

»Sie haben eine ausgezeichnete Requisiteurin, Lord McClay, die Dame weiß sehr genau Bescheid, sogar mit den Hamburger Traditionen.«

David nickte. »Die Hanseaten haben seinerzeit viele englische Überlieferungen angenommen. In der Architektur, im Möbeldesign, in der Mode und im Sport hat man sich gern an britischen Vorbildern orientiert.«

»Das stimmt«, lachte Ferdinand Möller, »ich selbst bin Mitglied des alten, Hamburger Ruder-Clubs‹, den die Briten 1836 in unserer Stadt ins Leben gerufen haben. Initiator war der Schotte Edgar Daniel Roß.« Und wieder ernst geworden, fuhr er fort: »Wenn ich allein an die hygienischen Verhältnisse in Hamburg denke, bevor der britische Ingenieur William Lindley sich um die Wasserversorgung, die Abwassersiele, die Kanalisation und die Straßenbeleuchtung gekümmert hat, dann weiß ich, was die Stadt den Briten zu verdanken hat.«

»Ja, auf einigen Gebieten waren die Londoner Verhältnisse den Hamburger Anlagen weit voraus.«

»Haben Sie denn nun bei mir alles gefunden, was Sie für Ihren neuen Film brauchen?«

»Ich hoffe. Es ist für mich nicht gerade ein Vergnügen, mich um die Ausstattung persönlich zu kümmern. Aber Miss Ashton hat mich auf Fehler in anderen Filmen hingewiesen, und so möchte ich ihr die Möglichkeit geben, selbst zu suchen, was wir brauchen, und sie dabei unterstützen.«

»Haben Sie sich schon nach Kostümen erkundigt? Ich hätte da eine Beziehung zu einem alten Theaterfundus, vielleicht kann ich Ihnen auch dabei etwas helfen?«

»Das wäre sehr nett, aber so weit sind wir noch nicht. Ich brauche jetzt erst einmal die Übersetzung, und danach kann ich ins Detail gehen.«

David verabschiedete den Kunsthändler und fuhr mit dem Lift nach oben. Vor Marys Tür zögerte er einen Augenblick, dann entschloss er sich, zunächst zu duschen, um Staub und Gerüche der alten Möbelspeicher abzuwaschen, und sich umzuziehen. Im legeren Hausanzug rief er dann den Zimmerservice und bestellte Champagner und ein delikates Abendessen für zwei Personen in die Suite nach nebenan. Dann erst ging er auf den Korridor und klopfte an Marys Tür.

Sie öffnete sofort, denn im Geheimen hatte sie längst mit seinem Kommen gerechnet. David trat ein. Leicht geblendet von der untergehenden Sonne am gegenüberliegenden Alsterufer sah er Mary als Schattenriss vor sich stehen, denn die Strahlen der tiefstehenden Sonne durchbrachen den dünnen Seidenkaftan und entblößten die schlanke Frauengestalt, die sich darin zu verbergen suchte. Er streckte die Arme nach ihr aus, und Mary konnte in seinen Augen die Liebe erkennen, die ihn bewegte.

Mit einem strahlenden Lächeln drängte sie sich in seine Arme. Er drückte sie zärtlich an sich, und sie fühlte seinen Herzschlag. Sie schloss die Augen und atmete seinen Duft ein. Und sie wusste, dass dies ein sehr entscheidender Augenblick ihres Lebens war. Niemals würde sie das Gefühl des Glücks, der Zufriedenheit, der Geborgenheit vergessen, das sie in diesem Moment erlebte. Sie waren einander so nah wie niemals zuvor, und ihre Lippen waren nur einen Hauch weit voneinander entfernt. Plötzlich sehnte sie sich nach seiner Berührung, nach seinem Kuss, nach dem Spiel seiner Lippen und der Kraft seiner Hände. Und als er sie endlich küsste, wusste sie, dass sie im Einklang miteinander waren. Sein Kuss war liebevoll und zärtlich, sanft und auch ein bisschen scheu, als sei er sich seiner Eroberung noch nicht ganz sicher. Da legte sie ihm den Arm um den Hals, zog ihn ganz eng an sich, öffnete die obersten Knöpfe seines Hemds und streichelte seine nackte Brust, bis ein Seufzer der Befreiung ihn durchströmte. Dann lösten sie sich voneinander, und Mary führte ihn zu ihrem Engel. Hand in Hand standen sie vor der Statue. »Ich danke dir, David«, flüsterte Mary. »Ohne dich hätte ich ihn niemals gefunden.«

Er legte ihr den Arm um die Schulter. »Du hattest einfach das richtige Gespür für ihn, Mary, er konnte dir nicht entgehen.«

Sie setzen sich nebeneinander und betrachteten die silbrig schimmernde Gestalt mit dem sanften Glanz des von Meerwasser ausgeblichenen Holzes. »Er ist wirklich wunderschön, was wirst du mit ihm machen?«

»Ich schenke ihn dem Museum. Er gehört zum Zyklus der anderen Engel, in ihrem Kreis wird er sich wohlfühlen, dort ist sein Zuhause.«

»Du sprichst von ihm wie von einem alten Freund.«

»Ja«, lächelte sie, »irgendwie ist er ein Freund geworden. Trotzdem werde ich ihn gründlich untersuchen. Das Kuratorium soll sicher sein, dass dieser Gabriel der echte Engel ist.«

»Aber du weißt es jetzt schon.«

»Ja, ich wusste das vom ersten Augenblick an.«

An der Tür klopfte es, und auf das »Herein« von Mary kam der Zimmerkellner mit einem Servierwagen voller Köstlichkeiten. Als er den Tisch decken wollte, schüttelte Mary den Kopf. »Danke, aber das mache ich gleich selbst«, und der Fremde verließ die Suite.

»Dann wollen wir auf deinen Engel anstoßen, Mary.« David schenkte die Gläser voll und stand auf. Mary erhob sich ebenfalls. »Auf Gabriel, den dritten schottischen Engel, auf dich, Mary, und auf unsere Liebe«, flüsterte David ein wenig ergriffen von dem seltsamen Augenblick, und dann tranken sie sich zu.

Die Sonne war untergegangen und zeichnete die Silhouette der Stadt mit den Kirchtürmen wie einen Schattenriss an den Abendhimmel. Ein über der Stadt kreisendes Wasserflugzeug suchte seinen Landeplatz im Hafen, und ein Alsterschiff kreuzte den See und steuerte den Landungssteg vor dem Hotel an. Der Verkehr nahm langsam ab, die Rushhour war vorbei.

Mary sah aus dem Fenster. »Eigentlich hätte ich Lust auf einen Spaziergang am Wasser entlang. Es sind noch viele Leute unterwegs, und wir haben in den letzten Tagen nur im Auto gesessen.«

»Eine gute Idee«, erwiderte David. »Komm, wir ziehen uns rasch um und laufen einmal um den See. Vielleicht finden wir ein nettes Restaurant am Wasser.«

Ein paar Minuten später waren sie unterwegs. Die Promenade führte immer am Ufer entlang, und als Mary und David die Mündung der Alster in den See erreichten, kehrten sie beim Bootsanleger von Bobby Reich ein. Auf den Holzplanken über dem Wasser waren Tische und Stühle aufgestellt. Als sie einen freien Tisch fanden, nahmen sie Platz und bestellten eine Flasche Wein, und als es dunkel wurde, stellte der Kellner Windlichter auf die Tische. Die letzten Ruderboote kehrten zurück und wurden vertäut.

Leicht beschwingt gingen sie schließlich weiter. Der Weg war gut beleuchtet, das Licht störte aber nicht die romantische Stimmung, und Arm in Arm umrundeten sie den See. Leicht atemlos und wundervoll erfrischt erreichten sie ihr Hotel und fuhren lachend in den vierten Stock. Es war ein ausgezeichneter Wein gewesen, den Bobby Reich ihnen serviert hatte!

Vor ihrer Tür zögerte David. In seinem Lächeln lag plötzlich eine leise Trauer, und Mary erkannte die Frage, die in seinen Augen stand. Bereitwillig öffnete sie ihre Tür weit und ließ ihn eintreten. Drinnen wandte David sich zu ihr um und nahm ihre Hände in die seinen. »Es gibt da etwas, das ich dir sagen muss, Mary«, begann er, »doch zuerst sollst du wissen, dass ich dich liebe.«

Von seinen ernsten Worten fühlte Mary sich sehr berührt. Mit den Fingerspitzen strich sie über seine Wangen. »Ich liebe dich auch«, flüsterte sie.

Er zog sie eng an sich, sodass sie den Pulsschlag des Lebens in ihm fühlen konnte. »Bist du ganz sicher?«

Sie nickte, sprechen konnte sie nicht. Lächelnd schmiegte er seine Wange in ihr Haar und flüsterte: »Du bist für mich das Kostbarste, was es gibt auf der Welt, und ich werde nie etwas tun, was dich verletzen könnte, niemals.«

Ein Prickeln durchströmte Marys Körper, als seine Lippen ihr Gesicht liebkosten und seine Umarmung inniger wurde. Und dann ließ er sie los, ganz plötzlich, und drehte sich zum Fenster um. »Ich muss mit dir sprechen, Mary, es wäre unrecht, es nicht zu tun, bevor wir ...«

Erstaunt sah Mary ihn an. Was war denn jetzt wichtiger als die Zweisamkeit, dieses Ineinanderversinken, dieses Gefühl der Zusammengehörigkeit, die nichts und niemand stören sollte?

Sie stellte sich neben ihn und nahm seine Hand. »Was immer es ist, David, es kann warten.«

»Nein, Mary, ich hätte ein schlechtes Gefühl, ich muss mit dir reden. Ich möchte, dass du mich wirklich kennst.«

»Aber Gefühle sind wichtiger als Worte.«

»Nicht immer, mein Liebes.«

»Dann rede, damit wir es hinter uns haben.«

David zögerte noch einen Augenblick, dann atmete er tief ein und legte ihr den Arm um die Schulter. »Ich sagte vorhin, dass du das Kostbarste in meinem Leben bist. Aber es gibt noch jemanden, den ich über alles liebe.«

Mary versuchte, einen Schritt zur Seite zu treten, etwas Abstand zu gewinnen, aber David hielt sie fest. »Bleib bei mir. Ich möchte dir sagen, dass ich eine Tochter habe, die ich sehr liebe.«

»Eine Tochter?«

»Ja, Tatjana ist fünf Jahre alt und lebt bei ihrer Mutter. Aber ich möchte sie unbedingt zu mir holen. Sie ist ein allerliebstes kleines Mädchen, aber ich kenne sie kaum. Deshalb werde ich alles versuchen, sie zu mir zu nehmen. Wir wären dann zu dritt – wenn du einverstanden bist.«

Erschrocken sah Mary aus dem Fenster. ›Ein Leben zu dritt‹, dachte sie verwirrt. ›Ich möchte doch eigene Kinder, warum will er mit einem Leben zu dritt beginnen? Kinder bauen Mauern, diese Kleine wird sofort damit beginnen, sich zwischen uns zu schieben, kann ich das ertragen? Will ich das? Ist es die Liebe wert, die ich für diesen Mann empfinde?‹

»Mary, warum sagst du nichts?« Er zog sie enger an sich. »Tatjana ist ein kleiner Engel, sie wird dich lieben, sie wird dich gernhaben, und mein Glück wäre vollkommen.«

»Auch sehr kleine Engel können eine Zweisamkeit zerstören«, flüsterte Mary. Sie schämte sich, weil sie nicht auf den Herzenswunsch des Mannes einging, den sie zu lieben glaubte.

»Wie meinst du das?«

»David, sie wird immer zwischen uns stehen und einen Schutzwall um dich herum errichten. Du bist der geliebte Vater, und ich bin die Person, die ihr diese Liebe streitig macht.«

»Aber nein, Mary, sie ist doch noch so klein, sie wird sich an dich gewöhnen, sie wird dich genauso lieb haben wie mich. Sie wird zwischen uns stehen und unsere Hände halten, sie wird uns verbinden, Mary, wirklich.«

Aber Mary schüttelte den Kopf. »Sie wird zwischen uns stehen, nur darauf kommt es an.«

»Warum bist du so ängstlich, so kenne ich dich gar nicht?«

»Das, was ich sage, entspricht der Wahrheit. Kinder wollen die Person, die sie lieben, für sich allein haben, sie wollen sie beschützen und bewachen. Selbst kleine Kinder können sehr eifersüchtig sein.«

»Aber woher willst du das wissen? Du hast doch gar keine Erfahrung mit Kindern, soviel ich weiß.«

»Es ist ein allgemein bekanntes Problem, David. Zahlreiche Beziehungen zerbrechen an diesem Phänomen. Es ist ein angeborenes Gefühl, und Kinder, die nur einen Elternteil haben, klammern sich mit ihrem ganzen Herzen an diesen Menschen. Dass sie dabei zerstörerisch und egoistisch sind, wissen sie gar nicht.« Mary war nun wirklich betroffen und verletzt. Warum wollte er ihre Zweisamkeit zerstören, warum war das Kind ihm wichtiger als sie, die doch das Kostbarste in seinem Leben war, wie er gesagt hatte?

Sie entfernte sich von ihm und setzte sich in einen Sessel. Aber David kam ihr nach und kniete vor ihr nieder. »Mary, magst du keine Kinder?«

»Oh, doch. Aber ich möchte eigene Kinder mit dir haben, nicht ein fremdes Kind, das immer zwischen uns stehen würde.«

Er nahm ihre Hände in die seinen. »Mary, es ist doch erst mal nur ein Wunsch von mir. Ich weiß doch selbst nicht, ob er jemals in Erfüllung geht.«

»Und was steht deinem Wunsch im Weg?«

»Die Mutter natürlich. Sie ist nicht einmal bereit, mir festgelegte Besuchszeiten zu bewilligen. Ich bin immer von ihren Launen abhängig, wenn ich Tatjana sehen will. Sie erpresst mich regelrecht mit ihren Wünschen und Forderungen.«

»Sie hat das Sorgerecht?«

»Ja, und daran wird sich nichts ändern, solange sie nicht einen gravierenden Fehler in der Erziehung macht.«

»Aber du kannst deinem Kind doch nicht wünschen, dass die Mutter es schlecht behandelt.«

»Nein, natürlich nicht. Aber wenn ihr Lebenswandel nicht korrekt ist, könnte ich das Sorgerecht beantragen.«

»Erzähle mir von dieser Frau.«

Und David erzählte Mary von Joan, wie und wann sie sich kennengelernt hatten, wie die Beziehung enger geworden und wie Tatjana zur Welt gekommen war. Er erzählte, dass Joan ihn hatte heiraten wollen, dass sie noch immer bestrebt war, seine Frau zu werden, und wie ihre Gier in Erpressungen ausartete.

Wie sie ihn für seine Ablehnung bestrafte und wie er unter der Sehnsucht nach seinem kleinen Mädchen litt.

Mary schüttelte den Kopf. »Die Situation ist tragisch für dich, das sehe ich, aber diese Frau wird keine Fehler machen, sie weiß, was davon abhängt. Und sie ist die Mutter, kleine Mädchen sollten in einer mütterlichen Geborgenheit aufwachsen.«

»Sie wird Fehler machen. Ihr muss nur der geeignete Mann über den Weg laufen, und schon vergisst sie ihre Verpflichtungen. Und dann beantrage ich das Sorgerecht.«

»Du bist ständig unterwegs, David, du bist selten zu Hause. Wann und wie willst du dich um ein kleines Mädchen kümmern? Man wird einem berufstätigen Vater mit ständigen Weltreisen niemals das Sorgerecht zuerkennen. Willst du dann die Erziehung und Pflege deiner Tochter irgendwelchen Angestellten überlassen?«

David sah Mary tief in die Augen. »Alles würde sich ändern, wenn wir ein gemeinsames Leben planen würden. Liebling, willst du mich heiraten?«

Mary war schockiert. Wie konnte er ihr einen Antrag machen, der so berechnend war? Tief gekränkt schüttelte sie den Kopf. »Nein, David, im Augenblick bin ich nicht in der Lage, auf deinen Antrag einzugehen.«

Verwirrt sah er sie an und ergriff ihre Hände. »Bist du mir böse, weil ich ehrlich war und weil ich mein kleines Mädchen in meiner Nähe wissen möchte? Mary, das kann nicht dein Ernst sein. Ich liebe dich doch.«

»Ich liebe dich auch, aber die Verhältnisse, die sich nun mitten hinein in unsere Gefühle drängen, sind mir im Augenblick zu verwirrend. Ich muss mich mit diesen neuen Begebenheiten erst vertraut machen, und das kann ich nicht in wenigen Minuten. Ich wäre dir dankbar, wenn ich jetzt allein sein könnte.«

David stand auf. »Ich verstehe. Es ist auch schon sehr spät geworden. Treffen wir uns morgen beim Frühstück? So um neun

Uhr etwa?«

»Ja, natürlich. Was steht morgen auf dem Programm?«

»Ich muss mir die Filmateliers in Tonndorf ansehen und dort mit der Verwaltung wegen der Termine verhandeln. Wenn Kennarth die Übersetzung fertig hat, müssen wir in der City die Schauplätze besichtigen und uns um die Kostüme kümmern. Möller sagte, er habe Beziehungen zu einem Theaterfundus. Es wäre gut, wenn du mich begleiten könntest.«

»Selbstverständlich, aber ich brauche eine Kopie der Übersetzung, um mir ein Bild über Räumlichkeiten und Personen zu machen.«

»Dann bis morgen also.«

Mary nickte. Hörte sie da ein kleines Fragezeichen in seiner Stimme? »Ich werde pünktlich sein.« Dann blickte sie David nach, der langsam, fast unwillig ihre Suite verließ. Die Trauer in seinen Augen war nicht zu übersehen, aber auch sie war unendlich enttäuscht über den Ausgang dieses Abends, der so vielversprechend begonnen hatte. Freilich, sie hatte einen Heiratsantrag bekommen, aber unter welchen Umständen! Andererseits war es fair von ihm, dass er sie über seine Probleme informierte, bevor er mit ihr die Nacht verbrachte.

Sie zog sich aus, ging ins Bad und duschte noch einmal, als könne sie die Schwierigkeiten dieser späten Nachtstunde abwaschen. Was sie am meisten getroffen hatte, war der Gedanke, sein Antrag könne mit einem geregelten Familienleben für seine Tochter zusammenhängen. Darauf würde sie in keiner Weise eingehen. Sie liebte ihn, sie fühlte sich zu ihm hingezogen, sie wollte an seiner Seite arbeiten, mit ihm Glück und Erfolge genießen, gemeinsam Probleme bewältigen und Freuden erleben, sie wollte aber ganz bestimmt nicht als Ersatzmutter die Betreuung eines für sie fremden Kindes übernehmen. Und das würde sie ihm ganz klar sagen.

Als sie schließlich im Bett lag und die Lampe gelöscht war, kamen dann doch die Tränen. Tränen der Enttäuschung und eines Schmerzes, der ganz tief in ihrem Innern wütete. Ihr Verstand riet ihr zu einem schnellen Ende, und ihr Herz weinte vor Enttäuschung. ›Ist es nicht am besten, ich verschwinde so schnell wie möglich, ich bin einfach morgen Früh fort? Ein Ende mit Schrecken ist besser als ein Schrecken ohne Ende‹, dachte sie, und dann musste sie über diese dumme Redensart lächeln. ›Nein, ich werde nicht die Flucht ergreifen, ich werde um mein Glück kämpfen. Vielleicht verliere ich, aber dann weiß ich wenigstens, dass ich versucht habe, mein Glück zu retten. Und dann diese Arbeit an seiner Seite, die ist so interessant, so vielseitig, so umfangreich, die werde ich nicht einfach aufgeben. Sie hat mir den Engel geschenkt, wenn das kein gutes Omen ist.‹ Und mit dem Gedanken an ihren Engel schlief sie endlich ein.

XXIV

Aber es war kein guter Schlaf für Mary. Sie wälzte sich hin und her, wurde wach, weil sie von Kindergeschrei und Hundegebell geträumt hatte, schlief wieder ein und träumte von Wasser, in dem sie zu ertrinken drohte, und als sie zum Schluss vom Zerhacken ihres Engels träumte, stand sie müde und erschöpft auf. Da war es gerade sieben Uhr. Sie ging zum Fenster und zog die Vorhänge zurück. Draußen empfing sie ein nebliggrauer Tag mit Sprühregen und Autos auf nassem Asphalt, die mit Scheinwerferlicht unterwegs waren.

›Das Wetter passt zu meiner Stimmung‹, dachte sie und rief den Zimmerservice an. Als das Mädchen klopfte, bestellte sie Tee und gebutterten Toast. »Ich frühstücke später, aber jetzt brauche ich etwas zum Munterwerden«, erklärte sie und suchte sich, zum Wetter passend, Hose, Bluse und Pullover aus dem Schrank. Als sie geduscht und das Haar gewaschen hatte, fühlte sie sich etwas besser, und als sie mit dem Föhn das nasse Haar trocknete, überlegte sie ihre nächsten Schritte. ›Ganz gleich, was kommt, als Erstes muss der Engel nach Schottland transportiert werden. Dabei muss mir das Museum helfen, denn mit dem Zoll für Antiquitäten, mit Aus- und Einfuhrbestimmungen kenne ich mich nicht aus. Und David soll nicht denken, dass ich in allen Dingen von ihm abhängig bin. Ach, David!‹ Und schon überfielen sie wieder die Erinnerungen an die letzte Nacht, die so schön begonnen und so enttäuschend geendet hatte.

Aber daran wollte sie jetzt nicht denken. Entschlossen schob sie die Gedanken fort, trank ein paar Schlucke Tee und aß von dem Brot. Dann wusste sie, was sie tun würde. Sie holte ihr Telefonbuch aus der Tasche und wählte die Privatnummer von Robert Connor. Während der Apparat im fernen Edinburgh läutete, entschuldigte sie sich im Stillen für den frühen Anruf, denn aufgrund der Zeitverschiebung war es gerade sieben Uhr in Schottland.

Endlich meldete sich die Haushälterin des Professors, und als Mary sie bat, den Professor sprechen zu dürfen, erhielt sie eine strikte Absage. »Aber es ist äußerst wichtig, ich würde mir nie erlauben, den Herrn Professor so früh anzurufen, wenn es nicht so dringend wäre. Bitte, verbinden Sie mich mit ihm.« Im Hintergrund hörte sie eine männliche Stimme, dann ein Räuspern und die Frage: »Hallo, was ist denn los?«

»Herr Professor, hier ist Mary Ashton, ich rufe aus Hamburg an, und ich bitte vielmals um Entschuldigung für die frühe Störung. Aber ich habe den dritten Engel gefunden, in einem Trödelladen. Und er ist entzwei, aber er ist echt, Professor. Bitte, helfen Sie mir, ihn so schnell wie möglich nach Schottland zu transportieren.«

»Himmel, Mary Ashton, was machen Sie denn in Hamburg? Und wem gehört dieser Engel?«

»Ich habe doch ein paar Tage Urlaub von Ihnen bekommen, und da habe ich einen Sprung nach Deutschland gemacht. Und der Engel gehört mir. Ich habe ihn in einem Haufen zerbrochener Möbelteile entdeckt, und der Händler hat ihn mir geschenkt, weil er nicht wusste, was er mit ihm anfangen sollte. Aber ich fürchte, wenn er merkt, wie wichtig die Skulptur für uns ist und wie wertvoll, will er ihn vielleicht zurückhaben.«

»Dann bringen Sie ihn doch schleunigst her, Mary.«

»Aber das kann ich nicht. Ich kenne doch die Zollbestimmungen und die Transitrechte von Antiquitäten nicht.«

»Tja, das stimmt, damit habe sogar ich Schwierigkeiten. Haben Sie denn einen Beweis, dass der Engel Ihnen wirklich gehört, ich meine eine Schenkungsurkunde oder etwas Ähnliches?«

»Nein, habe ich nicht. Es war eine ganz spontane Handlung, und ich war so froh, den Engel gefunden zu haben, dass ich daran nicht gedacht habe.«

»Können Sie so eine Quittung noch bekommen?«

»Ich werde es versuchen, der Händler war sehr nett, und ich glaube, er war sogar froh, den Engel los zu sein.«

»Dann besorgen Sie so eine Bescheinigung, und ich schicke Mister Perband, unseren Chefeinkäufer bei Auslandsgeschäften, nach Hamburg, der sich mit diesen Bestimmungen auskennt und alle nötigen Papiere für den Zoll mitbringt. Er kann heute Abend in Hamburg sein. Wo erreicht er Sie?«

»Ich wohne im Hotel ›Atlantic‹.«

»Donnerwetter, nobel, nobel.«

»Ich bin eingeladen worden.«

»So, so! Also, Mary, bevor der ganze Aufwand beginnt: Sind Sie wirklich sicher, dass es diesmal der echte Titurenius-Engel ist?«

»Ja, Professor Connor, ganz sicher.«

»Gut, dann ran an die Arbeit. Sie besorgen sich eine Schenkungsurkunde, und ich schicke Ihnen den Transporteur.«

Das Gespräch war beendet. Mary setzte sich und goss sich noch eine Tasse Tee ein, dabei spürte sie, wie ihre Hände zitterten.

›Eine Schenkungsurkunde. Woher bekomme ich eine Schenkungsurkunde?‹, überlegte sie. ›Wenn ich mit der Bitte zu Herrn Möller gehe, wird er hellhörig. Wahrscheinlich vermutet er zu Recht, dass hinter dem Engel mehr steckt als ein Stück gespaltenes Holz. Vielleicht will er ihn sogar zurückhaben. Also das bedeutet: David muss mir helfen. Wie dumm, dass ich ihn schon wieder brauche. Ich wollte doch Abstand halten, und nun komme ich schon wieder mit einer Bitte. Er wird heute Morgen eine Antwort auf seinen Antrag erwarten und nicht schon wieder einen Notruf, in dem ich meine Hilflosigkeit zur Schau stelle. Mein Gott, ich liebe diesen Mann so sehr, aber ich liebe nicht seine Pläne, die mich zu einer Erzieherin für ein mir fremdes Kind machen. Wie kann er mir seine Liebe anbieten und gleichzeitig Forderungen stellen? Was ist denn dann noch ehrlich an diesem ganzen Verhältnis? Und wo sind unsere Gefühle geblieben?

Und ich? Was mache ich? Ich stelle doch auch Forderungen. Ich will dass er mir zu diesem Engel verhilft, ich liebe diesen Engel – vielleicht genauso, wie er sein Kind liebt?

Um Gottes willen, hör auf‹, tadelte sich Mary selbst. ›Wie kann man eine Holzskulptur mit einem kleinen Kind vergleichen? Aber irgendwie läuft alles auf ein Geschäft hinaus. Ein Geschäft mit dem Leben. Mit meinem Leben! Ich will den Engel, er will mich – als Ersatzmutter.‹

Mary stand auf und lief im Zimmer hin und her. ›Himmel, gibt es wirklich keine andere Möglichkeit, den Engel zu bekommen?‹ Aber dann siegte die Vernunft. ›David muss einen Vertrag über die Requisiten mit dem Händler abschließen, dann bekomme ich meine Quittung, die muss David zur Bedingung machen, und um David davon zu überzeugen, muss ich seinem Antrag zustimmen, so einfach ist das.‹

Sie sah auf die Uhr – ›und jetzt muss ich zum Frühstück. David wartet auf mich und, ich nehme es an, auch auf meine Entscheidung.‹

Mary verließ ihre Suite. Auf dem Korridor war alles still. Sie fuhr mit dem Lift nach unten und suchte den Gartensaal auf, in dem das Frühstück angeboten wurde. Auch der Blick auf den kleinen Innenhofgarten war nebelverhangen, und die Pflanzen bogen sich unter der Nässe.

David McClay war nicht zu sehen. So suchte sich Mary einen Tisch in der Nähe der französischen Fenster und war froh zu fühlen, dass die Heizung angestellt war. Dann sah sie David durch die Halle kommen, den Arm voller Papiere. Er sah sie sofort.

»Guten Morgen, mein Liebes, ich habe die Übersetzung, ein Exemplar für dich, eines für mich. Die anderen schickt Brown per E-Mail direkt an die Büros in Glasgow.«

Der Ober kam, und sie bestellten ihr Frühstück. Mary war leicht verwirrt, mit keinem Wort erwähnte David den vergangenen Abend. Konnte er Probleme so leicht verdrängen oder abstreifen?

Sie griff nach dem mehr als dreihundert Seiten starken Manuskript und blätterte es flüchtig durch. »Der Übersetzer hat wohl Tag und Nacht daran gearbeitet?«

»Na ja, ich habe Druck gemacht. Der Aufenthalt hier nutzt mir nichts, wenn ich nicht genau weiß, um was es eigentlich geht.«

»Ich werde mich gleich nach dem Frühstück damit beschäftigen und eine Liste mit den wichtigsten Requisiten aufstellen«, stimmte ihm Mary zu.

»Das wäre gut. Brown hat mir eine Aufstellung der Häuser und Straßen hier in der Stadt gegeben, die will ich heute Vormittag wenigstens ansehen. Schade, dass es regnet, aber dann bist du hier drinnen besser aufgehoben als draußen.«

Das Frühstück wurde serviert. Als der Ober gegangen war, fragte David: »Und sonst, wie geht es dir? Hast du gut geschlafen?«

»Nicht unbedingt.« Sie würde ihm nichts von ihren Albträumen und persönlichen Ängsten sagen, nahm sie sich vor. »Ich habe mir den Kopf zerbrochen, wie ich den Engel nach Schottland bekomme«

»Wir werden eine Lösung finden.«

»Ich glaube, ich brauche eine Quittung, dass ich den Engel geschenkt bekommen habe.«

»Na, das ist doch kein Problem. Wenn du weißt, welche Requisiten wir brauchen, fahren wir heute Nachmittag zu Ferdinand Möller und setzen einen Vertrag auf. Dann kann er dir die entsprechende Quittung geben.«

»Wird er das machen? Vielleicht denkt er, der Engel sei doch mehr wert, als er geglaubt hat?«

David grinste. »Ist er ja auch. Aber du kannst ganz beruhigt sein, der Engel gehört dir.«

»Danke.«

»Hast du noch einmal über unser Gespräch von gestern Abend nachgedacht?«

»David, es war weit nach Mitternacht, und ich war unglaublich müde nach dem langen Tag und dem Weg rund um die Alster, ich bin fast im Stehen eingeschlafen.«

»Aber an den Engel hast du gedacht.« Er war enttäuscht, das hörte sie deutlich.

»Lass mir noch ein bisschen Zeit.«

»Ach, ihr Frauen, immer braucht ihr Zeit, nie könnt ihr spontan reagieren.«

»Entschuldige, aber wenn es um lebensentscheidende Fragen geht, kann ich nicht spontan reagieren.« Sie legte ihre Hand auf seine. »Ganz spontan wäre ich in der Nacht mit dir ins Bett gegangen, David, aber das wolltest du nicht. Du wolltest ein langes Gespräch und entscheidende Antworten, und für die war ich nicht gerüstet. Ich war auf Gefühle eingestellt und nicht auf Probleme, das musst du verstehen.«

»Ich verstehe dich ja, aber ich wollte deine Gefühle nicht verletzen und eine Wahrheit verschweigen, die für mich sehr wichtig ist. Worin liegen denn die Probleme für dich, mein Liebling?«

Bestürzt sah Mary ihn an. Hatte er denn überhaupt nichts verstanden, wusste er denn nicht, wie sehr er sie getroffen hatte, mit seinem Wunsch, seine Frau zu werden, damit er einem Gericht seine intakte Familie präsentieren konnte? »David, ich möchte nicht hier am Frühstückstisch darüber mit dir sprechen. Bitte!«

»Ja, natürlich, es ist nicht der geeignete Ort, um über Gefühle zu diskutieren.« Er stand auf. »Wir sehen uns dann heute Mittag, ich hole dich zum Essen ab.« Und schon war er fort.

›Jetzt habe ich ihn verärgert‹, dachte Mary, beendete ihr Frühstück, nahm ihre Tasche und das Manuskript und zog sich in ihre Suite zurück. Sie wusste inzwischen, David war ein rigoroser Arbeiter, wenn ihn ein Thema gepackt hatte, und wenn sie mit ihm Schritt halten wollte, musste sie sich seinem Tempo anpassen.

Sie überflog die Manuskriptseiten, machte sich Notizen über Räumlichkeiten, Einrichtungen, zeitgemäße Kutschen und sonstige Verkehrsmittel, über die Kleidung der feinen Gesellschaft und der armen Bevölkerung, über Freizeitvergnügungen und sportliche Veranstaltungen. Dann verglich sie die Notizen mit der Liste der Möbel und Geräte, die sie bei Ferdinand Möller aufgestellt hatte, und merkte, dass das Inventar, das sie bei Möller gefunden hatte, bei Weitem nicht ausreichte. ›Was nützt mir ein stilechter Stuhl, wenn ich zwölf davon brauche?‹, überlegte sie. ›Was fange ich mit einem echten Kronleuchter an, wenn in jedem Saal einer hängen muss?‹ Sie machte sich weitere Notizen, unterstrich die Fragen mit einem dicken Rotstift und hoffte, dass David als erfahrener Produzent Antworten wüsste.

Es war fast Mittag, als sie mit ihrer Arbeit fertig war. Sie stand auf und sah aus dem Fenster. Das Wetter war unverändert. Von dem See vor dem Hotel war kaum etwas zu sehen. Der Nieselregen und die Nebelschwaden über dem Wasser verbargen das andere Ufer, und sie dachte an den Roman, den sie nun etwas kannte. Genau hier, an dieser Stelle, damals ein mit Unkraut bewachsenes Stück Uferland, stand Abend für Abend eine der Hauptpersonen und wartete auf den Fährmann, der sie ans gegenüberliegende Ufer bringen sollte.

›Richtig‹, dachte Mary, ›um Bootstypen muss ich mich auch kümmern, aber dazu müssen wir noch einmal in den Museumshafen fahren. Hoffentlich bei besserem Wetter.‹

Es klopfte an der Tür. »Herein.«

Ein Page stand im Türrahmen und bat: »Gnädige Frau, Sie werden im Restaurant erwartet.«

»Danke. Ich komme gleich.«

›Oha‹, dachte Mary, ›David ist wirklich sehr verärgert. Er kommt nicht einmal herauf, um mich abzuholen. Hm, da muss ich nun durch.‹ Sie zog eine frische Bluse an, legte sich den Pulli nur um die Schultern, kämmte ihr Haar noch einmal und legte etwas Rouge auf. Lippenstift benutzte sie nie. Sie stand auf dem Standpunkt, ein mit roten Lippen verziertes Gesicht wirkt angemalt, ein geschminktes Gesicht ohne Lippenstift wirkt natürlich. ›Ich brauche keine Farbpalette, um einigermaßen gepflegt auszusehen. Nur eben so ein bisschen Rouge, das die schlaflose Nacht und die grauen Gedanken vertreibt, ist angebracht.‹ Dann fuhr sie nach unten und ging hoch erhobenen Hauptes durch das Foyer und in den Speisesaal.

Sie sah David McClay sofort, und sie sah die Dame an seinem Tisch, eine attraktive, elegante, rothaarige Frau, die besitzergreifend eine Hand auf seinen Arm gelegt hatte.

Marys Herz machte einen Satz, und hundert Schmetterlinge in ihrem Bauch erinnerten sie daran, dass sie diesen Mann liebte.

Als er sie sah, stand David auf, verbeugte sich leicht vor ihr und zog ihr den Stuhl zurück, damit sie sich setzen konnte. Dann stellte er ihr die Dame vor. »Mary, darf ich dir Miss Joan Barkley vorstellen?« Und zu der Fremden gewandt: »Joan, das ist Miss Mary Ashton.«

Mary setzte sich. Sie war unsicher, aber zufrieden. David hatte ihr die Fremde zuerst vorgestellt. Das bedeutete, sie war ihm wichtiger als diese Rothaarige. Fragend sah sie vom einen zum anderen. Wer war diese Miss Barkley, was machte sie hier an diesem Tisch, woher kannte sie David, und warum war sie so vertraut mit ihm?

David McClay sah ihr die Fragen an. »Miss Barkley ist die Mutter meiner Tochter. Sie hat beruflich hier in Hamburg zu tun, und wir haben uns zufällig im Alsterpavillon getroffen.«

»Ich besuche die Verkaufsausstellung einer Hamburger Designerin«, unterbrach ihn die Fremde, »zweimal im Jahr kaufe ich hier Dessous für meine Kundinnen. Die deutschen Hersteller sind etwas freizügiger als die schottischen. Mit französischen oder italienischen Waren darf ich allerdings nicht nach Glasgow kommen«, witzelte sie anzüglich.

Der Ober kam, um die Bestellungen entgegenzunehmen. David wählte Roastbeef mit Beilagen, Joan Barkley nahm eine Cremesuppe und einen Zwiebelrostbraten, und Mary entschied sich für ein Pilzomelett mit Salat. Irgendwo, zum Glück weit entfernt, unterhielt ein Klavierspieler die Gäste mit dezenter

Tischmusik. David bezog Mary in das Gespräch mit ein. »Ich habe mich gerade nach dem Befinden meiner Tochter erkundigt, die jetzt allein in Glasgow ist.«

»Sie ist nicht allein. Sie ist in ihrer wohlvertrauten Umgebung zusammen mit ihrer Nanny, ihren Freundinnen und dem Hauspersonal«, versicherte Joan aggressiv.

Mary schüttelte unmerklich den Kopf. ›Müssen sie ihren Streit bis in das Restaurant eines fremden Landes ausdehnen?‹ Bevor David etwas entgegnen konnte, unterbrach ihn Mary. »Wie ist der Vormittag verlaufen? Hast du alles besichtigt, was auf deinem Plan stand?«

»Ja, habe ich«, antwortete David schlecht gelaunt. »Aber im Alsterpavillon habe ich erkannt, dass es wichtigere Dinge als die Vorbereitung eines Films gibt.«

»Er meint unsere Begegnung. Wir sehen uns viel zu selten, nicht wahr, Darling?« Sie legte wieder die lange, schlanke, sehr gepflegte und reich geschmückte Hand auf seinen Arm, und Mary versteckte ihre Hände auf dem Schoß. Mit dieser Eleganz konnten ihre von Arbeit, chemischen Lösungen und Eigenmaniküre strapazierten Hände nicht mithalten.

»David, ich habe das Manuskript studiert und mit meinen Listen verglichen, wir werden vieles neu arrangieren und auch ändern müssen.«

»Warum?« Mary spürte genau, dass David nicht bei der Sache war, aber sie wollte ihn unbedingt ablenken und die Arbeit an die erste Stelle seiner Gedanken rücken. Denn wenn er sich jetzt auf das Wohl seines Kindes konzentrierte, geriet der Film in den Hintergrund und mit ihm der Besuch bei Ferdinand Möller und ihre so sehr benötigte Schenkungsurkunde, die heute Abend für Mister Perband verfügbar sein sollte.

»Es gibt Raum- und Mengenprobleme. Wir müssen nicht nur Salons und Stuben möblieren, sondern Säle und große Hallen, wenn wir den Romanvorgaben folgen.«

Ein Sommelier kam und fragte nach den Getränkewünschen, ein Aushilfskellner kam und wechselte die Gläser, nachdem Mary und David nur Mineralwasser bestellten, und schließlich servierten der Ober und ein Kellner das Essen.

»Wie kann man so ein köstliches Essen mit Mineralwasser beleidigen?«, entrüstete sich Joan und ließ sich die Weinkarte reichen.

»Wenn man arbeiten und einen klaren Kopf bewahren muss«, erklärte David mürrisch. »Schließlich muss ich eine Menge Geld verdienen, um gewissen Ansprüchen gerecht werden zu können.«

Langsam wurde die Atmosphäre peinlich. Mary hatte keine Lust mehr, die Wogen zu glätten und das Gespräch in andere Richtungen zu leiten. Sie wollte so schnell wie möglich dieses Essen beenden und zurück in ihre Suite gehen.

Aber Joan Barkley schien sich köstlich zu amüsieren. »Darling, der heutige Abend gehört aber mir, ich werde meine Sachen bringen lassen und hier Quartier beziehen. Erinnerst du dich an unsere wundervollen Reisen und wie gemütlich die gemeinsamen Abende waren? Wir müssen einiges nachholen, Tatjana wird es freuen, wenn ich ihr davon erzähle. Sie fragt doch so oft nach dir.«

Da war sie also wieder, die Erpressung, von der David berichtet hatte. ›Diese Frau ist eine Schlange‹, dachte Mary schockiert und aß das letzte Stückchen ihres Omeletts, als Joan forderte: »Und heute Nachmittag begleitest du mich bitte zu Bulgari. Er hat ein Geschäft im Neuen Wall eröffnet, und ich bin neugierig auf die Auswahl, die er nach Hamburg gebracht hat.«

David stieß den Teller zurück und stand auf. »Ich bin beschäftigt. Du wirst sicherlich einen anderen Begleiter finden.« Und zu Mary gewandt: »Bist du so weit? Drumworld wartet draußen mit dem Wagen.«

XXV

Joan Barkley wusste genau, womit sie ihren Lord reizen konnte. Und wenn er jetzt, wie es schien, eine ernstzunehmende Freundin hatte, würde sie ihn bis auf den höchsten Gipfel des Erträglichen treiben. Sie schmunzelte, weil sie spürte, wie wütend dieser Mann vom Tisch aufgestanden und gegangen war, diese jeansgekleidete Unscheinbare, die er anscheinend für seine Arbeit engagiert hatte, im Schlepptau.

Sie genoss unbeeindruckt ihr Essen, ließ sich einen bunten Eisbecher mit Früchten als Nachspeise bringen und erklärte dem Ober beim Aufstehen: »Die Rechnung geht an Lord McClay, die Zimmernummer haben Sie ja.«

»Selbstverständlich, gnädige Frau. Möchten Sie vielleicht noch einen Kaffee oder einen Espresso im Foyer einnehmen? Wir servieren ihn, wo Sie ihn zu sich nehmen möchten.«

»Das ist eine wunderbare Idee, vielen Dank. Ich nehme einen normalen Kaffee im Foyer.« Sie verließ den Speisesaal und ging zur Rezeption. »Können Sie mir sagen, in welchem Zimmer Lord McClay wohnt?«

»Darüber kann ich leider keine Auskunft geben, Madam.«

»Ich bin mit ihm verwandt und möchte ein Zimmer in seiner Nähe buchen. Es ist mir zu umständlich, ständig das halbe Hotel zu durchlaufen, wenn wir uns treffen wollen.«

»Einen Augenblick, bitte.« Der Portier sah in seinem Gästebuch nach, dann erklärte er: »Ich kann Ihnen ein Zimmer in der vierten Etage anbieten.«

»Danke, das nehme ich.«

»Darf ich Ihr Gepäck nach oben bringen lassen, gnädige Frau?« Er spielte mit der Key-Card, gab sie aber nicht aus der Hand.

»Mein Gepäck kommt in etwa einer Stunde. Ich werde hier in der Halle darauf warten.« Verärgert drehte sie sich um. ›Wofür hält mich dieser Mensch, sehe ich wie eine Hochstaplerin aus, die ohne kostspieliges Gepäck reist?‹ Sie suchte sich einen Platz in einem Sessel, der ihr einen guten Ausblick auf die Lifte, die Treppe und die Drehtür am Ausgang bot. Kaum hatte sie Platz genommen, wurde ihr ein Tablett mit Kaffee, Gebäck, Sahne und Zucker serviert. Lange brauchte sie nicht zu warten, dann kamen David McClay, Mary Ashton und Clark Brown aus dem Lift und eilten durch den Ausgang zu einem Auto, das draußen hielt. ›Aha‹, dachte sie, ›den Bentley hat er mitgebracht und den Sekretär auch, das sieht tatsächlich nach Arbeit aus. Na, mir soll es recht sein, irgendwann werde ich von diesem Fleiß profitieren.‹ Sie nahm ihr Handy aus der Handtasche und wählte eine Nummer. ›Warum soll ich in einem kleinen Hotel in der Neustadt wohnen, wenn hier der pure Luxus auf mich wartet?‹ Als sich der andere Teilnehmer meldete, forderte sie: »Bitte bringen Sie mein Gepäck umgehend ins Hotel ›Atlantic‹. Die Rechnung begleiche ich hier. Ich warte im Foyer, und bitte beeilen Sie sich.«

Dann wählte sie eine zweite Nummer. Diesmal dauerte die Verbindung etwas länger, dann meldete sich auch dieser Teilnehmer. »Hallo Betty, hier ist Miss Barkley, wie geht das Geschäft? Ich hoffe, alles läuft bestens. Ich habe einige sehr delikate Stücke für die Herbstkollektion besorgt. Und außerdem habe ich mein Hotel gewechselt. Ich wohne jetzt im Hotel ›Atlantic‹ hier in Hamburg, notieren Sie bitte die Telefonnummer und sagen Sie zu Hause Bescheid, falls man mich von dort aus erreichen will.« Sie diktierte die Telefonnummer des Hotels, die Internetadresse und zur Sicherheit noch einmal die eigene Handynummer. Dann schaltete sie das kleine Gerät ab und steckte es wieder in ihre Handtasche.

Die langen Beine elegant übereinandergeschlagen, beobachtete sie den Betrieb im Foyer. Gäste kamen, Gäste gingen, Gepäck wurde hin- und hergefahren, Pagen verbeugten sich, nahmen Trinkgelder in Empfang oder auch nicht, Regenmäntel wurden in der Garderobe abgegeben oder abgeholt, zweimal wurden Blumensträuße an der Rezeption abgeliefert, und einmal pinkelte ein kleiner Hund mitten auf einen edlen Teppich. Aber niemand bemerkte etwas. Der Portier auf der Straße stand mit seinem Zylinder und der grauen Uniform im Regen, rief Taxen, dirigierte die Autos, sorgte dafür, dass die Carboys die Wagen der Gäste vor die Einfahrt brachten oder in die Garage fuhren, und zog seinen Zylinder, wenn Leute kamen oder gingen. Einmal bekam Joan fast einen Lachanfall, als ein Lieferwagen der Lufthansa vorfuhr und ein großer altmodischer Schrankkoffer ausgeladen wurde.

›Mein Gott, wer reist denn heute noch mit solch einem Ungetüm?‹, dachte sie und beobachtete den Mann, der zu dem Koffer gehörte. Ein Brite, wie sie feststellte, aber was er an der Rezeption sagte, konnte sie nicht verstehen. Dann setzte sich der Fremde in einen der Sessel neben der Treppe, und ein Page schob den Koffer mit seinem Rollwagen hinter den Gast. Der Fremde bestellte Tee und Sandwiches, und Joan wurde neugierig, denn der Mann sah akzeptabel aus, war gebildet, wirkte zwar etwas hilflos, aber im Vergleich zu seinem alten Koffer durchaus elegant.

Sie wartete ein paar Minuten, ob sich jemand zu ihm setzen würde, dann stand sie auf, schlenderte durchs Foyer und blieb bewundernd vor dem Schrankkoffer stehen. »Mein Gott, mit so einem Ungetüm ist meine Großmutter zwischen Indien und London hin- und hergereist«, log sie und umrundete den Koffer. »Dass es so ein Relikt aus der guten alten Zeit noch gibt. Wird so ein Koffer im Flugzeug überhaupt transportiert?«, fragte sie interessiert und setzte sich wie selbstverständlich in den zweiten Sessel.

Der Fremde lächelte. »Normalerweise nicht, aber Ausnahmen gibt es schon.«

»Im Koffer meiner Großmutter war die eine Hälfte mit Schubladen ausgefüllt, sie konnte ihre Wäsche hineinlegen wie in ihre Kommodenschubladen, und in der anderen Hälfte hingen ihre Kleider«, phantasierte Joan neugierig weiter. »Ist das in Ihrem Koffer auch so? Ich finde das ungeheuer praktisch. Man stellt den Koffer vor sich hin und öffnet ihn wie einen Schrank.«

»Deshalb nennt man ihn Schrankkoffer«, bestätigte der Fremde höflich.

»Und die Schubladen, hat Ihr Koffer die auch?«

Der Fremde lachte. »Sie erwarten doch wohl nicht, dass ich den Koffer jetzt öffne und Ihnen den Inhalt zeige?«

»Nein, natürlich nicht.« Auch Joan lachte. »Wohnen Sie auch hier im Hotel ›Atlantic‹?«

»Ja, vermutlich.«

Verblüfft sah sie ihn an. »Sie wissen nicht, ob Sie hier wohnen? Und dann mit einem so umständlichen Gepäckstück? Das passt doch nicht einmal in ein Taxi.«

»Ich habe Verpflichtungen in dieser Stadt, da ist es ziemlich gleichgültig, in welchem Hotel ich wohne.«

»Bleiben Sie ruhig hier, es soll das beste Haus am Platz sein.« Sie wartete seine Antwort gar nicht erst ab, sondern fuhr gleich fort: »Und vielleicht trifft man sich ja einmal? Ich heiße übrigens Joan.« Sie reichte ihm die Hand. Der Fremde stand höflich auf und verbeugte sich: »Walter Perband.«

»Werden Sie länger in Hamburg sein?« Sie sah ihm vielversprechend in die Augen.

»Das hängt von Verhandlungen ab, die ich hier führen muss.« Die Neugier der Frau ging ihm langsam auf die Nerven. Sie sah sehr attraktiv aus, und er fühlte sich sogar ein bisschen geschmeichelt, dass eine so elegante Dame hier mit ihm redete, aber ihre Neugier wurde ihm lästig, und außerdem fing sie an, mit ihm zu flirten, und darauf war er überhaupt nicht eingestellt. Er hatte einen wichtigen Auftrag und keine Zeit für nutzlose Redereien.

Joan schlug die langen Beine übereinander, und der schmale, kurze Rock zeigte mehr, als angemessen war. Und obwohl Walter Perband versuchte, nicht in die Richtung ihrer freizügigen Zurschaustellung zu sehen, konnte er kurze, heimliche Blicke nicht verhindern.

Joan spürte ein angenehmes Prickeln auf der Haut und erwischte hin und wieder einen Blick in seine Augen. ›Er sieht gut aus‹, dachte sie, ›er scheint wohlhabend zu sein, sonst würde er hier nicht absteigen, auch wenn es nur vorübergehend wäre. Ein Flirt mit einem anderen Mann kann meiner Beziehung zu David nur guttun‹, überlegte sie und wechselte die Stellung ihrer Beine, sodass der Rock sich noch ein wenig mehr verschob. ›Nur wirklich lange, schlanke Beine kann man elegant übereinanderschlagen‹, dachte sie zufrieden, ›alles andere sieht einfach ordinär aus.‹

Sie sprachen über das Wetter, die Stadt, die Reisemöglichkeiten, den Zimmerservice und die Chancen, sich in einem guten Hotel näher kennenzulernen.

Nach einer guten Stunde wurde ihr Gepäck gebracht. Aber Joan dachte nicht daran, ihren Platz an der Seite des gut aussehenden Briten zu verlassen. Sie winkte einen Pagen heran und befahl ihm, das Gepäck in ihr Zimmer zu bringen. Dann bezahlte sie die Rechnung des anderen Hotels und ließ sich ihre Key-Card aushändigen.

Lässig mit der Karte spielend, fragte sie: »Und wo wohnen Sie in diesem Haus?«

»Ich sagte doch schon, ich weiß noch gar nicht, ob ich hierbleibe. Ich erwarte Freunde, von denen hängt es ab, ob und wo und wie lange ich in Hamburg sein werde.«

»Dann sind Sie gar nicht lange hier?«

»Es kann sein, dass ich schon heute Abend zurück nach Edinburgh fliege.«

»Und das mit diesem großen Koffer voller Sachen?«

»Wer sagt denn, dass er voller Sachen ist?«

»Aber Sie werden doch nicht mit einem leeren Koffer angereist sein?«

»Wer weiß?«, lachte er und stand auf. »Ich werde mich jetzt erst einmal frisch machen und dann telefonieren, danach weiß ich mehr.«

»Aber Sie können gern in meinem Beisein telefonieren, ich fühle mich nicht gestört.« Sie schaute zu ihm auf und wechselte noch einmal die Stellung ihrer hübschen Beine.

Walter Perband neigte den Kopf und sagte leise: »Mein Gespräch muss mit einer gewissen Diskretion geführt werden, wenn Sie wissen, was ich meine.«

Joan lachte. »Ich verstehe, höchste Geheimhaltung. Sie können ganz unbesorgt sein, ich bin keine Schwätzerin.« Sie warf den Kopf zurück und fuhr sich mit beiden Händen durch ihr leuchtend rotes Haar. »Ich kann wirklich schweigen.«

Perband warf einen Blick auf seine Armbanduhr und dachte: ›Ich muss tatsächlich auf die Toilette gehen, um diese Frau loszuwerden.‹ Er verbeugte sich vor Joan: »Es hat mich sehr gefreut, Madam«, winkte einen Pagen herbei und bat ihn: »Bitte bringen Sie meinen Koffer in den Gepäckaufbewahrungsraum.« Dann verschwand er in einem der seitlichen Flure.

›Dumm gelaufen‹, dachte Joan und blieb sitzen. Was sollte sie allein in ihrem Zimmer machen? Hier unten war wenigstens etwas los, und sie konnte sehen, wann David ins Hotel zurückkam.

Der 52-jährige Walter Perband war stark verunsichert. Er war kein Frauenheld. Im Gegenteil, er lebte sehr zurückgezogen im Haus seiner Mutter, die ihm den Haushalt führte und die verwitwete Großmutter betreute, die aufgrund zweier vorteilhafter Ehen sehr vermögend war und den Unterhalt der drei Familienmitglieder mit Leichtigkeit finanzieren konnte. Als kleiner Junge wollte Walter Polizist werden, etwas herangereift, legte er den Wunsch, ständig auf der Straße als Streife umherzulaufen, wieder ab, blieb aber dem Traum, für Recht und Ordnung zu sorgen, treu und wurde Zollbeamter. Nach dem Drill der Ausbildung aber sehnte er sich nach einem gemächlicheren Leben, das nicht ständigen Schichtdienst, exakte Dienstvorschriften und das Tragen einer im Sommer viel zu warmen Uniform erforderte. Walter Perband war im Grunde seines Herzens ein rechtschaffener, wenn auch bequemer Mensch, und die Zwänge des Zolldiensts legte er schnell wieder ab. Er erhob sich zum ›Rechtsberater in Zoll- und grenzüberschreitenden Fragen‹ und wurde Zivilist. In dieser Funktion war er mit dem ›Museum of Art History‹ ins Geschäft gekommen, ein Geschäft, das ihm sehr zusagte. Die seltenen Aufträge waren interessant, erlaubten ihm – vom Museum finanzierte – Auslandsreisen zu tätigen und zerrten nicht an seinem bequemen Leben. Da er sich in seinem Metier wirklich gut auskannte und seine Aufgaben problemlos löste, war er ein gern gesehener und hoch geachteter Mitarbeiter des Museums Und nun war er im Hotel ›Atlantic‹ in Hamburg und wartete auf diesen verzweifelt gesuchten dritten schottischen Engel, den Miss Ashton anscheinend in ihrem Zimmer aufbewahrte. Professor Connor hatte ihm die Handynummer der jungen Dame mitgegeben, die er nicht persönlich kannte, da sie sich meist im Laboratorium aufhielt, während er in der Direktionsetage ein- und ausging, wenn er für das Museum tätig war.

›Zu dumm, dass sie nicht im Hotel war, als ich ankam‹, dachte er. ›Ich habe alle Papiere besorgt, die für den Transport des Engels nötig sind, und könnte heute noch zurückfliegen. Zu ärgerlich, dass es dafür nun zu spät wird. Mama hat für den Abend eine Hühnerfleischterrine geplant, eines meiner Lieblingsgerichte, aber darauf muss ich nun wohl verzichten.‹

Walter Perband wusch sich die Hände und spülte einmal kaltes Wasser über das Gesicht. Dann holte er sein Handy aus der Jackentasche und wählte die Nummer, die er in Edinburgh schon einprogrammiert hatte. Aber Miss Ashton war nicht zu erreichen. »Wahrscheinlich hat sie ihren Apparat gar nicht angestellt. Ärgerlich! Wozu hat man so ein mobiles Telefon, wenn man dann doch nicht zu erreichen ist«, schimpfte er leise vor sich hin. Er schlenderte den Flur auf und ab. Ein kurzer Blick in die Halle zeigte ihm, dass diese Miss Joan immer noch in ihrem Sessel saß. Sein Koffer aber war abtransportiert worden. ›Gott sei Dank! Diese Frau ist wirklich zu neugierig. Ob der Koffer auch Schubladen enthält? So ein Blödsinn, natürlich habe ich die Schubladen entfernt. Wenn in jeder Hälfte ein halber Engel stehen soll, ist kein Platz für Schubladen vorhanden.‹ Er ging bis vorn zur Rezeption und beobachtete die an- und abfahrenden Gäste. ›Zu dumm, dass ich diese Miss Ashton nicht kenne, sonst könnte ich sie hier abfangen‹, überlegte er, dann wandte er sich an den Chefportier: »Mein Name ist Walter Perband, ich komme aus Edinburgh. Bitte, könnten Sie mich benachrichtigen, wenn Miss Mary Ashton ins Hotel kommt? Ich kenne die Dame nicht, bin aber ihretwegen hergekommen, weil sie einen Auftrag für mich hat.«

»Selbstverständlich. Wo halten Sie sich auf, damit wir Sie finden?«

»Tja, wo halte ich mich auf? Im Foyer möchte ich nicht warten, dort sitzt eine Dame, die mich seit einer Stunde unterhalten zu müssen glaubt. Gibt es irgendwo einen anderen Aufenthaltsraum?«

»Wir haben hier nebenan einen Computerraum für Gäste, wenn Sie da Platz nehmen möchten, könnten wir Sie sofort benachrichtigen.«

»Danke, das ist sehr liebenswürdig. Ich werde dort warten.« Und Walter Perband ging in den kleinen Raum hinter der Rezeption und verbrachte die nächste Stunde mit Computerspielen. Eine Tätigkeit, die zu Hause nicht erlaubt war.

Mary, David und der Sekretär hatten einen arbeitsreichen Nachmittag hinter sich, als sie endlich im Antiquitätengeschäft von Ferdinand Möller eintrafen. Sie hatten die Ateliers in Tonndorf inspiziert, die Villa im Hirschpark von innen besichtigt und mit dem Wirt vom Alsterpavillon über eventuelle kurze Geschäftsschließungen verhandelt. Zum Schluss hatten sie einen Reitverein in Rahlstedt besucht, der über zahlreiche Kutschpferde und entsprechende Equipagen verfügte und schon mehrfach bei Filmen mitgemacht hatte. Diese Besuche und Besichtigungen nahmen viel Zeit in Anspruch, auch weil die Wege kreuz und quer durch die große Stadt führten, und Mary war mehr als ungeduldig, weil ihr die Frage der Schenkungsurkunde unter den Nägeln brannte. ›Der Transporteur aus Edinburgh ist bestimmt längst im Hotel und wartet dort auf mich‹, fürchtete sie, ›und ich hatte noch keine Gelegenheit, den Besitz einer Schenkungsurkunde wenigstens anzusprechen.‹ Sie wagte aber auch nicht, David um Eile zu bitten oder ihn davon zu überzeugen, dass der Besuch bei Herrn Möller wichtiger sei als zum Beispiel der Besuch in einem Pferdestall. So verging der Nachmittag, und als David endlich den Chauffeur anwies, Herrn Möller in der Caffamacherreihe anzusteuern, war es wieder kurz vor Geschäftsschluss.

Herr Möller war zum Glück noch anwesend. Während seine Mitarbeiter die Räume für den abendlichen Geschäftsschluss vorbereiteten, die Auslagenfenster beleuchteten und die Hallen hinter dem Haus verschlossen, gab Ferdinand Möller seiner Freude über die neuen Geschäftsfreunde lauten Ausdruck.

»Wie schön, Sie zu sehen, ich freue mich, dass Sie wieder hergekommen sind. Bedeutet das ein gemeinsames Geschäft? Wie wunderbar.«

David zeigte sich von seiner freundlichsten Seite, begrüßte den Ladenbesitzer mit kräftigem Händedruck und schlug ihm ermunternd auf die Schulter, als er sagte: »Selbstverständlich, mein lieber Mister Möller, selbstverständlich!«

Die beiden Männer besprachen Einzelheiten eines möglichen Leihvertrags, der Versicherung, der voraussichtlichen Liefertermine, und ganz beiläufig sagte David: »Übrigens, wir brauchen noch eine Quittung für den geschenkten Engel, damit wir ihn durch den Zoll kriegen. Miss Mary möchte ihn natürlich gern mit nach Hause nehmen.«

»Aber gern, ich bin froh, ihn in guten Händen zu wissen. Mit einem Engel ist das immer so eine Sache. Man mag ihn, und wenn er kaputt ist, weiß man nicht, wohin damit. Wollen Sie ihn reparieren, Miss Ashton?«

Mary schüttelte den Kopf. »Ich glaube nicht. Gerade der gespaltene Engel zeugt doch davon, dass auch Engel Leid ertragen müssen. Nein, ich denke, ich lass ihn, wie er ist.«

»Ja, da haben Sie vielleicht recht.« Ferdinand Möller stand auf, ging an sein altmodisches Schreibpult, holte einen Quittungsblock heraus und schrieb:

›Dieser gespaltene Engel ist ein Geschenk für Miss Mary Ashton aus Edinburgh in Schottland.

Hamburg, im Mai 2006.

Ferdinand Möller, Antiquitätenhandlung seit 1750, Caffamacherreihe in Hamburg.‹

Er wedelte die Tinte etwas trocken und überreichte die Quittung Mary. »Es ist mir eine Ehre, Miss Ashton, und ich hoffe auf gute Zusammenarbeit in den nächsten Monaten.«

Mary bedankte sich und steckte die Quittung ein. »Ich freue mich auf die Zusammenarbeit, allein der Anblick Ihrer vielen interessanten Antiquitäten ist für mich wie eine Reise durch ein Wunderland.«

Ferdinand war entzückt. Nachdem alles besprochen war, verließen die drei Besucher das Geschäft und fuhren zurück zum Hotel.

»Na, wie habe ich das gemacht?«, fragte David und freute sich mit Mary.

»Danke, du hast das wunderbar gemacht, und ich hatte schon Angst, wir schaffen das heute nicht mehr.«

»Warum so eilig, wir sind doch noch ein paar Tage hier, mein Liebes?«

»Ich habe heute Morgen mit dem Museum telefoniert, und sie wollten noch heute einen Mann schicken, der den Engel abholt. Ich bin nämlich froh, wenn ich ihn sicher und geborgen im Museum weiß. Er ist zu kostbar, um lange in einem Hotelzimmer herumzustehen. Das verstehst du doch, oder?«

»Na, von deinem Telefongespräch hatte ich keine Ahnung, aber du hast recht, er sollte in die sicheren Mauern des Museums einziehen. Er hat genug durchgemacht. Wer holt ihn denn, warum hast du mir denn das nicht gesagt?«

»Du hattest einen Gast am Tisch, da wollte ich nicht von dem Engel anfangen.«

»Ja, richtig. Joan. Hm, hoffentlich ist sie inzwischen verschwunden.«

»Sie erpresst dich wirklich, ich habe es sehr deutlich gespürt.«

»Sie hat sich zu einer Furie entwickelt, wenn es um mein Kind geht.«

»Um euer Kind, David, sie ist die Mutter.«

»Das ist das Problem.«

»Wir werden eine Lösung finden, David, ich lass dich nicht im Stich.«

»Du bist ein Engel, Mary, mein ganz persönlicher schottischer Engel. Wir werden uns einen wunderschönen Abend machen, schöner, als du dir vorstellen kannst.«

»Ohne ernsthafte Gespräche?«, fragte sie scherzhaft.

»Ohne Gespräche, heute Abend lassen wir die Gefühle reden, einverstanden?«

»Einverstanden.«

Nur mit Joan Barkley hatten sie nicht gerechnet.

XXVI

David McClay, Lord of the Border Hills, war ein introvertierter Mann. Trotz seiner körperlichen Dominanz und seiner wirtschaftlichen Erfolge war er sensibel und distanziert. Er hatte ein paar Freunde, aber die waren über den ganzen Globus verteilt, und wenn er wirklich einmal freundschaftliche Hilfe gebraucht hätte, waren sie meist unerreichbar, und er musste ohne sie und ihre Ratschläge auskommen So hatte er gelernt, allein mit seinen Problemen umzugehen, und das war ihm, so meinte er, bisher auch ganz gut gelungen, denn er wollte Frieden in seinem Leben und Harmonie in seinen Beziehungen.

Das Spiegelbild seiner innersten Einstellung war ›Lone House‹, sein Heim, sein Zuhause. Leider vereitelte sein Beruf ständig die Rückkehr in dieses Refugium, in die Kraft schenkenden Berge, zu den Ruhepausen, die er so nötig brauchte. So hatte er sich notgedrungen angewöhnt, keine persönliche Schwäche zu dulden und Probleme anzupacken, selbst wenn sie ihn zu erdrücken drohten. Dass er von seinen Mitarbeitern die gleiche Einstellung erwartete, war ungerecht, aber verständlich.

Auch in Hamburg war der Tagesablauf von seinen Forderungen bestimmt. So war es schon eine Ausnahme, dass er sich diesen kommenden Abend ganz frei gehalten hatte. Er wollte mit Mary zusammensein, er wollte Zeit für Gefühle haben und den wenigen Glücksmomenten in seinem Leben die Tür weit öffnen. Dummerweise stand in dieser Tür an diesem Abend Joan Barkley, die Ex-Geliebte und Mutter seiner Tochter.

Kaum hatten David und Mary das Hotel betreten, sprang sie aus ihrem Sessel auf und kam mit weit ausgebreiteten Armen auf David zu. Ihr Jubelruf: »David, mein Liebster«, blieb keinem Besucher der Halle verborgen, und bevor David reagieren konnte, hatte sie ihn umarmt, küsste ihn und kraulte ungeniert seinen Nacken mit beiden Händen. David, überrumpelt und schockiert, befreite sich aus ihren Armen und schob sie ein Stück weit von sich. »Was fällt dir ein? Was machst du hier?«

Sie lachte laut und unüberhörbar. »Aber Liebling, ich will natürlich in deiner Nähe sein. Unsere kleine Tochter ist überglücklich, dass wir uns hier getroffen haben. Ich habe heute mit ihr telefoniert. Sie lässt ihren Papi herzlichst grüßen, und sie wartet auf dich. Und tausend Küsse soll ich dir von ihr geben. Komm, lass uns gleich damit anfangen.« Und schon wollte sie die Arme erneut um ihn werfen.

Aber David trat einen Schritt zurück und hob abwehrend beide Hände. »Hör auf mit dem Spektakel. Sag mir, was du hier willst, und verschwinde.« Und aus den Augenwinkeln beobachtete er, wie ein fremder Mann Mary höflich begrüßte und wie diese beiden in einem Raum hinter der Rezeption verschwanden. Wütend wandte er sich wieder Joan zu. »Ich habe keine Zeit für Kinkerlitzchen, also fahr zurück in dein Hotel und lass mich in Ruhe.«

»Mein Hotel ist auch dein Hotel, mein Lieber«, wedelte sie mit ihrer Key-Card vor seinen Augen. »Ich habe mir erlaubt, hierher umzuziehen, um dem Vater meiner Tochter ganz nah zu sein – natürlich auf deine Rechnung, mein Liebster. So als Erinnerung an die schönen Zeiten, in denen wir weltweit die Hotels unsicher und mit unserer wundervollen Liebe alle Gäste in den Zimmern und Suiten rund um uns herum neidisch machten. Weißt du noch, oder hast du die Schreie unseres Glücks etwa vergessen?«

David war schockiert. Zum einen, weil er öffentliche Auftritte hasste, zum anderen, weil fast alle Anwesenden die Blicke auf ihn und Joan richteten und ihre laute Stimme kein Geheimnis aus diesem peinlichen Gespräch machte. Er erinnerte sich mit Grauen an ihre nächtlichen Lustschreie, die ihm schon damals so peinlich waren, dass er am folgenden Morgen kaum den Frühstücksraum zu betreten wagte, weil er genau wusste, was das süffisante Grinsen einiger Hotelgäste bedeutete.

Plötzlich wandte sie sich von ihm ab und starrte durch die Halle, wo, wie er selbst sehen konnte, Mary und ein fremder Mann zum Lift gingen. Ein Page rollte einen altmodischen Schrankkoffer hinter den beiden her.

»Oh«, kreischte Joan, »da ist ja mein Freund Walter.« Sie griff nach Davids Arm und zog ihn mit sich durch die Halle.

Um nicht noch mehr Aufsehen zu erregen, ging David neben ihr her. Und außerdem, wer war der Fremde, mit dem Mary zum Lift ging?

»Hallo, mein lieber Walter, ich habe Sie vermisst«, winkte Joan schon von Weitem. Dann stellte sie die beiden Männer einander vor. »Das ist Walter, ein Freund aus Edinburgh, wir haben uns hier im Hotel getroffen. Und das ist David Lord McClay, der Papi meiner süßen Tochter.« Mary übersah sie geflissentlich. »Hi! Das verspricht ja ein wundervoller Abend zu werden. Wir drei und der prickelnde Service dieses Hotels. Wollen wir alle in die vierte Etage? Dann lasst uns gemeinsam fahren, dieser unmögliche Koffer kann den nächsten Lift benutzen«, wobei sie Mary und dem Kofferboy kurz zunickte.

David befreite sich endlich von der Hand, die noch immer seinen Arm umklammerte. »Einen Augenblick. Ich kann niemanden daran hindern, mit dem Lift in die vierte Etage zu fahren, aber zu unserer Runde gehörst du, Joan, ganz bestimmt nicht.« Er stellte sich neben Mary und den Koffer und winkte Walter Perband zu. »Kommen Sie, wir nehmen diesen Lift.« Als sie alle drinnen standen, war der Fahrstuhl voll. Aber nebenan öffnete der nächste seine Tür, und es war zu erwarten, dass Joan Barkley mit ihnen zusammen oben ankam. David reichte dem Fremden die Hand. »Ich nehme an, Sie sind gekommen, um den Engel zu holen.«

»Ja, ich bin schon eine ganze Weile im Hotel, konnte aber Miss Mary nirgends erreichen.«

»Wir haben Requisiten ausgesucht und voraussichtliche Liefertermine besprochen. Außerdem haben wir die

Schenkungsurkunde für den Engel besorgt. Haben Sie alle anderen notwendigen Papiere?«

»Alles da, was wir brauchen.« Walter Perband klopfte auf seine Aktentasche. »Trotzdem wäre es gut, wenn um den Abtransport nicht zu viel Wirbel gemacht würde. Die Dame, die uns da in der Halle ...«

»Ja, ja, ich weiß, was und wen Sie meinen. Sie spielt keine Rolle.«

»Da bin ich mir nicht so sicher, die Dame ist sehr anhänglich. Ich bin schließlich auf die Toilette geflüchtet.«

»Du meine Güte«, mischte sich Mary zum ersten Mal in die Unterhaltung ein, »haben Sie deshalb in dem Computerraum auf uns gewartet?«

»So ist es.«

»Das tut uns leid«, bestätigte auch David. »Ich werde Sie dafür entschädigen. Wo wohnen Sie heute Nacht?«

»Ich habe noch kein Zimmer, weil ich eigentlich damit gerechnet hatte, heute Abend zurückfliegen zu können.«

»Das ist bedauerlich, aber ich regele das alles.« Der Lift hielt. Draußen vor der Tür wartete Joan.

»Na, da seid ihr ja, das kommt davon, wenn sich so viele Leute und ein alter Koffer in einen Lift quetschen. Meiner war leer, bis auf mich und den Liftboy natürlich, und ist in rasantem Tempo hier oben gelandet.«

David wusste, wie anhänglich Joan sein konnte. »Bitte wartet in deiner Suite auf mich, ich komme gleich nach«, bat er Mary und Perband, dann wandte er sich an Joan. »Ich kann dich nicht daran hindern, hier im Hotel zu wohnen übrigens nicht auf meine Kosten, damit du Bescheid weißt –, aber ich habe keine Zeit und keine Lust, in deiner Gesellschaft den Abend zu verbringen. Ich habe zu arbeiten, und diese Arbeit beginnt in diesem Augenblick.« Er drehte sich um und folgte den beiden.

»David«, rief ihm Joan aufgebracht hinterher, »du kannst mich doch nicht hier stehen lassen. Ich gehöre zu dir, und dieser

Walter ist mein Freund, wie kannst du es wagen, mich von ihm zu trennen?«

Neben David tauchte der Kellner vom Zimmerservice auf. »Kann ich behilflich sein, Lord McClay?«

»Danke, ich würde den Abend gern ungestört verbringen.«

»Selbstverständlich, Lord McClay.« Und zu Joan gewandt: »Wenn Sie mir Ihre Key-Card geben, gnädige Frau, begleite ich Sie gern in Ihr Zimmer.«

»Papperlapapp, ich beabsichtige nicht, in mein Zimmer zu gehen. Dieser Herr gehört zu mir, er ist der Vater meiner Tochter, und ich habe ein Wörtchen mit ihm zu reden, also verschwinden Sie.«

Fragend und verunsichert sah der Kellner David an.

Ohne Joan weiter zu beachten, drehte sich David um und zog die Key-Card für seine Suite. »Bitte kommen Sie mit mir«, bat er den Kellner und verschloss sofort die Tür, als dieser eingetreten war.

»Bitte öffnen Sie die Verbindungstür nach nebenan. Wir haben zu arbeiten, und zwar ungestört.«

Der junge Mann sah ihn skeptisch an. »Das darf ich eigentlich nicht. Ich muss erst die Erlaubnis Ihrer Nachbarin einholen, Lord McClay.«

»Dann holen Sie die, aber beeilen Sie sich.«

Der Kellner griff zum Telefon und rief in der Suite von Mary Ashton an. »Gnädige Frau, hier ist der Zimmerservice. Ist es Ihnen recht, wenn ich die Verbindungstür öffne?«

»Selbstverständlich«, lachte Mary, »wurden Sie die Dame nicht los?«

»So ist es.« Erst danach schloss der Kellner mit seinem Spezialschlüssel die Doppeltür, die die beiden Suiten trennte, auf. »Bitte sehr, Mylord, der gemeinsamen Arbeit steht nun nichts mehr im Weg. Wenn Sie mich heute Abend noch brauchen, ich habe Spätdienst und stehe zu Ihrer Verfügung.«

»Danke. Ich werde später das Abendessen bestellen, aber jetzt haben wir erst einmal zu tun.«

Mary und Walter standen vor dem geöffneten leeren Koffer, und jeder hielt eine Engelhälfte im Arm. »Ich hatte schon Angst, dass man die Flügel entfernen müsste, damit die Figuren in die Kofferhälften passen.«

»Nein, wie Sie sehen hat der Engel keine ausgebreiteten, sondern eng an dem Rücken anliegende Flügel.«

»Das ist ja eigentlich selten.«

»Der Bildhauer hat die Figur aus einem Stück, nämlich aus einem dicken Schiffsmast geschnitzt, da war kein Platz für ausgebreitete Flügel.«

»Ja, das stimmt, und ich erinnere mich jetzt daran, dass die zwei anderen Engel im Museum auch anliegende Flügel haben.«

»Na«, unterbrach David die beiden, »werden die Hälften in den Koffer passen?«

»Ja. Wir wickeln sie in die Decken, die Mister Perband im leeren Koffer mitgebracht hat, dann füllen sie die Kofferhälften genau aus, und der Engel kommt gut geschützt in Edinburgh an.«

»Ich bin beruhigt«, lachte David. »Die Quittung des Antiquitätenhändlers, der Miss Ashton den Engel geschenkt hat, ist in Ordnung. Die anderen Papiere haben Sie beisammen?«

»Ja, das konnte ich alles von Schottland aus erledigen.«

»Sie kennen sich in Zollfragen aus?«

»Ich habe die Zollbestimmungen von der Pike auf gelernt, dann habe ich mich selbstständig gemacht, und ich glaube, meine Kunden sind ganz zufrieden mit meiner Arbeit.«

»Sie arbeiten nicht nur für das Museum?«

»Nein, ich nehme alle interessanten Arbeiten an. Nur korrekt müssen sie sein.«

»Ich verstehe. Würden Sie auch für mich arbeiten? Ich habe oft Requisiten von einem Land in ein anderes zu transportieren, würden Sie so etwas für mich machen?«

»Selbstverständlich.«

»Gut, dann sind wir uns ja einig. Mary, wenn es dir recht ist, bestelle ich jetzt ein Abendessen nach nebenan in meine Suite und ein Zimmer für Mister Perband. Das geht selbstverständlich auf meine Kosten, schließlich mussten Sie unseretwegen so lange warten.«

Eine Stunde später konnte der Abend der Gefühle beginnen, von dem Mary und David, jeder für sich natürlich, schon lange und heimlich geträumt hatten.

Mary, ohne große Erfahrung im Umgang mit dem männlichen Geschlecht, bewunderte David, der so überlegen wirkte und so selbstsicher auftrat. Sie genoss es, von einem so berühmten und erfahrenen Mann beachtet zu werden. Zunächst war es wohl das schlechte Gewissen nach dem Unfall, das ihn beschäftigt hatte, aber dann war etwas hinzugekommen, das mehr war, das eine vertrauliche Basis schuf, eine gegenseitige Anerkennung, aus der schließlich Zuneigung wurde. Sie erinnerte sich an die wenigen, aber intensiven Gespräche, die sie in ›Lone House‹ hatten und die zu einer Veränderung in ihrer eher kühlen Beziehung führten. Damals hatte David sich geöffnet, Wünsche geäußert und Hoffnung geweckt. Aber immer wieder waren sie gestört worden, konnten keine wirkliche Freundschaft aufbauen und in Ruhe ihre Gefühle sprechen lassen.

Auch auf dieser Reise war sich Mary nicht sicher, ob David sie nur als Mitarbeiterin brauchte oder als Frau, die ihm nahestehen durfte. Mary war zu scheu, um ihre Gefühle offen zu zeigen, und wenn sie an diese Gefühle dachte, dann war es immer wieder die Bewunderung, die sie für ihn empfand. Aber genügte Bewunderung, um eine intime Beziehung aufzubauen? Sie sehnte sich nach einem Mann, der ihr Geborgenheit gab, der mit zärtlichen Händen ihren Körper in Aufruhr versetzte und mit seiner ruhigen Stimme Sicherheit versprach. Sie wusste, dass David zur

Erfüllung all dieser Wünsche fähig war, aber sie wagte nicht, sie zu äußern. Sie war höflich und hilfsbereit selbst wenn es um dieses Problem mit der Tochter ging –, aber sie zeigte nicht, wie sehr sie diesem Mann zugetan war.

Das Abendessen zu dritt war beendet. Walter Perband verabschiedete sich und ließ sich vom Servicemann zu seinem Zimmer führen, nachdem dieser ihm versichert hatte, dass er Miss Barkley nicht auf dem Korridor treffen würde. David stand auf, verschloss die Türen, die zu ihren Suiten führten, und stellte die Telefone ab. Lächelnd nickte er Mary zu. »Endlich allein. Heute möchte ich wirklich nicht mehr gestört werden.« Er reichte ihr die Hand, half ihr beim Aufstehen und führte sie zum Fenster. »Als wir gestern hier standen, waren wir glücklich, freuten uns auf einen schönen Spaziergang und einen geruhsamen Abend. Heute stehen wir hier, schauen dem Regen zu und wissen nicht, wie es mit uns weitergehen soll. Ich weiß, dass ich dich sehr enttäuscht habe, und ich weiß nicht, wie ich das wiedergutmachen soll.«

Mary schaute zu ihm auf. »David, meine Gefühle für dich haben sich nicht geändert.«

»Aber was sind das für Gefühle? Sag mir die Wahrheit, Mary, bitte.«

Genau das hatte sie befürchtet. Gefühle in Worte zu fassen, war eine der schwersten Aufgaben, die sie sich vorstellen konnte. Worte waren so profan, konnten so kühl wirken und so gefühllos.

Er griff nach ihrer Hand. »Ist es so schwer, mir die Wahrheit zu sagen?«

»Ja, David. Gefühle sollten leben und nicht zerredet werden.« Sie nahm seinen Arm und legte ihn um ihre Schulter. »Gefühle muss man spüren, alles andere kommt dann von allein.«

Als hätte er nur darauf gewartet, nahm er sie in seine Arme, drückte sie an sich und flüsterte: »Halt mich fest, Mary, ich brauche dich.«

In seinen Armen gab sie sich endlich ihren Empfindungen hin. Sie spürte seinen kraftvollen Körper durch die Kleidung hindurch, seinen Herzschlag, der so kräftig war, und seinen Atem in ihrem Haar. Sie fühlte seine starken Hände auf ihrem Rücken und endlich seine Lippen, die ihr Gesicht streichelten. Und mit einem Mal zog Ruhe in ihr Herz ein. Zufriedenheit erfüllte sie, und alle Anspannung wich aus ihrem Körper. Sie vergrub ihr Gesicht an seiner Brust und schloss die Augen. ›So sollte es immer sein‹, dachte sie und seufzte vor Glück. Sie fühlte sich frei und leicht und voller Verlangen. Sie ließ ihre Hände auf seinem Rücken emporgleiten, bis sie seine Schultern erreichten, und strich mit ihren Lippen über sein Kinn, auf dem schon wieder raue Bartstoppeln wuchsen. Nur einen Hauch von seinem Mund entfernt, flüsterte sie: »Ich brauche dich doch auch.«

David vermochte sein Verlangen kaum noch zu unterdrücken.

»Bist du dir ganz sicher, Mary?« Seine Stimme klang heiser.

»Ja, denn Gefühle fragen nicht nach Sicherheit, sie wollen gelebt werden.«

David presste sie an sich. Ihre Wärme, ihr weicher Körper waren unwiderstehlich, sein Verlangen, sie endlich in den Armen zu halten, wurde übermächtig. Dennoch dachte er daran, wie zart, wie zerbrechlich und wie unschuldig die Frau in seinen starken Armen war. ›Ich werde sie mit aller Zärtlichkeit und mit aller Vorsicht, zu der ich fähig bin, lieben‹, dachte er und trug Mary nach nebenan. Langsam ließ er sie auf ihr Bett gleiten. Dann beugte er sich über sie und berührte behutsam ihren Mund. Mary öffnete die Lippen, begierig, seinen Kuss zu empfangen. Ohne Eile kostete er ihre Lippen. Und während er mit der Zunge diesen lieblichen Mund ertastete, erfüllte ihn ein übermächtiges Glück.

Langsam strich er über ihre Kleidung, öffnete die Bluse Knopf für Knopf und streifte ihr den Rock von den Hüften. Als nur noch ein Hauch von Wäsche ihren Leib verbarg, warf David die eigenen Sachen ab und küsste sie wieder voller Zärtlichkeit. In diesem Anfangsstadium einer großen Leidenschaft genossen beide die Zärtlichkeit des ersten Beisammenseins. Später, das ahnte David, würde ihre Liebe heftiger, wilder, atemloser werden, jetzt aber dirigierte der Zauber der ersten Erkundungen ihre Körper.

David hatte nicht gewusst, wie schön Mary war. Liebevoll entfernten seine Finger das letzte Stückchen Seide, das den Körper verbarg, dann strichen seine braun gebrannten Hände über ihre Haut, die wie Elfenbein glänzte. Leise stöhnend, bedeckte sein Mund ihren Leib mit einem Hauch von Küssen. Er nahm sich Zeit, denn er wusste, dieser allererste Augenblick würde nie wiederkommen.

XXVII

David schlief noch fest, als Mary erwachte. Er lag auf dem Bauch, die Arme rechts und links vom Kopf, den Rücken unbedeckt, atmete er tief und regelmäßig. Mary freute sich. ›Er fühlt sich wohl in meiner Gegenwart, er braucht genau wie ich das Gefühl von Geborgenheit.‹ Zärtlich strich sie ganz leicht über seinen Rücken. Sie wollte ihn nicht wecken, aber sie wollte ihn unbedingt berühren. Seine Haut war glatt und warm. Voll Dankbarkeit dachte sie an die nächtlichen Stunden, in denen Sie sich berührt und geliebt hatten. Er war so rücksichtsvoll und zärtlich und auch sehr vernünftig gewesen. »Wir haben alle Zeit der Welt«, hatte er geflüstert. »Wir brauchen nichts zu überstürzen, wir wollen genießen und uns miteinander freuen.« Sie wäre bereit gewesen für ihn, sie war aber auch dankbar, dass es nicht zum intimsten Liebesakt gekommen war. Sie brauchte Zeit, auch um sich an den Mann zu gewöhnen, den sie liebte, und er hatte das gewusst.

Sie stand leise auf und ging ins Bad. Sie duschte, erst heiß, dann kalt, und benutzte die herrlichen Lotionen und Cremes, die das Hotel für seine Gäste täglich frisch bereitstellte. Dann zog sie sich leise an. Draußen schien wieder die Sonne, es versprach ein schöner Tag zu werden, deshalb wählte sie eine leichte Bluse und die Jeans, die sie frisch gewaschen und gebügelt in Edinburgh eingepackt hatte. Sie wusste, David wollte in den Filmstudios mit den Kulissenarbeitern sprechen und dazu auch ihren Rat einholen. Das war eine staubige Angelegenheit, und die Jeans waren dafür bestens geeignet. Sie bürstete ihre Haare und steckte sie hoch, dann setzte sie sich nebenan in den Salon und machte sich Notizen für den Kulissenbau. Aber so richtig konzentrieren konnte sie sich nicht. Sie freute sich, dass David nebenan so beruhigt schlief, wartete aber auch sehnsüchtig darauf, von ihm umarmt zu werden. ›Ein Gutenmorgenkuss ist das

Mindeste, was ich erwarten kann‹, dachte sie lächelnd und sah verträumt aus dem Fenster.

Endlich hörte sie, wie im Schlafzimmer die Bettwäsche raschelte. »Mary? Bist du irgendwo?«

»Ja«, lachte sie, »nebenan und wie es sich gehört bei der Arbeit.«

»Meine Güte, wie spät ist es denn?«

»Gleich acht Uhr.«

»Ich habe so wunderbar geschlafen. Ich fühle mich rundum wohl und erholt. Und wie geht es dir?« David hatte ein Handtuch um die Hüften geschlungen und kam in den Salon.

»Mir ginge es richtig gut, wenn ich einen Begrüßungskuss bekommen könnte, ich glaube, dann kann der Tag beginnen. «

»Komm her, mein Mädchen.« Er breitete die Arme aus, und sie flog hinein.

›Mein Gott‹, dachte sie, ›wenn doch jeder Tag so beginnen könnte.‹

David küsste sie lange und sehr zärtlich, dann ließ er sie los. »Ich glaube, ich dusche erst einmal, dann sehen wir weiter«, grinste er und verschwand im Bad, kam aber gleich darauf zurück. »Ich denke, ich gehe besser in meine eigene Dusche, denn mit dem Rasierzeug hapert es bei dir.« Und schon war er in der Suite nebenan verschwunden.

Mary vertiefte sich wieder in ihre Notizen. Sie hatte das Romanmanuskript neben sich liegen und überlegte: ›Mit den Hamburger Verhältnissen wird es nicht so schwer, aber wenn wir venezianisches Milieu brauchen, bekommen wir Probleme. Da der Roman in Hamburg und Venedig zu gleichen Teilen spielt, kommt David nicht drum herum, venezianische Requisiten zu besorgen, und das wird von hier aus kaum möglich sein.‹

»So, mein Schatz, ich bin fertig, und ich habe einen Mordshunger. Wollen wir hier oben frühstücken oder unten im Restaurant?«

Mary legte ihre Papiere zur Seite. »Ich würde lieber hier oben ~eiben. Unten treffen wir mit Sicherheit diese aufdringliche ~ame von gestern Abend.«

»Das ist richtig. Also bestelle ich das Frühstück hierherauf. ~last du besondere Wünsche?«

»Ich hätte gern einen frisch gepressten Orangensaft und knuspriges Toastbrot.«

»Ist das alles?«

Mary lachte. »Na ja, es wird schon noch ein bisschen drumherum geben. Und Kaffee hätte ich auch gern.«

David ging in seine Suite und bestellte das Frühstück. Dann setzte er sich zu Mary und las ihre Notizen. »Du bist sehr gründlich, mein Liebes.«

Mary nickte ernsthaft. »Ich denke, je besser die Vorbereitung ist, umso einfacher sind nachher die Ausführungen. Aber es wird trotzdem Probleme geben.«

»Wie meinst du das?«

»Nun, sieh mal, wir bekommen zwei Rokokostühle von Herrn Möller, wir brauchen aber für den Festsaal mindestens zwölf.«

Die Andeutung eines Lächelns huschte über sein Gesicht. »Du nimmst die Dinge zu ernst, Mary, du kennst die Gepflogenheiten der Filmarbeit noch nicht. Zwei Stühle in zwölf zu verwandeln ist eine der kleinsten Aufgaben beim Dreh. Schwieriger wird es bei den Außenaufnahmen. Wir müssen unbedingt den Jungfernstieg in die Aufnahmen einbeziehen. Vor fast zwei Jahrhunderten war er eine zauberhafte, mit Bäumen und Blumen bepflanzte Flaniermeile mit einer einzigen Fahrspur für Kutschen, heute ist er eine graue, vierbahnige Betonmeile ohne Flair und Atmosphäre, bei der die Fußgänger auf Zebrastreifen und Ampeln angewiesen sind, um ihn zu überqueren.«

»Aber wie willst du ihn zurückverwandeln?«

»Mithilfe von alten, kolorierten Zeichnungen von damals und mithilfe der Kulissenbauer natürlich. Irgendwie kriegen wir den

Dreh schon hin.«

Sie lachte. »Und wie drehst du den Dreh mit den Stühlen?«

»Die beiden echten Stühle stehen vorn, werden oft und gern gezeigt, alles, was danach kommt, wird nur so ähnlich sein und keiner Nahaufnahme standhalten. Ein Schreiner zaubert im Handumdrehen zwölf Stühle in den Raum. Vieles ist Kulisse, Mary, nur erkennen darf man es nicht.«

»Und man sieht keinen Unterschied?«

»Garantiert nicht, mein Liebes.«

An der Tür klopfte es. »Ich bin es, der Etagenkellner.«

»Kommen Sie herein.« David schloss die Tür auf, und der Kellner schob einen reich gedeckten Frühstückstisch in den Salon. »Bitte, mein Herr, meine Dame, und guten Appetit.«

»Danke, das ist für Sie.« David reichte dem Mann einen Schein, und Mary freute sich, dass David nicht kleinlich war und an die miesen Gehälter der Hotelangestellten dachte.

Sie stand auf und stellte zwei Stühle an den Tisch. Dann hob sie die Deckel von den warmen Gerichten und die Deckchen von den Tellern und Körben. »Meine Güte, David, hier fehlt nichts von dem, was wir am Büfett gefunden hätten. Es ist einfach alles da. Vom Obst bis zum Rührei, von den Konfitüren bis zum geräucherten Fisch ist alles vorhanden.«

»Liebling, wir sind im besten Haus am Platz, was hast du denn gedacht, was man uns zum Frühstück serviert?« An der Tür klopfte es wieder. In der Annahme, dass der Kellner noch etwas vergessen hatte, öffnete David, und vor ihm stand Joan Barkley.

»Ich sah, wie der Kellner das Frühstück brachte, da habe ich mir gesagt, warum soll ich ins Restaurant gehen, wenn ich es hier so bequem zu mir nehmen kann. Darf ich eintreten?«

»Nein. Du störst. Wir müssen arbeiten.«

»Hm, das sieht hier aber gar nicht nach Arbeit aus, und es duftet bis auf den Flur. Du willst mir doch nicht weismachen, dass du den Tag mit Arbeit beginnst und nicht mit Köstlichkeiten zum Frühstück.« Sie versuchte, sich an David vorbeizuzwängen und die Suite zu betreten. Aber David verstellte ihr den Weg.

»Du bist nicht erwünscht, Joan.« Er wollte die Tür schließen, aber sie hielt sich am Türrahmen fest und erklärte: »Ich will und ich werde jetzt und hier frühstücken. Und wenn du mir das nicht möglich machst, hast du Tatjana vor vier Wochen zum letzten Mal gesehen. Ist das klar?«

»Du kannst und du wirst mir nicht verbieten, mein Kind zu sehen. Wir werden jetzt und hier einen Schlussstrich unter deine Anmaßungen und Erpressungen ziehen. Sobald ich in Schottland bin, werde ich Rechtsmittel einsetzen, die mir meine Rechte als Vater garantieren.«

»Schlussstrich«, kreischte Joan, »Schlussstrich, du weißt ja gar nicht, was du willst. Jetzt einen Schlussstrich ziehen, und in drei Tagen kommst du wieder mit Geschenken angewinselt und bittest fast auf den Knien, Tatjana sehen zu dürfen. Entweder wir frühstücken jetzt gemeinsam, oder ich schreie das ganze noble Hotel zusammen und erzähle allen, was für ein Schuft du bist. Hier hurst du rum, und die Mutter deines Kindes sperrst du aus. So geht das nicht, nicht mit mir.«

Mary war aufgestanden und nach nebenan gegangen. Sie wählte die Nummer der Rezeption und nannte ihren Namen. »Bitte schicken Sie sofort einen leitenden Angestellten in die vierte Etage, wir werden von einer Frau belästigt, die das ganze Hotel zusammenschreien will.« Dann ging sie zurück in ihre Suite und stellte sich neben David in die Türöffnung.

»Sie sollten sich beruhigen, Madam, wir haben wirklich zu tun.«

»Zu tun, zu tun, dass ich nicht lache. Zu tun mit Butterbrötchen und Mandelhörnchen, wollen Sie mich für dumm verkaufen? Ich werde ...«

Vom Lift her kamen zwei Männer, einer in einer Pagenuniform, der andere in einem schwarzen Anzug. Sie grüßten höflich.

»Können wir behilflich sein?«

Angriffslustig drehte sich Joan zu ihnen um. »Jawohl, das können Sie. Der Vater meines Kindes verweigert mir den Eintritt in diese Suite und das gemeinsame Frühstück.«

Der Mann im schwarzen Anzug verbeugte sich vor Joan. »Wohnen Sie in dieser Suite, Madam?«

»Nein, man hat mich in ein kleines Zimmer verbannt, obwohl mir als Mutter eine solche Suite zusteht.«

»Darf ich einmal Ihre Key-Card sehen, Madam?«

»Selbstverständlich.«

Der Mitarbeiter nahm die Karte. »Aber das ist ein Zimmer hier im vierten Stock, wir haben nur ausgewählte Zimmer hier oben, Madam.«

»Unsinn, waren Sie mal drin? Haben Sie gesehen, ob ich einen Ausblick auf die Alster habe wie hier? Nein, ich schaue auf die Dächer kleinerer Häuser und auf einen Parkplatz. Und an der Wand nebenan rumpelt der hintere Lift. Was sagen Sie dazu?«

»Gnädige Frau, wir sind selbstverständlich bereit, das Zimmer für Sie zu wechseln. Allerdings ist diese Etage voll besetzt. Aber wenn es Ihnen recht ist, zeige ich Ihnen sofort ein anderes Zimmer in einer der unteren Etagen, eines mit dem Blick auf die Außenalster.«

Joan war verblüfft. »So schnell können Sie das ändern? Gestern musste ich wer weiß wie lange warten, bis ich ein Zimmer bekam.«

»Das Geschäft fluktuiert, gnädige Frau, in einem so großen Haus ändern sich die Zimmerverhältnisse von Stunde zu Stunde. Darf ich bitten? Dann sehen wir uns gleich ein anderes Zimmer an.«

Joan, noch immer verblüfft, nickte und folgte den beiden Männern zum Lift, während der Mann im schwarzen Anzug David und Mary kurz zunickte und sich dann telefonisch bei der Rezeption über frei gewordene Zimmer informierte.

Aber auch David war verblüfft. »Donnerwetter, wie haben die das gemacht?«

Mary legte ihm beruhigend die Hand auf den Arm. »Ich habe die Rezeption um Hilfe gebeten. Allerdings hatte ich befürchtet, die Frau würde mit Gewalt entfernt. So eine elegante Lösung hatte ich nicht erwartet.«

»Daran erkennt man die Qualität eines Hauses erster Klasse.«

»Und was machen wir nun? Eine oder zwei Etagen werden diese Joan nicht abhalten, uns weiter zu belästigen.«

»Wir schließen ab, öffnen nicht und frühstücken. Und dann müssen wir sowieso nach Tonndorf in die Studios.«

»Aber eine dauerhafte Lösung ist das nicht, David.«

»Ich weiß, aber ich muss jetzt und hier die Filmvorbereitungen unter Dach und Fach bringen. Vorher habe ich den Kopf nicht frei für private Probleme. Aber am allerwichtigsten ist für mich, dass du neben mir stehst, Mary, neben mir, wie eben in dieser Tür.«

»Das ist doch selbstverständlich, David.«

»Danke, mein Schatz. Und jetzt lass uns essen, und dann geht's an die Arbeit.«

Nach dem Frühstück bestellte David den Chauffeur mit dem Wagen und den Sekretär zum Ausgang am Holzdamm, und wenig später waren sie unterwegs nach Tonndorf. Die Fahrt über die vierbahnige Ausfallstraße ging zügig vor sich, und eine halbe Stunde später hatten sie die Studios, die mit ihren roten Backsteinhäusern und den zahlreichen Antennen auf den Dächern diese besondere Anlage repräsentierten, erreicht. Nach einer Kontrolle in der Einfahrt erreichten sie kurz darauf das Bürogebäude, in dem die wesentlichsten Eckpunkte besprochen werden mussten. Dann führte ein Mitarbeiter die Gäste über die Hofanlage zu der Halle, in der die Kulissen für Davids Film aufgebaut werden würden. Er erklärte die technische Ausstattung, man beriet über den Zeitablauf und praktische Details, und gegen Mittag wurden die Vorverträge unterzeichnet.

»So«, erklärte David, als sie wieder im Wagen saßen, »jetzt kann Frank mit seinem Tross kommen.«

»Wer ist Frank?«

»Frank Miller wird der Produktionsleiter dieses Films, er wartet nur auf das Signal zum Start.« Und an den Sekretär gewandt: »Clark, haben Sie ein Hotel hier in der Nähe gefunden?«

»Ja, nicht weit von hier in Rahlstedt habe ich den gesamten ›Lindenhof‹ reserviert. Man wartet dort nur auf konkretere Termine von uns. Morgens und abends könnten Shuttlebusse für den Transport des Teams zur Verfügung stehen. Das Hotelpersonal hat Erfahrungen mit Filmgesellschaften.«

»Gut, aber ich will mir das Haus ansehen, Drumworld, fahren Sie uns bitte hin.«

»Ich versichere Ihnen, Chef, das Haus ist in Ordnung.«

»Trotzdem, ich will, dass man mich dort kennenlernt. Die Leute sollen wissen, mit wem sie es zu tun bekommen, falls später Klagen auftreten, ganz gleich von welcher Seite.«

Kaum fünf Minuten später hatten sie den Hamburger Vorort mit seinem alten Dorfkern und den großen Neubaugebieten erreicht.

Der ›Lindenhof‹ in der Nähe der alten Dorfkirche lag weit ab vom Zentrum und war von Grünanlagen umgeben.

»Das gefällt mir. Hier gibt's keine großen Ablenkungen nach Feierabend und die nötige Ruhe, um sich auf den nächsten Tag vorzubereiten.« David nickte zustimmend. »Gut gemacht, Clark.«

»Na, ich weiß doch, was Sie bevorzugen, Chef.«

Der Wagen hielt auf dem Parkplatz, und sie stiegen aus. Durch eine Glasveranda ging es in das alte Fachwerkhaus. Alles wirkte ländlich und sehr sauber. Ein Kellner begrüßte die Gäste. »Bitte, wenn Sie mir folgen wollen? Wünschen Sie zu speisen?«

»Ja, später. Zunächst hätte ich gern den Besitzer gesprochen, mein Name ist David McClay, ich bin wegen der schottischen Filmgesellschaft hier.«

»Selbstverständlich. Bitte nehmen Sie Platz, ich sage Bescheid.«

David und Mary sahen sich in der rustikal möblierten Halle um. Lehnstühle mit gedrechselten Beinen und Armlehnen und mit handgestickten Kissen gepolstert, Tische, die dazu passten, und Bilder mit alten Stichen vom Aussehen des Orts vor hundert Jahren luden zum Verweilen ein. »Es sieht gemütlich aus. Es gefällt mir.« David rückte einen Stuhl für Mary neben sich und nahm Platz.

Dann kam der Kellner mit dem Wirt zurück. »Mein Name ist Werner Gratenberg, mir gehört der ›Lindenhof‹. Ich freue mich, Sie kennenzulernen, Lord McClay.«

»Die Freude ist auf meiner Seite. Ihr ›Lindenhof‹ gefällt mir. Meine Leute werden sich hier wohlfühlen. Könnte ich mich im Haus etwas umsehen?«

»Natürlich, meine Frau wird Sie herumführen. Da es gerade Mittagszeit ist, möchte ich Sie und Ihre Mitarbeiter ins Restaurant zum Essen einladen. Sobald Ihr Filmteam dann hier wohnt, sind Restaurant und Hotel selbstverständlich für andere Gäste geschlossen.«

Die Wirtin führte David, Mary und Clark durch das Haus. Im Erdgeschoss gab es verschiedene Aufenthalts- und Konferenzräume, das gut besuchte Restaurant und einen gemütlichen Frühstücksraum mit Gartenterrasse. In der oberen Etage warteten fünfundzwanzig rustikal eingerichtete Gästezimmer mit eigenen Bädern, Fernsehern und Balkons.

David war sehr zufrieden. Er wusste, seinen Leuten würde es hier gut gehen. »Wissen Sie, Frau Gratenberg, ich möchte meine Mitarbeiter gut untergebracht wissen, denn ich verlange Höchstleistungen von ihnen, aber ich glaube, bei Ihnen sind sie in den besten Händen.«

Die Wirtin lachte. »Wir werden uns alle Mühe geben. Wir haben hin und wieder Filmteams hier einquartiert, weil der ›Lindenhof‹ in der Nähe der Studios liegt. Aber Klagen hatten wir noch nie. Wir richten uns nach den Bedürfnissen Ihrer Leute, nach deren Zeiteinteilung und deren Essenswünschen. Solange sie hier wohnen, werden sie sich wohlfühlen, dafür garantiere ich.«

»Danke.« David beobachtete die rundliche, freundliche Frau, die das Herz auf dem rechten Fleck zu haben schien. »Ich glaube, hier könnte ich mich auch wohlfühlen, schade eigentlich, dass wir nicht bleiben können, was meinst du, Mary?«

Mary nickte lächelnd. »Ich schließe mich an. So ein Leben in beinahe ländlicher Idylle war schon immer mein Traum.«

Sie gingen zurück in den Speisesaal. In einer Ecke war ein Tisch für zwei Personen gedeckt. »Wenn Sie hier bitte Platz nehmen würden, Lord McClay?« Der Wirt rückte höflich die Stühle zurück. Aber David schüttelte den Kopf. »Bitte verstehen Sie mich richtig, aber wenn ich beruflich mit meinen Leuten unterwegs bin, würde ich gern mit ihnen an einem Tisch essen. Könnten Sie noch zwei Gedecke auflegen lassen?«

»Aber selbstverständlich.«

Clark Brown ging nach draußen, um den Chauffeur an den Tisch zu bitten.

Der Wirt reichte die Speisekarten herum, aber David schüttelte den Kopf. »Wir suchen nicht lange. Was empfiehlt der Koch?«

Werner Gratenberg lächelte. »So, wie ich unseren Koch kenne, hat der eine wunderbare Krebssuppe im Topf und einen vorzüglichen Rinderbraten im Ofen.«

»Dann nehmen wir beides. Und was könnten wir trinken? Alkohol ist nicht angesagt, wir müssen am Nachmittag noch viel erledigen.«

»Wir haben eine ganze Karte für alkoholfreie Getränke. Hier, bitte sehr.«

David reichte die Karten herum, und jeder suchte sich aus, was er trinken wollte. Dann wurde die Suppe serviert, und dazu gab es kleine Toastscheiben mit geeister Butter und frischen Kräutern, die jeder nach Belieben darüberstreuen konnte.

Eine Stunde später waren David und seine Leute auf dem Rückweg nach Hamburg. Während Drumworld und Clark Brown vorn im Wagen saßen, hatte David hinten im Fond die dunkle Trennscheibe hochgefahren und seinen Arm um Mary gelegt. »Wir sind hier fertig, Mary, oder hast du noch Vorschläge, was in Hamburg erledigt werden müsste?«

»Nein, heute nicht mehr. Aber bei den Dreharbeiten müsste ich schon dabei sein.«

»Das bedeutet, du trittst in meine Armee ein?«

»Es macht mir Spaß, die Arbeit ist sehr interessant und vielschichtig, ich glaube, ich würde gern mit dir zusammenarbeiten, David.«

»Wirst du ohne Schwierigkeiten deinen Vertrag mit dem Museum lösen können?«

»Vielleicht nicht von heute auf morgen, aber sie sind froh über meinen Engel und werden mir keine Schwierigkeiten machen. Und zurzeit habe ich Urlaub.«

»Dann musst du also nicht sofort nach Edinburgh zurück?«

»Nein.«

»Weißt du was, ich habe eine fabelhafte Idee.«

»Du machst mich neugierig.«

»Wir fliegen von hier aus nach Venedig. Wir müssen sowieso in den nächsten Wochen dorthin, denn im Anschluss an die Hamburger Dreharbeiten muss in der Lagunenstadt weitergearbeitet werden. Wir könnten uns jetzt schon einen ersten Eindruck verschaffen und anschließend einen kleinen Urlaub auf dem Lido machen. Ich kenne da ein hübsches kleines Hotel, in dem wir bestens aufgehoben wären. Wie findest du meine Idee?«

»Sehr verlockend.« Mary schaute ihn ernsthaft an. »Ich glaube, an deiner Seite muss ich mich auf ein Nomadenleben einstellen.«

David schwieg einen Augenblick, dann griff er nach ihrer Hand. »Ich könnte mir nichts Schöneres vorstellen, als dich immer an meiner Seite zu wissen.« Er nahm sie in die Arme und küsste sie.

»Mary, willst du meine Frau werden?«

Sie konnte nur nicken, die Stimme versagte ihr. Er nahm sie noch einmal in die Arme. »Ich liebe dich, meine Mary, ich will ohne dich keinen Tag meines Lebens mehr verbringen, ich will dich lieben und ehren und verwöhnen und für dich sorgen und dich nie mehr verlieren«, flüsterte er und drückte sie an sich.

Mary sah ihn liebevoll an. »Und das alles in einem Auto hinter einer hochgezogenen, verdunkelten Zwischenscheibe. Ich glaube, wir sind wirklich sehr im Stress.«

David lachte glücklich und schaltete die Scheibe herunter. »Los, Drumworld, fahr zu, damit wir im Hotel unsere Verlobung feiern können. Wir vier, ihr seid meine Zeugen.«

XXVIII

Bereits am Mittag des nächsten Tages landeten David und Mary in Venedig. Sie hatten die erste Morgenmaschine nach München genommen und nach einer Stunde Wartezeit den Anschluss nach Venedig bekommen. Das Wetter meinte es gut mit ihnen. Sie hatten eine wunderbare Sicht, als sie die Alpen überquerten und dann über die Poebene mit dem weit verzweigten Flussdelta flogen. Selbst den Canale Grande und den Flughafen Marco Polo konnten sie deutlich erkennen, bevor die Maschine zur Landung ansetzte.

David hatte Mary den Fensterplatz überlassen und erklärte ihr während des Flugs, was sie da unten zu sehen bekam. Er wusste, es war der erste Flug für Mary, und er wollte, dass sie ihn genoss. Zwischendurch wurde ein Imbiss gereicht und mit einem Espresso beendet. Dann setzte die Maschine zur Landung an, und über die Gangway gelangten sie in die Pier und in die Ankunftshalle, wo sie schließlich ihr Gepäck in Empfang nehmen konnten.

In der Lagunenstadt herrschten bereits sommerliche Temperaturen. Als sie die gekühlte Halle verließen, legte sich die schwüle Hitze wie eine Glocke über die Passagiere. Mary spürte, wie Haare und Kleidung sofort am Körper klebten. ›Meine Güte‹, dachte sie, ›auf diese Hitze bin ich nicht eingestellt. Ich brauche komplett neue Kleidung. Aber dazu bin ich finanziell nicht in der Lage. Mein Gehalt wird erst Ende des Monats überwiesen, und vor der Abreise habe ich mein Konto total geplündert, um etwas Bargeld in den Händen zu haben. Aber ich kann doch David nicht um Geld für neue Kleider bitten. So etwas schickt sich nicht, wenn man noch nicht einmal verheiratet ist.‹

David winkte ein Taxi heran und half ihr beim Einsteigen, während der Fahrer die Koffer verstaute. »Wir wollen zum

Lido«, erklärte er dem Chauffeur, »wie kommen wir am besten dorthin?«

»Ich bringe sie über die Ponte della Libertà zur Piazzale Roma, und von dort aus nehmen Sie ein Wassertaxi zum Lido.«

»Ist die Lagune ruhig genug, um mit einem kleinen Boot hinüberzufahren?«

»Heute ja, wir haben weder Wind noch Wellengang. Sonst müssten Sie an den Landungsbrücken von San Marco eine der Fähren nehmen.«

»Nein, das häufige Umsteigen ist mir zu unbequem. Wir machen es so, wie Sie vorgeschlagen haben.« Und Mary erklärte er: »Ich bin zwar schon mehrmals in Venedig gewesen, aber immer im eigenen Flugzeug, für kleine Maschinen gibt es eine Landebahn direkt auf dem Lido.«

Wenig später erreichten sie die Piazzale Roma, stiegen um in ein Wassertaxi, fuhren durch den Canale Grande und dann über die Lagune. David zeigte Mary die Sehenswürdigkeiten, die sie kreuzten, und erklärte ihr in wenigen Worten die Geschichte der einzelnen Paläste, Brücken, Kirchen und Kanäle. »Aber wir werden uns das alles in Ruhe ansehen, mein Schatz, heute machen wir es uns nur noch bequem, genießen das Meer und die wunderbare italienische Küche und, na ja, uns selbst genießen wir natürlich auch.« Liebevoll legte er ihr den Arm um die Schulter und zog sie an sich.

Die Lagune kräuselte sich dann doch in kleinen Wellen, und das Boot zog spritzend, hin und wieder auch springend, seinen Weg durch das Wasser. Aber die Spritzer erfrischten, und Mary lachte fröhlich, wenn sie so eine kleine Dusche abbekam. Auf keinen Fall wollte sie in der engen Bootskabine sitzen. Das Taxi brachte sie bis zu der Anlegestelle des ›Grand Hotel Excelsior‹, wo Hotelpagen sie und ihr Gepäck in Empfang nahmen, und Mary dachte für einen kurzen Augenblick, wie angenehm es sei, Geld zu besitzen. ›Es öffnet einem einfach alle Türen und alle Möglichkeiten, angenehm zu leben‹, dachte sie, etwas enttäuscht darüber, dass sie selbst jeden Penny umdrehen musste.

Clark Brown hatte von Hamburg aus zwei Suiten mit Durchgangstür für seinen Chef und Miss Mary Ashton bestellt, und Mary war froh, die gekühlten Räume betreten zu dürfen. Der Fahrtwind auf der Lagune hatte zwar etwas Kühlung gebracht, aber sobald das Taxi von der Lagune in den Kanal, der zum Hotel führte, eingebogen war, lag die Luft wieder heiß und bewegungslos über den Reisenden.

So war es nicht verwunderlich, dass beide erst einmal unter die Dusche gingen, zusammen, in ein und dieselbe, denn David versprach sich besondere Erfrischungen durch das gemeinsame Duschen. Und so war es dann auch: Sie seiften sich gegenseitig ein, berührten und bespritzten sich, lachten und spaßten und benahmen sich wie ausgelassene Kinder unter dem lauwarmen Strahl, während nebenan ein Zimmermädchen das Gepäck auspackte und frische Wäsche zurechtlegte.

Dem Duschen folgte die obligatorische Siesta der Südländer, und nur mit leichten Satintüchern bedeckt, ruhten beide nebeneinander auf dem breiten Kingsize-Bett, wobei die Hände weniger ruhten als beabsichtigt. Erst als die Sonne sich im Westen hinter die Silhouette der Lagunenstadt senkte, standen sie auf, um einen ersten Bummel am Meer entlang zu machen.

Aber als David bemerkte, dass Mary eine Bluse und einen Wollrock anzog, änderte er seinen Plan. »Liebling, es ist viel zu warm für deine Sachen, hast du nicht etwas Leichtes im Koffer? Ein Strandkleid und Sandalen oder ein Top und leichte Shorts?«

Mary schüttelte den Kopf. »Ich wusste im kühlen Edinburgh nicht, wohin du mich entführst, David, ich habe keine Sommerkleider mitgenommen.«

»Dann werden wir dir als Erstes eine leichte Kleidung besorgen, hier gibt es wunderbare Boutiquen, in denen wir alles finden, was du brauchst.«

»Nein, David«, sie legte eine Hand auf seinen Arm und schüttelte den Kopf, »ich bin finanziell nicht in der Lage, mir eine Sommergarderobe zu kaufen. Bitte, du musst mich verstehen, aber ich werde mir keine Kleidung von dir schenken lassen.«

»Was?«, verblüfft sah er sie an. »Warum denn nicht, mein Liebes?«

»Es schickt sich nicht.«

»Es schickt sich nicht, wenn ich meiner zukünftigen Frau, mit der ich Zimmer und Bett – und sogar die Dusche teile, ein Kleid kaufen will?«

Sie lächelte ihn an. »Nicht böse sein, aber wir Frauen haben so unsere Grundsätze. Jedenfalls wir Frauen, die etwas auf sich halten.«

»Du meine Güte. Was machen wir denn da? Du kannst unmöglich mit dem Tweedrock und den Schnürschuhen am Strand spazieren gehen.«

Mary musste lachen. »Wenn du meinst, es sieht zu komisch aus, dann warten wir, bis es dunkel ist.«

»Nein, ich habe eine bessere Idee.« Seine Stimme klang erleichtert. »Du hast in Hamburg für das neue Filmprojekt gearbeitet, ich bezahle dir jetzt und hier das Honorar für deine Mitarbeit.« Er stockte einen Augenblick. »Ich muss allerdings erst eine Bank finden, die noch geöffnet ist. Aber das dürfte nicht schwer sein, dieses Hotel hat garantiert eine Bankvertretung im Haus.« Er stand auf, seine Stimme klang sehr erleichtert. »Liebling, du wartest jetzt hier, und ich hole das Honorar für dich. Und sage nicht, es stünde dir nicht zu. Du hast mir in Hamburg sehr geholfen, und das muss honoriert werden. Einverstanden?«

Ein Lächeln huschte über ihr Gesicht. »Es wäre eine Lösung.« »Gut, ich bin in fünf Minuten zurück.« Und weg war er. Als er wenig später zurückkam, hatte er mehrere Tüten in der Hand. »Ich habe gleich aus den Hotelboutiquen die ersten Notwendigkeiten mitgebracht«, verkündete er strahlend.

Mary schüttelte erschrocken den Kopf. »Aber du kennst doch meine Maße gar nicht.«

»Liebling, du unterschätzt das Wissen eines Filmemachers. Damenbekleidungsmaße richtig einzuschätzen ist eine meiner leichtesten Übungen. Im Übrigen kannst du alles wieder umtauschen. Aber ich hoffe, das machst du nicht, ich habe nämlich nach meinem Geschmack eingekauft. Ob es auch deiner ist, wird sich zeigen.« Und dann breitete er den Inhalt der Tüten vor Mary aus. Von der cremefarbenen, seidenen Unterwäsche bis zum dreiteiligen, blassblauen Chiffonkleid, von den eleganten Slingpumps bis zur passenden Cashmerestola hatte er an alles gedacht.

Mary war hingerissen. »Wie wunderschön«, flüsterte sie und wagte kaum die zarten Stoffe zu berühren.

»Komm, zieh dich um, ich möchte sehen, ob ich deinen Geschmack und deine Maße getroffen habe.«

Sie nickte. »Aber du hast das alles von meinem Honorar abgezogen, ja?«

»Selbstverständlich. Ich achte deine Bitten, Mary, das musst du wissen. Wir verrechnen alles später. Jetzt zieh die Sachen an, und dann wollen wir den Strand und den Abend auf dem Lido genießen.«

Als Mary aus dem Schlafzimmer zurückkam, war sogar David verblüfft, denn seine geliebte, schlichte Mary hatte sich in eine bildschöne junge Dame verwandelt, die einfach wunderbar und perfekt aussah.

»Bist du das wirklich, kleine Mary?«, flüsterte er.

»Ich glaube schon, dass ich das bin, obwohl ich mich an

mich selbst noch gewöhnen muss. Du hast das alles richtig gemacht, David.«

Er schwieg einen Augenblick, dann fragte er leise: »Darf ich dich umarmen, mein Liebes?«

Ihr gefiel, wie er sie ansah. Und so streckte sie die Hände nach ihm aus, und David nahm sie in seine Arme. Und Hand in Hand verließen sie kurze Zeit später das Hotel.

Es war ein wunderschöner Abend. Sie bummelten über die Piazzale del Casino und die Promenade Lungomare entlang bis zur Piazzale Bucintoro und dann die Gran Viale Santa Maria Elisabetta mit ihren Restaurants, Boutiquen und Geschäften hinunter. David hätte die Frau an seiner Seite gern mit Geschenken überhäuft, wagte aber nicht, sie in Verlegenheit zu bringen. So kauften sie nur, was Mary unbedingt für die Tage in Venedig benötigte, und sie bestand darauf, dass alles mit ihrem Honorar verrechnet würde. Nur einmal konnte David nicht widerstehen und bestand auf seinem Recht als Verlobter. »Liebling, wir werden jetzt in dieses Juweliergeschäft gehen, und du musst mir erlauben, einen Verlobungsring für dich zu kaufen. Ich möchte, dass er dir gefällt und dir passt, sonst hätte ich ihn allein gekauft, um ihn dir dann an den Finger zu stecken.«

Mary wusste, dass es sich nicht gehörte, diese Bitte abzuwehren, und nickte mit dem Kopf, als er vor dem Schaufenster von Bulgari stehen blieb. ›Es ist das teuerste aller Juweliergeschäfte hier in der Straße‹, dachte sie, wagte aber nicht, ihm zu widersprechen. Drinnen war sie allerdings von der Schlichtheit des Ambientes überrascht: getäfelte Wände und schlichte Glasvitrinen mit ganz wenigen Ausstellungsstücken, ein samtweicher indischer Teppich, eine unaufdringliche Bedienung und eine dezente Hintergrundmusik.

An kleinen Tischchen wurde Champagner serviert, während wenige Kunden sich Schmuck zeigen ließen. David äußerte seinen Wunsch, und man begleitete sie zu einem der Tische, an dem sie Platz nehmen konnten. Nach einem Schluck vom köstlich kühlen Champagner brachten zwei Verkäufer einige kleine schwarze Tabletts mit einer Auswahl schlichter Platinringe. Einziger Schmuck: Brillanten in den verschiedensten Größen. David legte Mary liebevoll den Arm um die Schulter. »Auswählen musst du selbst, mein Liebes.«

Und Mary zögerte nicht lange. Die Ringe mit den großen, von Brillanten eingefassten Edelsteinen interessierten sie nicht. Sie wählte den schlichtesten Ring, den sie finden konnte und der doch am allerschönsten aussah: Ein schmaler Ring kleiner Brillanten umgab den Platinring, sodass es aussah, als umringe einer den anderen.

Fragend sah Mary den Mann an ihrer Seite an. »Ist es dir recht, wenn ich mich für ihn entscheide?«

»Selbstverständlich, Mary, er soll dir gefallen, und du sollst deine Freude daran haben. Ich freue mich, wenn er dir gefällt.« David nickte dem Verkäufer zu und hielt ihm die offene Hand hin. »Wir wollen ihn gleich benutzen.« Und während der Verkäufer den Ring von dem kleinen Tablett löste und ihn mit einem weichen Tuch noch einmal polierte, gab David dem andern Verkäufer seine goldene Scheckkarte zur Abrechnung. Er hatte nicht einmal nach dem Preis gefragt. Dann nahm er den Ring, schaute Mary tief in die Augen und flüsterte: »Für dich, für immer und ewig.« Damit steckte er ihr den Ring an die linke Hand. Mary sah ihn glücklich an und erwiderte: »Für immer und ewig, lieber David.« Im Geschäft erklang dezenter Applaus, und eine junge Dame kam mit einer frischen Flasche Champagner, füllte die Gläser, und alle stießen auf dieses feierliche Versprechen an.

Am nächsten Morgen begann die Arbeit. David hatte einen Fotografen engagiert, mit dem er früher schon in Rom und Florenz zusammengearbeitet hatte. Sie hatten sich am Fuß der Rialto-Brücke verabredet und wollten von dort aus die Objekte aufsuchen, die in dem Roman beschrieben wurden und die für den Kulissenbau möglichst genau fotografiert werden mussten.

»Ich dachte, du filmst an Ort und Stelle?« Mary war verunsichert, sie merkte, dass sie noch viel zu wenig über die Filmarbeit und die Gepflogenheiten dieser Branche wusste.

»Wir werden auch hier Aufnahmen machen, aber wenn, dann haben wir nur ein, zwei Tage hier zu tun, und auch nur, wenn es dringend notwendig ist. Wir haben sehr erfahrene Kulissenbauer in unserem Team. Historische Filme an Ort und Stelle zu drehen, ist heute fast unmöglich. Die Zeiten, die Objekte, die Technik, alles ändert sich ständig und in einem so rasanten Tempo, dass man nicht mehr nachkommt. Es ist heute zum Beispiel unmöglich, Gondeln auf dem Canale Grande zu filmen, ständig hätten wir Motorboote und Lastkähne im Bild. Das ist genauso wie mit dem Hamburger Jungfernstieg. Man kann ihn nicht in eine Flaniermeile zurückverwandeln, auf der nur Damen mit Reifröcken, Herren mit Zylinder und Kutschen unterwegs sind. Da müssen die Filmemacher schon tief in die Trickkisten greifen.«

»Du hast dir ein sehr kostspieliges und schwieriges Metier für deine Arbeit ausgesucht, David.«

»Ja, ich bin einer der wenigen und vielleicht bald der letzte Hersteller historischer Filme. Aber ich seh' es als meine Aufgabe an, so lange und so viel wie möglich über die Geschichte zu informieren. Und es macht mir außerdem Spaß.«

Die drei gingen zu Fuß durch die Stadt, enge Bürgersteige führten an stinkenden Kanälen entlang, denen die Hitze zu schaffen machte, sie überquerten Wasserwege auf unbekannten Brücken und suchten Zuflucht in kühlen Kirchen, wenn der Fotograf draußen zu lange für seine Einstellungen brauchte. Mary hielt sich nicht mit Ratschlägen für besondere Aufnahmen zurück, und David merkte, dass sie mit großem Interesse bei der Arbeit war. Mittags nahmen sie in einem schattigen Restaurantgarten einen Salat und viel Mineralwasser zu sich, am Nachmittag suchten sie Antiquitätengeschäfte auf, mit denen Clark Brown einen Besuchstermin vereinbart hatte, und als die Sonne sich hinter das Häusermeer zurückzog, verabschiedeten sie sich von dem Fotografen.

»Ich schicke die Fotos, die Vergrößerungen und die Negative durch die Kurierpost direkt an Ihr Büro in Glasgow, Lord McClay. In vier Tagen haben Sie alle Unterlagen in den Händen.«

»Danke, das reicht. Vorher werden wir Venedig bestimmt nicht verlassen. Wir werden noch einen kleinen Urlaub hier verbringen, bevor es an die neue Produktion geht. Aber Ihre Aufnahmen werden in Glasgow dringend erwartet.« Sie verabschiedeten sich und fuhren mit einem Wassertaxi zurück zum Lido.

Aber aus dem kleinen Urlaub wurde nichts. Als sie die Hotelhalle betraten, übergab ihnen der Chefportier einen geschlossenen Umschlag.

»Lord McClay, diese Nachricht ist vor vier Stunden hier eingetroffen, leider konnten wir Sie nirgends erreichen.«

»Danke.« David nahm den Umschlag und führte Mary zum Lift. »Ich werde oben nachsehen, was oder wer mich so dringend zu erreichen versucht.«

XXIX

Walter Perband und der schottische Engel hatten nicht viel Glück auf der Rückreise.

Die Probleme begannen im Frühstücksrestaurant des ›Atlantic‹-Hotels, als Walter mit Genuss das Frühstücksbüfett betrachtete und sich freute, solche Köstlichkeiten von seinem zukünftigen Auftraggeber spendiert zu bekommen. Er hatte eine ruhige Nacht verbracht, den Engel im Koffer direkt neben seinem Bett, und freute sich nun auf das Essen und eine bequeme Rückreise, die er auf das Gründlichste vorbereitet hatte. Er würde mit einem Lieferwagen des Hotels zum Airport gebracht werden, das hatte die Hotelrezeption ihm zugesagt, dort würde ihm ein Kofferträger bei dem Gepäck helfen und ihn zum Zoll bringen, und wenn dort alle Papiere gesichtet waren, würde sein kostbares Gepäckstück verladen und nach Edinburgh transportiert.

Walter wandte sich dem Stapel der gewärmten Teller zu und begann, Rührei und die köstlichen Nürnberger Bratwürstchen auf den Teller zu häufen, dazu ein paar Scheiben von dem krossen Speck, den er besonders gern mochte, und ein paar gegrillte Lachsstückchen. Auf einen gekühlten Teller legte er dann Toastbrotscheiben, Brötchen, Butter, Konfitürenschälchen und zum Abschluss eine Auswahl kleiner Käsestückchen. ›Ein herrliches Frühstück‹, dachte er gerade, als sich von hinten eine Hand auf seine Schulter legte.

»Mein lieber Freund, welch ein Glück, Sie hier zu treffen. Es gibt nicht Schlimmeres, als in einer fremden Stadt, in einem fremden Hotel allein speisen zu müssen. Noch benommen von der Nacht, verängstigt durch den unbekannten Tag und dann ganz allein, das ist fürchterlich.«

Walter Perband erstarrte, als er diese Stimme an seinem Ohr hörte. Vorsichtig die vollen Teller balancierend, drehte er sich um. »Mein Gott, Madam, Sie haben mich erschreckt. Ich dachte, Sie seien längst abgereist.«

»Nein, nein«, grinste Joan Barkley, »so eilig habe ich es dann doch nicht, in meine schottische Einsamkeit zurückzukehren.«

Verblüfft schaute Walter die elegante Frau an seiner Seite an. »Aber Madam, Sie haben doch ein Kind und ein Geschäft und bestimmt viele Freunde, wie können Sie von schottischer Einsamkeit reden?«

»Es kommt nicht auf das Umfeld an, sondern auf das Herz, wenn Sie wissen, was ich meine.«

»Ich lebe auch allein, und mein Herz ist sehr zufrieden damit.«

»Dann wissen Sie vielleicht gar nicht, wie schön es ist, zu zweit zu sein. Sehen Sie, hier wollten Sie allein frühstücken, allein an einem freien Tisch, ohne ein amüsantes Gegenüber. Das werden wir jetzt ändern. Ich setze mich zu Ihnen, und Sie werden sehen, wie unterhaltsam es ist, nicht allein mit seinem Rührei und den Bratwürstchen an einem Tisch zu sitzen.«

»Ich unterhalte mich aber nicht gern beim Essen«, brummte er missgestimmt.

»Unsinn, eine erheiternde Unterhaltung macht das Essen erst anregend. Kommen Sie, ich hole mir auch etwas, und dann setzen wir uns dort drüben an den Tisch am Fenster.«

Walter wartete zwar verärgert, aber höflich, bis Joan sich den Teller voller Obst gepackt hatte und dann wieder zu ihm trat. »Na, sehen Sie, wir verstehen uns doch blendend.« Sie winkte eine Kellnerin herbei, die sie mit Kaffee bediente, und begann, ihr Obst zu essen.

»Ist das Ihr ganzes Frühstück?«, staunte Walter.

»Ich muss auf meine Figur achten. Wenn man in der Damenmodebranche tätig ist, gehört eine gertenschlanke Figur zum Geschäft.«

»Wie ungesund. Für mich ist das Frühstück die Hauptmahlzeit am Tag«, erklärte er begeistert und genoss den Speck und die

Brötchen, das Ei und die Toastbrotscheiben, und die Würstchen aß er ohne Brot. Dann sah er heimlich auf die Armbanduhr. Es wurde Zeit für ihn, wenn er mit dem Engel zusammen pünktlich am Flughafen sein wollte.

Aber der Blick auf die Uhr blieb Joan nicht verborgen. »Warum so eilig? Lassen Sie uns unser Miteinander genießen. Wir bummeln gemeinsam durch die schöne Stadt, essen irgendwo am Elbufer zu Mittag, machen eine Schifffahrt durch die Kanäle und verbringen einen höchst erfreulichen Abend zusammen.«

»Das geht nicht, ich muss heute Vormittag zurückfliegen. Der Flug ist fest gebucht.«

»Ach was, Buchungen sind dazu da, umgebucht zu werden. Sie wollen mich doch nicht hier allein lassen? Das wäre sehr unhöflich, lieber Mister Perband.«

Aber Walter schüttelte denn Kopf. »Ich habe meine Pflichten, und die muss ich pünktlich erledigen. Meine Reise musste gut vorbereitet werden, daran kann ich jetzt nichts mehr ändern.«

»Reisen Sie etwa wieder mit diesem Monstrum von Schrankkoffer? Ich dachte, da sei Ihre Kleidung für ein ganzes Jahr drinnen und Sie könnten eine unbestimmte Zeit auf Reisen sein.«

»Mit dem Koffer reise ich wieder zurück. Aber da ist keine Kleidung drinnen, sondern ...« Er hielt plötzlich inne – sollte, durfte er von seinem Gepäck berichten? Lieber nicht!

»Was denn sonst? Sie machen mich neugierig, lieber Walter. «

»Ich transportiere Bücher für eine Bibliothek.«

»Bücher, mein Gott, sind die nicht in Kisten viel besser untergebracht?« Joans Neugier war erwacht, und sie fühlte genau, dass der Mann nicht die Wahrheit sagte. Er war ganz rot geworden vor Verlegenheit, und sie hatte ein feines Gespür für verbotene oder riskante Handlungen. Schließlich war sie, als es die Zollerleichterungen in Europa noch nicht gab, oft genug mit zollpflichtigen Sachen über die Grenzen gereist. Parfüms aus Paris, Weine aus Italien, Zigaretten aus Deutschland, Schmuck aus der Schweiz. Ach ja, es waren interessante Reisen gewesen, und das Kribbeln der Angst, ertappt zu werden, hatte die Lust an solchen Unternehmungen erhöht. Dieser naiv und harmlos aussehende Mann hatte ein Geheimnis. Wie wunderbar. Sie würde alles daransetzen, dieses Rätsel zu lösen.

Sie aß das letzte Stückchen Ananas, schob die übrig gebliebene Erdbeere zwischen die Lippen und trank ihren Kaffee aus. »Sie wollen mich also allein hier zurücklassen. David McClay ist klammheimlich verschwunden, wie ich feststellen musste, sein Personal ist abgereist, und meine Rechnungen hat er auch nicht bezahlt. Bevor es mir hier zu kostspielig wird, reise ich lieber auch ab.«

»Aber doch nicht meinetwegen.« Walter Perband bekam es mit der Angst zu tun. Diese aufdringliche Person bis nach Edinburgh zu ertragen, war unmöglich. Er wollte auf dem Flug seine Ruhe haben und sich unterwegs verwöhnen lassen, er wollte sich auf sein Zuhause konzentrieren, auf die Ablieferung des Engels, den Dank des Museums, und er wollte sich auf sein Honorar freuen. Und auf gar keinen Fall wollte er eine nichtssagende Konversation betreiben.

Er stand auf. »Also, Madam, ich wünsche Ihnen noch viel Vergnügen hier in Hamburg und irgendwann eine glückliche Heimreise.« Er verbeugte sich höflich und wollte sich abwenden, doch Joan war aufgesprungen und hielt ihn am Arm fest. »Aber nicht doch, lieber Walter. Ohne Sie ist die Stadt nicht mehr interessant für mich. Ich werde mit Ihnen gemeinsam zurückfliegen. Ist es nicht wunderbar, dass wir das gleiche Ziel haben? Ich freue mich sehr, Ihre Begleitung genießen zu können. Wann fliegen wir?«

»Ich fliege kurz nach zwölf, aber soviel ich weiß, war die Maschine schon gestern voll ausgebucht«, erklärte er unfreundlich.

Joan sah ihn augenzwinkernd an. »Das lassen Sie nur meine Sorge sein, mein lieber Walter. Mir hat noch keiner etwas abschlagen können.« Sie zog ihn hinter sich her zur Rezeption und schaute auf das Namensschild des Chefportiers. »Mein lieber Mister Graue, ich muss um zwölf Uhr einen Platz in der Maschine nach Edinburgh haben. Bitte buchen Sie für mich und machen Sie meine Hotelrechnung fertig, ich habe es sehr eilig.« Gleichzeitig schob sie Mister Graue sehr diskret einen grünen Einhunderteuroschein über den Tresen und zwinkerte Walter Perband zu.

Doch ein Chefportier vom Hotel ›Atlantic‹ war nicht zu kaufen. »Gnädige Frau, wenn Sie einen Flug nach Edinburgh buchen wollen, so erledigen wir das selbstverständlich und kostenlos für Sie«, und damit schob er den grünen Schein über den Tresen zurück. »Sollte die Maschine ausgebucht sein, welche wünschen Sie dann zu nehmen?« Und aus seinem Ton sprach kalte Verachtung.

»Gar keine. Ich will und ich muss diese Maschine bekommen, egal, wie Sie das machen. Aber ich nehme an, ein Hotel wie dieses hat da seine Möglichkeiten, nicht wahr?«

»Ich tue mein Bestes, gnädige Frau«, erklärte er nüchtern.

Walter Perband ließ sich seine Rechnung geben und bezahlte mit einem Scheck. Er würde die Ausgaben großzügig erstattet bekommen, da spielte die Höhe der Rechnung keine Rolle. Dann ging er, gefolgt von der anhänglichen Joan, zum Lift, um seine Reisetasche zu holen und den Koffer nach unten transportieren zu lassen. Noch einmal öffnete er die Schlösser, sah nach, ob der Engel noch drinnen war, und verschloss sie wieder sorgfältig. Dabei übersah er, dass Joan Barkley in der geöffneten Zimmertür stand und ihn beobachtete.

»Lieber Walter, was verbergen Sie in Ihrem Koffer? Diese in Decken gehüllten Teile in den Kofferhälften sahen aber gar nicht nach Büchern aus.«

Erschrocken fuhr Walter Perband herum. Himmel, warum hatte er die Tür nicht geschlossen? Er war so in Gedanken gewesen, dass er gar nicht bemerkt hatte, dass diese aufdringliche Frau noch immer hinter ihm herlief. Wütend antwortete er: »Der Inhalt meines Koffers geht Sie gar nichts an. Und jetzt lassen Sie mich bitte allein.« Er wollte die Zimmertür schließen, aber Joan stand mittendrin, und ohne sie zu berühren, konnte er die Tür nicht zusperren.

»Aber nicht doch, lieber Walter. Unter Freunden gibt es keine Geheimnisse. Vielleicht kann ich Ihnen sogar helfen, falls Sie etwas Verbotenes nach Schottland transportieren wollen«, bot sie arrogant lächelnd an.

Wütend starrte er die Frau an. »Was fällt Ihnen ein, mir unkorrekte Handlungen zu unterstellen. Ich habe nichts zu verbergen, aber ich wehre mich gegen neugierige Damen, das ist alles.«

Sie warf den Kopf zurück und lachte ihn selbstsicher an. »Meinen Sie etwa mich? Ich bin Ihre Freundin, Ihre wohlgesinnte Freundin. Und ich nehme mir einfach das Recht, Ihnen beizustehen, sollten Sie Hilfe benötigen.«

»Danke, aber ich brauche nicht Ihre Hilfe, sondern die eines Pagen, der mir den Koffer nach unten bringt.« Damit klingelte er nach dem Zimmerservice, und als wenig später ein Page erschien, nahm er seine Reisetasche und bat den jungen Mann: »Bitte bringen Sie meinen Koffer ins Foyer.« Und ohne Joan weiter zu beachten, folgte er dem Pagen und dem Kofferwagen zum Lift.

Joan, nun doch etwas verblüfft von der Konsequenz ›ihres lieben Walters‹, rief ihm nach: »Wir sehen uns unten, ich bin in fünf Minuten bei Ihnen.« Dann hetzte sie in ihr Zimmer, raffte ihre Kleidung zusammen, warf alles in ihren Koffer und eilte ihm nach.

Aber im Foyer war kein Walter mehr zu sehen. ›Zu dumm‹, dachte sie, ›und ich hatte gehofft, er begleicht hier großzügig meine Rechnung.‹ Wütend bezahlte sie mit ihrer Scheckkarte. »Was ist mit meiner Buchung, Mister Graue?«

»Ihr Ticket liegt am Schalter von British Airways für Sie bereit«, versicherte ihr Mister Graue wenig freundlich und wandte sich anderen Gästen zu.

Joan sah sich noch einmal suchend in der Halle um, stürmte nach draußen und ließ sich ein Taxi rufen.

Auch in der Abflughalle des Flughafens konnte sie Walter Perband nicht finden. »Hat er es sich etwa anders überlegt? Ist er gar nicht abgereist, sondern amüsiert sich doch noch in Hamburg?«, flüsterte sie vor sich hin und eilte zum Ticketschalter.

Erst in der Maschine sah sie Walter Perband wieder. Er hatte einen Fensterplatz eingenommen, und die Sitze neben ihm, vor ihm und hinter ihm waren von anderen Reisenden besetzt.

»Oh, mein lieber Walter, ich habe mich etwas verspätet. Wie ungeschickt von mir. Nun können wir nicht nebeneinandersitzen, oder wäre Ihr Nachbar bereit, seinen Platz mit meinem zu tauschen?«, säuselte sie liebenswürdig und legte ihre Hand ganz diskret auf die Schulter des Fremden. Irritiert sah der Mann von der Zeitung auf, in der er gerade die Börsenmitteilungen las, und starrte erst den Mann neben sich und dann die Frau über sich an.

Perband versuchte, den Kopf zu schütteln, aber Joan flüsterte bereits erneut: »Es wäre so liebenswürdig von Ihnen. Wissen Sie, wir haben sehr viel zu besprechen, bevor die Maschine landet.«

Das Anschnallzeichen leuchtete auf, und die Stewardess bat die Reisenden, ihre Plätze einzunehmen. Joan beugte sich etwas tiefer zu dem Fremden und gestattete ihm einen Einblick in ihr Dekolleté. Mit geröteten Wangen quälte sich der Mann schließlich aus seinem Sitz. »Selbstverständlich, gnädige Frau«, krächzte er heiser und machte den Platz neben Walter Perband frei. Der sah konzentriert und konsterniert aus dem Fenster. Die Frau, die er nicht mochte, saß plötzlich auf Tuchfühlung neben ihm, presste sich an seine Seite und flüsterte ihm ins Ohr: »Wo ist denn nun der kostbare Koffer, lieber Walter?«

»Im Frachtraum natürlich, wo denn sonst«, murrte er unhöflich. Die Frau irritierte ihn, und er spürte Regungen in sich, die ihm absolut unbekannt waren. Er schloss die Augen, drängte sich im Sitz so weit wie möglich an die Außenseite und erklärte: »Ich möchte jetzt schlafen.«

Aber das passte Joan gar nicht. »Unsinn, Sie werden doch ein interessantes Gespräch nicht ausschlagen. Also, was ist wirklich in diesem ominösen Koffer, lieber Walter?«

»Ein Stück Holz, und jetzt lassen Sie mich in Ruhe.«

»Ein Stück Holz? Sie machen Scherze. Warum sagen Sie mir nicht die Wahrheit?«

»Es ist die Wahrheit.«

»Unsinn, wie kann sich ein Stück Holz in zwei Kofferhälften befinden?«

»Es ist geteilt worden, das ist alles.«

»Und um ein Stück geteiltes Holz zu holen, fliegen Sie zwischen Edinburgh und Hamburg hin und her?«

»Es gehört einem Museum, und ich holte es. Das ist alles.«

»Dann muss es aber ein sehr wertvolles Stück Holz sein. Vielleicht könnte ich Ihnen helfen, es durch den Zoll zu bringen?«

»Mit dem Zoll ist alles geklärt.«

»Aber ich könnte etwas mit dem Inspektor flirten, sollte es doch zu einer Prüfung kommen. Zöllner können sehr unberechenbar sein. Vielleicht hatte er Ärger mit seiner Frau, oder er hat Bauchweh vom Frühstück, alles wäre möglich.«

»Himmel, was reden Sie sich da ein. Ich brauche keine Hilfe, und ich will jetzt meine Ruhe haben.« Walter Perband schloss die Augen und reagierte nicht mehr, als sie anfing, seinen Ärmel zu streicheln. ›Ausgerechnet mir, der ich Frauen nicht ausstehen kann, muss diese Person über den Weg laufen‹, dachte er und wunderte sich, dass sein Körper auf ihre Berührung reagierte. ›Verflixt, wann landen wir endlich?‹ Dann schlief er ein, und während seine Unterlippe schlaff nach unten fiel, stellte Joan fest, dass er wirklich kein attraktiver Mann war. ›Aber er gehört irgendwie zu David und dieser neuen Freundin‹, sinnierte sie, ›und deshalb werde ich diesen Langweiler ertragen, bis ich weiß, was wirklich in dem Koffer ist, und dann ist es nicht schwer, diesen Koffer in meine Hände zu bekommen. Ein Stück Holz‹, dachte sie, ›ein dummes, gespaltenes Stück Holz, wie kann mich dieser Mann bloß für so dumm halten!‹ Und dann zählte sie zwei und zwei zusammen: Holz, Museum, alt! Und: David, historische Filme, Antiquitäten! ›Ja, das muss es sein. Dieser Mann schmuggelt für David einen wertvollen Holzschatz von Hamburg nach Schottland. Und wenn David extra einen Mann damit betraut, dann muss es ein sehr wertvoller Schatz sein.‹ Als sie so weit in ihren Gedanken gekommen war, setzte die Maschine zur Landung an.

Joan drängte zur Gepäckausgabe. Sie wollte unbedingt dabei sein, wenn dieser Walter den Koffer in Empfang nahm. Und dann passierte es. Als sie die Rolltreppe hinunter zu den Förderbändern betrat, wurde sie von hinten angestoßen und fiel, mit dem Kopf zuerst, die stählerne Treppe hinunter. Bevor jemand die Notbremse drücken konnte, lag sie blutüberströmt am Fuß der Treppe. Im Krankenhaus wurden Rippenbrüche, ein Wirbelbruch und schwerste Kopfverletzungen diagnostiziert. Die Nanny wurde von der Polizei informiert und gab die Nachricht an David McClay weiter. Walter Perband erfuhr nichts von dem Unfall. Er hatte auf dem Flughafen einen anderen Weg eingeschlagen, denn sein Schrankkoffer wartete beim Zoll auf ihn. Die Gepäckausgabe musste er gar nicht aufsuchen.

XXX

David öffnete die Tür seiner Suite und ließ Mary den Vortritt. »Komm herein, ich schaue nach, wer so dringend etwas von mir will, dann machen wir uns einen schönen Abend und lassen uns Champagner auf der Terrasse servieren.«

Er ging ans Fenster und öffnete den Umschlag mit der ausgedruckten Meldung. Und dann setzte er sich plötzlich in den nächststehenden Sessel und reichte, blass geworden, Mary das Papier.

Als Mary sah, dass seine Hand zitterte, fragte sie erschrocken: »Was ist passiert?«

»Lies«, war alles, was er sagte, und Mary las:

›Sehr geehrter Herr, die Polizei hat mir gesagt, dass Miss Barkley in Edinburgh verunglückt ist und mit schweren Kopfverletzungen in einer Klinik liegt. Ihre Hoteladresse habe ich von Ihrem Büro. Ich bin hier mit Tatjana ganz allein. Ich weiß nicht, was ich machen soll. Und ich habe kein Geld.

Hochachtungsvoll: Melanie, Nanny von Tatjana.‹

Auch Mary musste sich setzen. »Mein Gott, das ist ja furchtbar«, flüsterte sie. »Wir müssen sofort nach Schottland fliegen.«

»Danke, dass du ›wir‹ gesagt hast.« David räusperte sich, seine Stimme war auf einmal heiser. »Sie ist zwar eine unangenehme Frau, aber so etwas wünscht man seinem schlimmsten Feind nicht.«

Er stand auf, ging zum Telefon und wählte die Rezeption. »Ich brauche eine Verbindung zum Charterflughafen und eine Privatmaschine nach Glasgow. Ich muss heute Abend noch starten. Wir sind zwei Passagiere.« Er hörte sich die Antwort an und legte auf. »Wir müssen packen, Mary, ich schätze, dass wir in einer Stunde in der Luft sind.«

»Selbstverständlich. Soll ich dieser Melanie eine E-Mail schikken und ihr mitteilen, dass wir kommen?«

»Ja, bitte, dann kann ich mich nach Joan erkundigen. Ich muss herausfinden, in welchem Krankenhaus sie liegt und wie es ihr geht.«

Und Mary schrieb:

›Liebe Miss Melanie, Mister McClay trifft morgen Früh in Glasgow ein. Er wird sich um alles kümmern.

Mit freundlichem Gruß, Mary Ashton, Requisiteurin.‹

Mary packte die Koffer für beide, zog ihre warme schottische Kleidung wieder an, ließ die Rechnung fertig machen und einen Pagen kommen, der das Gepäck holte.

Nach langen und mühsamen Telefongesprächen erfuhr David endlich, in welcher Klinik Joan untergebracht war, und nur, weil er ein wirklich bekannter Mann in Edinburgh war, erreichte er schließlich ein Gespräch mit Dr. Wallance, dem behandelnden Arzt. Aber der verweigerte die Auskunft. »Sie müssen mich verstehen, Lord McClay, ich bin an die Schweigepflicht gebunden. Hier kann jeder anrufen, sich für einen Lord ausgeben und enge Beziehungen zu einem Patienten angeben. Sie müssten schon persönlich herkommen und Ihre Beziehungen zu Miss Barkley beweisen, bevor ich Ihnen etwas mitteilen kann.«

»Ich verstehe Ihre Bedenken, Doktor, aber sagen Sie mir wenigstens, wie es ihr geht. Hat sie Überlebenschancen, kann ich etwas für sie tun?«

»Sie lebt, mehr darf ich Ihnen nicht sagen.«

»Danke. Ich wünsche eine erstklassige Unterbringung und die beste Behandlung. Morgen Abend bin ich bei Ihnen.«

»Ich werde Professor Lloyd über Ihren Anruf unterrichten.«

Dann rief David sein Glasgower Büro an und bestellte

den Chauffeur mit dem Wagen für den nächsten Morgen zum Airport. Anschließend teilte er Clark Brown mit, dass er ihn in Glasgow brauchte. »Und ich erwarte einen genauen Bericht über den Unfallhergang. Setzen Sie sich mit der Flughafenpolizei in Edinburgh in Verbindung.«

David hatte sein letztes Gespräch kaum beendet, als die Rezeption meldete, dass eine Maschine und ein Wagen für die Fahrt zum Lido-Flugplatz bereitstünden.

Er umarmte Mary kurz. »Komm, wir müssen fahren. Schade, dass aus unserem kleinen Urlaub nun nichts wird, aber du wirst verstehen, dass ich mich jetzt um mein Kind und seine Mutter kümmern muss.«

»Selbstverständlich.«

Aber Mary war sehr nachdenklich geworden. Die Sorge um das Kind konnte sie verstehen und zum Teil auch die Bemühungen um die ehemalige Geliebte, doch wie sollte das weitergehen? Wurde jetzt schon wahr, was sie befürchtete? Rechnete David nun bereits mit ihrem Einsatz als Ersatzmutter? ›Was soll ich sagen, wenn er mich morgen Früh bittet, mich um sein Kind zu kümmern?‹, dachte sie bestürzt. ›Er weiß doch, dass ich mich auf die Arbeit an seiner Seite freue. Und er braucht mich auch für diese Arbeit, das haben wir in den letzten Tagen immer wieder erlebt. Wird die Sorge um das Kind alle Pläne einfach wegwischen?‹ Sie seufzte. ›Natürlich geht das Kind jetzt vor, das ist ganz selbstverständlich, aber wir hatten doch noch gar keine Chance, eine gemeinsame Zukunft aufzubauen. Unsere Beziehung muss doch erst noch wachsen, bevor man sie dann vor eine so harte Prüfung stellt. Wir müssen uns doch erst einmal selbst kennenlernen, bevor wir riskieren, eine Familie zu gründen.‹

Sie starrte in die Dunkelheit. Der Wagen hatte sie in wenigen Minuten zum Airport gebracht, wo eine kleine Maschine bereits auf sie wartete. Der Pilot, der Copilot und ein Ingenieur standen neben dem Flugzeug und besprachen letzte Einzelheiten. Als die beiden Passagiere eintrafen, bestiegen alle nach einer kurzen Begrüßung die Maschine, und wenige Minuten später waren sie in der Luft. Der gleichmäßige Takt der Motoren wirkte einschläfernd. Mary lehnte den Kopf gegen die Polster und schloss die Augen. Sie spürte noch, dass David ihre Hand in die seine nahm, dann schlief sie ein.

Als sie in Glasgow landeten, regnete es in Strömen. Aber Drumworld war mit dem Wagen auf das Gelände für Privatmaschinen gefahren und rollte jetzt direkt zu der Maschine, sodass Mary und David bequem und ohne nass zu werden umsteigen konnten. Clark Brown, der vorn neben dem Chauffeur saß, übergab David den Polizeibericht aus Edinburgh. »War gar nicht leicht, ihn zu bekommen, Chef, aber nach einigem Hin und Her habe ich ihn dann doch gekriegt.«

David las die wenigen Zeilen und gab ihn dann Mary. Sie erfuhr, dass eine gewisse Miss Joan Barkley in großer Eile war, als Erste an der Rolltreppe ankam und dort von einer drängelnden Masse junger Fußballfans gestoßen wurde. Dabei habe sich der Pfennigabsatz ihres rechten Schuhs in der Stufenspalte der Rolltreppe verhakt, und sie sei zunächst mit dem Kopf voran die Treppe hinuntergestürzt, wobei sie sich dann mehrmals überschlagen habe.

Mary fröstelte, als sie diesen kalten, sachlichen Bericht las. ›So schnell kann es gehen‹, dachte sie, ›und irgendwie ist es ihre eigene Schuld gewesen. Warum hatte sie es so eilig gehabt, und warum ist sie überhaupt nach Edinburgh geflogen anstatt nach Glasgow, wo ihre Tochter wartete?‹

Bert Drumworld chauffierte sie sicher über die regennassen Straßen. Die Rushhour hatte noch nicht eingesetzt, und er kam zügig voran. Er kannte den Weg, denn oft genug hatte er seinen Chef in die Cumberland Street gefahren, damals, als er seine Tochter noch regelmäßig zu Hause besuchen durfte. Später durfte er das Kind dann nur noch in der Boutique sehen, und die Wartezeiten für ihn, den Chauffeur, wurden immer kürzer, weil die Besuchszeit immer eingeschränkter wurde.

Endlich tauchte das Haus auf. Die Fenster waren geschlossen, die Rollladen herabgelassen. Vor der Haustür standen zwei Milchflaschen, im Zeitungsrohr lag eine Zeitung. Drumworld hielt, und bevor er aussteigen und seinem Chef die Wagentür aufhalten konnte, war McClay bereits ausgestiegen und zur Haustür gelaufen. Dann stieg Mary aus. Drumworld half ihr und spannte einen Schirm für sie auf. Langsam ging sie auf das Haus zu. Sie wollte David in den ersten Momenten mit seiner Tochter allein lassen. Er hatte bereits geklingelt. Die Tür wurde zaghaft geöffnet, dann aber in ihrer ganzen Weite aufgerissen, und ein weinendes Kindermädchen mit Schürze und Häubchen knickste vor David. Er drückte ihr kurz die Hand. »Alles wird gut, Melanie. Wo ist Tatjana, wie geht es ihr?«

»Jetzt schläft sie, gnädiger Herr, aber sie hat die halbe Nacht geweint.«

»Warum denn, du hast ihr doch hoffentlich nicht erzählt, dass ihre Mum verunglückt ist.«

»Nein, gnädiger Herr, aber dauernd hat jemand geklingelt, und das Telefon hat auch ständig geläutet.«

»Um Himmels willen, wer war denn das?«

»Na ja, zuerst kam die Polizei, um uns als Familie die Nachricht zu überbringen. Tatjana war ja noch auf, und vor Uniformen hatte sie schon immer Angst. Dann kamen Nachbarn, die das Polizeiauto gesehen hatten, viele Nachbarn, zum Schluss habe ich die Klingel abgestellt, weil ich Tatjana ins Bett bringen wollte. Und dann klingelte dauernd das Telefon, sogar Reporter von der Zeitung hatten durch die Polizei schon von dem Unfall gehört und wollten mit mir reden. Die gnädige Frau war ja sehr bekannt in der Stadt, und hier bei den Nachbarn mochte man sie und ihre Partys gern.«

David winkte seinen Sekretär zu sich ins Haus. »Clark, Sie übernehmen die Haustür und die Telefone. Keine Kommentare, keine Auskünfte. Wir packen so schnell wie möglich ein paar Sachen und fahren nach ›Lone House‹.« Und zu Melanie gewandt: »Packen Sie die nötigsten Sachen für Tatjana und für sich ein, später können wir alles andere holen. Und jetzt will ich zu Tatjana.« Er nahm Mary, die sich sehr überflüssig vorkam, an die Hand. »Komm und schau dir meinen Engel an.«

Melanie führte sie in das Kinderzimmer, und Mary war verblüfft von der Pracht, die das kleine Kinderbett umgab. Von künstlichen Palmen bis zu lebensgroßen Plüschtieren, von Seidenblumen bis zu rosa Rüschen über dem Bettchenhimmel und den Gardinen fehlte es an nichts. Vorsichtig trat sie neben David an das Kinderbett. Unter einer duftigen Daunendecke schaute ein roter Lockenkopf hervor, und Mary dachte als Erstes: ›Dann ist das Haar der Mutter tatsächlich echt.‹

David strich dem Kind so lange über die Wange, bis es wach wurde. Das Mädchen sah mit großen Augen den Vater an, dann weinte es und rief: »Melli, Melli.«

»Sie erkennt mich nicht«, flüsterte David traurig. »Wie damals in Glasgow bei meinem letzten Besuch.« Er streckte die Arme nach ihr aus, aber sie verkroch sich unter der Decke und schluchzte: »Melli, Melli.« Schließlich nahm Melanie sie auf den Arm und versuchte, sie zu beruhigen. Aber Tatjana schluchzte weiter. »Du hast mich weinen gemacht, du hast immer telefoniert, und wann kommt Mum nun endlich?« Von Mary nahm sie keine Notiz.

»Mum ist noch ein bisschen verreist«, versuchte David zu erklären. »Und wir verreisen jetzt auch.«

»Ich will aber nicht weg, ich will auf Mum warten.« »Wir fahren zu mir, und deine Mum kommt dann auch dorthin.«

»Und wo ist das?«

»In den Bergen und an einem See, und auf den Wiesen gibt es viele kleine Lämmchen, die du streicheln kannst.«

Langsam beruhigte sich das Kind. »Weiße Lämmchen?«

Ratlos sah David Mary an. »Weiße? Du hast sie doch schon gesehen.« Es war das erste Mal, dass er Mary in das Gespräch mit einbezog.

»Weiße und ein paar sind auch schwarz.« Sie hielt sich absichtlich im Hintergrund. Das Kind musste genug verkraften, da sollte nicht auch noch eine fremde Frau im Vordergrund stehen.

David drehte sich um und nahm Melanie das Kind ab. »Sie müssen jetzt die Koffer packen. Nur das Nötigste, alles andere kaufen wir später.« Dann drehte er sich zu Mary um und reichte ihr Tatjana. »Bitte zieh sie an, ihre Sachen werden hier in den Schubladen liegen.«

›Es fängt schon an‹, dachte sie traurig. ›Es ist schon selbstverständlich, dass ich mich um das Kind kümmere.‹ Sie nahm die Kleine und stellte sie auf einen Tisch, damit sie still stand. Diesen Trick hatte sie von ihrer Großmutter gelernt, die sie selbst immer auf einen Tisch gestellt hatte, wenn sie sich nicht an- oder auskleiden ließ. »Da oben haben die Kinder Angst und stehen still«, hatte die alte Dame erklärt, und Mary wagte sich nicht zu rühren. Anders Tatjana. Sie wollte sofort hinunterklettern, riss sich los, als Mary sie festhielt, und begann zu schreien. »Geh weg, du, ich will zu Melli.«

Mary versuchte es mit Zureden. »Wir wollen doch zu den Lämmchen fahren, da musst du ein Kleid anziehen. Wenn die Lämmchen dich im Pyjama sehen, laufen sie alle weg.«

»Ich will aber kein Kleid anziehen, ich will zu Melli.« Und schon riss sie sich los und rannte schreiend aus dem Zimmer.

Unten in der Halle stand David und unterhielt sich mit dem Sekretär. »Clark, Sie kümmern sich um das Haus, sobald wir fort sind. Strom, Wasser, Heizung, die Türen, die Fenster, es muss alles gesichert werden. Melden Sie die Telefone ab und benachrichtigen Sie die Post, die alles nachschicken soll. Melanie soll die Milch und die Zeitung abbestellen. Dann holen Sie den Wagen von Miss Barkley aus der Garage und kommen mit dem

Kindermädchen und dem Gepäck nach ›Lone House‹ hinterher.«

Unwirsch drehte er sich um, als das schreiende Kind die Treppe herunterkam. »Was ist los? Warum weinst du denn?«

»Ich will zu meiner Mum, und ich will kein Kleid anziehen. Die fremde Frau hat mich auf einen Tisch gestellt. Ich will nicht auf einen Tisch, da fällt man doch runter.«

»Das stimmt, da fällt man runter.« Fragend sah er zu Mary hinauf, die sich über das Treppengeländer beugte. »Warum muss sie denn auf einem Tisch stehen?«

»Damit sie beim Anziehen still steht.«

»Ach was. Bring ihre Kleidung runter, ich mache das selbst.«

»Sie kennt mich doch noch gar nicht«, versuchte Mary sich zu entschuldigen.

Aber David schüttelte den Kopf. »Anscheinend muss man sich hier um alles selbst kümmern. Wo ist die Nanny?« Und dann rief er laut schallend »Melanie« durch das Haus.

David war nervös. Es lief alles anders, als er sich das vorgestellt hatte. ›Dass das Kind mich als Fremden betrachtet, ist kein Wunder. Sie sieht mich viel zu selten und viel zu kurz. Joan hat alles getan, um mich und Tatjana zu entfremden. Aber ich habe doch wenigstens gehofft, dass diese Fremdheit schnell verfliegen würde. Und dann Mary, die so zurückhaltend ist, von der ich Liebe und Überschwang für meinen kleinen Engel erwartet habe. Na ja, und Melanie ist einfach hilflos. Sie kann mit der Situation überhaupt nicht umgehen. Wo steckt sie jetzt nur wieder? Wahrscheinlich packt sie ihren Koffer voll mit eigener Kleidung und Kosmetika, statt sich um das Kind zu kümmern.‹

Er nahm Tatjana an die Hand und ging mit ihr wieder nach oben. »Bitte, Mary, such Melanie, sie muss das Kind anziehen. Vielleicht kannst du inzwischen ein paar Kleidungsstücke für die Kleine einpacken.«

»Ja, natürlich.« Mary suchte Melanie und fand die Nanny in Tränen aufgelöst in ihrem Zimmer. »Was ist denn passiert,

Melanie? Mister McClay kümmert sich doch um alles, Sie können ganz beruhigt sein.«

»Ich soll mit Tatjana mitfahren, und ich weiß, dass es meine Pflicht ist, mich um das Kind zu kümmern, ich bin schließlich die Einzige, die das Kind wirklich kennt. Aber ich will nicht fort. Ich habe hier meine Familie, und ich habe einen Freund, der schon einen Heiratsantrag angedeutet hat.«

»Aber Melanie, Ihr Freund wird doch so einen kleinen Abstecher nach ›Lone House‹ verkraften. Wenn er über die Autobahn fährt, ist er in weniger als zwei Stunden am St. Mary's Loch.«

»Aber ich will nicht in diese Einsamkeit. Miss Barkley hat mir erzählt, dass es dort nur das Schloss gibt und die Angestellten vom Lord. Ich bin aber jung, ich will abends ausgehen, ich will andere Leute und ein bisschen Spaß um mich haben.«

Mary konnte Melanie sehr gut verstehen. Die Einsamkeit war schön, wenn man sich erholen wollte und Abstand vom täglichen Stress brauchte. Aber immer dort zu leben, weil ein kleines Kind dort sein Zuhause hatte, dass würde auch sie nicht ertragen.

Sie setzte sich neben Melanie, die zusammengekrümmt auf ihrem Bett hockte. »Ich mache Ihnen einen Vorschlag, aber zunächst muss der unter uns bleiben.«

»Ja?«

»Sie kommen jetzt erst einmal mit, nur so lange, bis Tatjana sich an den Vater und an mich gewöhnt hat. Und dann rede ich mit dem Lord und erkläre ihm, dass Tatjana jetzt keine Nanny mehr braucht, sondern eine Gouvernante, die auch mit dem Schulunterricht beginnen muss.«

»Das würden Sie tun?«

»Ja, ich verspreche es. Das Kind ist alt genug, um sich selbst anzuziehen, das braucht keine Babybetreuung mehr, sondern eine energische Hand, die es in die Zukunft führt. Und außerdem wissen wir nicht, wann die Mutter aus dem Krankenhaus kommt, sie wird sich dann wieder selbst um ihre Tochter kümmern wollen.«

Aber Melanie schüttelte den Kopf. »Die Miss hat aber nie Zeit für die Kleine. Sie kann sich nur als Mutter ausgeben, weil ich immer da war.«

»Das ist dann nicht mehr unser Problem. Erst muss sie gesund werden, und bis dahin muss der Lord sich um alles kümmern.«

Melanie schüttelte den Kopf. »Ich glaube nicht, dass sie gesund wird. Der Polizist hat so etwas angedeutet.«

Erschrocken sah Mary das Mädchen an. »Was hat er denn genau gesagt?«

»Na ja, er meinte, der Kopf sei total kaputt, da könnten auch die Ärzte nicht mehr viel machen.«

»Um Himmels willen, erzählen Sie das niemandem. Der Lord muss das von einem Facharzt hören, nicht von einem Polizisten.«

»Nein, nein, ich sage nichts. Aber wir brauchen, glaube ich, nicht mit ihrer Rückkehr zu rechnen, und dann bin ich erst mal fest an das Kind gebunden.«

»Ich werde dafür sorgen, dass eine Gouvernante eingestellt wird. Ich verspreche es.«

»Danke.« Melanie schnäuzte sich und stand auf. »Dann werd' ich mal fertig packen.«

»Und ich brauche einen Koffer für die Kindersachen, haben Sie einen?«

»Ja, hier die Tasche wird reichen. Viele Sachen hat Tatjana nicht, sie wächst so schnell, und Miss Barkley wollte auch immer die neueste Mode für das Kind haben.«

Auch Mary stand auf. »Danke, dann will ich die paar Sachen einpacken, und wenn Sie Ihren Koffer fertig haben, suchen Sie noch das Lieblingsspielzeug zusammen, damit die Kleine wenigstens ein paar bekannte Sachen mitnehmen kann.«

Unten erwartete sie ein ungeduldiger David. »Na endlich, wo

bleibt ihr denn so lange? Inzwischen habe ich das Kind angezogen, es hat ihr gar nicht gefallen.«

»Ich habe die Nanny getröstet, sie fürchtet sich vor der Einsamkeit von ›Lone House‹ und möchte bei ihren Verwandten und Freunden hier in der Stadt bleiben.«

»Du meine Güte. ›Lone House‹ ist ein Paradies, und sie soll sich um Tatjana kümmern und nicht um ihre Freunde, dazu ist sie verpflichtet und dafür wird sie bezahlt.«

»David sei nicht so streng. Sie ist jung und hat Angst vor der Zukunft, das musst du verstehen.«

»Tu ich ja auch, Mary, aber auch mir wird das alles zu viel, und solche dummen Probleme kann ich jetzt wirklich nicht gebrauchen.«

Schließlich war mithilfe von Drumworld und Clark im Haus alles geregelt. David wollte sich mit Tatjana und Mary in den Bentley setzen, aber Tatjana schrie nach Melanie. Sie hatte einfach Angst, mit zwei fremden Menschen in einem Auto fortzufahren. So blieb nichts anderes übrig, als Melanie zu bitten, sich in den Fond des Bentley neben Tatjana zu setzen, während Mary und Clark mit dem Gepäck in dem Wagen von Joan hinterherfuhren.

›So weit sind wir also schon‹, dachte Mary zutiefst enttäuscht. ›Das Kind steht an erster Stelle.‹ Dann überlegte sie, ob sie Clark nicht bitten sollte, sie auf dem Bahnhof abzusetzen, damit sie zurück nach Edinburgh fahren konnte. Als sie so eine Andeutung machte, schüttelte er den Kopf. »Das kann ich nicht, Miss Ashton. Der Bahnhof ist von hier aus weit entfernt, und der Lord würde es sofort merken, wenn ich verschwunden bin. Ich habe den Befehl, seinem Wagen zu folgen, und daran muss ich mich halten.«

Mary seufzte resigniert. »Ich müsste mich dringend um meine eigenen Angelegenheiten kümmern. So ein Umweg über ›Lone House‹ passt mir gar nicht.«

»Ich werde Lord McClay übers Handy anrufen und ihm sagen, dass Sie diesen Umweg zum Bahnhof wünschen.«

»Ja, bitte.«

Obwohl Clark Brown sich auf den starken Verkehr, der jetzt in den Morgenstunden auf den Straßen herrschte, konzentrieren musste, rief er McClay an. »Chef, Miss Ashton wünscht zum Bahnhof gebracht zu werden, sie möchte nach Edinburgh fahren.«

»Unsinn, Clark. Geben Sie mir mal Miss Ashton.«

Und als Mary das Handy übernommen hatte, fragte er kurz angebunden: »Was ist los, Mary? Wir treffen uns doch gleich in ›Lone House‹, und wenn du wirklich so dringend nach Edinburgh musst, kannst du heute Nachmittag mit mir fahren, ich muss doch dort ins Krankenhaus. Auf die paar Stunden wird es doch nicht ankommen.«

»Ich möchte mich um meinen Engel kümmern. Ich muss wissen, ob Walter Perband ihn im Museum abgeliefert hat.«

»Dein hölzerner Engel, Mary, der ist mit Sicherheit angekommen. Ich habe einen anderen Engel hier, um den ich mir die größten Sorgen mache. Einen lebendigen, bildschönen kleinen Engel aus meinem Fleisch und Blut, Mary. Ich brauche dich, das weißt du doch, das haben wir doch alles schon besprochen.«

»Nichts haben wir besprochen, David. Uns hat ein Ereignis einfach überrannt.«

»Können wir nicht in ›Lone House‹ in aller Ruhe darüber sprechen?«

Mary schüttelte den Kopf, sagte aber schließlich: »Na gut«, und schaltete das Handy ab. ›Er will Zeit gewinnen‹, dachte sie, ›er will sich die Worte in aller Ruhe zurechtlegen, mit denen er mich überzeugen wird. Er weiß, dass ich ihm nicht widerstehen kann, wenn er mich in den Arm nimmt. Ich liebe ihn, aber ich will mich nicht zur Ersatzmutter degradieren lassen. Mein Gott, das haben wir doch alles schon einmal besprochen, und in Wirklichkeit hat sich überhaupt nichts geändert. Dass der Fall jetzt schon eingetreten ist, ist viel zu früh für mich.‹

Enttäuscht sah sie aus dem Autofenster. Die Regenwolken hingen tief über dem Land, und von den fröhlichen Frühlingswiesen mit den gelben Primeln war nichts mehr zu erkennen. ›Es ist wirklich eine sehr einsame Gegend, in die wir fahren. Was will ich hier, was soll ich hier?‹ Sie sah sich ihren Verlobungsring an und drehte ihn am Finger hin und her. So fröhlich war der Abend gewesen, an dem sie ihn geschenkt bekommen hatte, so voller Pläne und Hoffnungen. Und nun? Sollte sie sich wirklich binden? An den Mann, den sie liebte, an seine Heimat, die so einsam war, an ein Kind, das sie als Mutter nicht mochte und Schreikrämpfe bekam, wenn sie es berührte?

Überwog das Glück, in seinen Armen zu liegen, die Bedenken, die sie hatte, die sie haben musste? Denn nach den Glücksmomenten würde David in die weite Welt ziehen, um seine Arbeit zu tun, und sie würde zurückbleiben. Lohnte sich das Opfer wirklich? Würde ihre Liebe stark genug sein?

XXXI

David war ungeduldig, gestresst und nervös. Tatjana klammerte sich während der ganzen Autofahrt an Melanie, und sobald er versuchte, sie zu berühren, verbarg sie ihren Kopf im Schoß der Nanny und weinte. Kurz nach der Abfahrt hatte er Hanna angerufen und sie gebeten, im Haus alles für das Kind und die Nanny vorzubereiten, die Köchin um entsprechendes Essen für die Kleine zu bitten und den Butler zu beauftragen, ihre Zimmer zu richten. »Und, Hanna«, hatte er gesagt, »machen Sie das schönste Zimmer auf meiner Etage für Miss Mary fertig.«

»Miss Mary kommt wieder?«, hatte sie freudig überrascht gefragt.

»Ja, ich weiß aber nicht, wie lange sie bleibt. Ich möchte nur, dass sie es so schön wie nirgendwo sonst hat. Sie soll sich wohlfühlen, nein, besser noch, sie soll sich wie zu Hause fühlen.«

»Aber ja, Sir, in einer Stunde ist alles fertig. Sie werden zufrieden sein, Sir.«

›Wenigstens auf sie ist Verlass‹, dachte David und steckte das Handy wieder ein. Dann beobachtete er heimlich die Nanny neben Tatjana. ›Ein schüchternes, unsicheres Mädchen‹, dachte er, ›viel zu weich und nachgiebig für so ein Energiebündel, wie Tatjana eines ist. Aber sie ist die einzige Bezugsperson, die das Kind im Augenblick hat, also werden wir mit ihr auskommen müssen. Hoffentlich findet Mary bald einen besseren Kontakt zu der Kleinen‹, überlegte er. ›Was mache ich bloß, wenn sie auf ihre Rückkehr nach Edinburgh besteht und möglicherweise für längere Zeit dort bleiben will? Noch ist sie im Museum angestellt, noch liebt sie die Arbeit dort und ihre seltsamen Aufgaben. Begreift sie denn nicht, dass ich sie brauche, dass ich sie liebe? Das kann sie doch nicht einfach übersehen oder ignorieren. Ich werde nachher in ›Lone House‹ mit ihr sprechen, in aller Ruhe, so viel Zeit muss sein. Sie muss doch spüren, wie froh ich bin, mein Kind bei mir zu haben. Vielleicht sogar für immer? Für mich geht ein Traum in Erfüllung, die beiden liebsten Menschen, die ich habe, um mich zu wissen, aber für sie?‹

Sie hatten ›Lone House‹ erreicht. Tatjana war eingeschlafen, als der Chauffeur das Rondell umrundete und vor dem großen Portal hielt. Die Tür wurde geöffnet, und wie immer standen sie da, um ihn zu begrüßen: die Hausmädchen und die Diener, die Köchin und der Verwalter, der Butler und die Haushälterin. Die Mädchen begrüßten ihn mit Knicksen, die Diener mit einer Verbeugung, der Verwalter mit Handschlag und die Haushälterin samt dem Butler mit angemessener Zurückhaltung.

Hanna half dem Kindermädchen, die schlafende Tatjana ins Haus zu bringen, die Diener zuckten hilflos mit den Schultern, weil kein Gepäck zu tragen war, und die Mädchen zogen sich zurück, glücklich, keine zusätzlichen Aufgaben verrichten zu müssen, denn oft genug war die Ankunft des Lords mit viel Arbeit verbunden, wenn er geschäftlich Gäste oder sein halbes Filmteam mitbrachte.

Hanna führte die Nanny mit dem Kind auf dem Arm in die vorbereiteten, nebeneinanderliegenden Zimmer im etwas abseits gelegenen Westflügel des Schlosses. Ein weinendes oder tobendes Kind wollte sie ihrem Lord nicht zumuten. Wenn er die Kleine sehen wollte, musste er nur ein paar Schritte gehen und zwei Türen öffnen, aber auf keinen Fall sollte er ständig mit einem Kind behelligt werden. Hier hatten die beiden direkten Zugang zum Park, sie hatten ein eigenes Bad und ein Ankleidezimmer und konnten sich frei bewegen, ohne den Hausherrn oder andere Gäste zu stören.

›Hoffentlich ist der Lord damit einverstanden und will das Kind nicht im eigenen Schlafzimmer haben‹, überlegte sie, ›aber das werde ich ihm ausreden. Was soll denn so ein überlasteter Mann mit einem kleinen Kind?‹

Aber der Lord wollte tatsächlich das Kind in seiner Nähe haben.

»Hanna, ich habe so lange auf mein Kind verzichten müssen, jetzt will ich das Mädchen genießen.«

»Aber Mylord, Sie brauchen Ihre Ruhe, Sie müssen sich erholen, wenn Sie wirklich einmal nach ›Lone House‹ kommen. Sie haben doch selbst immer um Ruhe gebeten.«

»Das ist jetzt etwas anderes. Ich werde selten hier sein, aber wenn, dann soll die Kleine bei mir leben, so eng und familiär wie möglich.«

»Sir, ich verstehe Sie natürlich, aber im Augenblick hängt das Kind an seiner Nanny, lassen Sie die beiden erst einmal zur Ruhe kommen. Wenn die Kleine sich an Sie gewöhnt hat, sieht alles anders aus. Dann kann sie immer bei Ihnen sein, sooft Sie das wollen. Und verzeihen Sie, wenn ich das sage, Sie sind oft und für lange Zeit auf Reisen, Sir, was soll das Kind dann in Ihren leeren Räumen? Sie braucht auch in diesem fremden Haus ein Zuhause, an das sie sich gewöhnen kann. Wie lange wird sie überhaupt bei uns wohnen?«

»Ich hoffe für immer. Die Mutter ist schwer verunglückt, und wenn sie sich nicht erholt, werde ich das Sorgerecht beantragen. Und dann ist ja auch Miss Ashton hier und wird sich um sie kümmern.«

»Miss Ashton, Sir?«

»Wir werden heiraten, und dann sind wir eine richtige Familie.«

»Ach, das freut mich aber. Und wann kommt Miss Ashton? Ich habe das schönste Zimmer für sie vorbereitet.«

»Sie muss jeden Augenblick hier eintreffen. Sie bringt dann auch die Koffer für die Nanny und Tatjana und unser ganzes Reisegepäck mit.«

»Wie mich das freut, Sir, ich gratuliere Ihnen von ganzem Herzen.«

»Danke, Hanna. Wann können wir speisen, ich muss heute noch nach Edinburgh?«

»Ich glaube, die Köchin hat alles fertig, sie wartet nur auf meinen Anruf.«

»Dann sagen Sie ihr bitte, dass wir essen, sobald Miss Ashton eintrifft.«

»Wo speisen die Nanny und Tatjana?«

»Heute erst einmal allein, die Kleine wird noch schlafen, und ich muss mich beeilen, sonst erreiche ich die entsprechenden Ärzte in Edinburgh nicht mehr.«

»Selbstverständlich, Sir.«

Aber Mary Ashton kam nicht. Sie hatte Clark Brown gebeten, in Abington zu halten, und war kurz entschlossen ausgestiegen, um mit dem Zug nach Edinburgh zu fahren.

Als sie endlich in einem Zugabteil saß und sich fragte, wie es weitergehen sollte, war sie sich sehr sicher, das Richtige getan zu haben. ›Der Gedanke, mich von David zu trennen, zerreißt mir fast das Herz, aber er muss von Anfang an wissen, dass er mit mir nicht machen kann, was er will‹, überlegte sie. ›Er ist es gewohnt, Befehle zu geben und alle gehorchen, aber ich bin nicht sein Kommandoempfänger, ich gehorche nicht. Wenn ich mich für ihn entscheide, dann ist es mein eigener Entschluss, und wenn ich mich ihm hingebe, dann, weil ich es mir wünsche – und nicht, weil er es will. Wenn ich jetzt nicht Grenzen ziehe, habe ich bei diesem machtgewohnten Mann verloren. Himmel‹, stöhnte sie leise, ›ich ziehe Grenzen in einer Zweisamkeit, die es noch gar nicht gibt.‹

Sie erreichte gegen siebzehn Uhr Edinburgh und fuhr sofort mit dem Taxi ins ›Museum of Art History‹. Am Eingang fragte sie nach Professor Connor, und als sie erfuhr, dass er noch im Haus war, bat sie den Pförtner, sie bei ihm anzumelden. Dann fuhr sie im Lift in die Direktionsetage und meldete sich im Vorzimmer des Professors. An dem freundlichen Empfang bei der Sekretärin spürte sie bereits, dass der Engel angekommen und sie persönlich willkommen war.

»Ich gratuliere Ihnen«, flüsterte die junge Frau und öffnete ihr die Tür zum Direktor.

»Herr Professor, ich melde mich zurück«, lachte Mary und trat ein.

»Miss Ashton, wie schön, Sie zu sehen.« Der Professor kam ihr mit ausgestreckten Händen entgegen, und Mary dachte: ›Ja, hier gehöre ich hin.‹

In der Ecke, an die Wand gelehnt, damit sie nicht umfielen, standen die beiden Hälften ihres Engels, von Schrankkoffer und Wolldecken befreit.

»Er ist wunderschön, trotz seiner Gespaltenheit«, begeisterte sich der Professor und bat sie, Platz zu nehmen. »Nun erzählen Sie mir aber genau, wie und wo Sie ihn gefunden haben, es hörte sich ja fast wie ein Krimi an, was Mister Perband mir da erzählt hat.«

Und Mary berichtete von ihrer Urlaubsreise und ihrer Bekanntschaft mit dem Filmproduzenten, von dem Treffen bei dem Antiquitätenhändler und von ihrer Entdeckung in einem Schuppen voller alter, defekter Möbel, die auf den Müll gehörten.

»Aber wissen Sie, Herr Professor, dieser Händler wusste einfach nicht, was er mit dem Engel machen sollte. Er scheute sich, ihn auf den Müll zu werfen, weil er ihn respektierte, andererseits nahm ihm der Engel Platz weg, den er dringend für andere Sachen brauchte. Da war er ganz froh, als er merkte, dass ich mich für ihn interessierte.«

»Er hat Ihnen den Engel geschenkt, Mary, der Engel gehört Ihnen.«

»Aber nein, Professor Connor, der Engel gehört dem Museum, ich habe ihn nur gefunden.«

»Wissen Sie, was für ein wunderbares Geschenk Sie uns machen, Mary Ashton?«

»Ich weiß, dass Sie den Engel gesucht haben und brauchen, er gehört hierher.«

»Dann kann ich mich nur im Namen des Kuratoriums bei Ihnen bedanken und den Wunsch aussprechen, Sie noch lange bei uns zu haben.«

»Professor Connor, ich habe zwei Bitten. Darf ich die aussprechen?«

»Aber selbstverständlich.«

»Ich möchte, dass der Engel nicht zusammengeleimt wird, sondern dass man ihn so aufstellt, dass er zwar wie eine Einheit wirkt, die Besucher aber trotzdem sehen, dass er eine gespaltene Persönlichkeit ist, dass auch Engel leiden müssen.«

»Das ist eine großartige Idee. Genauso werden wir es machen. Und Ihre zweite Bitte?«

»Ich habe ein sehr verlockendes berufliches Angebot bekommen. Ich könnte als Requisiteurin für einen Produzenten historischer Filme arbeiten, sehr guter Filme.«

»Ach ja?«

»Es handelt sich nicht um diese Mantel- und Degen-Filme, sondern um die Verfilmung historischer Weltliteratur, und bei einem Besuch in einem solchen Filmstudio habe ich mehrere gravierende Fehler entdeckt. Da hat man mir sofort diesen Posten angeboten.«

»Sehr interessant. Und wie kam es zu Ihrem Besuch in so einem Filmstudio?«

»Der Autofahrer, der damals meinen Unfall verursacht und mich in seinem Schloss aufgenommen hatte, ist David McClay, der Produzent dieser Filme, so haben wir uns kennengelernt.«

»Na, da kann ich ja nur gratulieren. Obwohl wir alle hier es sehr bedauern werden, wenn Sie uns verlassen.«

»Mein Problem ist nur, ich bin mir nicht sicher, ob ich es wirklich will.«

»Aber so ein Angebot ist doch einmalig, Miss Mary.«

»Es geht auch um persönliche Gründe, Herr Professor. Ich bin mir da einfach noch nicht sicher.«

»Wissen Sie was, wir machen einen Kompromiss. Sie prüfen Ihre Probleme, und wenn sie zu groß werden, bleiben Sie bei uns.«

»Das wäre sehr nett von Ihnen. Und selbst, wenn ich fortgehe, würde ich Ihnen gern bei besonders schwierigen Prüfungen zur Verfügung stehen, wenn Ihnen das recht ist.«

»Das wäre sehr entgegenkommend. Wissen Sie, wir würden Sie nämlich nicht sehr gern gehen lassen. Wer verzichtet schon auf eine so gute Expertin?«

»Danke, Herr Professor. Was ist eigentlich aus Herrn Södergren geworden?«

»Wir haben nichts mehr von ihm gehört. Irgendwann stand in der Zeitung, dass er seine Geschäfte hier abgebrochen und nach Glasgow verlagert habe. Mehr weiß ich nicht.«

»Gott sei Dank, dann wird ja vor meiner Haustür auch wieder Ruhe eingekehrt sein.«

»Bestimmt, Miss Mary.«

XXXII

Als Clark Brown allein in ›Lone House‹ eintraf, wusste David, dass Mary im wahrsten Sinn des Worts ausgestiegen war. Sie zog einen hölzernen Engel einem Mann vor. Aber das würde er nicht zulassen. Er liebte diese Frau, er sehnte sich nach ihr, er wollte und konnte ohne sie nicht mehr leben – er würde um sie kämpfen.

Der Lord verzichtete auf das Essen, befahl dem Chauffeur, sich sofort für die Fahrt nach Edinburgh fertig zu machen, erkundigte sich kurz nach Tatjana, die noch immer schlief, und fuhr ab. Wenn er die Ärzte im Krankenhaus noch erreichen wollte, wurde es sowieso höchste Zeit, und dann würde er sich um Mary kümmern, und dafür wollte er sich dann alle Zeit der Welt nehmen.

McClay erreichte die Klinik kurz vor siebzehn Uhr. Er hatte von unterwegs dort angerufen und darum gebeten, dass der behandelnde Arzt auf ihn warten möge.

Als er das moderne Haus auf dem Hügel erreichte, verließen gerade viele Besucher und Mitarbeiter die Einrichtung. David meldete sich an der Rezeption und bat, den für Miss Barkley zuständigen Arzt zu benachrichtigen, dass er eingetroffen sei. Kurz darauf betrat der Arzt die Halle.

»Lord McClay?« Er streckte ihm die Hand entgegen, und als David nickte, stellte er sich vor. »Ich bin Doktor Wallance. Kommen Sie bitte mit.« Er führte den Lord zu einem Lift und zwei Etagen höher auf eine lichtdurchflutete Station. In einem Vorraum musste David einen weißen Kittel, eine Haarhaube und ein Paar Klinikschuhe anziehen. »Wir betreten jetzt die Intensivstation, da haben wir unsere Vorschriften und dürfen keine Ausnahmen machen.«

»Selbstverständlich.«

Leise sprechend, fuhr Wallance fort: »Ich weiß nicht, in

welcher Beziehung Sie heute zu der Dame stehen, dass sie die Mutter Ihrer Tochter ist, haben wir inzwischen festgestellt, das mussten wir, um Ihre Identität zu prüfen, Lord McClay. Ich hoffe, Sie verstehen das.«

»Ja, natürlich. Eine engere Beziehung zwischen uns gibt es nicht mehr, aber um des Kindes willen habe ich den Kontakt aufrechterhalten.«

»Und wo ist das Kind heute?«

»Ich habe es sofort zu mir geholt. Bei entsprechenden ärztlichen Auskünften, wenn es also notwendig wird, das Kind für immer bei mir zu haben, werde ich das Sorgerecht beantragen. Andere Verwandte hat meine Tochter nicht.«

»Miss Barkley ist nach wie vor bewusstlos. Irgendwann wird die Ohnmacht in ein Koma übergehen, und alles, was ich voraussagen kann, ist ein Wachkoma, in das sie irgendwann fallen wird – wenn sie überlebt.«

»Kann ich sie sehen?«

»Durch eine Glasscheibe. Aber Sie werden sie nicht erkennen, der Kopf ist vollkommen bandagiert, sie wird künstlich beatmet und künstlich ernährt. Die Rippenbrüche, die Wirbelsäulenfraktur und die Prellungen haben wir behandelt, so weit das möglich war.«

David McClay war entsetzt. »Mein Gott, so schlimm habe ich mir das nicht vorgestellt.«

»Sie ist fast zwanzig Meter in die Tiefe gestürzt, Sir.« Wallance führte den Lord über einen langen Korridor, dann blieb er neben einer gläsernen Wand stehen. In dem Raum stand ein Bett, es war von zahlreichen Apparaten umgeben. Eine Schwester kontrollierte die Instrumente, und auf dem Bett lag eine von Tüchern umhüllte Person.

Zutiefst schockiert starrte David auf die regungslose Gestalt. »Wir haben uns viel gestritten, vor allem um das Kind, aber diesen Zustand hätte ich ihr niemals gewünscht. Das ist ja furchtbar.

Hat sie Schmerzen, kann ich irgendetwas für sie tun?«

»Sie hat keine Schmerzen, sie spürt gar nichts, Sir, vielleicht wird das später anders, aber das müssen wir abwarten. Noch wissen wir ja nicht einmal, ob Miss Barkley das alles überlebt. Sie können im Augenblick nichts tun. Sie hat eine Versicherung, die für die Kosten aufkommt, und später, wenn es eine Zukunft für die Frau gibt, wird sie ein lebenslanger Pflegefall sein. Dann wird sie vielleicht Ihre Hilfe brauchen.«

»Ja, natürlich.«

»Professor Lloyd, er ist der Chef dieser Klinik, und ich werde Ihnen alle notwendigen Papiere für die Beantragung des Sorgerechts ausstellen. Wenn Sie mir bitte in mein Büro folgen wollen?«

Sie gingen zurück, David entledigte sich seiner Schutzkleidung und folgte dem Arzt. »Bitte nehmen Sie Platz, Sir. Kann ich Ihnen etwas anbieten?«

David schüttelte den Kopf. »Danke, nein, ein Whisky wäre das Einzige, was mir jetzt helfen könnte.«

»Das kann ich verstehen, natürlich bekommen Sie einen Whisky.«

Er entnahm einem Schrank eine Flasche und zwei Gläser, füllte die goldene Flüssigkeit ein und reichte David ein Glas. »Bitte, auch wir Ärzte haben manchmal so einen Schluck nötig. Und da ich jetzt Feierabend habe, genehmige ich mir einen.« Die beiden Männer nickten sich zu. Dann fragte Wallance: »Sie sind der Lord, für den mein Freund Grantino vor ein paar Wochen eine junge Dame ärztlich versorgt hat?«

»Ach? Ja! Doktor Grantino ist ein Nachbar von mir. Wie geht es ihm? Ich habe seit damals nichts von ihm gehört.«

»Danke, es geht ihm gut. Er ist gerade nach Brasilien zurückgekehrt und will nun dort als Arzt in einem Urwaldcamp leben. Er hat mir gerade zum ersten Mal geschrieben und berichtet, dass er heiraten wird.«

»Dort, im Urwald?«

»Ja, er hat sich seine zukünftige Frau aus Schottland mitgenommen.«

»Das Leben in einem Urwaldcamp dürfte eine große Umstellung für eine Schottin sein.«

Wallance lächelte: »Das dürfen Sie glauben. Zumal die Dame hier in den allerersten Kreisen verkehrte.« Er war froh, den Lord etwas abgelenkt zu haben, und erzählte: »Die Liebe kann Berge versetzen und hat aus einer feinen Dame eine erstklassige Krankenhelferin gemacht, die zuerst nur aus Angst vor Schlangen und Spinnen und Skorpionen bestand und heute allein durch den Urwald marschiert, um kranken Kindern vereiterte Wunden auszuwaschen. Jedenfalls steht es so in seinem Brief.«

»Liebe, die Berge versetzt«, seufzte David, »schön muss das sein.«

»Ach, Sir, man muss eben auch mal an Wunder glauben.« Danach schenkte Wallance noch einmal Whisky in die Gläser. »Auf die Wunder im Leben, Sir.«

Die beiden Männer stießen an, und David verabschiedete sich. »Würden Sie mir die erforderlichen Papiere für die Beantragung des Sorgerechts zuschicken? Ich bin viel unterwegs.« Er reichte Wallance seine Visitenkarte.

»Selbstverständlich. Darf ich Sie noch etwas fragen, Sir?« »Natürlich.«

»Was ist eigentlich aus dem alten Engel geworden, für den sich mein Freund damals eingesetzt hat?«

»Er war eine Fälschung, aber der echte ist jetzt im Museum, ich werde ihn gleich besuchen.«

»Den Engel?«

»Und die Dame, die ihn schließlich gefunden hat.«

»Hat das etwas mit Wundern zu tun, auf die wir angestoßen haben?« Wallance schmunzelte.

»Sie sagen es, Doktor.«

David McClay bat seinen Chauffeur, ihn ins ›Museum of Art History‹ zu fahren. Als er die breiten Eingangsstufen hinaufstieg, kam ihm der Pförtner entgegen, um das Portal zu verschließen. David hielt ihn kurz auf. »Verzeihen Sie, ich wollte zu Miss Ashton, wissen Sie zufällig, ob sie noch im Hause ist?«

»Miss Ashton hat das Haus vor einer halben Stunde verlassen.«

»Danke.« David kehrte zum Wagen zurück. »Sie ist schon fort, fahren wir zu ihrer Wohnung.«

Mühsam suchte sich Drumworld den Weg durch die von der Rushhour verstopften Straßen. Endlich hielten sie vor dem mehrstöckigen Haus, in dem Mary wohnte. Aber auf ihr Klingeln antwortete niemand.

»Sie ist noch unterwegs«, sagte David und setze sich wieder in den Wagen. »Warten wir hier, irgendwann wird sie schon kommen.«

Mary war mit dem Bus auf dem Heimweg. Auch der steckte in den Staus der Rushhour fest. Schließlich stieg sie aus, um den Rest des Weges zu Fuß zu gehen. Dabei kam sie am Café ›Vanini‹ vorbei.

Antonio, der Kellner, stellte Tische und Stühle zusammen.

Bei dem Wetter würde niemand mehr draußen sitzen wollen. »Hi, Mary«, begrüßte er die junge Frau, »wieder einmal im Land?«

»Ja«, lächelte Mary, »ich hatte viel zu tun in letzter Zeit.«

»Also keinen Bedarf an der Morgenzeitung und den Jobinseraten?«

»Im Augenblick nicht, Antonio.«

»Kann ich dich denn wenigstens mit einem Capuccino verwöhnen?«

»Aber immer.« Sie folgte dem Kellner in das Lokal. Nichts hatte sich verändert. Ein paar einsame alte Männer vertrödelten die Zeit und diskutierten die Rattenplage in Balmoral Castle, die beseitigt sein musste, bevor die Königin ihren jährlichen Schottlandurlaub antrat. Einige wetteten um den Sieger im nächsten Windhundrennen, und zwei waren in die Nachmittagsausgabe der Zeitung vertieft. Alles war wie immer.

›Ja‹, dachte Mary, ›genauso ist mein Leben. Immer dasselbe. Wenn ich jetzt nichts ändere, wird es so bleiben. Will ich das wirklich?‹

Antonio servierte ihr den Capuccino. »Ich habe ihn mit einem Schuss Grappa aufgepeppt, wird dir guttun bei dem Wetter. Warum kommst du nie bei Sonnenschein her?«

Mary lachte. »Dann bekäme ich ja keinen aufgepeppten Capuccino.«

»Und ein krosses Panini von ›Vanini‹, ich weiß doch, dass du unsere Brötchen magst. Hast du heute überhaupt schon zu Mittag gegessen?«

»Nein, ich hatte noch keine Zeit.«

»Hab‘ ich mir fast gedacht. Und wie geht‘s dir sonst so? Manchmal kommt dein Malerfreund, der Mark Person, hier vorbei und schaut sich um. Ich glaube, der sucht dich, aber fragen tut er nie.«

»Na ja, die Zeiten ändern sich und die Gefühle auch. Er wollte mich malen, und ich wollte nicht.«

»So, so. Und dann hattest du doch ziemlichen Trubel um das Haus herum wegen irgendeinem Engel.«

»Auch das hat sich erledigt. Du siehst, mit der Zeit regelt sich vieles von allein.«

Ein alter Mann rief nach dem Kellner. »Ich muss was tun, Mary. Ciao, und komm bald mal wieder vorbei.«

Mary stand auf, schob eine Fünfpfundnote unter die Untertasse, weil sie wusste, wie wenig er verdiente, und ging.

Der Regen hatte aufgehört, aber die Dämmerung brach bereits herein. ›Bei diesem Wetter wird es so früh dunkel, dass man von einem Frühsommer überhaupt nichts spürt‹, dachte sie, und dann sah sie den Bentley vor ihrer Haustür. Sie erschrak nicht, sie hatte fast damit gerechnet, dass David nicht so schnell aufgeben würde. Und in Gedanken sah sie wieder die alten, gelangweilten Männer im Café die so jede Perspektive verloren hatten.

Sie trat ans Auto. Hinter der regennassen Scheibe sah sie David, in einen Stapel Akten vertieft, die er auf dem Schoß hielt. Sie klopfte leise an die Scheibe. David erschrak, ließ die Scheibe herunter, und ein Schwall Regenwasser tropfte auf seine Papiere. »Mist«, rief er, schüttelte das Wasser ab, öffnete die Tür und sprang heraus. »Da bist du ja endlich, mein Mädchen, ich habe so lange auf dich gewartet.« Er umarmte sie zärtlich, und Mary konnte nur schwer einen langen, innigen Kuss abwehren. »Nicht mitten auf der Straße«, flüsterte sie und bat ihn: »Komm mit nach oben, und Drumworld kann auch mitkommen, oder soll er auf der Straße warten?«

»Mary, ich möchte dich abholen, so lange kann er hier unten bleiben.«

Aber Mary schüttelte den Kopf. »Wir müssen reden, David.«

»Dann muss er erst recht hier unten warten. Aber worüber willst du reden? Wir haben doch schon über alles gesprochen.«

»David, leg deine Papiere ins Auto und komm.«

Zögernd folgte ihr der Mann. ›Worüber will sie denn noch reden?‹, dachte er. ›Wir haben doch alles besprochen, sie weiß doch, dass ich sie brauche, und zwar nicht als Filmemacher, sondern als Mann.‹ Zögernd folgte er ihr. In der Wohnung angekommen, half er ihr aus dem Mantel und die Fenster zu öffnen, denn es roch ein bisschen muffig. »Magst du einen Tee?«, fragte Mary aus der Küche. »Nimm Platz und in dem

Schränkchen neben der Tür sind Gläser, und eine angebrochene Flasche Cognac müsste auch noch dort stehen. Bedien dich bitte.«

Aber David folgte ihr in die Küche. »Mary, ich möchte keinen Tee und keinen Cognac. Ich möchte dich. Aber wenn du vorher reden willst, dann komm und setz dich zu mir und wir reden.« Er nahm sie an die Hand und zog sie neben sich auf das Sofa. »Also, worüber willst du reden? Wir haben doch schon alles gesagt, und wir waren uns ganz einig.«

»David, wir haben uns in Hamburg ausgesprochen, wir waren uns in Venedig einig. Und jetzt sind wir zu Hause, und alles hat sich geändert.«

»Aber nein, Mary, nichts hat sich geändert, ich liebe dich und du liebst mich, das ist doch das Allerwichtigste. Das ist doch alles, was in unserem Leben zählt.«

»David, eine Tragödie hat sich zwischen uns gestellt, merkst du das denn nicht?«

»Es gibt eine Tragödie, Mary, ja, aber sie hat nichts mit uns zu tun. Sie streift unser Leben, aber sie steht nicht zwischen uns.«

»Und was ist mit dieser schwer verletzten Joan, was ist mit Tatjana, deinem Kind?«

»Ich werde mich um sie kümmern, um beide, aber was hat das mit unserer Liebe zu tun? Mary, ich brauche dich, ich will nie wieder allein sein. Du schenkst mir die Geborgenheit, nach der ich mich ein Leben lang sehne. Wenn du bei mir bist, ist mein Dasein vollkommen. Du gibst mir die Ruhe, die ich brauche, du gibst mir die Kraft, die mir oft fehlt, und das Vertrauen, wenn ich zweifle, und ich zweifle sehr oft an mir, Mary.«

»Ach, David, wie kannst du so sicher sein, dass ich dir das alles geben kann? Du kennst mich doch noch gar nicht richtig.«

»Mary, so etwas fühlt ein Mann, das spürt er im ersten Augenblick der Begegnung. Ich habe es doch auch gewusst, von Anfang an, aber ich war vorsichtig, ich wagte nicht, meinen Gefühlen zu trauen, ich war unsicher, weil ich diese Liebe noch nie erlebt hatte, ich musste mich doch selbst erst prüfen.« Er legte ihr den Arm um die Schulter und zog sie an sich. »Komm mit, Mary, lass mich nicht allein, ich würde es nicht ertragen.«

»David, ich danke dir für deine Liebe. Ich liebe dich doch auch, ich brauche dich auch, ich kann mir mein Leben ohne dich auch nicht vorstellen. Aber ich muss dich fragen: Was wird mit Tatjana?«

»Sie ist mein Kind, sie ist ein Teil meines Lebens, und ich werde sie als Teil meines Lebens behandeln. Sie wird in ›Lone House‹ leben, das musst du einsehen, aber sie wird nie zwischen uns stehen, das verspreche ich dir. Sie hat ihre Nanny und sehr bald eine Gouvernante, und spätestens mit zehn Jahren wird sie in ein Internat gehen, das ist so üblich in unseren Kreisen.«

»Du wirst erwarten, dass ich mich um sie kümmere.«

»Ich erwarte, dass du sie lieb hast. Aber ich erwarte nicht, dass du Mutteraufgaben übernimmst. Wir werden zusammenarbeiten, wie wir es geplant haben, und wir werden zusammen Tatjana betreuen, wenn wir in ›Lone House‹ sind. Sie wird neben uns stehen, aber niemals zwischen uns. Wir werden ein wunderbares Leben haben, geprägt von Liebe und Arbeit, von Glück und Verantwortung, von Erfolg und Rückschlägen, aber immer wird es uns gut gehen, weil wir das alles gemeinsam erleben und ertragen. Und weil wir das genauso wollen. Er nahm sie in die Arme. »Und jetzt komm endlich nach Hause, Mary Ashton, wir warten alle auf dich.«